사랑과 혁명

3

## 일러두기

1. 1권 2권은 음력을, 3권은 양력을 따랐다. 누가 쓰고 누가 읽느냐에 따라 음력과 양력이 구분되거나 뒤섞인 19세기의 양상을 소설 속에 나타내려 한 것이다. 당시 천주교는 양력에 근거하여 첨례일을 정했고, 조선은 음력으로 삶의 흐름을 꾸렸다.

2. 소설에 등장하는 복음서의 내용과 표기법은 한국교회사연구소에서 영인한 한글본 『성경직히』(전 3권)를 따랐다.

3. 소설에 등장하는 세례명과 인명은 『기해일기』(성·황석두루가서원), 『치명일기』(성·황석두루가서원), 『기해·병오 순교자 시복재판록』(천주교수원교구) 등을 참고하여 19세기 천주교인의 표현을 따랐다. 그 현대 표현을 확인할 수 있도록 각 권 끝에 찾아보기로 수록했다.

4. 세례명과 인명 외에 천주교 관련 용어도 19세기 표현을 따랐으며, 필요시 용어 의미를 병기했다.

김탁환 장편소설

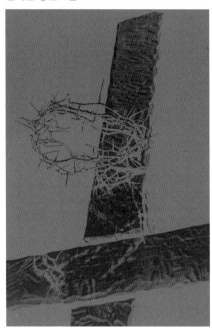

사랑과 혁명

나만의 십자가

3

해냄

# 차례

**3부**　　　**신은 흐르고 인간은 멈춘다**

3부

신은 흐르고 인간은 멈춘다

그 빛이 어둠 속에서 비치고 있지만
어둠은 그를 깨닫지 못하였다.
—「요한 복음서」1장 5절

| | |
|---|---|
| **1831년 9월 9일** | 조선대목구 창설. 초대 대목구장 브뤼기에르 주교 임명. 조선 입국을 바랐으나 뜻을 이루지 못하고 1835년 10월 선종. |
| **1836년 1월** | 모방 탁덕 입국. |
| **1836년 12월** | 샤스탕 탁덕 입국. |
| **1837년 12월** | 제2대 대목구장 앵베르 주교 입국. |

# 1장

# 소망

## 1827~1838

## 주교와 탁덕

1838년 5월, 샤스탕 탁덕은 제2대 조선대목구장 앵베르 주교를 한양에서 만났다.

1836년 12월 조선으로 들어오자마자, 전국의 교우촌에서 탁덕을 뵙고 싶다는 요청이 쉼 없이 왔다. 한양은 물론이고 지방을 돌며 교인들을 만났다. 이번에도 전라도를 두루 돌고 상경하는 길이었다.

주교와 탁덕은 노트르담 성당에서 내려다본 파리의 5월을 번갈아 이야기했다. 단아하면서도 시끌벅적한 도시로부터 얼마나 멀리 왔는가도 살폈고, 그곳의 봄 하늘과 한양의 봄 하늘에서 닮은 점을 찾아 서로를 위로했다. 조선 이름이 범세형인 앵베르 주교는 마흔두 살, 정아각백인 샤스탕 탁덕은 서른여섯 살이었다.

"들려드릴 이야기가 많습니다."

탁덕의 목소리는 가지 끝까지 초록을 밀어 올린 버드나무처럼 싱싱했다.

"교우들이 이만저만 고생한 것이 아니라고 들었소……."

주교는 말끝을 흐리며 밥알이 가라앉은 뜨거운 물을 마셨다. 숭늉은 탁덕에게도 익숙했다. 따로 차를 준비하지 못할 만큼 가난한 집에서도 둘러앉아 식사를 마치고 나선 꼭 숭늉을 내왔다. 파리에서 즐겨 마신 커피를 담은 잔보다 옹기로 만든 밥그릇이 세배는 컸다. 맵고 짠 기운을 가라앉히며 몸을 덥히니, 들을 지나고 강을 건너고 고개를 넘어도 편안하고 넉넉했다. 밥으로 배를 채운 후에도 밥 삶은 더운물을 왜 더 마시는지 알았다. 탁덕은 주교를 따라 마신 뒤 말했다.

"여러 사람의 입을 돌고 돈 이야기와는 확연히 달랐습니다. 무엇보다도 교인들 스스로 자신에게 일어난 일을 잊지 않고 기억해두려 애썼더군요. 언젠가는 탁덕이 조선에 다시 들어올 것이고, 그때 이 이야기만은 꼭 해드리겠다는 마음 말입니다."

"놀라운 이야기가 그토록 많소?"

"놀랍다는 것만으론 부족합니다. 파리외방전교회를 통해 선교사들이 세계 각지로 떠났고, 또 그 선교사들로부터 기기묘묘한 이야기가 외방전교회로 모이질 않습니까. 주교님도 그러셨겠지만 저도 외방전교회에서 준비할 때 신비로운 이야기를 참 많이 들었습니다. 프랑스에서 살다 죽었다면 겪을 수 없는 일들이긴 했지요. 하지만 제가 한양의 아래쪽 삼도三道, 전라도·경상도·충청도에서 들은 이야기는 다른 선교지에서 파리로 날아든 이야기들과는 확연히 다릅니다. 이야기로 만들 수 없는 이야기라면 믿으시겠습니까."

"만들기 어렵다거나 상상하기 힘들다는 평은 들어봤지만, 만들 수 없는 이야기는 처음이라오. 여태껏 세상에 없었던 사람들이고

사건들이라도 된다는 게요? 조선에 와서 지금까지 들은 이야기만
해도 가슴이 타오를 만큼 뜨겁다오. 만들 수 없는 이야기까지 접
하면 과연 나는 천주님께 어떤 기도를 드릴까 궁금해지기도 하오.
자신을 돌아보는 시간이기도 하겠소. 건강은 괜찮소?"

"예수님을 따르는 삶, 특히 선교사의 삶은 길 위에서 살다가 길
위에서 떠나는 것 아니겠습니까. 인정 많은 교인들이 한두 달 편
히 쉰 후 떠나라고 붙잡았지만 저는 마음이 급했습니다. 조선에
선교사로 가는 것이야말로 제가 품은 가장 큰 바람이었으니까요.
뜻한 곳에 왔으니, 한순간도 허투루 쓰고 싶지 않습니다. 교인들
이 골짜기마다 성세받기를 바라며 기다린다고 하니, 어찌 머물러
쉴 수 있겠습니까. 아주 행복한 여행이었습니다. 제 걱정은 하지
않으셔도 됩니다."

"필담을 주로 나눴소?"

"불어에 능한 공설이 아가다 자매가 통역을 맡아주었습니다.
천주님에 관한 서책을 여러 권 번역한 여인이기도 합니다. 길잡이
를 해준 덕분에 교우촌들을 두루 찾아가서 교우들을 만났습니다.
전주에서 헤어질 땐, 전라도 교우들이 모여 쓰고 공 아가다 자매
가 불어로 옮긴 서책까지 선물로 받았지요. 정해 군난을 들여다볼
때 반드시 기억해야만 하는 인물들을 골라 그 행적을 시간 순서
대로 정리했더군요. 이 글을 통해 비로소 정해 군난이 1827년에
국한되지 않고 지금까지 이어진다는 걸 알았습니다."

주교는 탁덕이 건넨 서책을 품에 안았다가 무릎 위에 놓고 펼
쳤다. 첫 장에 적힌 제목을 손끝으로 어루만졌다.

L'Espérance소망

# 질문이 끊이지 않는 절벽 이야기

1827년

들녘이 목사동 절벽에서 떨어졌다.

전라도 곡성현 장선마을에서 태어나 농부로 컸다. 천덕산과 동이산과 동악산을 오가며 나무꾼으로 일하다가, 덕실마을로 와선 생질꾼이 되었다. 1825년 12월 공설이 아가다와 결혼하였고 동정 부부로 지냈다. 부부는 교우촌을 떠나 목사동 골짜기에서 일 년 반을 살았다. 소인정 요한 회장에게 성세를 받고 이시돌이 되었다. 정해 군난이 일어났을 때, 아가다는 피신했으나 들녘은 붙잡혔다.

좌포도청 포도부장 공원방은 문초하는 내내 앉지도 못하고 누워 엎드린 채 들녘의 이야기를 들었다. 간자의 질병이나 부상은 기록된 적이 없다. 다만 포졸의 등에 업혀 목사동 골짜기를 오르내렸다는 풍문에서 짐작할 따름이다. 공원방은 문초 도중 거의 입을 열지 않았다.

들녘은 물렛간에 딸린 곁방에 진열한 물건들을 하나하나 가리키며 설명했다. 대부분이 옹기였다. 어떤 이야기는 옹기와 긴밀했고 어떤 이야기는 이어지긴 하되 느슨했으며 어떤 이야기는 왜 이 이야기와 그 옹기를 엮는지 이해하기 어려웠다.

문초가 끝날 때까지 공원방은 고요했고 들녘은 당당했다. 들녘은 이야기가 모두 끝난 뒤 질문을 한꺼번에 해달라고 요구했다. 공원방은 목사동 골짜기로 찾아들기 전까지 사학죄인의 청을 받아들인 적이 없었다. 첫 문장 아니 첫 마디부터 자르고 찌르고 비틀고 흔들어, 자신이 알고 싶고 듣길 원하는 방향을 정했다. 저항하는 죄인도 드물게 있었지만, 급소를 찌르는 치명타에 곧 굴복했다. 다른 추관推官, 심문관은 어르고 달래면서 궁지로 몰지만, 공원방은 단숨에 죄인을 절벽에 세웠다.

들녘은 공원방이 청을 받아들인 유일한 죄인이었다. 들녘이 이야기를 마칠 때까지, 공원방의 무릎이 일곱 번 심하게 떨렸다. 따져 묻고 싶을 때 가장 먼저 움직이는 것이 바로 무릎이었다.

들녘의 긴 이야기는 성세를 마치고 이시돌이라는 본명을 받는 것으로 끝을 맺었다. 공원방이 고개를 들었다. 들녘은 눈길을 피하지 않고 혀로 윗입술을 닦았다. 마음껏 물어보란 듯 여전히 당당했다. 공원방이 명령했다.

"처음부터 다시! 관아에 가서 똑같이 이야기해."

들녘이 반박하지 않고 곁방을 가리키며 조건을 내걸었다.

"다시 하려면, 저기 저 옹기들 전부 챙겨야 합니다."

그리하여 꾸린 짐이었다. 황소를 상으로 탄 씨름꾼보다 옹기꾼이 힘을 더 쓴다는 소문이 돌긴 했었다. 공원방을 따라온 좌포도청 포졸들은 들녘이 지게로 제 키의 두 배가 넘는 옹기를 지는 것을 그날 처음 보았다. 들녘은 남은 짐까지 모두 지려 했으나, 공원방이 허락하지 않았다. 물렛간 곁방의 물건들을 마저 진 포졸 장삼은 키가 크고 이마에 검은 혹이 달렸다. 공원방을 업은 포졸 이사는 들쥐처럼 앞니가 튀어나와 윗입술이 항상 들렸다.

공원방은 곡성 관아에서 처음부터 다시 문초하겠다고 했다. 이방이 받아적은 글과 조금이라도 다른 구석이 있다면, 공원방은 단숨에 그것을 집요하게 파고들 것이다. 징글징글한 족제비, 징제비

금창배보다 열 배는 더 악독한 자가 공원방이라고 하지 않는가. 목사동 골짜기에서 한 번 곡성 관아에서 또 한 번 문초할 작정을 처음부터 했을 수도 있다. 그래서 실컷 떠들도록 내버려둔 것이라면, 들녘은 함정에 빠진 줄도 모르고 놀아난 꼴이다.

이런 일을 당하면 대부분은 이미 뱉은 이야기들을 되새길 시간을 벌려고 할 것이다. 들녘은 정반대였다. 몸이 아프다는 핑계를 대며 지게를 내리지도 않았고 미간을 좁히지도 않았으며 고개를 젓지도 않았다. 장삼과 이사가 따라오지 못할 만큼 평소보다 더 날렵하게 산길을 오르내렸다. 곡곰 아래에서 산을 타던 시절로 돌아간 듯했다.

공원방은 다른 수를 썼다. 포졸 장삼의 지게에서 밥뚜껑을 집어 던진 것이다. 뚜껑 깨지는 소리가 제법 요란해서 장끼 두 마리를 날려 보냈다. 앞서 걷던 들녘이 걸음을 멈췄다. 뚜껑이 떨어진 곳으로 되돌아왔다. 지게를 내리고 작대기로 고정했다. 절벽 가까이 기다시피 잰걸음을 놀리며 옹기 파편들을 주워 가슴에 품었다.

"아가다가 쓰던 겁니다. 제 것엔 '福', 아가다의 것엔 '흡'을 새겼죠. 식사 전엔 나란히 놓곤 복된 말씀 한 구절씩을 외웠습니다."

공원방이 뱀눈을 뜨곤 물었다. 분노가 차올라 숨이 더 짧아졌다.

"뭐야 너? ……뭔데 그렇게 달려? 관아로 가서 처음부터 다시 이야기하라는데 ……두렵지 않아? 곁방에서 지껄인 ……순자강보다 긴 이야기를 고스란히 외워 읊을 자신이라도 있나?"

들녘이 지게를 다시 지곤 답했다.

"자신 없습니다."

"그럼…… 왜 이렇듯 달려?"

"허전해서 그랬습니다."

"허전……하다? 뭐가?"

"이야기를 펼칠 땐 방에 아가다와 함께 있는 것만 같았습니다. 마무리를 짓고 나니, 저 혼자네요. 빨리 관아에 도착해서 이야기 판을 펼쳐야겠습니다. 이야기를 시작하면 아가다가 다시 제 곁에 머물 테니까요. 관아에서 듣고 흡족하지 않으시면, 어떤 벌이라도 달게 받겠습니다. 또다시 처음부터 이야기하라고 명하십시오. 백 번이든 천 번이든 공설이 아가다와 그녀가 만든 옹기들을 말씀드리겠습니다. 십자가에 못 박힐 줄 알면서도 예루살렘을 향해 가듯이, 그렇게 당신을 만나기 위해 피하지 않고 기다린 겁니다."

"날 기다려……? 예수처럼?"

공원방이 이사의 어깨를 눌렀다. 땅으로 내려선 뒤 왕죽 지팡이를 짚고 한 걸음 한 걸음 들녘을 향해 걸었다. 들녘은 절벽을 등지고 서선 다가오는 공원방을 쳐다보았다. 공원방은 반보를 남기고 멈춰 섰다. 턱을 들고 물었다.

"기다려서…… 날 만나 뭣 하게?"

시큼한 입김이 목에 닿았다. 들녘은 곁방에서 길게 펼쳐놓은 이야기를 한 문장으로 묶었다.

"예수님은 공원방 당신을 사랑하십니다."

공원방이 코웃음을 쳤다.

"뭐? 예수가 날 사랑해? ……예수가 배교자 유다스까지도 사랑했다고 우길 작정인가?"

들녘이 침착하게 답했다.

"유다스도 예수님은 사랑하십니다."

흰나비 한 마리가 날아와선 들녘의 왼 어깨에 앉았다. 공원방이 지팡이를 천천히 들어 올렸다. 들녘이 한 걸음 물러서는 것과 동시에 공원방이 지팡이로 내리쳤다. 나비는 날아올랐고, 지팡이는 들녘의 어깨를 스치며 공원방의 손에서 빠져나가 절벽 아래로 떨어졌다. 들녘은 기우뚱 쏠린 공원방의 몸을 두 팔로 감싸며 버텼다. 그때 공원방이 오른팔로 들녘의 뒤통수를 당겨 안으며, 왼손에 숨겼던 단검으로 옆구리를 깊이 찔렀다. 귀에 대곤 속삭였다.

"비밀 하나 알려줄까? 잘 들어……. 예수가 나를 사랑한다고 나도 예수를 사랑해야 해? ……그건 사랑이 아니라 일방적인 강요야. 굴종을 사랑이라고 지금까지 속인 놈들은…… 모조리 죽였어. 한 놈도 남기지 않고……."

공원방이 두 팔로 들녘의 가슴을 밀었다. 들녘이 지게를 진 채 절벽 아래로 떨어졌다.


공원방은 허리를 숙여 절벽 아래를 훑어만 보곤 시신을 확인하지 않고 골짜기를 내려갔다. 곡성 관아에서도 시신을 찾는다거나 거둬 묻지 않았다. 공원방과 포졸들이 완전히 사라진 뒤, 왼 다리를 심하게 저는 사내가 소나무 뒤에서 나왔다. 짱구였다.

산포수 길치목은 한달음에 전주에서 목사동으로 내달렸지만, 짱구는 들녘이 물렛간 곁방에서 공원방을 앞에 두고 그토록 긴 이야기를 마칠 때까지, 전주에서 곡성을 향해 걷는 중이었다. 곡성으로 들어온 후에도 쉬지 않고 목사동까지 걸었고, 골짜기를 오르다가 지게 두 개에 옹기들을 나눠 지고 내려오는 공원방 일행과 맞닥뜨렸다. 재빨리 소나무 뒤로 몸을 피한 채 들녘이 절벽으로 떨어지는 것을 목격했다.

짱구는 조심조심 절벽으로 다가갔다. 걸음은 점점 느려지고 기우뚱거리는 몸동작은 점점 커졌다. 팔꿈치를 접어 가슴에 댄 왼어깨가 거의 땅에 닿을 지경이었다. 나비 한 마리가 살짝 밀기라도 하면 그대로 고꾸라져 떨어질 듯했다. 절벽 끝까지 간 짱구는 고개를 내밀고 아래를 내려다보았다. 열 길이 넘었다. 추락한 들녘을 찾으려 했지만 울창한 나무들이 방해했다. 가지 위에 가지가 뻗고 그 가지 위에 또 가지가 뻗은 꼴이었다. 도저히 못 내려가겠다며 물러나 고개를 젓는데, 갑자기 천둥이 쳤다. 깜짝 놀라 주저앉은 채 하늘을 우러렀다.

# 끝날 때까지 끝난 것이 아닌 이야기

참매 한 마리가 하늘을 크게 돌았다.

앵무당 교우촌은 경상도 상주 잣골에서 북쪽으로 육십 리 떨어진 구병산 골짜기에 있었다. 앞서 걷는 사내는 소인정 요안이고 뒤따르는 남장 여인은 공설이 아가다였다. 복색은 장을 떠도는 보부상에 가까웠지만, 등에 지거나 손에 든 짐은 따로 없었다. 골짜기로 접어들자마자 왱왱거리며 날아다니는 벌 소리가 먼저 귀에 들어왔다. 소리 없이 오르내리는 나비들도 벌만큼이나 많았다. 솜나물, 할미꽃, 앵초, 으름꽃, 조개나물 등이 어우러져 장관이었다. 소인정이 고개를 돌리지 않고 말했다.

"조심해. 가시가 더 자랐단다."

꽃과 나비에 마음 빼앗겨 가시나무에 찔리지 말라는 경고였다. 옆걸음을 걷고 몸을 돌리고 손으로 가지를 젖혀가며 가시나무를 지나고 나니, 벌 소리가 잦아들며 흐르는 계곡의 물길을 막거나 바꾸는 커다란 바위들이 나왔다.

멀리 첫 절벽이 눈에 들어왔지만 인기척은 없었다. 두 번째 절벽도 마찬가지였다. 세 번째 절벽에 이르렀지만, 마중 나온 이도 없었고 불청객에 놀라는 이도 없었다. 환대든 방어든, 세 번째 절벽에선 올라오는 사람을 멈춰 세우는 것이 교우촌의 원칙이었다.

앵무당 골짜기는 목사동 골짜기보다 가파르고 깊었다. 장대비가 내리면 세 번째 절벽에서 쏟아진 폭포로 길이 끊기기도 했다. 공설이는 절벽 아래 굴을 눈으로 훑었다. 사 년 전 가을 마지막으로 왔을 때, 저 굴에서 환하게 웃으며 마중 나온 사람이 바로 소인정이었다. 거기에 모여 묵주기도를 드리거나 복된 말씀을 외우기도 했다. 그러나 지금은 사람도 없고, 그들이 쓰던 나무토막이며 옹기 파편 하나 남아 있지 않았다.

소인정은 걸음을 늦추거나 멈추지 않았다. 숨이 찰수록 턱을 들었다. 드디어 왕소나무가 거인처럼 우뚝 눈에 들어왔고, 그 아래로 돌담과 움집들이 층층이 나타났다.

약초를 캐는 일과 화전 농사가 아무리 바쁘더라도, 노인 몇 명은 남아 아이들 끼니와 개와 닭의 먹이를 챙겼다. 거동이 불편한 이들까지 모두 사라진 것은 교우촌이 들어서고 처음이었다. 잣골에서 신태보 베드루가 잡혔다는 소식이 벌써 앵무당에 닿은 것이다.

소인정은 왕소나무 옆에서 안경을 꺼내 쓰곤 산세를 살폈다. 북쪽으로 곧장 올라가면 갈골이었고, 서쪽으로 능선을 타면 멍에목이었다. 공설이는 그를 따라 북쪽으로도 갔었고 서쪽으로도 갔었다. 멍에목이나 갈골에 닿지 않고, 숲에서 짧게는 하루 길게는 보름씩 머물렀다. 번역과 필사에 집중하기 위해, 소인정이 움집을 만들었던 것이다. 선발되어 함께 일하는 교인들을 제외하곤 비밀에 부쳤다.

안경을 다시 허리춤에 넣고 서쪽으로 방향을 잡았다. 멍에목을 향해 걷기로 한 것이다. 움집은 여름에도 얼음 같은 바람이 부는 풍혈 근처에 있었다. 멍에목이 목적지라면 풍혈에 닿기 전 북쪽으로 방향을 바꿀 것이고, 움집으로 간다면 풍혈까지 계속 능선을 탈 것이다.

초여름 구병산은 활달하고 풍성했다. 잎은 잎대로 가지는 가지대로 맘껏 자라 땅을 가리고 하늘로 향했다. 그 밑을 달리는 짐승이든 그 위를 나는 짐승이든, 짝을 짓고 새끼를 낳고 보금자리를 만들어 키웠다. 죽고 죽이는 날들의 반복이긴 했지만, 더 많이 태어나고 더 많이 자라고 더 많이 열매 맺어 후일을 기약했다. 더 뜨겁고 더 신나고 더 벅찬 기운이 곡성에서 구병산까지 달아난 두 사람을 덮으려 했다. 찬란함과 암담함의 격차가 공설이의 마음을 갈가리 찢었다.

풍혈로 몰아친 바람이 눈물과 땀을 식혔다. 소인정이 먼저 비탈을 타고 내려섰다. 심마니나 산포수들이 오가는 길이 아니라, 소인정의 눈에만 보이는 길이었다. 공설이는 재빨리 뒤따랐다. 바짝 붙어 걷지 않으면, 나무나 풀숲에 가려 소인정을 놓칠 수도 있고, 움푹 들어간 구멍이나 튀어나온 돌부리에 발을 다칠 수도 있었다. 바위 뒤 번데기처럼 붙은 움집에 닿았다. 소인정이 고개를 반만 돌리곤 말했다.

"기다려."

공설이는 나흘을 꼬박 묵묵히 따르기만 했다. 들녘을 두고 온 것이 내내 마음에 걸렸다. 길치목이 목사동 골짜기로 갑자기 찾아왔을 때, 공설이는 소인정을 도와 충청도 교우촌들을 돌아보고 내려온 직후였다. 강송이가 길치목을 통해 전한 소식은 놀라웠다. 십팔十八 그리고 아비[父]. 공원방이 포졸들을 이끌고 목사동으로 들이닥칠 것이니 피하라는 경고가 분명했다. 소인정은 구병산행을 결정했다. 목사동 골짜기에 남겠다고 고집한 이는 뜻밖에도 동정 부부로 일 년 반을 지낸 들녘이었다.

사람들이 오가는 곳은 어디든 피했다. 길 아닌 길을 걷고, 들이 보이지 않는 숲으로 움직였다. 주막이 아닌 바위 뒤나 나무 옆에서 쪽잠을 잤다.

기다리란 명령을 받은 공설이는 섬돌 앞에 멈춰 섰다. 문이 열리자 오른뺨에 깊은 흉터를 지닌, 아랫목에 앉은 사내와 눈이 마주쳤다. 공설이가 반절을 했다. 소인정 요안만큼이나 공설이의 삶에 큰 영향을 끼친 이오득 야고버였다. 공설이는 여덟 살에 그들을 처음 만났다. 그때부터 두 사람은 무척 달랐다.

이오득은 군말 없이 따르라 했지만, 소인정은 따르긴 하되 무엇이든 이야기해도 좋다고 했다. 소인정과 그녀가 시시콜콜한 이야기부터 의미심장한 이야기까지 웃고 찡그리고 울고 심각한 무표정을 나누는 동안, 이오득은 침묵으로 일관했다. 공설이는 소인정에게서 언문과 한문은 물론이고 청국어와 일본어까지 익혔다. 열 살 무렵부터 소인정을 도와 번역을 시작했다. 연경을 통해 들어온 교리서들을 언문으로 곧잘 바꿨다.

"아가다는 방으로 들이지 그러나?"

소인정이 안경을 허리춤에서 꺼내 쓰며 제안했다.

"우리가 지금부터 나눌 이야긴 아가다도 모르는 게 좋아. 베드루 스승님은?"

잣골과 앵무당을 오가며 교우촌을 이끈, 이십 년 넘도록 번역과 출간에 몰두한 신 베드루의 옛 이름은 태보였다. 소인정이 공설이의 스승이듯, 신태보는 소인정과 이오득의 스승이었다. 소인정과 이오득이 1801년에 배교하고 회심한 뒤 천주의 참된 뜻을 더욱 간절히 알고 따르려 할 때 신태보를 만났다. 두 사람은 신태보를 따라 강원도로 들어갔고, 부지런히 배우고 익혔다.

신태보는 이종사촌인 이여진과 함께 탁덕을 조선에 다시 입국시킬 방안을 계속 논의했다. 이여진이 1811년과 1813년 탁덕의 파견을 요청하는 서한을 직접 품고 동지사 일행에 속해 청나라에 갈 때도, 신태보가 많은 돈을 보탰다. 그 돈을 모으는 데 나서서 도운 교인이 바로 이오득과 소인정이었다. 신태보가 강원도에서 경상도 상주 잣골로 거처를 옮긴 후에도, 소인정은 곁을 떠나지 않고 스승을 도와 번역과 필사를 계속했다. 전라도에 교우촌들을 세우고 돌보겠다며 곡성으로 내려간 이오득은 철마다 잣골로 왔다.

"붙들리셨네. 잣골로 향하다가 거기서 도망쳐 온 교우에게 들었다네. 피하려 집을 나서셨는데 교졸들이 들이닥친 게지. 스승님뿐만 아니라 잣골 교인들도 여럿 오라에 묶여 끌려갔다네. 골목에 피가 낭자했다는군. 스승님은 달아나거나 저항하지 않고 어린 양처럼 가만히 계셨는데도 지독한 발길질과 몽둥이질이 이어졌다고 하네. 상주 교졸들은 뒤로 빠지고, 낯선 사내들이 죽일 듯 덤벼들었대."

"징제비의 수족들인가?"

"두 놈이 특히 악독했다더군. 구척 장신에 수염이 긴 놈과 멧돼지처럼 씩씩대며 날뛰는 놈."

"좌포도청 포도군관 관우와 장비로군. 역시 징제비였어. 스승님은 많이 다치셨는가?"

"제대로 걷질 못해 업혀 가셨다는군. 처음부터 스승님을 노리고 달려온 거야. 전라감영으로 끌려간 교인 중에서 배교자가 나오는 걸 막긴 어려웠을 테고, 그 입에서 스승님 본명과 교우촌 위치가 튀어나온 듯하네."

"누굴까?"

"누구인지 가리는 건 급한 일이 아닐세. 자, 속히 떠나도록 하게⋯⋯. 앵무당 교우들도 비보를 듣고 전부 피했어."

"잠깐! 무슨 소릴 하는 건가? 내가 남겠네. 자네야말로 아가다와 교우들을 챙겨 떠나게."

소인정이 반대했다.

"상주 사정은 내가 잘 알아. 입장을 바꿔놓고 생각해 보게. 곡성에서 우리 둘 중 한 사람이 잡혀야 한다면, 자넨 내게 양보를 하겠나? 자넨 아직 할 일이 많아. 붙잡힐 때가 아니야."

이오득이 눈동자를 돌리며 소인정의 말을 곱씹더니 말했다.

"남겠다고 했지 좌포도청 놈들에게 붙잡히겠단 건 아냐. 자네와 교우들을 먼저 보낸 후 놈들이 오면 유인해서 적당히 따돌린 후 뒤따라감세. 요안! 자네 설마 자진해서 불구덩이로 들어갈 작정을 한 겐가? 자네야말로 베드루 스승님을 이어 교리와 복된 말씀과 성인들의 행적을 번역하고 필사하여 묶어내 팔도의 교우촌에 전해야지. 자네 외엔 할 사람이 없어."

"중요한 서책은 거의 다 번역했네. 남은 서책들도 맡을 이들을 정해뒀고. 번역은 재주 좋은 이들 몇 명이면 되지만, 교우촌을 새로 만들어 꾸리는 일엔 야고버 자네가 꼭 필요해."

문이 열렸다. 허락도 받지 않고 방으로 들어선 공설이가 무릎을 꿇었다. 두 사내의 대화를 엿들은 것이다.

"요안 회장님은 왜 꼭 남으시려는 건가요? 두 분 모두 함께 피하면 되지 않나요? 지금 잡혀가면, 다시는 옥에서 나오지 못할지도 몰라요."

이오득은 공설이의 말이 자신의 말과 같다며 콧김을 내뿜었다. 소인정이 안경을 고쳐 썼다.

"달아나는 게 목적이라면 그리해도 되겠지. 하지만 두 가지를 더 챙겨야 해. 하나는 앵무당에서 번역과 필사를 해온 교우들이 뿔뿔이 흩어지지 않고 또 붙잡히지도 않은 채 무사히 달아나서, 마을을 꾸려 안착하는 것이야. 베드루 스승님이 초벌로 역譯하신 서책들을 꼼꼼하게 다시 살피고 또 필사하여 두루 돌리려면 이 일을 해온 교우들이 계속 맡아줘야 해. 한데 징제비가 너무 가까이 와 있어. 무턱대고 함께 달아나면 모조리 붙잡힐 거야. 누군가는 남아 징제비가 추격을 못 하도록 방해해야 해. 또 하나는 이미 붙들려 하옥된 교인들을 챙기는 일이지. 물론 스승님께서 중심을 잡으시겠지만, 그 곁에서 보좌할 이가 필요해. 스승님 보좌는 오랫동안 내가 해왔어. 이제 내가 남으려는 이유를 알겠지?"

순순히 받아들일 이오득이 아니었다.

"고집부리지 마. 스승님을 이어 번역을 해나가려면 당연히 요안 자네가 있어야 해. 옥에 갇힌 교우들이야 자네 아니더라도 보살필 사람이 나올 거야. 게다가 탁덕을 조선으로 모셔오는 일은? 자네 아니면 멈춰버릴 일이 한두 가지가 아냐. 이런 상황에서 스스로 붙잡히는 건 바보짓이야."

소인정이 이오득을 설득했다.

"잣골과 앵무당 교우들과 나는 친형제처럼 지냈어. 번역하고 필사한 서책을 전해주기 위해 여러 곳을 같이 다니기도 했지. 내가 교우들을 이끌고 달아난다면, 전혀 모르는 길로 갈 수는 없으니 적어도 한두 번은 갔던 길로 갈 게고, 또 친분을 쌓은 교인들의 도움을 받게 될 거야. 잣골에서 붙들린 교우들을 형틀에 올려 괴롭힌다면, 내가 갈 만한 곳 한두 군데는 튀어나오겠지. 포박당하는 건 시간문제야. 따라서 나는 교우들을 이끌지 못하겠네. 자네가 그들을 데리고 떠나는 게 백배 더 안전해. 내 말 들어."

이오득이 말했다.

"끝까지 잘난 척이군. 내겐 기회를 주지 않겠다 이거야? 자넬 잃고 싶지 않아. 함께 가세."

"이게 기회야. 나를 좀더 십자가 가까이 둘 기회. 자네에게 고마워할 일이 하나 더 느는군. 미안하네. 무거운 짐을 맡기는군."

"기다렸다가 붙잡힐 사람이 도망칠 사람에게 할 소린 아닌 것 같네만. 짐이라면 자네가 지는 게지. 내게 무슨 짐을 맡긴다고 그러는가?"

"야고버! 나는 아네, 자네가 얼마나 따뜻하고 듬직한 사람이란 걸. 자네가 아가다를 곡성에서 맡아줬기에 난 편히 번역도 하고 교우촌도 꾸리고 또 탁덕을 모시고 올 계획도 짤 수 있었다네. 이제 구병산 교인들까지 자네에게 부탁하니, 이게 무거운 짐이 아니면 무엇이란 말인가. 아가다는 나이가 어려도 우리 일을 도와 잠과 밥을 줄이면서 숨고 달아난 적이 꽤 있지만, 이곳 교우들은 마을을 떠나 도망친 적이 없다네. 게다가 스승님이 붙잡히셨단 소문이 벌써 돌았을 테니 잔뜩 겁을 집어먹었을 거야. 갈골로 곧장 가게. 오랫동안 스승님과 나를 도와 번역과 필사를 해온 이들이 선바위 뒤 움집에서 기다릴 걸세. 두려움에 사로잡힌 이들을 안전하게 피신시키는 것보다 어려운 일은 없어. 게다가 상대는 사학죄인을 붙잡는 일이라면 물불 가리지 않는 좌포도청의 징제비와 그 수하들이 아닌가. 기도하겠네. 고마워."

이오득이 마지막으로 확인하듯 물었다.

"꼭 이렇게까지 해야 하겠나?"

"전부를 지키려다간 전부를 잃네. 제 꼬리를 끊고 달아나는 도마뱀에게서 지혜를 얻어야 할 때일세."

소인정은 두 눈이 이미 젖은 공설이를 쳐다보았다.

"야고버 회장을 따라 최대한 멀리 달아나거라. 내 걱정은 말고. 이십육 년 전부터 갈망한 꿈을 이제야 이루는 것이니까."

공설이가 이오득과 소인정을 번갈아 보며 말했다.

"차라리 제가 남을게요. 징제비도 그렇고 또 그 사람도 저를 원해요. 제가 붙들린다면 반나절 아니 하루 정도는 관심을 돌릴 수 있을 거예요. 두 분은 하실 일이 아직 많잖아요? 제가 남을게요. 남게 해주세요."

소인정이 틈을 보이지 않고 잘랐다.

"내 말 똑똑히 들어. 넌 결코 잡혀선 안 돼. 무슨 일이 있더라도 널 꼭 지키겠다고, 십이 년 전에 야고버와 나는 천주님께 맹세했단다. 들녘도 널 지키려고 목사동 골짜기에 남은 거야. 명심해. 하늘에서 불이 떨어져 모두 목숨을 잃는대도 너만은 살아남아야 해. 다쳐서도 안 되고 붙잡혀서도 안 돼."

그 밤 장비는 좌포도청 포졸 십여 명을 거느리고 앵무당 마을을 지나 왕소나무까지 올라간 뒤 능선을 탔다. 그들이 북쪽이 아닌 서쪽을 택한 것은 꺾인 가지들이 있어서였다. 풍혈로 가선 근처를 뒤졌다. 이번에도 부러진 가지들을 발견했다. 소인정이 포졸들을 유인하기 위해 일부러 꺾어둔 가지들이었다.

움집을 에워싸고 급습했을 때, 그들을 맞은 사람은 소인정뿐이었다. 장비가 방문을 걷어찼지만, 소인정은 안경을 쓴 채 서안에 놓인 서책을 내려다보며 꿈쩍도 하지 않았다. 평온하게 앉은 모습이 장비를 더욱 화나게 했다.

"새끼가…… 이 판국에 책을 읽어?"

"복된 말씀입니다. 듣고 싶습니까? 듣기 싫더라도 방금 읽은 대목은 꿀처럼 달콤하니 들어보십시오. '의를 위하여 군난을 받는 이는 진복자眞福者로다. 천당이 저희의 것임…….'"

장비가 말허리를 잘랐다.

"다들 어디로 달아나고 혼자야? 넌 누구냐?"

소인정이 장비를 쳐다보았다. 이름을 밝히는 대신 외쳤다.

"'나는 과연 물로써 너희에게 세洗를 주어서 회개케 하되, 내 뒤에 오실 자는 나보다 더 능하심에, 나 그 신들메신이 벗어지지 않도록 신을 발에다 동여매는 끈도 풀기가 합당치 못하니, 저가 성신聖神과 불로써 너희에게 세를 주시리라'."

장비가 소인정의 뒷목을 틀어쥐곤 방문 밖으로 냅다 집어 던졌다. 안경이 깨지면서 코와 입부터 땅에 부딪힌 소인정은 앞니가 두 개나 부러졌는데도 비명은커녕 신음도 내지 않고 자세를 고쳐 앉았다. 안경 파편에 찢긴 듯, 미간에서 피가 흘러내려 바닥이 붉은 피로 물들었다. 장비는 서책을 갈기갈기 찢어 뿌린 뒤 소인정의 옆구리를 걷어찼다. 비대한 몸에 비해 너무나도 가벼운 몸놀림이었다. 일격을 당한 소인정은 숨을 내쉬기 힘든지 허리를 숙이곤 버둥거렸다. 장비가 다리를 높이 들어 머리를 짓밟으려는 순간, 명령이 날아들었다.

"멈춰!"

장비가 다리를 든 채 씩씩거리며 고개를 돌렸다.

"웬 놈이야?"

장비는 오직 두 사람 말만 따랐다. 상관인 금창배와 의형인 관우. 방금 들린 목소리는 금창배라기엔 젊고 관우라기엔 얇았다. 포졸 이사에게 업혀 들어온 사내는 마당으로 내려서서 걸음을 떼지 못했다. 오른손에 지팡이를 짚고서도 흠씬 두들겨 맞은 듯 온몸을 떨었지만, 장비를 노리는 두 눈만은 흔들림이 없었다. 사내의 얼굴을 알아본 장비의 얼굴이 명태처럼 굳었다.

"고……덕출? 요왕? 아니야. 넌 죽었는데? 시신을 태워 없앴다고, 금 종사관께서 틀림없이 말씀하셨는데……."

금창배는 고덕출이 간자 공원방이고 죽을 고비를 넘겨 회생했다는 사실을 관우와 장비에게도 숨겼다. 좌포도청에선 오직 한 사람 금창배만이 공원방의 행적을 관리해 온 것이다. 장비가 볼에 가득 바람을 넣곤 머리를 굴린 다음 물었다.

"너였어? 간자가?"

공원방은 장비에겐 답을 주지 않고 허리 숙여 소인정의 어깨를 짚었다. 간자는 어떤 경우에도 자신이 간자란 사실을 인정해선 안 된다.

"괜찮나?"

소인정이 고개를 들었다. 볼에 살점이 하나도 없고 광대뼈만 튀어나온 눈길을 피하지 않았다. 공원방이 왼손에 든 수건으로 소인정의 얼굴에 흐르는 피부터 닦으려 했다. 소인정이 그 손을 밀며 뿌리쳤다. 공원방이 수건을 쥐여 주며 말했다.

"닦아."

소인정이 비웃었다.

"네놈 눈엔 이 피만 보여?"

공원방이 잠시 침묵했다가 물었다.

"혹시…… 뼈라도 부러졌어?"

소인정이 공원방을 노렸다.

"공원방! 역시 너였군. 전라도 곡성에서 벌어진 일을 전라감영으로 끌고 오고, 또 전라도를 넘어 조선 팔도로 군난을 확장하는 걸 보며, 징제비도 징제비지만 간자가 곡성 교우촌으로 잠입한 건 아닐까 걱정했지. 이 정도로 재빠르고 광범위하게 교우촌을 급습하고 교인들을 잡아갈 솜씨를 지닌 간자는 공원방뿐이니까."

"대답부터 해. 다친 덴 없냐니까?"

소인정이 받아쳤다.

"네놈이야말로 답해 봐. 괜찮나? 죄 없는 사람들을 이십육 년이나 짓밟고도 살 만해?"

공원방은 답하지 않고, 지팡이를 장검처럼 높이 들어 장비의 어깨를 내리쳤다. 짧은 신음과 함께 장비는 왼 무릎을 접었다가 폈다. 지금까지 종사관 금창배 외에 장비를 때린 사람이 없었다. 공원방은 분이 풀리지 않은 듯 지팡이를 허공에 흔들며 꾸짖었다.

"소인정 요안과 이오득 야고버의 초상肖像을 진작 나눠줬잖아? 두 놈을 찾으면 매질하지 말고 오라로 묶기만 하라는 명령을 전해 받았을 텐데, 패대기를 쳐?"

장비가 두 주먹과 머리를 동시에 흔들어댔다.

"자그마치 이십육 년입니다. 을해년1815년엔 거의 붙잡을 뻔했었고요. 그때 잡았더라면 종사관 나리가 좌포도청에서 물러나시는 일도 없었을 겁니다. 다 이놈이 쥐새끼처럼 도망 다닌 탓입니다. 근데 순순히 오라로 묶기만 하라고요? 마음 같아선 당장 숨통을 끊고 싶지만, 간단히 인사만 한 겁니다."

"너만 이십육 년을 뒤쫓았어? 너한테는 이십육 년이지만, 내겐 이백육십 년 아니 이천육백 년보다 길었다. 네 기분 풀겠다고 날뛰다가 일을 그르쳐도 좋아? 또다시 명령을 어길 땐 네놈부터 족치고 좌포도청에서 내보내겠다. 새겨들어. 난 한다면 하는 사람이야. 알겠나?"

장비는 공원방의 눈을 피했다. 지팡이로 맞은 어깨를 주무르며 되물었다.

"묶을까요?"

"근처부터 샅샅이 뒤져, 숨어 있는 놈은 혹시 없는지."

장비는 포졸들을 데리고 골목으로 내려갔다. 포졸 장삼이 소인정의 두 손부터 결박한 뒤 팔꿈치를 떼지 못할 만큼 팔과 어깨를 둘러 묶었다. 공원방이 말했다.

"네놈들 수법을 알지. 교우촌 사람들이 한꺼번에 감쪽같이 사라진 적도 여러 번이었어. 은밀히 다가간다고 했는데 알아차린 게지. 포위당했고 모두 떠나기에 늦었다고 판단하면, 한두 명이 남아 방해를 해. 이번엔 야고버와 요안까지 둘 다 확실히 잡으려고 포위를 겹겹이 했지. 너희들이 징제비라고 부르는 금 종사관의 그물망이 얼마나 촘촘한지는 겪어봐서 알지? 결국 다 잡히고 말겠지만, 남아서 교란책을 펼 사학죄인은 네가 아니라 이오득 야고버일 거라 예상했어. 사내답게 나서는 게 자기 일이라고, 치명할 기회를 셋 중 가장 먼저 잡겠다고 처음 어울렸던 날부터 떠들어댔으니까. 그런데 요안 너라니, 뜻밖이군."

소인정이 딱 잡아뗐다.

"이 야고버? 그 사람을 왜 여기서 찾나?"

"만난 적이 없다?"

"이십육 년 전 천진암에서 간자가 되기 위한 훈련을 받고 한양으로 올라간 후 소식이 끊겼어."

공원방이 고개를 살짝 젓다가 말했다.

"여덟 살부터 열 살까지 설이는 상주 잣골에 있었더군. 앵무당도 가까우니까 종종 오갔을 테지. 설이를 맡아 글을 가르친 이는 바로 요안 너였고. 설이가 잣골을 떠나 도착한 곳이 바로 곡성 미륵골이야. 거기서 설이에게 옹기 빚는 법을 가르친 이는 야고버였고. 요안 너는 야고버와 만난 적도 없다는데, 설이가 왜 경상도 상주 잣골에서 전라도 곡성 미륵골로 갔을까. 미륵골로 간 후에도 왜 해마다 잣골을 다녀갔을까. 을해년에 둘이 작당하여 내 딸 설이를 납치해 놓고, 신유년1801년 이후 이십육 년 동안 만난 적이 없다?"

"완전히 잘못 알고 있군."

"뭘 잘못 안다는 거야?"

소인정이 묶인 어깨를 흔들며 턱을 들었다.

"납치한 적 없네. 공설이 그 아이가 스스로 내린 결정이야. 도와 달라고 간절히 매달리더라고."

"거짓말! 납치범은 너희야. 사학죄인들이 순박한 처녀들을 꾀어 끌고 간 적이 얼마나 많은지 헤아리기도 힘들 정도지. 내 딸 설이도 그렇게 당한 거야."

"세상 모든 말이 거짓이더라도 이 말만은 참이야. 네가 아무리 악명이 높더라도, 우린 간자의 딸을 납치하는 그딴 짓은 안 해. 악마와 맞선다고 악마와 같은 짓을 하면 우리도 악마가 되니까. 천진암 골짜기에서도 또 경상도 잣골까지 오는 동안에도 묻고 또 물었어. 설이는 분명하게 반복해서 답했네. 간자 공원방과는 단 하루도 살지 않겠다고. 우리가 받아주지 않는다면 혼자서라도 집을 나가겠다고. 엄마처럼 감시당하다가 죽고 싶지 않다고. 넌 흉악한 짓들을 감추려 했겠지만, 그게 감춘다고 감춰지겠나? 너 때문에 붙들리고 갇히고 얻어맞고 목숨까지 끊긴 이들의 마음을 헤아려본 적은 있고?"

공원방의 주먹이 소인정의 턱을 후려쳤다. 먹잇감을 쫓는 맹수처럼 가슴을 타곤 앉아서 연이어 주먹을 휘둘렀다. 소인정이 정신을 잃은 뒤에도 주먹질을 멈추지 않고 화를 냈다.

"개잡놈의 새끼들! 남의 딸 빼앗고 한다는 변명이, 뭐? 좋은 건 다 천주 탓 나쁜 건 다 내 탓이다 이거야? ……그 뻔한 헛소리를 나보고 믿으라고?"

소인정이 공원방에게 얻어맞는 동안, 이오득은 경상도 상주에서 벗어나는 중이었다. 언제나처럼 이오득이 앞장을 섰고, 공설이는 숨소리가 들릴 만큼 등 뒤에 붙어 걸었다.

비안을 지나 의성 등운산 자락에서 밤을 보냈다. 소인정이 알려준 갈골 선바위 뒤 움집에 숨어 있던 교우는 모두 열 명인데, 남자가 셋 여자가 일곱이었다. 일흔 살을 넘겨 기침이 잦은 정달상 안드리아가 가장 나이가 많았고, 다섯 살 윤차돌이 제일 어렸다. 도끼로 장작이라도 팰 사내는 서른 살 박치웅 욥밖에 없었다.

순서를 정해 번을 섰다. 식은 밥에 들풀을 반찬 삼아 허기를 달래곤 각자 누울 곳을 찾았다. 그래봤자 딱딱한 맨땅인데도, 눕자마자 대부분 잠들었다.

"좌포도청 포졸들이 경상도까지 들이닥쳤으니, 한양은 물론이고 충청도와 강원도까지 위태로워지는 것 아닌가요?"

앉아 버티는 교인은 이오득과 공설이뿐이었다. 공설이는 소나무 밑동에라도 등을 댔는데, 이오득은 어디에도 기대지 않고 꼿꼿하게 앉았다.

"구멍이란 구멍엔 모조리 화목을 던져 넣는 꼴이야. 창불을 제대로 때겠단 게지. 금창배에 공원방까지 나선 걸 보면 끝장을 볼 심산이야."

"끝장이라 하면……."

이오득은 주변을 살폈다. 교인들은 지쳐 잠든 지 오래였다. 너럭바위에 누운 윤차돌과 그 어미 조선자 마리아가 번갈아 코를 골았다. 박치웅은 그들이 올라온 골짜기 초입에서 불침번을 섰다. 공설이는 대나무를 깎아 만든, 새끼손가락보다 짧은 단소를 박치

웅의 손에 들려 줬다. 위급 상황이 닥치면 단소를 힘껏 불기로 한 것이다. 이오득이 설명했다.

"징제비가 원하는 건 나와 요안이야. 징제비는 신유년 대군난의 배교자 중에서 우리 셋만 찍어 간자가 되라고 강요했었지. 주어사를 거쳐 천진암에 가두곤 따로 공부까지 시켰다니까. 우리도 그전에 몇 번 갔던 곳이야. 서학에 관심 둔 이들이 은밀히 모여 새로운 가르침을 논하던 곳에 우리를 데려가 가뒀으니, 징제비란 별명이 왜 붙었는지 알 만하더군. 각종 서학서가 가득 쌓인 방에서 하루에 절반은 서책을 읽으며 천주교 교리에 관해 토론했고, 나머지 절반은 검이며 활 다루는 법과 사람들 환심 사는 법 등을 익혔지. 간자를 할 것인가 말 것인가 택할 권리는 우리에게 없었어. 간자가 되든가 아니면 섬의 섬으로 귀양을 가서 천민으로 살다 죽든가 둘 중 하나였어. 나야 원래부터 천것이고 어려서부터 팔도를 떠돌았으니 두려움이 없지만, 대대로 역관이었던 요안이나 한양에서 터 닦고 벼슬살이를 한 양반 자제인 베드루는 걱정이 매우 컸어. 천진암에서 한양으로 돌아온 후 요안은 나와 함께 달아났지만, 베드루는 결국 남았지."

"징제비를 피해 달아나자고 공원방 베드루에게도 권하긴 하셨습니까?"

"자신에겐 권하지 말라고 베드루가 미리 우리에게 부탁했어."

"그 사람이 왜 그런 부탁을……?"

공설이는 을해년에 천진암 골짜기의 집을 떠나 이오득과 소인정의 그늘로 들어간 후, 공원방을 아버지가 아니라 '그 사람'이라고 불렀다. 교우촌에 잠입하여 교인들을 색출하고 잡아들인 간자들의 이름은 시간과 장소에 따라 달라졌다. 공설이는 그중 열에 아홉을, 여덟 살까지 자신이 아버지라고 불렀던 공원방이라고 여겼다. 악행만 저지르는 악마 같은 자를 어찌 아버지라고 부른단 말인가.

"천진암에 들고 보름이 지났을 때, 셋이서 함께 달아난 적이 있었어. 치명을 못 하고 배교는 했지만, 간자를 한다는 건 상상만 해도 끔찍하더라고. 천주님을 배신하는 것보다 더 큰 죄는 없겠지만, 첨례를 올릴 때 내 옆에 앉았던 교우들을 속이고 고변하는 짓 역시 지옥에 열두 번은 가고도 남을 죄야. 세 사람 다 같은 마음이었어. 길게 의논하지도 않았고, 짧은 물음과 눈짓만으로 서로의 뜻을 확인했지. 갈까? 그리고 달아났던 거야."

"그 사람은 어찌하여 마음이 바뀐 겁니까?"

"두물머리에서 나룻배를 타고 건너가다 붙들렸지. 나중에 안 사실이지만, 그 밤에 징제비가 일부러 우리를 천진암 골짜기에서 붙잡지 않고 두물머리까지 가도록 내버려둔 거였어. 두 개의 물줄기 이쪽저쪽에 포졸들이 쫙 깔렸더랬지. 치도곤을 당하리라 각오했지만, 징제비는 매질하지 않았어. 탈출 모의를 어찌했는지 따지지도 않았고 십자가에 매달았지."

"십자가에 매달았다고요?"

"징제비도 서학서를 꽤 읽었어. 조선에서 천주교인이 왜 이토록 빠르게 많이 늘어나는지 알고 싶었다더군. 지피지기면 백전불패, 그런 마음이었는지도 모르겠어. 하여튼 우리가 두물머리까지 달아났다가 붙들려 돌아오는 동안, 천진암 뒷마당에 편백나무로 거대한 십자가를 세웠더라고. 그렇게 큰 십자가는 처음 봤어.

교인들이 품고 다니는 십자가들은 대개 소매나 허리춤에 쏙 넣어 감출 만큼 조그맣잖아? 옹기에 새겨 넣는 문양은 길이가 엄지나 검지 정도밖에 안 되고. 천진암 십자가는 사람을 매달 만큼 컸어. 징제비가 그러더라고. 골고다의 십자가가 어느 정도인지 알고 싶었다고.

징제비는 우리 셋을 그 십자가에 처음으로 매달았지. 손바닥과 다리에 대못을 꽝꽝 박진 않고, 줄로 묶기만 했어. 요안이 가운데였고 내가 오른쪽 베드루가 왼쪽이었지. 두 가지 생각이 한꺼번에 밀려왔어. 아, 이렇게 죽는구나, 하는 생각과 예수님도 이렇게 돌아가셨겠구나, 하는 생각! 난 그냥 이대로 죽어도 좋았어. 목이 잘려 죽지 않고 십자가에 매달려 죽는 것이 오히려 영광이라는 생각과 함께 눈물이 쏟아지더라. 우리 셋은 똑같이 눈물을 흘렸어. 난 셋 다 같은 마음이라고 믿었지. 반 시진쯤 지나갔을까. 징제비가 와선 우리 셋을 십자가에서 내렸어."

"죽이려고 한 건 아니었군요."

"연습이었다더군. 다음에 또 달아나다가 붙잡히면 정말 매달겠다고 했어. 다음 날 아침 약속이라도 한 것처럼 우리 셋은 뒷마당으로 나갔어. 십자가를 우러러보며 한동안 말이 없었어. 어제 저기 매달렸던 순간이 떠올랐던 게지. 베드루가 갑자기 요안과 내게 부탁했어. 징제비로부터 달아날 기회가 다시 생겨도 자신에겐 권하거나 알리지 말라고. 십자가에 매달려 죽긴 싫다고."

공설이가 확인하듯 물었다.

"그 사람만 생각이 달랐던 거네요. 그래서 한양으로 올라온 뒤 두 분만 달아난 거군요, 그 사람에겐 권하거나 알리지 않고. 그때 두 분이 또 붙잡히셨다면 천진암 십자가에 매달려 치명하셨을까요?"

"징제비는 허튼소릴 안 해. 죽인다면 죽이고 매단다면 매달았으니까."

"두 분은 두렵지 않으셨나요?"

이오득이 잠시 생각한 후 답했다.

"두려웠어. 이미 한 번 매달려 봤으니까, 그렇게 죽어간다는 게 얼마나 고통스러울지 확실히 알겠더라고. 하지만 내겐 더 큰 두려움이 있었어."

"더 큰 두려움, 그게 뭔가요?"

"회심 즉 마음을 돌리지 못한 채 죽는 거였지. 어제 배교하고 오늘 마음을 돌렸다 하여 그게 곧 회심은 아냐. 앞서 배교했을 때처럼 끔찍한 상황에서도 흔들리지 않고 천주님을 따를 때에야 비로소 회심한 것이라고 나 스스로 인정할 수 있어. 그러니까 달아났다가 금방 붙잡히면 회심도 뭣도 아닌 거야. 뭣도 아닌 상황에서 목숨을 빼앗길까, 더군다나 십자가에 매달리기라도 할까 그게 가장 두려웠지."

"탈출에 성공한 뒤, 두 분이 앞다투어 위험한 일을 맡겠다고 나선 이유를 알겠네요. 회심을 스스로 확인하려는 노력이었습니다."

"을해 군난 이후 십이 년이 흐르는 동안 징제비와 공원방이 함께 나선 적은 없었어. 공원방은 간자 노릇을 계속했지만, 징제비는 을해년에 요안과 나를 놓친 탓에 좌포도청에서 물러났지. 간간이 교인들이 관아로 잡혀가 고초를 겪었단 소식이 들리긴 했지만, 그건 지방 수령들이 벌인 사건들이고 나라 전체를 뒤흔들진 않았어. 불행 중 다행이었지. 우린 교우촌을 만드는 데 온 힘을 쏟았어. 내가 제안했지. 한 군데가 발각되면 세 군데를 만들자고."

공설이가 흐린 밤하늘을 올려다보며 질문을 하나 더 꺼냈다.

"상주를 떠날 때 설명을 듣긴 했지만, 징제비가 두 분을 반드시 잡겠다며 벌인 일이라면, 더더욱 두 분이 달아나셔야 하지 않습니까? 요안 회장님이 구병산에 왜 남으셨는지, 아직도 저는 이해가 되질 않아요."

이오득이 이십육 년 전에 일어난 대군난을 예로 들었다.

"신유년에 주문모 야고버 탁덕님은 안전한 곳으로 피신하셨음에도 불구하고 스스로 금부禁府, 의금부로 나오셨지. 교인들 곁에 계시기 위함이었어. 탁덕님 목숨은 위태롭겠지만, 목자는 두고 온 어린 양들을 더 걱정하는 법이니까. 아가다! 요안도 나도 각오하고 있었어. 이런 상황이 닥치면 회장인 우리가 책임을 져야 한다는 것을. 한데 요안과 내가 책임지는 방법이 서로 다르다는 걸 이번에 알았어. 난 책임을 지려면 옥 밖에 있어야 하고, 무엇보다도 살아 있어야 해. 옥에 갇혔다가 치명하면 천당으론 가겠지만, 지상에 남은 교우들을 이끌거나 위로할 순 없어."

그때 산길 초입에서 단소 소리가 들렸다. 가락을 탈 줄 모르는 높고 가는 소리였다. 이오득이 당황하지 않고 명령했다.

"다들 일어나시오. 피해야 하오."

잠들었던 사람들이 급히 깨어 따라나섰다. 어둠이 깊었지만 불을 밝힐 수는 없었다. 잠이 덜 깬 윤차돌이 울며 보챘다.

"아가다!"

내달리던 이오득이 고개를 돌려 공설이를 찾았다. 줄곧 등 뒤에 붙어 걷던 공설이가 사라진 것이다.

공설이도 단소 소리를 듣자마자 교인들을 흔들어 깨워 비탈을 내려갔다. 이오득이 선두를 맡아 달아나는 동안, 공설이는 제일 뒤에서 교인들을 독려하며 따르려 한 것이다. 다시 단소 소리가 들렸다. 이번에는 골짜기 초입이 아니라, 일행이 잠시 머물러 눈을 붙였던 소나무숲 언덕마루였다. 공설이는 생각했다. 이렇게 달아나다간 전부 잡혀. 추격자들을 한쪽으로 몰아야 빠져나갈 틈이 생겨!

품에서 한 손에 쏙 들어갈 만큼 작은 옹기병을 꺼냈다. 병마개를 열자 머루 향이 진했다. 양팔 소매와 겨드랑이와 목덜미까지 향을 묻혔다. 걸음을 뗄 때마다 나뭇가지에 소매를 댔다. 갈림길에서 이오득이 왼편을 택했을 때 공설이는 오른편으로 꺾었다. 나무와 바위와 풀에 향을 묻히며 잰걸음으로 달렸다.

추격자들은 머루 향에 이끌려 오른편 길로 접어들었다. 포졸은 전부 열 명이었고, 수염 긴 사내 관우가 선두를 맡았다. 공설이와 관우의 거리가 점점 좁혀졌다. 발소리가 귀에 들릴 정도로 가까웠다. 관우의 걸음이 늑대처럼 빨라졌다.

"서!"

숲이 쩌렁쩌렁 울릴 만큼 소리치며 휙 날아올랐다. 공설이의 뒷목을 낚아채기라도 할 기세였다. 그때 어둠을 뚫고 날아든 단검이 관우의 왼 어깨에 박혔다. 뒤이어 날아든 단검은 오른쪽 허벅지를 찢었다. 급습을 당한 관우가 비탈을 굴렀다. 뒤따르던 포졸들이 급히 따라 내려가선 관우를 부축했다.

"가서 잡아. 어서!"

포졸들이 다시 공설이를 쫓았다.

공설이가 골짜기를 건너 느티나무를 돌아 숲으로 들어서려는 순간, 누군가 입을 막으며 팔을 잡아끌었다. 주먹부터 내지르려는 공설이에게 제 이름부터 밝혔다.

"길치목! ……쉿!"

산포수였다. 길치목의 사나운 얼굴에 들녘의 온화한 얼굴이 겹쳤다. 목사동 골짜기에서 들녘은 길치목에게 아가다를 꼭 지켜달라고 부탁했었다. 곡성 목사동에서 상주 잣골까지 올라가는 동안 길치목은 줄곧 공설이를 따랐다. 따르긴 했지만 모습을 드러내진 않았다. 있는 듯 없는 듯 따르다가 도움이 필요할 때만 나타나겠다고 했다. 지금이 바로 그때였다. 길치목이 급히 호피로 만든 윗옷을 벗어 건넸다.

"나 여깄소, 소문낼 요량이 아니라면, 어서 갈아입어요."

길치목이 돌아섰다. 공설이가 머루 향내 폴폴 나는 옷을 벗고 호피 옷을 입었다. 손가락까지 전부 덮고도 남을 만큼 큰 옷이었다. 길치목은 공설이가 넘긴 옷을 돌멩이에 묶어 계곡 아래로 던졌다. 돌멩이가 날아가 떨어진 방향과 정반대 능선을, 공설이를 앞세우고 타기 시작했다.

추격자들을 따돌리고 청송 보광산에 들어서고 나서야, 길치목은 걸음을 멈추었다. 공설이에게 팽나무 그루터기를 양보한 뒤, 바위에 기댄 채 말했다.

"들녘의 부탁을 들어주지 못할 뻔……."

공설이가 갑자기 울음을 터뜨렸다. 당황한 길치목은 이야기를 마무리 짓지도 못한 채, 선돌에서 등을 뗐다. 울음이 잦아들 때까지 위로의 말도 건네지 못하고 기다렸다. 공설이가 길치목의 어깨 위에 뜬 보름달을 젖은 눈으로 쳐다보며 말했다.

"들녘, 그이는 목사동으로 들어온 후 줄곧 두 친구를 걱정했답니다. 산포수 길치목 님은 총을 흔들며 사내답게 굴지만 순박하고 여린 구석이 많은 사람이라더군요. 장 귀도 형제님은 어찌 지내나요?"

"예전처럼 장선마을과 곡성 곳곳을 돌아다니며 빌어먹습니다. 불편한 팔다리가 오른쪽에서 왼쪽으로 바뀐 것 외엔 다 똑같죠. 아무 데서나 자고 아무것이나 먹고, 씻지도 않아 백 보 밖에서도 악취가 납니다. 처음엔 알은체도 안 했습니다. 서먹서먹할 수밖에 없지요. 짱구가 내게 거짓말을 했고, 나는 그 거짓말을 믿고 광대처럼 놀아났으니까. 마을에서 짱구를 다시 만나면 두들겨 패주려 했는데, 막상 아이들에게 돌팔매질까지 당하면서 절뚝절뚝 도망치는 꼴을 보니 혼내줄 마음이 싹 사라졌습니다. 죽곡으로 데려가선 이밥에 고깃국을 먹였죠."

"밉지 않나요? 왜 그렇게까지 챙기는 거죠?"

길치목이 헛웃음을 흘렸다.

"어쩝니까 그래도 친군데…… 바보짓 한 게 한두 번이 아니고……. 나를 돕겠다더군요. 죄인들이 오랏줄에 줄줄이 묶여 전라감영으로 떠나기 위해 곡성 관아를 나설 때, 난동을 부리겠다고 했습니다. 아전과 교졸 들의 시선을 돌린 틈에 강송이를 데리고 달아나라더군요. 짱구는 죄인들이 관아 대문을 열고 나서자마자, 자신도 감영으로 같이 가겠다며 고함을 지르고 드러누웠습니다. 인솔을 책임진 아전과 교졸 들이 짱구를 에워싸더군요. 나는 재빨리 강송이 곁으로 가선 오랏줄을 끊으려 했습니다. 그런데 차갑게 거절하더군요. '그만둬요!' 왼손으론 줄을 잡고 오른손으론 단검을 쥔 나는 놀라서 쳐다봤습니다. 강송이가 다시 작고 분명하게 말했습니다. '그걸 끊으면 영원히 당신 안 볼 거예요.'"

"그래서 전주까지 따라갔어요?"

"줄을 끊지 않고 물러섰으니까요. 내가 옥 밖에 있다는 걸, 공방 석여벽의 친척인 옥리를 통해 알린 뒤 또 기다렸습니다. 조바심이 났지만, 내가 업고 갔던 짱구는 참 잘 버티더군요. 짱구가 없었으면 제풀에 지쳤을 겁니다. 그러다가 드디어 강송이로부터 연락이 온 것이죠⋯⋯."

그 순간 화살이 날아들었다. 공설이의 어깨에 두 대가 박히고 옆구리에 한 대가 꽂혔다. 좌포도청 포졸들이 거기까지 추격한 것이다. 길치목은 공설이를 업고 내달리기 시작했다.


"신태보 베드루와 소인정 요안은 잡았는데, 이오득 야고버는 놓쳤다?"

좌의정 조택우가 두루마리에 적힌 이름들을 내려다보며 혀를 끌끌 찼다. 그 앞엔 금창배와 공원방이 나란히 앉았다. 공원방이 허리를 반쯤 숙이며 이야기를 꺼내려 할 때 금창배가 눈으로 말렸다. 조택우가 두루마리를 마저 살피곤 말을 이었다.

"잡아들인 이가 오백 명이 넘는군. 곡성과 연결된 사학죄인들이 이렇게 많았다니 기가 찰 노릇이야. 딴 놈들은 놓치더라도 곡성에 은거하며 전라도 여러 곳에 교우촌을 만든 이오득 야고버 이놈은 잡았어야지. 금 종사관 솜씨가 예전 같지 않군."

공원방이 끼어들었다.

"소인정도 이오득 못지않게 악독한 자입니다. 이십육 년이나 뒤쫓았으나 번번이 놓친 사학죄인을 급습하여 사로잡았으니, 금종사관의 공이 매우 큽니다."

조택우가 이마에 주름을 잔뜩 잡았다.

"소인정 요안과 이오득 야고버가 네놈 벗이라지?"

"원수입니다."

질문을 고쳤다.

"공설이라고 했던가? 그 아이는?"

"놓쳤습니다. 하지만 꼭 찾을 겁니다."

조택우가 금창배에게 확인했다.

"마지막 기회를 달라 청하지 않았는가? 이 정도면 충분하다고 보는가?"

"뿌리까지 완전히 도려내진 못했습니다. 하지만 적어도 삼십 년은 하삼도에 싹을 틔우지 못할 겁니다. 더 잡아들이길 원하십니까?"

조택우는 금창배와 공원방을 번갈아 본 후 눈을 감고 고개를 들었다. 공원방은 할 말이 남았지만, 금창배가 오른 주먹을 펴고 흔들어 말렸다. 조택우가 눈을 뜨고 두루마리를 다시 내려다보았다.

"나랏일이 한두 가지가 아니야. 전라감사가 이 일에만 매달릴 수도 없고. 당상관들도 이쯤에서 벌줄 놈들 가려 벌주고 덮자는 의견이 많아. 극형으로 다스리길 원하는 자들이 몇 명이랬지? 스무 명? 그보다 더 되는가? 그놈들 명단만 따로 정리해서 가져와. 그리고 넘어가도록 해."

"알겠습니다."

"안 됩니다."

동시에 나온 답이 정반대였다. 조택우가 공원방에게 물었다.

"안 된다? 그 이유가 무엇이냐?"

"믿음이 약한 자들은 곤장 한두 대만 맞아도 배교하지만, 뼛속까지 예수를 따르는 자들은 목숨까지 기꺼이 바치려 듭니다. 그런 자들을 한꺼번에 죽이는 것은 저들의 술수에 말려드는 겁니다."

조택우가 쏘아붙였다.

"그 주둥이 함부로 놀리지 마. 간자면 간자답게 굴어야지. 나랏법에 따라 죄인을 다스리는 일이다. 술수에 말려든다니?"

공원방이 오히려 더 나아갔다.

"저들은 치명자를 떠받듭니다. 예수를 믿는다는 이유로 처형당한 이들만 모은 서책들을 돌려 보며 달달 외울 정도로 읽지요. 그들을 성인聖人으로 기리며 따릅니다. 지금 사학죄인들을 처형하는 것은 긁어 부스럼을 만드는 겁니다. 저들은 후회하거나 반성하는 대신, 치명자의 이름을 가슴에 품고 다시 뭉칠 겁니다."

"허면 어찌하자는 것이냐?"

"옥에 가두되 죽이진 마십시오. 치명자를 단 한 명도 만들지 않는 겁니다."

"가두어만 두라? 전라감영 옥이 가득 찼음을 너도 보았지 않느냐?"

"가두어만 두자는 게 아닙니다. 배교시켜야 합니다. 시간보다 무서운 적은 없습니다. 지금은 끌려온 자들이 옥에 많이 모여 있습니다. 오며 가며 서로 눈빛을 나누겠지요. 고형을 당하며 외치는 비명과 신음 소리를 들을 겁니다. 옥리가 잠시 한눈을 판 사이에 무릎을 꿇고 서로를 보며 기도를 올리기도 하겠지요. 마을에서 옥으로 첨례 장소만 바뀐 셈입니다. 제 생각은 간단합니다. 각 죄인의 삶 전체가 흔들릴 가장 치명적인 약점을 찾는 겁니다. 그걸 무기 삼아 배교시켜 새 사람을 만들어야겠지요. 만에 하나 그 과정에서 목숨이 다하는 죄인이 나오더라도, 치명으로 비칠 부분을 미리 지워야 합니다. 감옥에 가두었으되, 단 한 명의 치명자도 나오지 않았다는 것. 그리고 그토록 치명을 바라던 사학죄인들이 모조리 배교하고 풀려났다는 것. 거기까지 가보는 겁니다. 끝날 때까진 끝난 것이 아닙니다."

조택우가 금창배에게 물었다.

"어찌 생각하는가?"

"해볼 만합니다. 죽이면 자백을 더는 받아낼 수 없지만, 살려둔 채 배교시키면 달아난 이오득을 붙잡을 단서도 나올 겁니다."

조택우가 공원방에게 물었다.

"언제까지 감영에 갇힌 죄인들을 모조리 배교시키겠느냐?"

빠를수록 좋겠지만, 공원방은 쉽게 답할 수 없었다. 금창배가 기간을 제시했다.

"오 년 정도면 어떻겠는지요?"

"삼 년! 네게 주는 마지막 기회다. 그때까지 옥에 갇힌 사학죄인들을 모조리 배교자로 만들어라. 하겠느냐?"

금창배가 두 손으로 바닥을 짚고 머리를 숙이면서 답했다.

"하겠습니다."

# 검은 고양이 생쥐 이야기

1828년
강 수산나가 전라감영에서 1827년 5월 곡성 미륵골로 돌아왔고, 이듬해 스무 살에 죽었다.
강송이라고도 불렸다. 강성대 가별의 손녀다. 강 가별이 모은 서학서들을 어려서부터 읽으며 언문과 한문을 익혔다. 뜻이 굳고 조용하며 아름다웠다.


공원방이 지당에 쥐를 넣어 강송이를 괴롭힌 후, 쥐가 없어도 강송이의 비명은 그치지 않았다. 꿈에서도 계속 쥐에게 쫓겼고, 깨어나서도 천장에서 장대비처럼 떨어지는 쥐들의 울음에 경기를 일으켰다. 오들오들 떨며 먹지도 자지도 못했다. 감귀남이 강송이를 품에 안고 쉼 없이 기도했지만, 환영과 환청은 사라지지 않았다. 그렇지 않아도 야윈 몸이 쪽방에서 쥐 떼와 밤을 보낸 뒤론 뼈밖에 남지 않았다. 먹은 것이 없는데도 계속 토했다.

"부적이라도 붙여야겠어. 이러다간 사나흘을 못 넘길 거야."

맹인 무녀 금단이 혀를 쯧쯧 찼다. 모독이 말꼬리를 붙들었다.

"그럼 써."

"침은 놓지만 부적은 안 쓴다."

"무당이 부적 못 쓴단 소린 처음 듣네."

"못 쓰는 게 아니라 안 쓰는 거야. 원하면 굿판은 벌일 수 있지.

굿만 하면 쥐들은 단숨에 사라져. 어떤가, 할 맘 있나?"

감귀남이 단칼에 잘랐다.

강송이를 위해 나선 이는 진목서였다. 진목서는 명일덕에게 초상화 한 점을 그려주기로 하고, 늦은 밤 문방사우를 빌렸다. 기도를 마친 뒤, 벼루에 먹을 갈고 붓을 찍어 망설임 없이 그려나갔다. 임중호가 감탄했다.

"그림 밖으로 튀어나오겠군요. 딱 요렇게 생긴 검은 고양이를 한 마리 키웠습니다. 이름이 '생쥐'입니다. 웃기죠? 어느 배에서나 쥐 몇 마리씩은 숨어 사는 법입니다만, 제가 조동무로 있던 옹기배엔 쥐가 한 마리도 없었습니다. 검은 고양이 생쥐가 모조리 잡아먹어서 그렇습니다. 배가 불러 먹지 못하더라도 쥐가 보이면 무조건 잡습니다. 허공으로 올렸다가 받으며 놀다가 그마저 재미없으면 순자강으로 휙 던졌죠."

감귀남은 누워 있는 강송이의 가슴에 그림을 올렸다. 얼굴을 잔뜩 찡그린 채 이어지던 신음이 그치더니, 낮게 코까지 골며 깊은 잠에 빠져들었다.

그때부터 강송이는 쥐 떼에 대한 환영과 환청을 앓진 않았다. 그러나 계속 밥을 못 삼켰고 잠을 못 이뤘다. 옆 사람의 숨소리를 듣고도 깜짝깜짝 놀랐다.


열흘 뒤, 1827년 5월 강송이는 전라감영에서 풀려나 곡성으로 돌아갔다. 옥을 걸어 나갈 힘도 없어서, 소달구지에 실렸다.

곡성에 도착한 뒤엔 산도깨비 다섯 여인과 함께 지냈다. 일 년을 더 산 것도 다섯 여인의 지극한 보살핌 덕분이었다. 강송이가 죽은 뒤, 진목서가 그려준 고양이 그림이 그녀의 허리춤에서 나왔다는 소문이 돌았지만, 명백한 거짓이다. 임종을 지킨 다섯 여인에 의하면, 곡성에 되돌아온 강송이에게서 고양이 그림을 본 적은 없다고 했다. 쥐를 끔찍하게 싫어하는 것은 여전했고, 놀라서 비명을 지른 적은 있지만, 고양이 그림을 꺼내 품지는 않았다는 것이다.

강송이는 공설이 아가다가 한양에서 선물한 성녀 아가다 편경을 품은 채 세상을 떠났다. 정해년1827년 곡성 옥에 갇힐 때 빼앗긴 편경을 언제 어떻게 돌려받았는지는 아무도 몰랐다.

# 꿈결 따라 소리하는 이야기

1829년 1월

월심이 만경강에서 배를 띄우고 소리를 하다가 빠져 죽었다.

전라감영 관기 서진의 제자이다. 서진도 천주교인으로 이름은 누갈다이다. 월심은 다섯 살부터 동기童妓 수업을 받았다. 1827년 옥에 갇혔을 때는 겨우 열 살이었다. 월심이 태어나기도 전에 기적妓籍에서 이름을 지우고 전주를 떠난, 하삼도 으뜸 가기歌妓로 손꼽히는 매향에 견줄 만큼 소리를 잘했다.

서진의 제자 중 녹류, 풍화, 홍설, 추향, 금옥은 1827년 여름이 끝나기 전에 배교한 뒤 석방되었다. 나이가 가장 어린 월심만 1829년 1월까지 옥살이를 했다. 쾌활하고 솔직하며 겁이 없었다. 천주교인이란 사실을 숨길 뜻이 전혀 없었다는 뜻이다. 금창배가 꾸짖었다.

"어린것이 뭘 안다고 고집을 부려?"

"회개하여 어린아이처럼 되지 않으면 천당에 가지 못한다고 예수님께서 말씀하셨어요. 제가 바로 그 어린아이예요. 어른들 이야기만 듣지 마시고, 아이가 왜 천주님을 믿고 따르는지 들어주세요."

1827년 봄부터 여름까지 전국에서 많은 천주교인들이 전라감영으로 붙들려 왔으며, 낮밤 가리지 않고 문초가 이어졌다. 금창배가 '지옥'이라 명명한 옥 안에 갇힌 남녀들은 감영 옥의 죄인들보다 열 배는 더 괴롭힘을 당했다. 월심의 작고 여린 몸 역시 얻어

맞고 매달리고 꺾였다. 옥으로 돌아와선 오래 앓았다. 처참한 나날
에도 월심은 종종 소리를 했다. 역경을 이기고 행복을 되찾는 대목
을 즐겨 골랐다. 심봉사 눈 뜨는 대목이라든지 이몽룡이 암행어사
로 출두하는 대목이라든지 흥부가 박을 타 부자가 되는 대목이 그
러했다. 월심의 소리를 좋아하는 옥리들이 적지 않았기에, 듣고도
모르는 척하거나 아예 어느 대목을 들려달라 청하기도 했다.

그중에는 관우와 장비도 끼어 있었다. 자신들에게 붙은 별명,
즉 관우와 장비가 활약하는 대목을 부르라는 것이다. 관우가 청룡
언월도를 휘돌리며 돌진할 때는 좌포도청 관우도 검을 쥐고 달려
나갔고, 장비가 장판교에서 버티고 섰을 때는 좌포도청 장비도 늠
름하게 콧김을 뿜어댔다.

월심은 서서 하다가 지치면 주저앉아 불렀고, 앉을 힘도 남아
있지 않으면 드러누워 불렀다. 그 소리에 죄인들은 한 번 더 웃기
도 하고 한 번 더 울기도 했다.

판소리 눈대목들을 할 때는 분위기가 풀렸지만, 월심의 입에서
예수님이 흘러나올 때는 혹독한 응징이 뒤따랐다. 때를 가리지 않
고, 옥을 나설 때나 옥으로 돌아올 때나 옥에 돌아온 후에도 불렀
다. 옥에 갇힌 교우들을 위하는 소리이기도 했지만, 자신을 위로
하고 격려하는 소리였다. 옥리들이 오고 포졸들이 오고 관우와 장
비까지 와서 위협해도 입을 닫지 않았다. 그 소리가 지옥은 물론
이고 전라감영 구석구석에 퍼지도록 둘 순 없기에, 월심은 다시
지당으로 끌려갔고, 소리를 아예 할 수 없을 만큼 곤장을 맞거나
주리가 틀렸다. 정신을 잃고 까무러쳤다.

이레를 심하게 앓은 적도 있었다. 기침이 끊이질 않은 데다가

목이 붓고 콧물이 줄줄 흘렀다. 용하기로 소문난 금단의 침도 소용없었다. 감귀남이 월심의 머리를 제 무릎으로 받히곤 눈을 맞추며 속삭였다.

"소리하고 싶지? 내가 매일 기도하고 싶듯이 너도 매일 소리하고 싶을 게다. 조금만 참아. 너도 쉬라고 천주님이 이런 병을 주신 거란다. 네가 나을 때까진 내가 만든 소리를 들려줄게. 이야기했던가? 전 안또니와 난 옹기꾼의 눈에 비친 예수님의 일생을 판소리로 만들고 있단다. 제목은 〈옹기꾼의 노래〉! 곡성에 내려오고 십이 년이 지났는데도 완성을 못 했단다. 들어줄래?"

감귀남은 소리를 시작했다. 건너편 남옥의 남자 죄인들은 물론이고 여옥의 여자 죄인들 귀에도 들리지 않을 만큼 목소리가 작았다. 전원오만 아내인 감귀남이 월심의 머리를 무릎 위에 얹고 웅크린 채 무엇을 하는지 알아차렸다. 감귀남은 이레를 꼬박 〈옹기꾼의 노래〉를 불렀다. 하루면 끝날 분량이었지만, 문초도 당해야 하고 고형도 받아야 했기에 토막 난 시간밖에 허락되지 않았다. 월심이 잠든 뒤에도 감귀남은 소리를 그치지 않았다.

이레가 지나고, 월심은 병이 나은 뒤에도 더 이상 소리를 하지 않았다. 말수까지 점점 줄어, 한마디도 하지 않고 하루를 보내기도 했다. 조용하고 어두웠다. 쾌활하고 솔직하던 모습은 찾을 수 없었다.

그렇게 또 이레가 지난 후 월심은 꿈결에 소리를 시작했다. 옥에 갇힌 죄인들부터 놀랐다. 야밤에 갑자기 크고 맑고 힘찬 소리를 시작한 것이다. 전원오와 감귀남 부부가 제일 먼저 몸을 일으켰다. 월심이 부른 소리가 〈옹기꾼의 노래〉였던 것이다.

감귀남이 월심의 입을 막고 흔들어 깨웠다. 옥리 중 막둥이인 석둥개가 쇠문을 열고 고개만 들이밀었다. 감귀남이 월심의 잠꼬대라며 둘러댔다. 쇠문이 잠긴 후 나란히 누웠던 감귀남이 물었다.

"언제 다 외웠어?"

월심이 반문했다.

"외우다뇨?"

"방금 네가 〈옹기꾼의 노래〉 첫 대목을 불렀잖아? 굽이굽이 흘러가는 요단강!"

"제가 소리를 했다고요? 꿈에 강을 따라 걸었던 건 맞아요. 저만치 앞서 걷는 사내는 예수님이셨고요."

"꿈이라고?"

놀라 되묻는 감귀남의 목소리가 컸던 탓에 죄인들이 바닥에서 머리를 뗐다. 감귀남이 또 얼버무렸다.

"꿈을 꿨대요. 소리하는 꿈. 그래서……."

모두 다시 잠을 청하자, 월심이 감귀남에게 속삭였다.

"소리하는 꿈을 꾼 적은 없어요."

감귀남이 손을 꼭 쥐곤 물었다.

"꿈에 강을 걸었고 예수님을 뵈었단 말이지?"

"맞아요."

월심이 꿈결에 소리하는 횟수가 차츰 늘었다. 밤에 누워 자다가 소리를 하기도 했지만, 낮에 앉아서 잠깐 조는 틈에 소리가 나온 적도 있었고, 곤장을 맞다가 기절했을 때 소리를 한 적도 있었다. 그때마다 흔들어 깨우면 월심은 꿈을 꾸었을 뿐이며 소리를 한 사실은 알지 못했다. 금창배가 불러 따지자, 월심은 더 답답한 표정을 지었다.

"제 맘대로 안 돼요. 저는 단지 꿈을 꿀 뿐이에요. 꿈결에 어떤 소리를 하는진 몰라요, 정말!"

금창배는 월심을 재우지 말라고 명령했다. 옥리방으로 옮긴 뒤 감시했다. 옥리들은 돌아가며 잠을 잤지만, 월심은 방 가운데 서 있어야 했다. 옥리들은 월심이 눈을 감기만 해도 어깨를 밀거나 팔꿈치를 꼬집어댔다.

사흘째 되던 밤 월심의 크고 시원한 소리가 감영을 다시 뒤흔들었다. 관우가 그 소리에 놀라 옥리방을 열었다. 월심은 선 채 잠들어 소리를 하였고, 석둥개는 기절한 채 방바닥에 쓰러져 있었다. 깨어난 석둥개의 설명이 기이했다.

"계속 깨웠습니다. 사흘째엔 잠시만 방심해도 월심의 눈꺼풀이 내려가더군요. 비틀거리고 벽에 기대 자려고 들기에, 볼과 팔뚝을 꼬집고 비틀었습니다. 그러다가 저는 목이 말라서 물을 한 잔 마셨거든요. 그 짧은 순간에 월심이 잠들었나 봅니다. 열 살 계집아이 목소리라곤 상상하기 힘들 만큼 우렁찼어요.

'보라, 내가 너희에게 권한을 주리. 뱀과 전갈을 밟아보라. 원수의 온갖 힘을 억눌러라. 이제 아무도 너희를 해치지 못하리.'

저는 월심을 흔들어 깨워야겠다는 생각뿐이었습니다. 급히 팔을 뻗었는데, 제 몸이 쿵 하고 쓰러지더군요. 거대한 힘이 제 가슴과 배를 눌렀습니다. 버둥댔지만 반격하거나 벗어날 수 없었어요. 발에 밟힌 뱀이나 전갈처럼요."

월심의 소리는 그 후 매일 흘러나왔다. 그 기간 동안 옥리들은 괴이한 경험을 했다. 월심이 소리를 시작하자마자 잠이 들어버렸다는 옥리도 있고, 다가가서 깨우려 했으나 힘에 밀려 감영 밖까지 물러났다는 옥리도 있고, 소리가 바늘처럼 온몸을 찔러대서 담벼락에 숨을 수밖에 없었다는 옥리도 있었다.

관우가 나섰다. 거대한 힘에 밀리는 것을 막기 위해 아예 자신의 오른손을 월심의 왼손에 묶었다. 자시子時에 월심이 소리를 시작하자, 옥리방의 등잔 두 개가 한꺼번에 꺼졌다. 관우는 왼팔을 뻗어 월심의 입을 막으려 했다. 작고 오뚝한 코 아래로 입이 없었다. 턱을 쥐고 올라갔지만, 소리를 내는 입이 만져지지 않았다. 소리가 월심의 등에서 나는가 싶어 훑었지만 거기에도 입은 없었다. 배에도 없었고 무릎에도 없었고 팔꿈치에도 없었고 손등에도 없었다. 월심을 깨우려고 손을 뻗어 코 위 그러니까 눈을 더듬으려했다. 그런데 이번엔 두 눈이 거기 없었다. 너무 놀란 관우가 꿈인가 싶어 주먹으로 제 뺨을 쳤다. 저만큼 나가떨어졌다. 꿈이 아니었다.

금창배는 명령을 바꿔 월심을 재우라고 했다. 소리만 지옥 밖으로 퍼지지 않도록 대책을 세우자는 것이다. 여옥 구석에 월심이 들어가 누울 만큼 바닥을 판 것이다. 금창배가 월심에게 제안 아닌 제안을 했다.

"졸리면 언제든 들어가서 자. 거기서 뭘 하든 상관하지 않을 테니까."

월심이 구덩이로 들어가 누우면 두꺼운 나무판으로 덮었다. 소리가 아무리 장쾌해도 지옥 밖까지 새어 나가지는 않았다.

구덩이를 찾는 시간이 늘어났다. 처음에는 밤에만 누웠지만, 낮에도 간혹 들어가기 시작했다. 허기를 채울 때는 자리를 지켰는데, 그마저도 가끔 빠졌다. 월심은 감귀남에게 털어놓았다.

"궁금해서 견딜 수가 없네요. 어떤 구름을 보실까, 어떤 나무를 만지실까, 어떤 돌을 주우실까. 잠이 들면 그걸 다 확인할 수 있거든요. 하루 이틀 굶는다고 죽는 건 아니니, 예수님을 더 가까이에서 오래 따라다닐래요."

깨어 일하기 위해 자는 것이 아니라 자며 꿈꾸기 위해 잠깐 깨는 식으로 삶이 바뀌었다. 깨어 있을 때도 거의 움직이지 않고, 벽을 향해 앉아선 혼자 웃거나 또 혼자 울었다. 꿈에 본 풍경과 들은 말을 다시 떠올리며 깨어 있는 시간을 채웠다. 감귀남이 곁에서 몇 마디 물으면 꿈결에 찾아든 예수님에 대해 이런저런 답도 했다. 감귀남은 그 답을 따라 〈옹기꾼의 노래〉를 고치고 다듬고 새로 썼다. 월심이 기대에 찬 눈으로 먼저 묻는 날도 있었다.

"십자가에 못 박히셨다가 사흘 만에 부활하시는 모습도 볼 수 있겠죠?"

"어디까지 예수님을 따라갔니?"

"아직 갈릴래아 호숫가에 계셔요. 곧 예루살렘으로 떠난다고 하셨어요."

전원오와 감귀남은 문초를 받으러 함께 지옥을 나섰다가 짧은 대화를 나눴다.

"어떻게 해요? 우린 〈옹기꾼의 노래〉를 예루살렘 입성까지만 지었잖아요? 월심의 꿈도 거기서 막힐지 몰라요."

"기도하며 기다려봅시다. 이런 일이 일어나리라고 그 누가 짐작이나 했겠소. 천주님께서 어린 소리꾼과 함께하고 계십니다."

월심도 하루빨리 부활의 순간을 보고 싶었던 것일까. 잠자는 시간도 늘고 꿈결에 소리하는 시간도 늘었다. 하루가 이틀이 되고 이틀이 사흘이나 나흘이 되었다. 나흘 동안 꿈꾸며 소리하다가 깨면, 허리를 굽혀 앉을 힘도 없었다. 코끝이 닿는 나무판을 겨우 툭툭 칠 뿐이었다. 감귀남이 나무판을 걷고 월심을 안아 올린 뒤, 찬밥과 물을 섞어 먹였다. 월심은 허기를 채운 뒤 나흘 동안 자신이 꿈에 본 것들을 드문드문 이야기했다. 감귀남은 〈옹기꾼의 노래〉를 다시 손봤다.

일 년이 흘렀다. 월심은 나날이 야위어갔다. 온종일 잠만 자고, 자면서 꿈을 꾸고, 그 꿈을 따라 소리하느라, 매일 세끼를 배불리 먹어도 모자랄 나이에 나흘마다 겨우 한 끼를 먹었다. 살이 빠진 만큼 소리도 작아졌다. 나무판을 덮으면 지옥에서도 월심의 소리가 전혀 들리지 않았다. 혹시 죽었을까 싶어, 하루에도 몇 번씩 나무판을 열고 월심의 코 밑에 손가락을 대곤 했다.

늦가을부터는 잠자는 시간이 더 늘었다. 닷새를 지나 엿새를 넘어 이레에 이르렀을 때, 월심은 잠을 깨어 감귀남 품에 안겨서도 입을 닫았다. 꿈에 본 풍경을 물어도 엷은 미소만 지었다. 어느 날엔 아예 깨어 있으면서도 눈을 감은 채 지냈다. 아직 예루살렘이 보이진 않는다며 울먹이다 말았을 뿐이다.

해를 넘기고, 월심이 이레 만에 깨어났을 때, 겨우 한마디 했다.

"예수님께서 이제 들어가세요, 예루살렘으로!"

"나귀를 타셨어?"

월심이 고개를 끄덕였다.

"졸려요. 추워요. ……다시 자야겠어요."

"목이라도 축여! 밥알이라도 먹고."

"거긴…… 따뜻해요."

월심이 다시 눈을 감으려는데, 쇠문이 열리면서 관우가 옥리들을 데리고 들어왔다.

"월심을 당장 풀어주란 명이 내렸다."

감귀남이 막아섰다.

"일어나 앉지도 못합니다. 옮기는 도중에 더 빨리 불행이 닥칠 겁니다. 여기서 편히 머무르다가, 떠나도 떠나게 해주세요."

"비켜."

관우가 밀쳤다. 감귀남은 엉덩방아를 찧었다가 무릎을 꿇은 채 관우의 바지를 잡고 매달렸다.

"밤이 깊었습니다. 내일 아침에 보내세요. 이 밤에 이 추위에 이 허약한 아이를……."

"그러다가 송장이라도 치면? 치명자가 나왔다고 너희 연놈들이 떠들어댈 것 아냐?"

관우가 감귀남의 어깨를 밀어 밟았고, 석둥개가 월심을 업고 옥에서 나왔다.


월심은 전라감영 대문 밖에서 기다리던 녹류, 풍화, 홍설, 추향, 금옥에게 넘겨졌다. 다섯 관기는 1827년 여름까지 옥에 갇혔다가 배교한 뒤, 만경강 강가에 초가를 짓고 함께 살았다. 감영에서 중요한 연회가 있을 때면 불려가서 노래도 하고 춤도 추었다. 사학 죄인이었다는 오명이 낙인처럼 찍혔지만, 전라도를 통틀어 그녀들보다 춤과 노래에 정통한 기녀는 드물었다.

초가 앞에는 나룻배가 한 척 있었다. 월심이 그 배에 오른 것은 옥에서 풀려나고 보름이 지난 밤이었다. 다섯 기생의 이야기에 따르면, 월심은 보름 동안 계속 잤다. 중간중간 깨어났을 때도 억지로 잠을 청했다는 것이다. 다섯 기생은 좋은 음식도 먹이고 못다한 이야기도 나누려 했지만, 월심은 한사코 먹지도 마시지도 않고 자려고만 들었다. 오자마자 잠들었다가 닷새 뒤에 잠깐 깬 월심이 감탄하며 말했다.

"언니들! ……예루살렘이 정말 큰가 봐. 나귀가 걸어도 걸어도…… 계속 길이 펼쳐져. 호산나, 소리도 멈추질…… 않아."

또 닷새 뒤에 깼을 땐 말 없이 눈물만 쏟았고, 그런 후 닷새 동안 깨어나지 않았다. 중요한 연회가 열리는 바람에 다섯 기생은 풍패지관으로 가야만 했다. 월심을 홀로 두는 것이 마음에 걸렸지만, 계속 자겠거니 여기고 집을 나섰다. 감영에서 불렀는데도 가지 않으면 뒷감당이 어려웠다.

다섯 기생이 해시亥時, 밤 9시~11시를 넘겨 귀가했을 때, 월심은 방에 없었다. 묶어둔 나룻배도 풀려 강 가운데에 떠 있었다. 배에서 소리가 들렸다. 배는 강을 따라 흘러가지 않고, 빙글빙글 돌기만 했다. 귀를 기울여도 소리를 제대로 들을 수 없었다. 사람이 내는 소리로되, 바람 같기도 하고 계곡 따라 흐르는 물 같기도 하고 하늘에서 울리는 천둥 같기도 했다. 다섯 기생은 집 뒤 언덕으로 올라갔다. 돌고 있는 배 안에는 월심이 홀로 잠든 채 누워, 하늘을 향해 양손을 휘저으며 소리를 했다. 팔다리는 물론이고 등과 허리와 엉덩이가 동시에 허공으로 튕겨 올랐다. 두 팔이 좌우로 쫙 벌어지고 두 다리가 모인 꼴이 십자가와 같았다. 그 자세로 떠올랐다가 바닥으로 열 번도 넘게 떨어지는 동안, 배에 물이 차올랐다.

발을 적시고 손을 적셨지만 월심은 잠에서 깨지 않았다.

배가 가라앉기 시작하자, 다섯 기생은 힘껏 월심을 불렀다. 그러나 월심은 깨어나지 않았다. 배가 점점 가라앉자, 월심의 몸이 수면에서 잠시 출렁였다. 그러다가 강물 속으로 완전히 사라진 뒤에도, 월심이 뱉은 마지막 소리가 다섯 기생에게 닿았다. 녹류는 '무덤'이라고 들었고, 풍화는 '달아나는구나'라는 말이 가슴에 박혔으며, 홍설은 '덜덜'이라는 세 글자를 품었고, 추향은 '겁'이란 말을 기억했으며, 금옥은 '말을 하지 않았더라'가 분명하다고 주장했다. 월심이 만경강에 빠져 죽어가면서도 깨지 않고 만난 풍경은 이와 같았을 것이다.

'그들이 무덤에서 나와 달아나는구나. 덜덜 떨며 겁에 질렸으니, 두려워 아무에게도 말을 하지 않았더라.'

# 무녀가 맹인으로 돌아간 이야기

1830년

금단이 제 눈을 스스로 찌르고 피를 많이 흘려, 전라도 옥구 점방산에서 죽었다.

금단은 어의御醫를 지낸 최수평 말구의 손녀다. 최수평은 한양에서 약방을 하는 천주교인들 그러니까 약계藥契를 이끌며 침술과 의술을 가르쳤다. 금단은 태어났을 때부터 앞을 보지 못했다. 어려서 온몸이 썩어가는 중병에 걸렸고 최수평의 의술이나 교인들의 기도로도 낫지 않았다. 신내림을 받고서야 나았다. 임경업 대장군을 평생 받들며 무녀로 살았다. 교인인 적은 없다.

1827년 맹인 무녀 금단은 부안에서 전라감영으로 끌려왔다. 배교자나 처음부터 교인이 아닌 자는 대부분 해를 넘기지 않고 석방되었지만, 금단은 예외였다. 이오득이 금단을 찾아왔다는 증언이 줄을 이었던 것이다. 부안은 물론이고 흥덕, 함평, 나주, 해남 등 황해의 인접한 고을에서 두 사람은 만났다. 주막에 딸린 방에서도 만났고 절에서도 만났고 바닷가에서도 만났다. 해남에서 전라우수영까지, 손목에 새끼줄을 연결한 채 걸어가는 모습을 본 이도 있었다.

금창배는 두 사람이 만나 무슨 이야기를 나눴는지 소상히 털어놓으라고 추궁했다. 금단은 임경업 대장군이 허락하기 전에는 한마디도 할 수 없다며 버텼다.

금단이 이오득과의 인연을 털어놓기 시작한 것은 옥에 갇히고 일 년이 지나서였다. 자백하기에 앞서 산해진미로 푸짐하게 상을 차려달라고 했다. 대장군께서 일 년이나 굶어 몹시 화가 나셨다는 것이다. 금단은 밥만 다섯 공기를 비운 다음 나머지를 지옥의 죄인들에게 먹이도록 했다. 음식이 가득 담긴 상이 들어오자 죄인들이 모두 놀랐고, 입맛을 다시면서도 선뜻 달려들지 않았다. 금단이 미간을 찡그리며 권했다.

"뭣들 하는 거야? 어서들 먹어."

최연장자인 강성대가 길고 뾰족한 턱을 내밀며 금단에게 물었다.

"당신이 모시는 장군신을 위해 차린 음식들인가?"

금단이 어이없다는 듯 웃었다.

"네 신 내 신 가리겠다고? 제대로 못 먹어 곧 죽을 판 아닌가?"

강성대가 다른 죄인들과 눈을 맞춘 후 답했다.

"장군신을 위해 올린 거면 우린 먹지 않겠네."

금단이 혀를 끌끌 찼다.

"누가 이 야고버 밑에서 살았던 사람 아니랄까 봐, 막혀도 너무 막혔군. 걱정들 하지 마. 너희들이 그만 고집 부릴 것 같아서, 대장군님은 밥만 원하셨는데 내가 나머지 음식들까지 차려달라 한 거니까. 그러니 맘껏 먹어."

감귀남이 물었다.

"확실해? 이 음식들은 장군신을 위한 게 아니라고?"

"내가 거짓말한 적 있어? 대장군님은 거짓말을 제일 싫어하셔."

냄새가 지옥을 가득 덮었다. 죄인들은 마른침을 삼키며 상 위에 차려진 음식들을 눈으로 훑었다. 그때 갑자기 강성대가 상을 등지고 돌아앉았다. 임중호가 두 번째로 돌아앉았고, 나머지 죄인들도 모두 음식을 등졌다. 결국 그 음식은 옥리들 차지가 되었다.

62

금창배는 금단을 지당으로 불러내렸다.

"자, 이제 시작하여 보거라."

"임술년1802년 가을이었지. 벌써 이십육 년이나 흘렀네. 그때는 나도 젊었고 이 야고버도 젊었어. 대장군께서 충청도 서천 땅으로 가보자 하셔서 부안을 떠났는데, 옥구 점방산 봉수대 아래가 마음에 드셨는지 그냥 거기서 기도를 올리라 하셨어. 봉우리는 높고 골짜기는 깊어 기도드리기에 너무나도 좋더라고. 이틀 밤을 꼬박 새워 기도에 집중하고 있는데, 오십 리 밖에서부터 유난히 큰 발소리가 들렸어. 이 야고버가, 그땐 야고버인지 뭔지 몰랐지만, 고개 세 개를 넘어오는 동안, 난 화가 났지. 발소리 때문에 기도가 되질 않더라고. 내 앞에 도착한 야고버가 다짜고짜 물었어.

'당신이 모시는 신은 얼마나 대단해?'

웃기는 질문이지. 대장군님이 대단한 건 맞지만, 얼마나 대단한지 그걸 내가 어찌 알겠어. 난 되물었지.

'당신이 모시는 신은 얼마나 대단한데?'

'내가 신을 모신다고 어떻게 확신하지?'

'아니면 그딴 질문을 할 리 없지. 야밤에 여기까지 올 리도 없고.'

'내가 모시는 신만이 유일한 신이야.'

그 말을 들은 대장군님이 노하셨어. 단숨에 이 야고버의 머리를 쥐곤 던져버렸지. 내 키의 세 배가 넘는 소나무 너머로 날아가 떨어졌어. 이 야고버가 다시 내 앞으로 겨우겨우 기어와 정신을 잃었을 때 날이 밝기 시작했더군.

낮엔 기도도 못 드리고 이 야고버를 돌봐야 했어. 떨어지며 짚은 오른 손목이 부러졌더라고. 뺨과 어깨에서도 피가 흘렀지. 대장군님이 돌봐주라고 명령하셨거든. 엄하실 땐 산천초목을 벌벌 떨게 할 정도로 엄하시지만, 아프거나 다쳐 힘들어하는 생명은, 사람이든 짐승이든 가리지 않고 거둬 치료하시지.

이 야고버는 해 질 무렵에야 정신을 차렸어. 부목을 댄 제 팔을 보며 잔뜩 찡그리더군. 난 물었지.

'대장군님이 너를 던졌을 때 네 그 잘난 신은 떨어지는 너를 왜 받지도 않고 내버려둬 이렇게 팔이 부러지게 해?'

'신을 시험하는 건 불경한 짓이야. 피조물인 우리가 어찌 조물주의 뜻을 알겠어?'

'조물주? 네 신이 만물을 만들었단 뜻인가?'

'맞아. 엿새 동안 세상을 만드셨어.'

'하나만 묻자. 그럼 내가 모시는 임경업 대장군님은 장군신이 아니면 뭐야?'

'마귀지.'

'마귀?'

'하여튼 신은 아냐. 신은 오로지 야훼뿐이니까.'

기가 막힌 주장이었어.

'신이 하나뿐이란 주장은 누가 한 거야?'

'당연히 신이 하셨지.'

'다른 신은 없다고?'

'신이라 불린 것들은 다 우상이야.'

대장군님 말씀을 전했지.

'나도 신이고 야훼도 신이다. 나나 야훼 외에도 신은 많다. 그들을 신이 아니라고 우기는 건 옹졸한 짓이다. 신들끼리 서로를 존중하

며 지내는 것이 옳다.'

'그렇지 않다. 신은 오직 한 분뿐이다.'

'내가 신이 아니라면, 나를 없애보라.'

'없애고 아니 없애는 건 야훼께서 정하신다. 네가 없애보라고 없애고 없애지 말라고 없애지 않는 분이 아니시다.'

'네가 다치는 것을 막지도 못하고, 또 나를 없애지도 못하는 신이 어찌 유일한 신이겠는가?'

'야훼를 모욕하지 말라. 불의 심판을 받게 되리라.'

'불이든 물이든 심판을 해보라.'

불이든 물이든 심판은 내리지 않았어. 거기서부터 시작된 거야. 이 야고버는 잊을 만하면 찾아왔지. 발소리부터 들렸어. 고개가 세 개 정도, 천川이 두 개 정도 남았을 때부터 내 귀가 근질근질했거든. 기도도 못 하고 침도 못 놓고, 그가 내 앞에 닿을 때까지 기다려야 했어. 그랬던 거야."

금창배는 두 번째 만남도 이어서 이야기하라고 몰아세웠다. 그러나 금단은 눈을 비비며 하품을 해댔다. 대장군께서 주무실 시간이라는 것이다.

금단의 침술은 놀라웠다. 침의 효능도 탁월했지만, 침 맞기를 청하는 죄인이나 교졸이나 아전 들이 오면 아픈 곳을 묻지도 않고 침을 놓았다. 증상을 설명하려 들면 오른손을 들어 막았다. 왼손 새끼손가락으로 귀를 파기도 했다.

금단은 강성대에게 침을 맞으라고 여러 번 권했다. 늙은 데다 지당에서 고형을 당하는 바람에 무릎과 허리가 불편했지만 침을 맞을 정도는 아니라며 거절했다. 무녀의 침을 맞느니 묵주기도나

드리겠다는 말도 덧붙였다. 금단은 돌아누운 강성대를 향해 대장군님 말씀이라며 이렇게 전했다.

"기회를 놓치지 마. 지금 침을 맞으면, 네가 이승에서 한 짓들 생생하게 기억하며 여생을 편히 지내다 갈 거야. 고집부리면 늦어. 아무도 널 도와주지 않아. 네가 받들어 모시는 신도 널 버릴 거고. 내가 도와줄게. 날 믿어."

금단이 이오득을 먼저 찾아간 적은 없었다.

두 번째와 세 번째 찾아온 이오득은 하느님의 외아들이라는 예수가 병을 고치고 마귀를 축출한 이야기를 꺼냈다. 금단은 예수가 고쳤다는 병자들의 증상을 물었고, 또 예수가 어떤 식으로 병자들을 치료했는지도 거듭 확인했다. 그리고 짧게 답했다.

"그 정도는 대장군님도 하셔."

네 번째 찾아온 이오득은 회당장 야이로의 딸에 관한 일화를 길게 설명했다. 병을 고치거나 마귀를 축출하는 정도가 아니라, 죽었다고 여긴 자를 살린 이야기였다. 금단은 이번에도 신중하게 듣고 나선 물었다.

"저 아이는 죽은 것이 아니라 자고 있다고 말씀하셨다 이거지?"

"맞아."

"그리고 아이의 손을 잡으셨고?"

"그렇게 적혀 있어."

"그리고 외치셨다? '탈리타 쿰!'"

"'소녀야, 내가 너에게 말한다. 일어나라!'"

"그러자 곧장 일어나서 걸었다고?"

"응. 소녀는 열두 살이었대. 당신 신도 죽었다고 여긴 자를 살린 적 있어?"

금단은 답했다.

"죽은 듯 잠든 병자를 깨운 적은 나도 많아. 그건 그렇다 치고, 구천을 떠돌던 원혼을 불러내어 이승의 가족이나 친구들과 만나게 하는 건 어찌 생각해? 네가 믿고 따르는 예수도 그런 적이 있나?"

"원혼을 불러낸다고? 몸은 이미 죽었는데 혼만? 그런 적은 없지. 예수님은 회당장 야이로의 딸뿐만 아니라 죽은 나자로도 살리셨어. 또 스스로도 부활하셨고. 혼만 사는 게 아니라 몸도 사는 거지."

"몸과 혼이 함께 다시 살아났다는 이야긴 알겠다니까. 어마어마한 사건이긴 해. 하지만 내가 묻고 싶은 건 예수도 죽은 자의 혼을 불러낸 적이 있느냐는 거야. 난 대장군님 뜻에 따라 굿 한판 거하게 하면, 누구든 불러낼 수 있어. 만나고 싶은 사람 있어? 네게 더없이 소중한데 저세상으로 떠난 사람. 말만 해. 불러줄 테니까."

"없어."

"있잖아?"

"네가 어찌 알아?"

"알고말고. 붙들려 죽은 천주쟁이가 어디 한두 명이야. 너도 누군가에게 천주의 이야길 들었을 테고, 또 함께 모여 기도드린 교우들도 있을 거잖아. 그들 중 먼저 죽은 이가 없으면 이상하지. 자, 말해 봐. 누굴 만나고 싶어?"

"곧 만날 거야."

"죽어 황천 가서 만나는 거 말고."

"이 땅에 하늘나라가 이를 거야. 내가 죽지 않고 살아 있을 때 그들을 모두 볼 거야."

"저승과 이승이 합친단 소리야? 대장군님은 그딴 일은 절대로 일어나지 않는다고 방금 말씀하셨어. 저승은 저승이고 이승은 이승이라고."

"하늘나라는 저승이 아냐."

"아니면? 이승인가?"

"이승도 아냐."

"저승도 아니고 이승도 아니면?"

"말 그대로 천주님 나라지. 천주님의 뜻이 이루어지는, 우리가 지금까지 겪어본 적 없는 완전히 새로운 나라. 예수님이 말씀하셨어. 그 나라가 곧 온다고."

금단이 잠시 침묵했다. 이오득이 참지 못하고 물었다.

"더 설명해 줄까?"

금단이 목소리를 낮춰 되물었다.

"혹시, 봉기꾼들 만난 적 있어?"

"봉기꾼이라니?"

"팔도 곳곳을 다니며 난을 일으키는 자들."

"그건 왜 갑자기 물어?"

"며칠 전에 봉기꾼 하나가 업혀 왔어. 화살이 오른 어깨에 박힌 채, 백 리도 넘게 달아났다나 봐. 화살부터 뽑긴 했는데, 몸 여기저기가 망가졌더군. 평생 제 몸 돌보지 않고 살아왔던 게지. 몇 군데 혈에 침을 놓고 탕약을 지어 보신을 시켰지. 떠나기 전에 몇 마디 나눴는데, 내가 물었어. 이토록 목숨 내놓고 몸 다쳐가며 왜 자꾸 난을 일으키려 드냐고. 지금 이 나라가 제대로 돌아간다고 여

기는 이는 한 사람도 없지만, 대부분은 꾹 눌러 참고 살지 않느냐
고. 그랬더니 그 사내가 이 야고버 당신과 똑같은 소릴 하더라고."

"똑같은 소리라면?"

"우리가 지금까지 겪어본 적이 없는 완전히 새로운 나라를 만
들기 위해서라고. 하늘나라 같은 이상한 소린 안 했지만, 그게 그
거 아니겠어?"

"그게 어떻게 같아? 그들은 힘으로, 그러니까 무기를 들고 세상
을 바꾸려 하는 것이고, 우린 그럴 뜻이 없어."

"바꾸고 싶은 건 마찬가지잖아? 요기 조금 저기 조금 바꾸는 게
아니라 완전히 다르게! 그렇게 바꾸려면 방법은 하나밖에 없어."

"우린 무기를 들지 않는다니까……."

"칼이나 창을 꼭 들어야 무기를 든 건가. 외교인들과는 혼인도
하지 않겠다고 하고, 집을 나와서 교인끼리만 모여 사는 것도 무
기를 든 셈이야. 이 나라에서 정한 질서를 깨고 다른 질서를 지키
며 사는 거니까. 그렇게 생각 안 해?"

"그건…… 잡히면 옥에 갇히거나 죽으니까, 우리도 우리를 지
키기 위해서 마을을 만든 거야."

"어느 쪽에 서느냐에 따라 누가 공세고 누가 수세인지에 대한
생각이 다르겠지. 봉기꾼들이 천주쟁이는 아니니, 둘 사이에 차이
가 있긴 해. 하지만 내가 나랏님이고 또 나랏님 모시고 부귀영화
를 누리는 벼슬아치라면, 봉기꾼과 천주쟁이의 차이는 사소하고,
둘이 품은 뜻은 매우 비슷하다 여길걸. 그 소문을 나도 들었어."

"어떤 소문?"

"천주쟁이들이 서쪽 먼 나라에 도움을 청했다며? 군대를 이끌고

와선, 천주를 믿고 따르는 것이 죄가 되지 않도록 만들어달라고."

"눈에는 눈 이에는 이로 맞서는 건 옳지 않다고 예수님도 말씀하셨어. 힘으로 맞설 작정이었다면 십자가에 못 박히실 리도 없지. 팔도의 교인이 수천 명을 헤아리니, 그중엔 엉뚱한 생각을 품는 이가 한둘 나올 수도 있겠지. 하지만 예수님의 길은 아냐."

다섯 번째 찾아온 이오득은 물 위를 걷는 예수님에 관해 길게 설명했다. 금단은 이번에도 끝까지 들은 뒤 물었다.

"베드루란 종도도 물 위를 걸었던 거네?"

"예수님께서 '오너라' 하시자 배에서 내려 걸었다고 기록되어 있지. 하지만 바람이 심하게 불자 물에 빠졌어."

"두려움 때문이겠지?"

"믿음이 약하다며, 왜 의심하느냐 베드루를 꾸짖으셨어."

"하여튼 물 위를 걷긴 걸은 거네. 다른 제자들은 따라 하지 않았지?"

"베드루만 배 밖으로 두 발을 내려선 걸었지. 그건 왜 물어?"

금단은 이오득을 데리고 뒷마당으로 갔다. 감나무 가지에 하얀 무명끈을 묶어 드리우곤 방으로 돌아갔다가 나무 상자를 안고 왔다. 그 안엔 작두가 들어 있었다. 한 사람이 넉넉히 누워 쉴 만큼 둥글고 넓은 바위가 감나무 옆에 있었다. 바위의 중심을 지나가도록 남북 방향으로 깊은 홈이 패었다. 금단은 그 홈에 작두를 고정했다. 버선도 벗고 맨발로, 날이 시퍼런 작두로 올라섰다. 펄쩍펄쩍 뛰어올랐다가 내려서고 또 뛰어오르기를 반복했다. 금단의 발이 작두에 닿을 때마다 이오득은 눈을 찡그리며 허리를 뒤로 젖혔다. 금단의 발에선 피 한 방울 나지 않았다. 그렇게 백 번도 넘게 작두를 뛴 금단이 바위로 내려섰다. 그리고 이오득에게 권했다.

"올라서봐!"

"난 무당이 아냐. 신내림을 받을 마음 따윈 전혀 없고."

"아무나 신내림 받는 줄 알아? 나를 믿고 올라서란 얘기야. 작두 타는 정도는 나를 믿는 것만으로도 할 수 있으니까."

이오득은 금단의 하얀 발과 퍼런 작두날을 번갈아 쳐다보았다. 발을 들어 내미는가 싶더니 물러섰다. 금단이 물러서는 그를 향해 말했다.

"배에서 내려 물 위를 걷다가 거센 바람이 닥쳤을 때, 베드루에게 찾아든 두려움이 뭔지 이제 알겠지?"


금단은 이오득과 만나 나눈 이야기를 마쳤다. 모두 열두 번이었다. 이제 끝이라고 못 박자, 금창배는 1829년 첫 그믐에 물었다.

"이오득이 너를 찾아간 이유 알겠다. 네 그 신통방통한 침술이 과연 기적일까 궁금했던 것이고, 또 만약 기적이라면 예수의 기적과 어떤 점에서 같고 다를까 따져보고 싶었던 거겠지. 한데 넌 아직 내게 털어놓지 않은 게 있어."

"뭘 말하지 않았단 거야?"

"약속도 하지 않고 갑자기 찾아온 이오득을 물리치지 않고 받아준 이유가 궁금해. 네 할아버지 최수평 말구는 천주에 대한 믿음이 깊었다며?"

금창배는 금단이 숨겨온 친족까지 조사를 마친 것이다.

"약방 주인들이 많이 오가긴 했지. 믿어도 그만 안 믿어도 그만이지만, 할아버진 내게 천주를 언급한 적이 없어. 천주 이야기뿐만 아니라 말이 없는 분이셨지. 내 손에 침을 쥐여주셨으니, 할아버지에게 침술을 배운 건 맞아. 훗날 이 야고버와 유일신이니 아니니 논쟁을 벌였지만, 나로선 부족한 게 없었어. 평생 대장군님을 모시며 살 테니, 다른 사람들이 무슨 신을 모시든 내 알 바 아니지. 다만 예수란 사내에겐 관심이 갔어."

"어떤 점이?"

"알리지 말라고 할 때!"

"알리지 말라고 할 때?"

금창배가 맥락을 몰라 메아리처럼 따라 했다.

"병자들을 고쳐주고 나서, 예수는 병이 나은 자들과 또 그걸 곁에서 본 자들에게 거듭 말했다고 해. 다른 사람들에게 알리지 말라. 즉 낫기 힘든 병자들을 완치했단 이야길 하지 말라고 한 거지."

"그랬지. 그게 왜?"

"왜 알리지 말라고 했을까?"

금창배는 그가 읽은, 예수의 일생이 담긴 서책들을 떠올리며 추측했다.

"소문이 나면 사람들이 더 많이 몰려들까 봐 그런 게 아닐까. 아니면 로마 군인들이나 예루살렘에 있는 사두가이사두개인들과 바리사이바리새인들이 듣고 경계하는 것을 걱정해서일 수도 있겠고."

금단이 말했다.

"어차피 소문은 날 거야. 알리지 말라 한다고 알리지 않을 사람들도 아니고. 잘 들어. 나도 가끔 그럴 때가 있거든. 병을 고친 이들은 기적 운운하며 감사에 감사를 거듭하지. 한데 난 기쁘기보다는 조금 공허해진다고나 할까. 대장군님도 그때마다 말씀하셨어.

'알리지 말라고 해.' 그런 날엔 침값도 받지 않았지. 병자들은 내가 놓은 침을 대단하다 여기고 나를 만난 날을 잊지 못하겠지만, 내겐 이 일이 그리 엄청난 일도 아니고 그날이 특별한 날도 아냐. 대장군님 모시고 사는 동안엔 흔한 일이고 흔한 날이니까. 예수가 내 마음과 똑같았는지는 모르겠어. 다만 그 얘길 이 야고버에게 들었을 때, 예수에 대한 각종 청송 속에서, 이방異邦 사내의 외로움이랄까 그런 걸 느꼈어. 더 알고 싶더라고. 쓸쓸함이 묻어나는 예수의 삶을!"

금단은 1830년을 감옥 밖에서 맞을 수도 있었다. 그러나 그녀는 옥에 남았는데, 그때 돌기 시작한 설사병 때문이었다. 이 병은 지옥에 갇힌 죄인들을 덮친 뒤 다른 옥으로도 옮겨 갔다. 옥리를 비롯한 교졸들도 따라 걸리더니, 관우와 장비에 이어 금창배까지 문초를 그치고 쉬어야만 했다. 금창배가 조택우와 약속한 삼 년이 가까워지고 있었다.

사나흘 연이어 설사를 해댄 죄인들은 급격히 빠지는 살에 일어날 힘도 없어 누워 지냈다. 금단은 지옥에서 나가는 대신 옥마다 돌아다니며 침을 놓게 해달라고 금창배에게 청했다. 따로 침값을 받지도 않겠고 자신이 침으로 설사병을 고쳤다는 사실을 비밀에 부쳐도 좋다고 했다.

금창배가 즉시 금단의 청을 받아들였다면 설사병의 확산을 막았을지도 모른다. 그러나 금창배는 자신이 설사병에 걸리기 전까지는, 그러니까 임중호가 설사를 시작하고 보름 동안, 죄인들을 일부러 내버려뒀다. 두통과 어지럼증과 이명까지 얹힌 보고를 받곤 설사병을 배교의 방편으로 쓴 것이다. 병이 도는데도 치료를 전혀 하지 않자, 금창배가 설사병을 옥에 퍼뜨렸다는 소문까지 돌았다.

모진 고형 속에서도 신앙을 지킨 죄인들이 설사병에 마음이 흔들릴까. 때로는 치도곤 천 대보다 사소한 병 하나가 사람에게 더 끔찍한 고통을 안긴다. 설사병이 시작된 후론 옥 전체가 똥 냄새로 가득 찼다. 병을 앓아 일어설 기력도 없는 이들이 누운 채 설사했기 때문이다. 갈아입을 옷도 변변하게 없기에, 변이 묻어 축축한 채로 견뎌야 했다. 똥 묻은 살갗에 종기가 나고 고름이 흐르며 썩어 들어갔다. 찬밥에 김치라도 들어오면, 비위가 약한 이들은 먹다 말고 토했다. 똥과 구토물이 뒤섞여 쌓이자 누울 자리도 줄어들었다. 앉아서 꾸벅꾸벅 졸며 밤을 보낸 후 누가 먼저랄 것도 없이 설사를 하고 구토를 했다. 죄인들은 똥과 구토물을 치워달라며, 처음엔 고함을 질렀고 기력이 떨어진 후론 눈물로 간청했다. 그러나 옥리들은 행여 설사병이 옮을까 염려한 듯, 중문 밖으로 나가선 아예 들여다보는 것조차 꺼렸다. 결국 똥과 구토물 위에서 자고 먹고 또 싸고 토하게 되었을 때, 믿음을 버리겠다는 이들이 나왔다. 치료보다 먼저 이 똥구덩이에서 나가게 해달라고 빌었던 것이다.

보름 후 금단은 지당으로 가선 금창배와 관우와 장비부터 침을 놓았다. 이 병에 걸리고 금창배는 고작 하루, 관우와 장비는 이틀이 지났을 뿐인데도, 세 사람 모두 제대로 서질 못했다. 하루에 스무 번 이상 변을 쏟았던 것이다. 전주에서 용하다는 의원들의 탕약을 썼지만 차도가 없었다. 금단은 침을 놓기 전에 두 가지 조건을 내걸었다. 첫째 옥에 갇힌 죄인들에게도 침을 놓는 것이고, 둘

째는 옥을 청소하는 것이다.

그날부터 금단은 침을 놓기 시작했다. 이번에도 병자들에게 증상을 따져 묻지 않았다. 침을 놓다 보면 금단의 옷에도 똥과 구토물이 묻었다. 금창배는 갈아입을 옷을 챙겨줬지만, 금단은 어차피 또 묻을 테고, 한시가 급하다며 병자들에게만 집중했다. 꼬박 이레 동안 잠 한숨 자지 않았다. 죄인은 물론이고 옥리와 교졸과 아전과 관원과 감영 밖 백성들까지, 설사병 앓는 이들을 침으로 다스린 후 지옥으로 돌아가선 꼬박 사흘을 잤다.

금단이 잠든 사흘 동안, 놀라운 일이 벌어졌다. 침을 맞은 병자들이, 언제 그랬냐는 듯이 설사를 멈춘 것이다. 이것만으로도 경탄할 일인데, 병자들에겐 뜻하지 않은 또 하나의 행운이 찾아들었다. 각자가 예전부터 앓아온 지병이나 몸의 결함들이 하나씩 더 낫거나 뚜렷하게 개선되었다. 눈이 침침한 노인이 오십 보 밖에서 날아가는 파리의 날개를 보았고, 허리가 굽은 노파의 등이 펴지기도 했다. 겨울이면 감환을 달고 살던 아이가 기침하지 않았고, 치통으로 오랫동안 잠을 이루지 못했던 아이의 엄마도 단잠을 즐겼다. 비가 오면 무릎부터 시리던 농부는 날씨 탓을 하지 않게 되었고, 턱이나 뒷목이나 옆구리에 붙어 흔들리던 혹이 늦가을 감 떨어지듯 떨어졌다. 다리와 허리를 제대로 쓰지 못하고, 자세를 바꿀 때마다 끙끙 앓는 소리부터 내던 죄인들의 고통도 눈 녹듯 사라졌다.

금창배는 약속대로 옥을 구석구석 청소했다. 물로 거듭 씻어냈을 뿐 아니라 죄인들에게 새 옷과 이불까지 지급했다.

사흘 만에 깨어난 금단은 배를 움켜쥐었다. 침을 맞은 병자들이 모두 회복된 뒤 침을 놓은 금단이 설사병에 걸린 것이다. 금창배는 금단을 옥리방으로 옮겨 쉬도록 했다. 금단은 열 번이나 설사를 하고도 침을 빼 들지 않았다. 저녁 무렵 금창배가 물었다.

"중이 제 머리 못 깎듯, 제 몸에 침 못 놓는 건가?"

"설사병 고치느라 침을 놓은 게 천 번이 넘어. 이런저런 병치레로 내가 내 몸을 침으로 다스린 것도 백 번쯤이고."

"한데 왜 설사를 좔좔 하고 있지?"

"대장군님이 등을 보인 채 돌아앉으셔서 그래."

"침을 놓지 말라는가?"

"그건 아닌데, 자세를 바꾸셨어. 열흘 전에는 두 가지 조건을 내걸라고 먼저 일러주셨거든. 지금은 침묵하시네. 침을 놓든 말든 내 뜻대로 하란 건데, 기다리려고."

"말리는 건 아니라며?"

"침묵도 말씀이야. 그 말씀이 영 편치가 않아. 다시 나를 향해 앉으셔서 명령하실 때까지 기다릴 거야."

금창배가 고개를 갸웃거렸다.

"이미 알겠지만, 지독해 이 병. 고집부리지 마."

그 밤에도 금단은 열 번 더 설사했다. 변을 보느라 한숨도 못 잤다. 다음 날 아침엔 수저 쥘 힘도 없어 누워 있었다. 일어나질 못하니, 이제부턴 누운 채 설사를 내지를 판이었다. 결국 금단은 임경업 대장군이 명령하기도 전에 제 몸에 침을 놓았다. 그러고 다른 사람들처럼 곧 설사가 멎었다.

금단이 옥리방을 열고 나왔을 때, 좁은 마당에는 명일덕이 있었다. 혹시 금단이 도움을 요청하면 대처하라며 금창배가 대기시켜 둔 것이다. 명일덕은 금단이 침을 스스로 놓아 병이 나은 줄도 모르고 다가서며 말했다.

"요강 넣어줬잖아? 거기다가 누면 되지, 나오긴 왜……?"

말을 맺지 못하고 멈춰 섰다. 명일덕을 향해 고개를 돌린 금단과 눈이 마주친 것이다. 금단의 두 눈은 평생 감겨 있었고 눈두덩은 흙빛이었다. 그런데 하얀 자위에 검은 동자가 또렷했다.

"내, 내가 보여?"

명일덕의 물음을 무시한 채 금단은 하늘을 우러렀다. 겨울 햇살이 눈부셨다. 눈부신 것도 소중한 첫 경험인지라, 팔을 들어 해를 가리지도 않았다. 명일덕이 달려가선 이 사실을 알렸다. 금창배가 관우와 장비를 거느리고 급히 왔다. 대문 바깥문을 열고 마당으로 들어서는 세 사내를 뚫어져라 쳐다본 후 금단이 말했다.

"뭘 이렇게 호들갑들인지 모르겠네."

금창배가 금단의 눈을 찬찬히 보면서 물었다.

"이것, 네가 눈 뜬 것도…… 대장군님 뜻인가?"

금단의 표정이 어두워졌다.

"아직도 돌아앉아 계셔. 불러도 답이 없으시고. 신내림을 받은 열 살 이후로 이렇게 긴 시간 침묵하신 적은 없어. 기껏해야 하루 정도였지."

"그렇지 않아도 물어보려던 참이야. 침을 맞은 병자들은 설사병을 고쳤을 뿐만 아니라, 제각각 고통받던 병이나 결함이 하나씩 나아졌어. 눈을 뜬 것만큼 대단하진 않지만, 믿기 힘든 일들이야."

관우가 끼어들었다.

"무예를 펼칠 때마다 어깨뼈가 서걱거렸는데, 깎아낸 듯 사라졌어."

장비가 받았다.

"하늘이 흐리기만 해도 코가 막혀 숨쉬기 어려웠거든. 이젠 아무렇지도 않아."

다시 금창배에게로 돌아갔다.

"지금까진 서책을 펼치면 완독할 때까지 잠을 이루지 못했지. 이젠 읽다가 그치고 다음으로 미룰 여유가 생겼어. 아무리 그래도 맹인 무녀 금단이 눈을 뜬 것에 비길까. 앞이 보이지 않았으니, 답답했을 게야. 가고 싶은 곳도 맘대로 못 갔을 테고. 자, 설사병을 앓은 이들을, 너를 포함해서 전부 고쳤으니, 더는 머물 이유도 없겠지. 지옥에서 나가도록 해. 이것 하나만 명심해. 혹시 이 야고버가 또 찾아오면, 그땐 지체하지 말고 내게 알려. 항상 우리가 지켜보고 있다는 걸 잊지 말고. 어딜 제일 먼저 가고 싶나?"

"달라진 건 없어."

"뭐라고?"

"눈이 보이지 않을 때도 전혀 불편하지 않았거든. 대장군님 이끄시는 대로 어디든 갔어. 천 길 낭떠러지를 앞에 두고도 두렵지 않았지. 지옥에 들러 작별 인사나 하게 해줘."

금창배가 허락했다.

"삼 년이나 같은 옥방에서 지냈으니 인사 정도는 해야겠지. 가서 똑똑히 보여줘. 예수만이 맹인의 눈을 뜨게 하는 게 아님을."

금단이 지옥으로 들어가자 죄인들도 모두 놀라 자리에서 일어섰다. 설사병을 고쳐줘 고맙다는 인사를 건네기 전에 금단의 눈부터 살피느라 바빴다. 금단은 벽을 향해 돌아앉았다. 감귀남이 곁에 와서 말을 붙여도 귀머거리처럼 꿈쩍도 하지 않았다. 작별 인사를 나누겠단 이유를 댔지만, 금단은 죄인들과 말 한마디도 섞지 않은 채 그 밤을 지옥에서 보냈다. 금단은 주문처럼 똑같은 말만 읊었다.

"말씀하십시오. 한 말씀만, 한 말씀만, 한 말씀만, 한 말씀만, 한 말씀만……."

금단이 비명을 지르며 쓰러진 것은 새벽이었다.

잠든 죄인들이 동시에 일어났고, 바로 곁에 누웠던 감귀남이 모로 누운 금단의 어깨를 붙들었다.

"왜, 왜 그래? 무슨 일이야?"

고개를 돌린 금단의 두 눈에서 피가 쏟아졌다.


침으로 제 눈을 찌른 것이다. 맹인으로 돌아가면, 모시던 임경업 대장군이 돌아앉아 말씀을 주시리라 기대했을까.

대장군은 돌아앉지 않았고, 금단은 두 눈이 먼 채, 흰 무명천으로 얼굴을 둘둘 감고는 지옥을 떠났다. 삼 년 전 부안에서 포박당해 끌려올 때도 맹인이었지만 그때는 지팡이 없이 성큼성큼 걸었다. 그러나 이날은 옥리 명일덕에게 받은 지팡이를 짚고도, 지옥을 나오면서 두 번, 전주성을 벗어날 때까지 다섯 번이나 넘어졌다.

금단이 부안으로 돌아오자 병자들이 벌처럼 몰려들었다. 전라감영을 뒤덮은 설사병 병자들을 완치시켰을 뿐만 아니라 특별한 행운까지 하나씩 안겼단 소문이 전라도는 물론이고 충청도와 경상도까지 퍼진 것이다. 첫 병자는 평생 심한 갈증에 시달려, 물을 매일 두 동이씩 마시는 서른 살을 갓 넘긴 사내였다. 금단이 물었다.

"어디가 아파서 왔어?"

병자가 되물었다.

"묻지도 않고 침부터 놓는다 들었는데, 헛소문입니까?"

금단은 침을 놓고 병자를 내보냈다. 대기하던 병자들이 병이 나았는지 물었다. 사내가 고개를 갸웃거리다가, 갈증이 여전히 심하다고 답했다. 금단은 기다리던 병자들에게 침을 놓지 않고 뒷문을 통해 떠났다.

사라진 금단이 다시 모습을 드러낸 곳은 옥구 점방산이었다. 부안에서 옥구까지 가는 동안 금단과 마주친 이는 없었다. 다만 점방산 초입에서 겨울 땔감을 줍던 늙은 나무꾼이, 봉화대를 향해 산길을 들짐승처럼 기어 올라가는 여자를 보았을 뿐이다.

금단의 시신은 이오득과 처음 만났던 계곡에서 발견되었다. 머리와 침을 놓던 오른손만이 덩그렇게 놓였다. 점방산을 자주 오가는 심마니들에 의하면, 호환虎患을 입은 것이 분명하다고 했다. 늙은 범이 들짐승 대신 산을 넘는 사람들을 종종 공격한다는 것이다. 범으로선 눈먼 금단을 사냥하는 것이 소나무에 발톱 자국을 남기는 것보다도 쉬웠을 것이다. 소식을 들은 금창배는 그곳까지 직접 가서 금단의 시신을 거두었고, 관우와 장비에게 포졸 십여 명을 붙여 점방산을 뒤지게 했지만, 이오득이 다녀간 흔적은 없었다.

금단은 죽을 때까지 대장군의 말씀을 다시 듣지 못했다.

대장군이 금단을 지켰다면, 제아무리 산군인 범이라고 해도 금단을 일용할 양식으로 삼진 못했을 것이다.

# 조동무의 마지막 항해 이야기

1830년 5월
임 도밍고가 배교하고 풀려난 후 옹기 배를 타고 바다로 나갔다가 돌아오지 않았다.
임중호라고도 불렸다. 옹기 배 조동무였다.

금창배의 별명이 징제비인 까닭이 1830년 5월보다 더 잘 드러 난 때는 없다. 좌의정 조택우와 약속한 삼 년이 가까워지자, 배교 자를 한 명이라도 더 만들고자 약점을 집요하게 물고 늘어졌다.

임중호의 약점은, 이상하게 들리겠지만, 풍부한 상상력이다. 옥 에 갇힌 죄인이 날마다 하는 것이 바로 상상이다. 옥에서는 가고 싶은 곳을 갈 수 없고 만나고 싶은 사람을 만날 수 없다. 오직 상 상을 통해, 가고 만나고 헤어지고 돌아오는 것이다. 상상력이 부 족한 사람은 잠깐 상상하다가 곧 깨어 옥의 더러움과 답답함을 탓하였지만, 임중호는 짧게는 하루 길게는 보름 가까이 상상하느 라 자신의 형편을 돌아보지 않았다.

복된 말씀을 듣고 예수의 일생을 읽을 때만큼은 상상하지 않았 다. 어디로 얼마나 뻗어 갈지, 임중호 자신도 두려웠던 것이다. 그 래서 상상을 전혀 섞지 않고 글자 그대로 믿는 쪽을 택했다.

무명마을에선 이야기 아가다와의 미래를 상상하는 데 많은 시간을 썼다. 혼인하고 아이 낳고 손자 보는 날까지 쉽게 상상이 뻗어 갔다. 첫 아이를 낳을 즈음 옹기 배 사공이 되고, 옹기를 팔기 위해 동해와 남해와 황해를 누비는 상상! 아들을 조동무로 두고 손자를 화장으로 삼는 건 떠올리기만 해도 신이 났다. 현실은 냉혹하여, 아가다는 임중호가 상상한 미래로 단 한 걸음도 들어가려 하지 않았다.

임중호가 지옥에 갇혀 상상하고 또 상상한 것은 옹기 배였다. 옹기 마을 아이들은 대부분 옹기 대장을 꿈꾸지만, 임중호는 어려서부터 옹기 배 사공을 원했다. 옹기를 빚는 것도 멋진 일이지만, 물렛간과 가마를 벗어나지 못하는 줍디좁은 인생이었다. 임중호는 마을을 떠나 멀리 가고 싶었다. 옹기 배는 그 바람을 충족시킬 유일한 수단이었다.

지옥에 갇히고 처음 일 년은 옹기 배에 옹기를 안전하게 빨리 쌓는 상상만 했다. 옹기를 배에 쌓지 못하면 결코 사공이 될 수 없었다. 조동무로만 수십 년을 보내고도 사공에 오르지 못한 이들은 대부분 옹기 쌓기에 실패한 사람들이다. 임중호는 몇 번이나 사공인 박돌이에게 옹기 쌓는 법을 알려달라고 졸랐다. 박돌이는 사공마다 방법이 다르다며 스스로 터득하라고 선을 그었다.

박돌이가 배에 옹기 쌓는 것을 임중호는 쉰 번쯤 곁에서 도우며 봤다. 옹기가 나루에 도착하면, 박돌이는 담뱃대를 물고 천천히 옹기들을 살피며 돌았다. 한 바퀴 돌 때도 있고 두세 바퀴 돌 때도 있었다. 네 바퀴를 넘진 않았다. 담뱃대를 물긴 했지만 담배를 피운 적은 없었다. 담뱃대는 다른 용도로 활용되었다. 입에 문

담뱃대를 뽑아 걸어가면서 허공에 무엇인가를 그린 것이다. 임중호는 그 그림을 종이나 하다못해 땅에라도 그려주길 바랐다. 그러나 박돌이는 담뱃대를 허공에 놀리다가 씩 웃으며 다시 물곤 배로 올라섰다. 그때부턴 옹기가 올라오면 어디에 어떻게 두라고 망설임 없이 명령했다. 새끼줄로 묶어 당길 때도 어느만큼 힘을 줄 것인지 세세하게 지시했다. 너무 세게 묶으면 줄이 터질 것이고, 너무 헐겁게 묶으면 옹기가 힘을 받지 못한 채 쓰러지거나 떨어질 것이다.

임중호는 덕실마을 가마 하나에서 나온 옹기를 배에 전부 쌓는 상상을 봄 여름 가을 겨울 내내 했다. 쌓은 뒤엔 곡성을 출발하여 순자강을 따라 구례와 하동을 지나 바다로 나가는 상상을 이었다. 그러나 배들은 대부분 바다에 닿지 못했다. 강 굽이 어디쯤에서 옹기가 와르르 무너졌던 것이다.

임중호는 사공다운 사공이 되고 싶었다. 배를 몰기 좋은 날만 배에 오르지 않고, 배를 몰기 힘든 날, 다른 사공들이 거의 배에 오르지 않는 날에도 옹기를 가득 쌓은 배를 타고 강은 물론이고 바다 곳곳을 누비고 싶었던 것이다. 그러려면 상상을 새롭게 할 필요가 있었다.

바람만 상상해도 한 달이 금방 갔다. 맞바람에 배가 나가지 않을 때, 옆바람에 배가 좌우로 흔들릴 때, 뒷바람에 배가 지나치게 빨리 나아갈 때, 돌풍에 배가 제자리를 맴돌 때, 그리고 농부와 어부 모두 두려워하는 큰바람이 불어 강도 산도 들도 함께 날뛸 때, 어떻게 배를 몰 것인가.

비나 눈이 내리는 상상도 한 달 넘게 했다. 마른 옹기를 묶는 법과 젖은 옹기를 묶는 법이 다른 탓이다. 가랑비에서부터 장대비까지 그 세기가 다르고, 바람에 따라 위에서 아래로 곧게 내리는 비부터 빗금처럼 내리는 비, 거의 횡으로 내리는 비까지 다양했다. 눈 역시 마찬가지였다. 어깨나 머리에 앉자마자 녹는 눈이나 안개처럼 시야를 가리는 눈도 있고 우박까지 섞여 맞으면 아픈 눈도 있었다. 박돌이는 눈인지 비인지 헷갈리는 진눈깨비를 제일 싫어했다. 개었다가 흐렸다가 진눈깨비가 내리는 날을 최악으로 쳤다. 눈이면 눈 비면 비 확실하면 그에 맞춰 대비하지만, 구별이 모호해질 땐 꼭 크고 작은 사고가 생겼다.

강 모양과 물살을 상상하는 데도 서너 달로는 부족했다. 바다까지 상상을 넓혔다면 일 년으로도 끝나지 않았을 것이다. 나무꾼이 산길을 외우고 농부가 들길을 외우듯, 옹기 배 사공이 물길을 외우는 것은 기본 중 기본이었다. 너무 기본인지라, 박돌이도 임중호에게 순자강에서 배가 오갈 길을 외우라는 말을 건네지도 않았다. 덕실마을이나 무명마을 가마에서부터 출발하여 흙길로 나루에 이르고, 거기서 순자강으로 나아가 남해 바다에 이르기까지, 말 그대로 강물 흐르듯 떠올렸다. 수백 번 오간 강이니, 훤히 안다고 자신했지만, 가다가 자꾸 막히고 끊겼다. 순자강에 익숙한 전원오나 강성대가 곁에 없었다면, 답답해서 가슴을 죄다 뜯어놓았을 것이다.

강을 상상하면서 더더욱 깨달은 것은 떠오르지 않는 풍광은 정말 떠오르지 않는다는 동어 반복이었다. 옹기 배 조동무가 그곳도 모르느냐고 놀림을 당하긴 싫었기에, 사나흘 끙끙 앓으면서 기억을 살피고 또 살폈다. 그러나 결국 검은 구멍처럼 떠오르지 않는 풍광은 전원오나 강성대에게 묻곤 했다. 임중호가 그토록 애타게 찾던 풍광을 그들이 아무렇지도 않게 이야기할 때면, 심한 자책이 밀려들었다. 강을 오간 경험이 임중호에 비해 턱없이 적은 감귀남이나 강송이까지 거들 땐 머리를 쥐구멍에라도 박고 싶은 심경이었다.

곡성에서 출발하여 하동까지 강의 풍광을 완성한다 쳐도, 거기서 상상이 끝나진 않았다. 사계절 풍광이 제각각 달랐기 때문이다. 풍광이 바뀌는 데 그치는 것이 아니라, 배를 띄워 바다로 이끄는 강물 자체가 바뀌었다. 여름에는 비가 많이 내려 들을 덮칠 만큼 강물이 범람했고, 겨울에는 물의 양이 줄어들면서 군데군데 얼어붙었다. 겨울엔 되도록 옹기 배를 띄우지 않지만, 부득이하게 움직여야 할 때는 언 곳부터 미리 확인하고 피하는 것이 중요했다.

순자강을 오갈 때 또한 살펴야 하는 것이 돌살이다. 은어를 비롯한 생선들을 잡기 위해, 빗금 치듯 수중에 돌을 쌓았다. 생선들이 그 돌을 피해 강가로 몰리면, 어부들이 그물을 쳐 잡아들였다. 곡성에는 오백 년이 넘도록 무너지지 않은 돌살이 유명했다. 도깨비가 쌓았다 하여 도깨비살이라고도 불렸다. 임중호는 돌살의 위치와 크기와 방향을 알고는 있었다. 그런데 은어가 많은 여름이면, 새로운 돌살이 만들어진다는 것이다. 돌살을 쌓았는지도 모르고 배를 몰다가 암초를 만나듯 돌살에 걸려 침몰하기도 했다.

1829년으로 접어들면서 상상하는 동안 웃는 시간이 늘었다. 곡성부터 하동까지 물길도 거의 다 기억을 해냈고, 게다가 계절이나 날씨에 따라 옹기를 쌓는 기술도 점점 좋아졌다. 어디까지나 현실이 아니라 상상이지만, 상상이 되지 않으면 현실로 만들기 힘든 것이 또한 옹기 쌓기였다.

임중호가 상상을 할 때 가장 좋아하는 자세는 반듯하게 천장을 바라보며 눕는 것이다. 눈을 질끈 감지는 않고, 희미하게 앞이 보일 정도 실눈을 떴다. 임중호가 그렇게 누우면, 죄인들 모두 그가 배에 옹기를 쌓기 시작했음을 알았다.

금창배가 임중호의 상상을 방해하는 방법은 간단했다. 임중호를 앉혀놓는 것이다. 편히 누워 상상할 때는 옹기를 완벽하게 쌓았지만, 앉거나 서면 자꾸 옹기 몇 개가 말썽을 일으켜 무너졌다. 한사코 누우려 들면, 곤장을 쳐 엉덩이와 허벅지에 상처를 냈다. 잠결에 살짝 닿기만 해도 쓰리고 아팠으므로, 임중호는 천장을 올려다보는 대신 바닥에 배를 붙이고 엎드렸다. 그 자세로 상상을 시작하면, 난데없이 큰바람이 불어 옹기 배를 흔들어댔다. 임중호의 환한 얼굴이 나날이 어두워졌다. 살이 빠지고 눈엔 근심이 가득했다.

"무너졌어."

"또 무너졌어."

"또또 왕창 무너졌어."

정성을 다해 쌓은 옹기가 매일 무너지니 밥도 먹기 싫고 잠도 자기 싫고 상상도 하기 싫은 것이다. 밀려드는 상상을 멈출 수는 없었다.

임중호가 금창배에게 독대를 청한 것은, 텁텁한 여름이 지나고 선선한 바람이 부는 초가을이었다.

"반듯하게 눕도록 허락해 주십시오."

지금까지 죄인의 요구를 순순히 받아준 적이 없었다. 그런데 그날만은 달랐다.

"원하는 대로 해."

임중호는 믿기지 않는 듯, 금창배를 올려다보며 눈으로 물었다.

'진짭니까?'

금창배가 고개를 끄덕였다.

그 밤부터 임중호는 편히 누워 상상을 펼쳤다. 강성대에게 자랑하듯 말했다.

"오늘은 밤을 새우더라도, 옹기를 완벽하게 쌓겠습니다. 굴 하나를 넘어 두 군데 굴에서 나온 옹기 쌓기에 도전해 보려고요. 옹기 배 크기는 똑같고요."

"열심히 해보게. 기도드림세."

강성대뿐만 아니라 지옥의 죄인들 모두 임중호가 모처럼 펼치는 상상이 무사히 끝나기를 기도했다. 밤부터 쌓기 시작한 옹기는 다음 날 저물 무렵에야 끝이 보였다.

쇠문을 열고 들어선 명일덕이 발소리를 죽이며 곧장 남옥으로 다가갔다. 옥문에 달린 자물쇠를 열고 안으로 들어가진 않고, 장창에 감을 하나 걸어 임중호의 가슴에 놓았다. 임중호가 괴성을 지르며 일어나 앉았다. 감이 가슴에 얹히자마자, 상상 속 옹기 배가 기우뚱댔고, 옹기들이 무너진 것이다.

명일덕의 방해가 이어졌다. 어느 날엔 사과를 얹었고, 어느 날엔 붓을 얹었으며, 어느 날엔 작은 엽전 하나를 얹었다. 그때마다 임중호의 상상 속 옹기들은 무너져 무참히 깨졌다. 금창배가 명일덕에게 시킨 일이었다.

임중호는 기도에 기도를 거듭하며 매달렸다. 상상하는 마음과 옥에 갇힌 몸을 나눠달라고. 몸이 다치고 눌리고 꼬집히고 꺾이더라도, 마음은 전혀 영향을 받지 않고 상상에 상상을 거듭하여 배에 옹기를 쌓게 해달라고. 기도는 받아들여지지 않았고 상황은 악화되었다.

가슴에 물건을 얹지 않더라도, 임중호의 귀에 바람을 불어넣는 것만으로도 순자강에 돌풍이 일었다. 그다음부터는 명일덕이 방해하지 않았는데도, 임중호가 스스로 놀라 비명을 질렀다. 상상 속 옹기도 당연히 함께 무너졌다.

임중호는 그때부터 상상할 여유가 생겨도 눕지 않았다. 앉은 채로 상상을 펴는 경우가 점점 늘었다. 그러던 어느 날 허리가 굽더니, 무릎걸음으로 기어다니다가 결국 배를 깔고 엎드렸다. 그리고 두 번 다시 앉거나 서지 못했다. 엎드린 채 밥을 먹었고 잠을 잤고 오줌과 똥을 쌌다. 두 굴에서 나온 옹기가 자신을 누르고 있다는 것이다. 악취가 남옥을 가득 채웠다. 전원오가 곁으로 와선 설득했다.

"상상하지 마. 네 등엔 아무것도 없어. 언제든 앉을 수 있고 언제든 서도 돼."

임중호가 말했다.

"거짓말 마십시오. 배에 옹기를 쌓아본 적 없잖아요? 이게 옹기가 아니면 뭐가 옹기죠? 지금 요것들은 저를 아예 옹기 배 취급하는 겁니다. 지옥 바닥에 누웠는데 왜 이리 흔들리죠? 땅이 아니라 물에 엎드린 것 같습니다. 아, 이 옹기들이 무너지면 저는 깔릴 테고, 깨어진 옹기에 눌려 죽겠죠? 이토록 망측한 꼴로 세상을 하직하는 게 천주님 뜻인가요? 싫어요. 이런 꼴로 죽진 않을래요. 뱀처럼 땅에 온몸을 대곤 버둥거리다가……."

임중호는 옥리들에게 들려 나갔고, 금창배 앞에서 낡은 옹기배 한 척만 마련해 주면 배교하겠다고 약속했다. 금창배는 도착하는 포구마다 사람들을 모아놓고 배교자란 사실을 밝히는 조건으로, 낡았지만 옹기를 싣고 다닐 만한 배를 주겠다고 했다. 그 말을 듣자마자 몸이 회복되었다. 아침엔 남옥에 엎드린 채 배교했지만, 점심엔 옥리방에 앉아서 밥상을 받았으며, 저녁엔 풍남문을 걸어 나갔다. 도밍고란 이름도 버리고 중호로 돌아간 뒤, 곡성 장선 나루에 묶인 옹기 배에 올라 외쳤다.

"오늘부터 내가 사공이야!"

임중호는 석 달 뒤 옹기를 한 굴 가득 싣고 나루를 떠났다. 새벽에 소달구지에 실려 도착한 옹기를 배에 싣기까진 겨우 이각도 걸리지 않았다. 옥에 갇힌 삼 년 동안 상상하고 또 상상했기에 가능한, 수십 년 사공을 한 박돌이에 필적할 솜씨였다. 임중호는 포구를 떠나기 전 어부들에게 목적지를 밝혔는데, 어떤 이에게는 부산포라고 했고 또 다른 이에게는 진도라고 했다. 동쪽인 경상우도를 향할 것인지 서쪽인 전라좌도를 향할 것인지를, 순자강에서 남해로 나간 후 결정했을 수도 있다. 광양을 지나 바다로 나선 임중호는 섬과 섬 사이로 배를 몰았다. 섬이 겹겹이 놓인 내해가 아니라 탁 트인 외해로 나간 배는 수평선까지 나아갔고, 작은 점처럼 그 선에 걸렸다가 사라졌다. 임중호도, 옹기 배도, 옹기 배에 실린 옹기도 돌아오지 않았다.

지옥을 나가기 전날, 순자강을 출발하여 예루살렘으로 통하는 사해까지 옹기 배를 타고 가는 상상을 임중호에게서 들은 사람은 진목서였다. 상상을 현실로 바꾸기 위해 배교는 수단일 뿐이며, 돌아오지 않을 항해 자체가 회두라고도 했다. 진목서로부터 뒤늦게 임중호의 진심을 전해 들은 금창배는 크게 화를 냈지만, 임중호는 먼 항해를 떠난 뒤였다.

# 붓을 들지 않은 화인 이야기

1830년 5월

진 도마가 스스로 손목을 꺾은 후 단식하다가, 서울로 압송되어 가던 중 경기도 용인에서 죽었다.

진목서라고도 불린다. 화인畵人이며, 이희영 루가의 제자다. 배교했다는 소문이 돌았으나 거짓이다.



임중호가 배교하고 옹기 배에 오른 뒤, 금창배는 진목서를 괴롭혔다. 삼 년 동안 진목서는 옥에 갇힌 죄인 중에서 가장 많이 밖으로 나갔다. 밖이라고 해봤자 옥리들이 머무는 방이지만, 아궁이에 장작이 끊이질 않는 그곳의 아랫목은 냉골인 옥방과는 비교도할 수 없었다.

진목서를 불러낸 까닭은 그림을 청하기 위해서였다. 진목서는 특히 빠르고 정확하게 사람을 잘 그렸다. 지옥에 온 첫날, 장비가 내리친 망치에 왼쪽 손등과 손목뼈가 산산조각이 난 뒤로도, 오른손의 날렵한 붓놀림은 여전했다. 평생 변변한 초상 한 점 없는 옥리나 아전이나 관원 들로선 놓칠 수 없는 기회였다. 진목서는 그림을 그리러 나가기 전에 원하는 물건이나 음식을 죄인들에게 물었고, 돌아올 때는 빈손인 적이 없었다.

진목서가 자신을 위해 내건 조건은 단 하나였다. 한 달에 한 번씩 밤을 새워 그림을 그리겠다는 것이다. 옥리와 아전을 거쳐 포도군관 관우와 장비가 야단맞을 각오를 하고 진목서의 조건을 금창배에게 전했다. 금창배는 단서를 붙이고 응낙했다.

"그런 후 태운다면!"

매월 첫날 옥리방에서 그림을 그렸다. 새벽에 그림을 받아 불사른 옥리 명일덕에 의하면, 진목서는 그림에 등장하는 사내의 얼굴을 그려 넣지 않았다고 했다. 명일덕이 갸웃거리며 종종 물었다.

"이게 완성작인가? 시간이 더 필요하면 줄게."

그림 속에서 얼굴이 없는 사람은 그 사내뿐이었다.

"마쳤어요."

"얼굴을 안 그렸잖아?"

"이대로 됐습니다."

명일덕은 그림을 태운 뒤 진목서를 남옥으로 데려갔다. 전원오가 물었다.

"오늘도 얼굴을 그리지 않았습니까?"

"안 그린 게 아니라 못 그린 겁니다."

"못 그렸다? 투옥되기 전까지 상본만 수백 점 그리지 않았나요? 이 루가 화공도 예수님을 그리긴 했지만, 진 도마 화공처럼 많이 그리진 않았습니다. 교인들이 지닌 상본 중 절반이 넘을 거예요. 이 야고버 회장님께서 구해 온 상본들도 대부분 진 도마 그대의 작품이었습니다. 낙관 같은 건 물론 없지만, 우린 보자마자 같은 화공이 그렸다는 걸 알았지요."

"어찌 아셨습니까?"

"볼에 살이 없어 광대뼈가 튀어나온 데다가, 코는 지나치게 낮고 눈은 또 유난히 작았거든요. 살갗이 눈처럼 희고 수염이 꼬불꼬불한 게 조선의 사내들과는 거리가 있지만, 그래도 친근했습니다. 서쪽 먼 나라 화공들이 그린 예수님과는 사뭇 달랐습니다.”

“꿈에 본 예수님 얼굴을 그대로 그린 겁니다.”

그 얼굴이 진목서와 쌍둥이처럼 같은 이유는 이미 털어놓은 적이 있다. 전원오가 물었다.

“왜 얼굴을 못 그리겠단 겁니까? 그리다가 맘에 들지 않는 것과 아예 그리지 못하는 건 전혀 다른 문제입니다. 혹시 불태울 그림이라서인가요?”

“교인들에게 갈 상본은 열심히 그리고, 저만 잠깐 본 후 태울 그림은 대충 그린다는 건가요? 얼굴을 그릴 수 있다면, 무슨 짓을 해서라도 그렸겠지요.”

전원오가 다시 꿈 이야기로 돌아갔다.

“꿈에 예수님 얼굴을 봤다면서요? 또 그 얼굴을 담은 상본이 수백 점이고요. 지금도 그 얼굴을 그리면 되지 않습니까?”

“꿈에 본 얼굴에 다른 얼굴이 자꾸 겹칩니다.”

“다른 얼굴? 그건 누구 얼굴인가요?”

“그것도 예수님 얼굴입니다.”

감귀남이 여옥에서 물었다.

“어떻게 알아요, 예수님 얼굴인지 아닌지?”

“설명하긴 어렵습니다만, 그렇게 느껴집니다. 문제는 겹친 얼굴이 너무 어둡고 흐릿하다는 거예요.”

“마귀가 방해하는 건 아닐까요?”

“그 얼굴이 명확해질 때까진 비워둘 수밖에 없습니다.”

"언제까지요?"

"모르겠습니다."

삼 년 뒤 진목서에게 선물을 준 이가 금창배가 아니라 공원방이란 주장도 있다. 금창배는 평생 누군가에게 선물을 건넨 적도 없고 받은 적도 없었다. 공원방의 부탁을 받고 금창배가 대신 선물을 내밀었다는 것이다.

1830년 5월 첫날, 진목서는 옥리방에서 선물을 받았다. 길쭉한 필갑을 여니 붓 한 자루가 들어 있었다. 금창배는 반드시 그 붓으로 그림을 그리라고 했다. 붓은 상품은커녕 중품도 아닌 하품에 가까웠다. 무엇보다도 먹물을 묻혀 획을 그을 때마다 털이 한두 가닥씩 빠졌다.

진목서는 포옹한 두 사내를 그렸다. 등진 사내는 뒤통수만 보였고, 맞은편 사내의 얼굴은 텅 비었다. 이번에도 얼굴은 남겨두고, 목과 어깨와 가슴과 팔과 다리를 그려나갔다. 뒤통수만 보이는 사내는 유다스이고, 얼굴 없는 사내는 예수였다. 진목서가 텅 빈 얼굴을 보며 인사했다.

"스승님, 안녕하십니까?"

스스로 받았다.

"벗이여, 하러 온 일을 하게."

그 순간 진목서의 두 눈이 갑자기 커졌다. 붓을 쥔 손까지 떨렸다. 삼 년 동안 떠오르지 않던 예수의 얼굴이 또렷하게 보인 것이다. 붓을 들어 급히 얼굴을 그리기 시작했다. 붓에 힘을 줄 때마다 털이 빠져도 붓놀림을 멈추지 않았다. 오히려 빨라졌다. 긴 숨을 몰아쉬며 붓을 내려놓자, 문 옆에 앉았던 명일덕이 무릎걸음으로 다가왔다. 그림을 살피는 얼굴이 두려움으로 가득 찼다.

"무슨 지, 짓을 한 거냐? 저 사내의 얼굴이 왜 저렇듯 빛이 나?"

새벽이 되었고, 명일덕은 그림을 불태웠다.


진목서는 아침을 먹기 전 금창배와의 독대를 삼 년 만에 청했다. 금창배 대신 옥리방으로 온 이는 관우였다.

"종사관 나리를 뵙게 해주십시오."

"급무가 있어 충주에 가셨다. 내일 새벽에나 오실 게야. 내게 말하라. 진목서, 너를 각별하게 살피라고 명령하셨느니라."

"오늘 밤에도 그림을 그렸으면 합니다."

"한 달에 한 번으로 정하지 않았느냐?"

"다음 달 첫날엔 그리지 않겠습니다."

"당겨서 그리겠다? 이유가 무엇이냐?"

"확인하고 싶은 것이 있어섭니다."

"옥리 명일덕에게 들으니, 간밤에 예수 얼굴을 드디어 그렸다며? 삼 년 만인가?"

"그렇습니다."

"그 얼굴이 마음에 들지 않는 것이냐? 당장 고쳐서 그리고 싶어?"

"아닙니다. 고칠 부분은 없습니다."

"하면 왜 오늘 밤 또 그리겠다는 게냐?"

"너무 완벽해서입니다."

"완벽한 게 무엇이 문제인가?"

"제 솜씨를 넘어섰기 때문입니다. 그건 마치……."

"마치?"

"붓이 스스로 얼굴을 그린 것과 같습니다."

"농담이 지나치군. 검이 군졸의 뜻을 따르듯, 붓은 화공의 뜻에 복종하는 법이다. 어찌 제멋대로 검이 따로 놀고 붓이 따로 놀 수 있어?"

"맞는 말씀입니다. 저도 그리 생각합니다. 하지만 지난밤엔 너무나도 달랐습니다. 그래서 확인해 보고 싶습니다."

관우가 말머리를 돌렸다.

"어제 쓴 붓은 어떤 것이냐? 이상한 구석이라도 있어?"

붓통에서 붓을 꺼내 내밀었다. 관우가 붓을 집어 들곤 살폈다.

"원래 이렇듯 빈약했느냐?"

"털이 절반이나 빠졌습니다."

"언제부터 썼느냐?"

"어제 아침에 종사관께서 선물해 주셨습니다. 지난밤 처음 쓴 겁니다."

"아무리 하품이라 해도 어찌 이리 금방 빠진단 말이냐?"

"그게, 잘 모르겠습니다. 저야 늘 하던 대로, 이 루가 스승님께 배운 대로 했지요. 스승님은 강조하셨습니다. 붓이 딱딱하고 무거우면 그림을 망친다고."

붓을 더욱 가볍게 쥐었다. 종이에 닿을 때도 눌러 휘돌리거나 힘을 싣지 않았다. 그런데도 턱을 그리는 첫 붓질에서부터 털이 빠지기 시작했다. 그림을 완성하기 전에 털이 전부 빠져버리지나 않을까 걱정이었다. 이 붓을 선물한 금창배도 새벽녘에나 전주로 돌아온다고 하지 않는가. 턱부터 시작한 것은 놀랄 만한 변화였다. 삼 년 동안 진목서는 얼굴에서 가장 먼 곳, 그러니까 손이나 발에 첫 붓을 댔던 것이다. 그런데 이번엔 곧바로 턱이었다. 혹시 털이 다 빠지더라도 얼굴을 먼저 완성하겠다는 의지이자 조급함이었다. 어느 쪽이든, 윗목에서 꾸벅꾸벅 졸아왔던 명일덕을 다가앉게 만들기에 충분했다.

"어디야 여긴?"

"무덤 속입니다."

"무, 무덤이라고? 왜 하필 무덤이지?"

진목서가 붓을 내리곤 답했다.

"예수님은 십자가에 못 박히신 지 사흘 만에 부활하셨습니다. 여자들이 갔을 때 무덤은 비어 있었지요. 천신天神, 천사이 여자들에게 이렇게 말했다고 합니다. '놀라지 마라. 너희가 십자가에 못 박히신 나자렛 사람 예수님을 찾고 있지만 그분께서는 되살아나셨다. 그래서 여기에 계시지 않는다. 보아라, 여기가 그분을 모셨던 곳이다.' 그 대목을 들을 때마다 저는 예수님께서 누워 계셨던 곳을 떠올리려 애썼습니다. 비어 있는 자리를 그리기도 했습니다. 십자가에 못 박힌 예수님도 그렸고, 돌아가신 뒤 성모님 품에 안기신 예수님도 그렸습니다. 하지만 감히 그 예수님은 그리지 못했지요. 이 루가 스승님도 평생 그 예수님을 그리고자 하셨지만, 끝내 못 이루셨지요."

"그 예수라니?"

"부활하는 바로 그 순간, 죽음에서 되살아나 무덤에서 눈을 뜨는 바로 그 순간의 예수님 말입니다. 그걸 그리려는 겁니다."

"무덤 속이면 깜깜할 것 아니냐? 얼굴이 보여?"

"예수님 얼굴에서 생명의 빛이 틀림없이 나왔을 겁니다. 죽음에서 삶으로 넘어오는 순간이니까요. 해가 중천에 뜬 대낮보다도 밝았을 겁니다. 자, 이제부터 그리겠습니다. 부탁이 있는데 들어주시겠습니까?"

"뭔가?"

"지금부터는 이 방에서 혼자 그렸으면 합니다."

진목서를 옥리방에 두되, 잠시도 감시를 게을리하지 말라는 것이 금창배의 명령이었다. 그러나 오늘 밤엔 금창배도 감영에 없고, 진목서를 최대한 편히 해주라는 관우의 명령까지 받았기에, 명일덕은 선선히 일어섰다.

"문밖에 앉았을 테니, 용무가 있으면 언제든 불러."

명일덕은 마루로 나가선 문에 기대앉아 머리를 대곤 잠들었다. 진목서가 방에서 나오려 하면 저절로 깰 수밖에 없었다.

괴성이 들렸다. 사람이 도저히 낼 수 없는, 고통과 분노와 슬픔이 뒤범벅된 소리였다. 명일덕이 황급히 눈을 뜨곤 일어섰다. 날이 훤히 밝았다. 문을 열고 방으로 들어서니, 진목서가 머리를 감싼 채 소리를 지르는 중이었다. 어깨를 붙들고 물었다.

"왜? 무슨 일인가?"

진목서가 고개를 들었다. 눈물이 뺨을 적시고 턱에서 떨어졌다.

"무슨 일이냐니까? 어디 아프기라도 해?"

붓을 들어 올리며 답했다.

"털이 다 빠져버렸습니다. 두 눈만 그리면 되는데, 부활하는 순간 다시 뜬 그 눈만 그리면 완성인데, 털이 빠지지 않게 조심조심 정말 조심했는데, 그런데도 빠져버렸어요."

명일덕이 헛웃음과 함께 말했다.

"붓은 얼마든지 있어. 가져다줌세. 눈만 그리면 완성이라니, 다 그렸군."

진목서가 고개를 저었다.

"다른 붓은 안 됩니다. 오직 이 붓이어야만 해요. 이 붓만이 부활의 순간, 그 얼굴을 그릴 수 있습니다. 그런데 이렇게 털이 다 빠졌으니, 거의 다 왔는데, 이 루가 스승님께서 평생 원하셨고 저 역시 바라고 또 바라던 얼굴을 완성할 수 없게 되었습니다. 다 제 잘못입니다. 정말 너무 한심합니다. 저 같은 건 화공도 아닙니다. 바보 멍청입니다."

"그, 그래도 다른 붓을 가져와봄세. 잠시만 기다려."

명일덕이 진목서를 두고 방을 나갔다. 충주에 갔다던 금창배가 마당에 서 있었다.

"왜 이리 시끄러운 게냐? 누가 소리를 저렇듯 질러?"

"진목서입니다. 얼굴을 그리긴 했는데, 붓털이 다 빠져 눈을 못 그렸다기에……."

"지당으로 데려와. 그림도 챙겨서."

명일덕이 미적거렸다. 이틀 계속 그림을 그리도록 허락한 이유를 묻지 않는 것도 이상했고, 그림을 챙겨 지당으로 진목서를 데려오라는 명령도 낯설었다. 그림은 해가 뜨면 불태우는 것이 원칙이었다. 삼 년 동안 단 한 번도 그림을 태우지 않거나 지옥 밖으로 가지고 나갔던 적이 없다.

"아, 알겠습니다."

지당에서 기다리는 사람은 금창배뿐이었다. 명일덕에게 그림을 넘겨받고는 짧게 명령했다.

"나가보도록 해. 아무도 들이지 말고."

명일덕이 지상으로 올라간 후, 금창배는 진목서에게 그림을 내밀었다. 진목서가 보물단지 모시듯 품에 안고 눈물을 흘렸다. 기쁨의 눈물이자 슬픔의 눈물이었다. 금창배가 물었다.

"붓은 어디 있느냐?"

진목서가 소매에서 둥근 붓통을 주섬주섬 꺼냈다.

"다 빠져버렸습니다, 털이."

"어떤 털인지 아느냐?"

진목서는 고개를 들고 금창배와 눈을 맞췄다.

"모릅니다."

"모른다고만 하지 말고! 짐작은 했을 것 아닌가?"

"생각에 생각을 거듭했지만, 어느 짐승의 것인지 도저히 모르겠습니다. 하지만 이 털로 만든 붓이어야, 그림을 완성할 수 있습니다."

금창배가 그림을 들여다보며 물었다.

"사흘 만에 부활하는 예수인가? 그럼 저긴 무덤이겠군."

"맞습니다."

"완성하고 싶나?"

"당연합니다."

"완성하더라도 태워 없앨 건데?"

"실물은 재로 변해도 완성작을 냈다는 사실은 영원하니까요. 이 루가 스승님이나 제게 필요한 건 부활하는 그 순간 예수님의 눈빛이었습니다."

"부활의 눈빛을 담으려면 그 붓이 반드시 필요하다?"

"맞습니다. 다른 붓으론 불가능해요."

금창배는 잠시 침묵하며 그림을 다시 살폈다. 그 역시 예수가 무덤에서 살아나는 순간을 담은 그림을 보긴 처음이었다. 복된 말씀에 관한 숱한 서학책을 꽤 많이 읽었지만, 예수가 부활하였다는 언급만 있고 구체적인 묘사는 없었다. 무덤의 크기와 위치도 설명하지 않았고, 부활한 예수의 몸에 대한 이야기도 없었다. 찾아갔던 여인들이 빈 무덤을 보고 두려워 떨었으며, 그 여인들에게 천신이 해준 말만 거듭 강조되었다. 천신의 말도 예수가 부활했다는 사실 자체만 강조했을 뿐, 화공에게 도움을 줄 그 순간의 모양이나 색깔이나 움직임에 대한 언급은 없었다. 금창배가 말했다.

"어제 붓을 선물했지만, 네가 이렇듯 놀라운 그림을 그릴 줄은 몰랐다. 솔직히 반만 믿고 반은 믿지 않았다고나 할까. 그러나 이 붓을 만들어 내게 준 이는 생각이 달랐다. 성물聖物이 기적을 일으킨 적이 한두 번이 아니라고 했지."

"……성물이라고요?"

진목서가 그 단어를 모래밭에서 사금을 찾듯 조심스럽게 집어 들고 물었다. 성물로 붓을 만들었다면, 그 성물은 무엇이겠는가? 혹시? 불안하고 두려웠다. 금창배가 곧바로 불길한 예감을 사실로 바꿔버렸다.

"처형한 사학죄인의 머리카락으로 만든 붓이라더군."

"치명자의 붓……."

"평생 붓을 놀리며 살았던 자야. 처형한 후 머리카락을 잘라 모아뒀다더군. 너도 만난 적 있는 사람이고."

"만났다고요, 제가?"

"세례명은 루가……."

"루가!"

"이름은 이희영!"

진목서가 비명을 지르며 쓰러져 정신을 잃었다. 금창배는 물독에서 냉수를 한 바가지 떠 진목서의 얼굴에 부었다. 진목서는 눈을 떴다가 다시 기절했다. 두 번 더 냉수를 뒤집어쓴 뒤에야 겨우 무릎을 꿇고 앉았다. 눈물이 계속 흘렀다. 금창배가 말했다.

"그 붓이라면 너를 도울 수도 있다고 했지만, 더 솔직히 말하자면, 나는 그 말을 반만 믿지 않은 것이 아니라 전혀 믿지 않았어. 붓을 바꿨다고 삼 년 동안 못 그린 예수 얼굴을 그리겠어? 그런다 해도, 그건 바뀐 붓 때문이 아니라 다른 이유가 있는 거라고. 자, 나도 솔직하게 말했으니 너도 솔직하게 답해. 다른 이유가 있지? 이틀이나 연이어 예수의 얼굴을 그려낸 까닭이 뭐야?"

진목서가 털이 다 빠진 붓과 부활한 예수의 얼굴이 빛나는 그림을 번갈아 보며 떨면서 답했다.

"까닭은…… 따로 없습니다. 삼 년을 꼬박 감옥에서만 지냈는데, 바뀔 게 무엇이겠습니까? 이 붓, 이 루가…… 스승님의 머리카락으로 만든 붓 외엔 없습니다."

금창배가 고쳐 물었다.

"예수의 두 눈을 채워 넣고 싶은가?"

진목서가 답하지 않고 눈을 맞췄다. 금창배가 제안했다.

"한 사람만 털어놔. 절대로 배교하지 않을, 붙잡히면 치명할 것 같은 자! 하면 내가 이희영 루가의 남은 머리카락으로 붓을 만들어주지. 넌 그 붓으로 필생의 역작을 완성하는 거야. 어때?"

진목서의 시선이 다시 그림으로 향했다. 낮은 목소리로 물었다.

"잠시만…… 생각할 시간을 주시겠습니까?"

"그렇게 해. 내 나가서 아침 한술 뜨고 오지."


진목서가 지당에 혼자 있었던 시간은 반 시진이 조금 못 되었다. 금창배가 아침을 먹고 돌아왔을 때, 진목서는 웅크린 채 엎드려 있었다. 가까이 다가가자 비로소 신음 소리가 들렸다. 스스로 자신의 오른 손목을 꺾은 것이다. 금창배는 지당으로 통하는 문을 지킨 명일덕을 불러 침입자가 있었는지 확인했다. 명일덕은 금창배가 나간 후 문을 연 적이 없으며, 안에서 이상한 소리가 들리지도 않았다고 했다. 결국 진목서는 화공에게 목숨보다도 소중한 오른 손목을 꺾어버림으로써, 치명자인 이희영의 머리카락으로 만든 붓을 쥐고 그림을 그리지 않겠다는 뜻을 밝힌 것이다.

진목서는 그날부터 금식에 들어갔다. 천으로 둘둘 감은 오른손은 너덜거리는 왼손처럼 전혀 쓸 수 없었다. 지옥의 죄인들이 대신 떠먹여주겠다고 나섰지만 마음만 받겠다며 거절했다. 속죄할 시간이 필요하다는 것이 이유였다.

진목서는 단식을 시작하고 열흘 만에 한양으로 압송되었다. 갑자기 전라감영을 떠난 이유에 대해 다양한 소문이 떠돌았다. 그중에서 가장 오래 떠돈 주장은 진목서를 전라감영에서 죽이지 않으려는 꼼수라는 것이었다. 금식으로 허약해지거나 병이 들어 목숨이 위태로운, 그렇지만 배교하지 않고 버틴 이들을, 금창배가 처리해 온 방식이기도 했다.

금창배가 나서서 편 다른 주장도 있다. 전라감영을 떠나고 열흘 뒤 진목서가 용인 어느 주막에서 절명한 뒤, 최연장자인 강성대를 불러내 들려준 이야기였다. 조택우가 진목서를 데려오라는 밀명을 내렸다는 것이다. 대국에서 화첩이 하나 왔는데, 예수의 일생을 담은 불경한 책은 아니지만, 몇몇 그림에 대한 설명이 필요했다는 것이다. 도화원의 내로라하는 화원들에게 보여도 명쾌한 이야기를 들을 수 없었다. 천주교를 모르고서는 그림을 이해하기 어렵다는 주장이 화첩의 짤막한 서문에 적혀 있었다. 그 때문에 천주교를 깊이 아는 화공을 수소문하여 찾았던 것이다. 열흘이나 금식을 이어가던 진목서도 천주교를 알아야 제대로 보이는 화첩이라면, 재주 없고 학식은 미약하지만 보고 싶다는 뜻을 밝혔다.

진목서가 용인에서 절명한 것은 옥에서 굶은 열흘과 용인까지 걸어가며 또 굶은 열흘 그러니까 스무 날 곡기를 끊는 바람에 생긴 불상사였다. 말에 태우거나 소달구지에 얹거나 하다못해 업고 가려 했지만, 발이 땅에서 떨어지자마자 어지럽다며 토하는 바람에 걸을 수밖에 없었다. 진목서가 주막 뒷방에 누워 신음하자, 조택우의 명령을 받은 선전관이 화첩을 품고 말을 달려 급히 용인으로 향했다. 선전관이 주막에 닿았을 때 진목서는 이미 세상을 떠난 뒤였다.

# 잊고 잊고 또 잊는 이야기

1833년 12월

강 가별이 풀려난 후 전주를 벗어나지 못하고 풍남문 옆에서 얼어 죽었다.

강성대라고도 불렸으며, 1827년 손녀인 강송이 수산나와 함께 곡성을 거쳐 전라감영으로 끌려왔다. 강 수산나가 1827년 5월 옥에서 나간 뒤부터, 강 가별은 기억을 서서히 잃어갔다.


1830년 여름, 옥리 명일덕은 강성대를 옥리방으로 불러 물었다.

"내 이름이 무엇이냐?"

"모, 모르겠습니다. 처음 뵙습니다."

"처음이라고? 너는 그럼 누구냐?"

"저는 강성대라고 합니다. 곡성 덕실마을 건아꾼입니다."

"또?"

"강송이의 할애비입니다."

"또?"

"그게 전부입니다."

"강 가별이지 않느냐?"

그가 놀란 눈으로 명일덕을 쳐다보다가, 주변을 살폈다.

"여긴 어딥니까? 제가 왜 이곳에 있는 겁니까?"

"전라감영이다. 네가 전주로 온 지도 삼 년이 흘렀어."

"삼 년! 거짓말 마십시오. 어제까지도 저는 고해중 형님과 함께 가마 안을 청소하고 있었습니다."

"고해중 안드릭아 말이더냐?"

그는 답하지 않고 떨었다. 강성대 입장에선, 처음 보는 사내가 자신의 세례명뿐만 아니라 고해중의 세례명까지 아는 것이다. 이곳으로 끌려오고 삼 년이 지났다는 말을 믿어야 할까. 처음 보는 사내의 말을 어찌 순순히 믿을 수 있으리.

"고 안드릭아는 작년에 죽었다."

"죽다뇨? 나이는 저보다 열두 살이 많지만 강골이라서 백 살까진 너끈할 분입니다. ……죽었다고요? 뭣 때문에 죽었습니까?"

"여름에 감환感患, 감기이 걸렸고, 가슴병까지 도져 가을에 세상을 떴어."

"거짓말! 감환 따위로 죽을 사람이 아닙니다. 저도 이렇게 멀쩡하게 살아 있는데, 어떻게 그 형님이 먼저 갑니까."

명일덕이 박달나무로 만든 각인을 소매에서 꺼내 던졌다. 강성대가 받아 살피며 놀랐다.

"이, 이것은?"

"알아보는구나. 고해중이 평생 쓰던 각인이니, 단짝인 네가 어찌 모르겠느냐. 평소에는 숨겨두었다가, 원근 각처의 교우들에게 보낼 옹기엔 은밀히 십자가 문양을 찍지 않았느냐. 혹시 들통이 나도 변명하려고 그 십자가를 홍매화로 표현했구나. 붉디붉은 꽃이니 곧 예수가 십자가에서 흘린 피와 연결이 될 터이고. 그 누구에게도, 단짝인 네게도 건네지 않고 평생 간직한 각인이 내 손에 들어왔으니, 이제 고해중이 죽었다는 걸 믿겠느냐?"

강성대가 양손으로 얼굴을 가린 채 흐느꼈다. 명일덕은 일흔 살을 훌쩍 넘긴 죄인이 울음을 그칠 때까지 기다렸다.

"제가 가별이고 그가 안드리아인 걸 어찌 아셨습니까?"

"네가 가별인 건 네가 말했고 고해중이 안드리아인 건 고해중이 말했다."

"그럴 리가 없습니다. 어떤 일이 닥치더라도, 먼저 본명을 털어놓지는 말자고 굳게 맹세했습니다. ……이곳에서 우리가 말했습니까?"

"아니다. 둘 다 곡성에서 말했다."

"고 안드리아도 이곳으로 끌려왔습니까?"

"아니다. 너만 왔다."

"고 안드리아는 왜……?"

"배교했다. 고해중뿐만이 아니라 많은 이들이 삼 년 전에 천주를 버렸다. 배교한 자는 곡성에서 풀어주었지. 그들은 뿔뿔이 흩어졌다. 덕실마을과 무명마을은 모조리 불태웠고, 아무도 살지 못하도록 했다. 대부분은 곡성을 떠났는데 몇몇은 남았어. 열 명도 채 되지 않는다고 해. 고해중도 남았는데 석곡 깊은 골짜기에 들어가서 혼자 지냈다. 산포수나 심마니 들에게 일 년에 겨우 한두 번 뙬 뿐이었지. 혼자 살다 혼자 죽었어."

강성대가 난감한 표정을 지으며 더듬더듬 물었다.

"혹시…… 저도…… 배교했습니까?"

"배교했다면 아직도 옥에 갇혔겠느냐?"

강성대가 안도의 한숨을 내쉬었다. 명일덕이 비수처럼 파고들었다.

"안심하긴 이르다. 우리는 널 꼭 배교시킬 것이야."

강성대가 답했다.

"애쓰지 마십시오. 저는 배교하지 않습니다."

1831년 여름, 강성대는 1815년부터 1827년까지 곡성에서의 나날도 잊었다. 그때부터 옥리장이 된 명일덕이 물었다.

"곡성의 흙이 특별히 좋았어?"

강성대는 대답 대신 미간을 잔뜩 찡그렸다. 명일덕은 이상한 낌새를 알아차리고 다시 물었다.

"곡성의 흙이 옹기를 만드는 데 적당하냐고?"

"곡성은 가본 적 없는 고을이니 명확한 답을 드리긴 어렵겠습니다만, 순자강이 도도하게 흐른다 하니 괜찮은 흙이 있을 듯합니다."

"가본 적이 없다? 십이 년이나 곡성 덕실마을과 무명마을에서 옹기를 구우며 살았지 않느냐?"

"아닙니다. 또 무슨 거짓말로 속이려는지는 모르겠지만, 저는 전라도 땅에서 산 적이 없습니다."

"속이다니? 내가 뭘 속였다고 그래? 우리가 얘길 나누는 이곳도 전라도 땅이야. 전주라고. 내 말을 못 믿는 눈치니, 네가 사 년 전 감영에 끌려와서 이실직고한 걸 보여주지."

명일덕이 서안 아래에서 문서를 꺼내 내밀었다. 제법 두툼했다.

"네가 정해년에 감영으로 끌려와선 한 달 동안 털어놓은 이야기가 여기에 전부 담겼어. 더하거나 빼지 않고 옮겨 적었다 하니, 읽어보거라. 어찌하여 곡성까지 오게 되었는지는 거의 말하지 않았더구나. 어려서는 한양에서 자랐고, 과거를 보기 위해 사서삼경을 읽었다고? 고해중이 가장 뛰어난 건아꾼이고 너는 그다음 정도는 된다고 했지?"

"고해중이 누굽니까?"

"안드리아."

"안드리아? 제가 아는 사람 중에 안드리아란 자는 없습니다."

"고 안드리아를 모른다? 만난 적도 없다?"

"예."

명일덕이 서안 아래에서 문서 하나를 더 꺼냈다.

"곡성에서 고해중이 털어놓은 거야. 을해년에 너는 한양에서 곡성으로 왔고 고해중은 경상도에서 왔지. 고해중에 따르면, 순자강과 대황강이 만나는 압록진에서 처음 만났을 때 네가 먼저 말을 붙였다고 했어."

"압록진은 또 어딥니까? 평안도와 청나라를 가르는 그 강 이름이 압록인 것은 압니다만."

"고 안드리아와 강 가별, 교우촌에서 최연장자인 너희 둘이 종종 가서 머물곤 하던 곳이지. 두 강이 만나니, 고운 모래가 잔뜩 깔려 있어. 하동과 구례를 거쳐 올라오거나 순창이나 남원에서 내려가는 말이나 배도 압록에서 쉬었다. 그건 그렇다 치고, 첫 장을 펼쳐 읽으면 알겠지만, 고 안드리아는 네가 한양에서 이름난 양반인데도 백정인 자신을 형님으로 모시고 지내니, 참 고마웠다더구나."

강성대가 문서를 읽어 내려갔다. 명일덕이 설명한 이야기가 과연 첫 장에 있었다.

"천주님을 믿기 시작한 후부터는 양반과 상놈을 따지지 않았습니다. 늙은이와 아이를 나누지 않았습니다. 남자와 여자를 차별하지 않았습니다. 기억나진 않지만, 나보다 열두 살 많은 교우를 곡성에서 만났다면, 그가 비록 백정이라고 해도 반갑게 사귀었겠지요. 더군다나 건아꾼으로서 탁월한 솜씨를 지녔다면, 따르며 배웠을 겁니다. 저는 어려서부터 배우고 익히는 걸 좋아했습니다. 학이시습지면 불역열호아! 책을 읽고 배우든 아니면 몸을 써서 익히든, 배우고 익히다 보면 제가 점점 나아지는 걸 느꼈거든요. 기억나진 않지만, 고 안드르아 그에게서 배울 것이 많았던가 봅니다. 고 안드르아는 지금 어디에 살고 있습니까? 기억나진 않지만, 십이 년이나 곡성에서 살았다니, 오늘이라도 가면 만날 수 있습니까? 아니면 다른 고을로 옮겼나요?"

"고 안드르아는 재작년에 죽었다. 내가 작년에 이미 네게 알려줬어."

"……그랬습니까? 마음이 아픕니다. 슬픕니다."

"곡성에서 안드르아와 지낸 나날이 전혀 기억나지 않는다며? 그래도 슬퍼?"

"기억나진 않지만, 고 안드르아와 저는 천주님의 보살핌 아래 친형제보다도 더 가까이 십이 년을 살았겠군요. 고 안드르아는 글을 몰랐습니까?"

"백정이었으니까. 천주쟁이가 된 후 언문을 배울 기회가 있었으나, 듣는 것만으로도 충분하다 여겼지. 언문을 배워보라고 네가 권했을 때, 거기 적혀 있기도 하지만, 고 안드르아는 이렇게 답했어. '강 가별 형제님! 그대가 있는데 나까지 글을 배울 필요가 있겠소? 내게 알려줄 만한 서책이 있으면, 가장 먼저 달려와서 읽어줄 것 아닙니까? 나는 그것으로 충분합니다.' 또 이런 말도 덧붙였지. '예수님을 따른 무리 중에 글을 모르는 이들도 많았겠지요?

아예 글을 읽을 수 없는 맹인들도 예수님을 따르며 말씀을 듣고 좋아하고 또 눈을 뜨는 은혜까지 입지 않았습니까? 글을 읽는다고 눈을 뜨는 것도 아니고, 글을 못 읽는다고 눈을 뜨지 못하는 것도 아니라오.'"

"기억나진 않지만, 정말 멋진 사람이었네요, 고 안드리아는."

"고 안드리아가 기억나지 않는다면, 이 야고버 회장도 떠오르지 않겠군."

"모르겠습니다."

"옛 이름은 이오득이고 본명은 야고버."

"이오득이란 이름은 처음 듣습니다. 제가 아는 야고버만도 스무 명이 넘습니다. 그중에서 어느 야고버를 말씀하시는 건지요?"

"한양에서 너를 곡성으로 이끈 야고버이니, 짐작되는 사람이 있지 않느냐?"

"모르겠습니다."

"옥에 들어오기 전, 소인정 요안과 만난 적이 있는가?"

"소인정 요안은 또 누굽니까? 그 이름을 방금 처음 들었습니다."

"옥방에 너와 나란히 누운 죄인이 바로 소인정 요안이다. 곡성 이후의 삶만 잊은 줄 알았더니, 천주쟁이가 된 후부터 아무것도 기억나지 않는 것처럼 구는구나. 계속 고집을 부리겠지만, 날 속이진 못한다. 넌 정해년 이전에도 소 요안을 만났고, 서로 잘 아는 사이다."

"소 요안과 제가 잘 안다는 물증이라도 있습니까?"

"있지."

명일덕이 이번에는 서안에서 서책 세 권을 꺼냈다. 『직방외기』

『진도자증』『영언여작』이었다.

"이 서책들을 모른다고 하진 않겠지? 덕실마을 네 집에서 가져왔느니라. 그중에서 이것들은 따로 비단으로 싸서 서고 깊숙이 숨겨두었더구나. 최근에 읽는 서책은 손을 뻗으면 닿을 자리에 두고, 이미 읽은 서책은 상하지 않도록 챙겨두는 버릇이 있더군. 서책 좋아하는 이라면 알 만한 버릇이지. 나도 그러하니까. 짐작하건대, 그 서책 세 권은 곡성에 오기 전에 이미 완독한 것이다. 그리고 또 하나의 공통점이 있지. 내 입으로 말하랴?"

강성대는 즉답하지 않았다. 명일덕이 답했다.

"서책 마지막 장, 빈 자리에 똑같은 그림이 그려져 있지. 점처럼 작은 사내가 황야에서 돌아오는 요안이다. 소인정은 자신이 번역하고 필사한 책들을 정말 소중한 이에게 줄 때는 이와 같은 표식을 했어. 이 세 권 외에도 너는 일곱 권이나 똑같은 표식을 한 서책을 가지고 있었다. 그 서책들은 곡성에 오고 나서 받았으니 기억나지 않는다고 발뺌을 하겠지만, 이 세 권은 당연히 기억하겠지? 깨끗하게 보려 애썼지만 손때 묻은 걸로 볼 때, 수십 번은 읽고 또 읽은 듯해."

"본명이 요안이란 교인이 서책을 꽤 많이 필사하여 돌린다는 풍문은 들은 적이 있습니다. 하지만 옥살이를 지금도 하는 요안이 바로 풍문 속 요안인지는 몰랐습니다."


지옥으로 돌아온 강성대는 여옥에 홀로 있는 감귀남에게 물었다.

"고해중 안드리아를 아십니까?"

감귀남은 대답하기 전에 강성대 옆에 앉은, 남편인 전원오와 눈을 맞췄다. 전원오가 고개를 끄덕이자 감귀남이 답했다.

"알다마다요."

"저랑 친했다는데, 맞습니까?"

"무척 친했지요."

"당신도 곡성에서 왔습니까? 제 이웃이었나요?"

"맞습니다. 당신과 고 안드릐아는 제가 제일 존경하는 교우였습니다."

"그렇군요. 제가 곡성에서 산 건 확실하군요. 하나만 더 묻겠습니다. 제겐 손녀가 하나 있습니다. 강송이라고, 천사처럼 이쁜 아이죠. 네 살 아니 다섯 살까진 기억이 납니다. 송이의 손을 잡고 숭례문으로 들어서던 날이 또렷해요. 추수를 앞둔 가을이었고, 참새들이 쉼 없이 몰려다녔죠. 그날 저는 시장에서 송이를 위한 빗을 사서 선물했습니다. 무척 좋아하며 환하게 웃더군요. 송이에 대한 기억은 거기까집니다. 송이도 저를 따라 곡성으로 왔습니까?"

감귀남이 고개를 돌려 옆자리를 손바닥으로 쓸었다.

"곡성 미륵골 무명마을엔 동정을 지키며 평생을 살겠다고 맹세한 일곱 여인이 있었답니다. 고향도 성격도 외모도 교인이 된 이유도 제각각이었습니다만, 곡성에서 교리 공부를 제가 맡았습니다. 강송이는 그중에서 가장 어렸어요. 언니들을 위하는 마음도 각별했고, 덕실마을과 무명마을에 대한 애정과 자부심도 컸습니다."

"일곱 여인은 어찌 되었습니까?"

감귀남이 옆자리를 쓸던 제 손을 들어 흔들었다.

"아가다는 혼인을 했습니다. 다섯 여인은 곡성 옥으로 붙들려 왔다가 풀려났습니다. 풀려난 연유에 대해선 자세히 듣질 못했어요."

"그 다섯 여인에 우리 송이도 포함됩니까?"

"아니에요. 수산나는……. 수산나, 그것이 송이의 본명입니다."

"수산나, 강 수산나!"

"수산나는 이곳 감영까지 끌려왔고, 바로 제 옆자리에 앉아 있었답니다. 정말 기억이 안 나세요? 불과 사 년 전, 정해년에 이곳에서 벌어졌던 일이에요."

"전혀! 수산나, 내 손녀는 어디 있나요? 풀려났습니까?"

감귀남에게 눈짓을 한 후 전원오가 끼어들었다.

"풀려났으니까, 여기 없죠."

"아, 나갔군요. 어디로 갔나요?"

"그건 모르겠습니다. 나간 이들과 소식이 모두 닿는 건 아니라서……. 강 수산나는 믿음이 깊은 교우이니, 좋은 곳으로 갔겠지요."

1832년 가을, 강성대는 1785년 이후의 기억을 모두 잃었다.

"서학서를 몇 권 보긴 했습니다. 제 집이 한양 장례원 앞에 있었는데, 옆집에 사는 김범우라는 역관이 서학서를 꽤 많이 가지고 있었습니다. 그에게 이 책 저 책을 빌려 보긴 했습니다만, 천주교에 관한 서책보다는 천문이나 지리 혹은 배 만드는 법이나 안경 깎는 기술 같은 서책이 대부분이었습니다. 아, 이제 기억이 납니다.

그러던 어느 날, 그가 제게 책을 한 권 권했습니다. 『천주실의』였어요. 읽으셨겠지만, 참으로 놀라운 서책이더군요. 제가 그 책에 관심을 보이자, 그는 『칠극』과 『성년광익』을 잇달아 빌려주었습니다. 그 책들까지 읽은 후, 저는 그에게 가만히 물었지요. '혹시 세례라는 걸 받으셨습니까? 받으셨다면 세례명이 무엇입니까?'

그는 제 손을 꼭 쥐더니 이 대답을 들으면 저도 세례를 받아야 한다더군요. 저는 아직 천주에 대한 확신이 없다고 솔직히 밝히고, 세례는 나중에 받더라도 모여서 서학에 대해 논의하는 자리엔 참여하고 싶다고 답했습니다. 그는 귓속말로 '저는 도마입니다'라고 말한 뒤, 열흘 뒤에 자신의 집에서 모임이 있으니 그때 오라더군요. 가겠다고 덜컥 약속은 했는데 겁이 나더군요. 천주교인이 아닐까 예전부터 짐작하고 의심했지만, 도마라는 세례명까지 듣고 나니, 올무에 두 손 두 발이 모두 걸린 듯했습니다. 개천을 하릴없이 걸어갔다가 걸어오고 또 걸어갔다가 걸어왔습니다.

드디어 약속한 날이 되었지요. 봄볕이 참 따사로웠습니다만, 그 날은 종일 바깥출입을 하지 않고 이불을 뒤집어쓰곤 누워 있었습니다. 이대로 내일 아침까지 잠이나 잘까 하는 생각이 들더군요. 옆집에서 뭘 하든 내 알 바 아니라 여기고 말입니다. 그런데 해가 뉘엿뉘엿 지기 시작하자, 누워 있지를 못하겠더라고요. 일어나선 또 한참을 앉았다가 참지 못하고 문을 열고 마당으로 나섰지요. 바로 옆집이니까 대문을 통과한 뒤 오른편으로 몸을 꺾어 열 걸음만 가면, 바로 그 김범우 도마의 집인 겁니다. 지금 가면 조금 늦긴 했지만 첨례에 참석할 수는 있겠더군요. 그렇게 마음을 먹으니 제 두 발이 바빠졌습니다. 신을 신고 마당을 뛰듯이 가로지른 뒤 대문을 열고 나섰는데, 거기서 갑자기 걸음이 멈췄습니다.

열다섯 살쯤 되었을까요? 서둘러 제 옆을 지나쳤는데, 몸에서 피비린내와 함께 고기 냄새가 나더군요. 반촌泮村, 성균관에 사역하는 이들의 마을에 사는 재인才人, 백정인가 싶었습니다. 제가 계속 쳐다보자 그는 고개를 살짝 돌렸고, 우리는 눈을 마주쳤지요. 그가 제

게 김범우의 집을 손으로 가리키며 묻더군요. 저기로 가는 길이
냐고. 저는 그렇다고 답했습니다. 그는 나보고 먼저 들어가라더군
요. 자신은 친구 두 명을 기다렸다가 함께 가겠다고. 제 이름을 먼
저 알려줬습니다. 그가 잠시 시선을 내렸다가 자신의 이름을 말하
더군요."

"이름이 뭔데?"

"남도석, 남도석이라고 했습니다. 혹시 아십니까?"

"남도석? 처음 들어! 그래서 김범우 도마의 집으로 들어갔는
가? 남도석은 두 친구를 만나 나중에 들어왔고?"

강성대가 미간을 찡그렸다.

"그, 그게 기억이 나질 않습니다…… 아, 모르겠습니다."


1833년 12월 옥에서 풀려날 때, 강성대에게는 『논어』를 배우기
시작한 일곱 살의 기억만 남아 있었다. '학이시습지면 불역열호
아'를 외는 그에게 명일덕이 마지막으로 물었다.

"예수란 사내를 아느냐?"

강성대가 고개를 저었다.

"처음 듣습니다만, 공자님을 따르던 제자였나요?"

"왜 그리 묻느냐?"

"『논어』를 이제 막 읽기 시작했다고 하면, 어른들이 여러 사람
의 이름을 대며 아느냐 물었습니다. 공자님의 제자라더군요. 공자
님에게 제자가 그리 많은 줄은 몰랐습니다. 예수란 사내도 혹시
그런가 싶어 여쭙는 것입니다."

"아니다. 예수는 공자를 몰랐다. 공자도 예수를 몰랐고."

"두 사람이 서로 알았다면 어찌 되었을까 궁금하십니까?"

명일덕이 답하지 않고 되물었다.

"나가면 무엇부터 할 작정이냐?"

"『논어』를 계속 읽을까 합니다. 이제 배우기 시작했으니까요."

강성대는 전주성의 남문인 풍남문을 찾지 못했다. 곡성에 터를 닦은 후 전주에 열 번도 넘게 왔었고, 곡성으로 갈 때는 항상 풍남문으로 빠져나가곤 했다. 그러나 『논어』를 처음 배우기 시작한 일곱 살 때 그는 한양 사대문을 벗어난 적이 없었다. 더듬더듬 사대문을 떠올리며 걷고 또 걸었다. 남문은 아니 나오고, 북문이며 서문이며 동문만 나왔다. 날은 춥고 눈까지 내려 자꾸 미끄러졌다. 배는 고프고 길은 낯설어 눈물이 자꾸 흘렀다. 풍남문을 코앞에 두고 잠시 벽에 기대앉아 쉬었다. 남문 밖에는 곡성에서 마중 나온 교인들이 기다렸으나, 재회는 이뤄지지 않았다. 강성대가 앉은 채 얼어 죽은 것이다.

# 한날한시에 금식하고 한날한시에 죽은 부부 이야기

1838년 2월
전 안또니와 감 글나라가 사십 일간 단식한 뒤 풀려나선, 곡성 석곡에 도착하여 대황 강을 바라보며 죽었다.
전 안또니는 전원오, 감 글나라는 장성댁 감씨 혹은 감귀남이라 불렸다.

1838년 첫날부터 전원오와 감귀남은 곡기를 끊었다. 한날한시에 죽겠다고 맹세하는 부부는 제법 있지만, 맹세대로 뜻을 이룬 부부는 매우 드물다. 더군다나 한날한시에 마지막 금식을 감행한 부부는 더더욱 없다.

말문을 먼저 닫은 이는 전원오였다. 말문을 닫으면 며칠을 넘기지 못하고 세상을 뜨는 경우가 많았기에, 죄인들은 돌아가며 마지막 인사를 나눴다. 그러나 전원오는 숨을 당장 거두진 않았다. 이레가 지난 후 감귀남까지 말문을 닫았다.

두 사람은 나뉜 옥에서 서로를 향해 모로 누워 종일 눈을 맞췄다. 잠을 자는 시간이 늘수록 서로를 보는 시간이 줄었다. 사십 일이 지났을 때는 잠에서 깨더라도 눈을 뜰 힘이 없었다.

소달구지가 감영 앞까지 와선 거적을 덮은 채 둘을 싣고 나갔다. 옥리들은 전주를 벗어나기도 전에 숨이 끊어지리라 장담했지만, 두 사람은 살아서 곡성에 닿았다. 순자강을 지나 압록을 돌아 석곡에 이르렀다. 황소가 강둑에서 풀을 뜯는 동안, 부부는 소달 구지에서 내려 대황강을 바라보며 나란히 앉았다. 윤슬이 반짝거렸다. 바람 한 줄기가 훈을 연주하듯 낮고 길게 강을 따랐다. 부부는 손을 꼭 쥔 채 죽었다.

2장

# 부활
## 1838~1843

## 주교와 탁덕

주교가 물었다.

"신학생들을 변문邊門에서 만났다 했소?"

탁덕이 답했다.

"1836년 12월 28일로 기억합니다. 신학생들은 조선에서 나왔고, 저는 조선으로 들어가는 길이었지요. 정하상 바오로와 조신철 갸오로 등이 그들을 인도했습니다."

"세 명의 신학생은 각각 어떠했소?"

"직접 선발하고 가르친 모방 탁덕님께 이미 듣지 않으셨습니까? 저는 짧은 시간 함께 머물렀으니, 그들을 자세히 알진 못합니다. 그래도 물으시니 답하겠습니다. 최양업 도마는 침착하고 고요했습니다. 최방제 방지거는 똑똑하고 호기심이 많았고요. 하룻밤에 스무 개도 넘는 질문을 던지더군요. 김대건 안드리아는 뜨겁고 다정했습니다."

"뜨겁고 다정하다?"

"제 얼굴빛과 걸음걸이를 살피더니 아픈 곳은 없는지 먼저 묻더군요. 또한 조선에 가면 불편할 일들을 몇 가지 알려줬습니다. 상대방의 처지에서 먼저 생각하고 배려하는 마음이 깊었습니다."

"마카오 파리외방전교회 극동대표부의 신학교에서 한창 공부하고 있겠군요."

"다들 잘할 겁니다. 무엇보다도 탁덕이 되어 조선으로 돌아와 천주님의 말씀을 두루 전하려는 뜻이 크고 강건하니까요."

"조선인 중에서 탁덕이 나오는 건 참으로 대단한 일이오. 그들이 돌아올 때 환영하는 첨례를 열 상상만 해도 기쁩니다."

탁덕이 물었다.

"『소망』은 어떠하셨습니까?"

"생생했소…… 날것의 충격과 그 속에 담긴 천주님의 뜻이 참으로 깊고 아름다웠다오. 십일 년이나 배교하지 않고 전라감영 감옥에 남아 있는 교인들의 이야기를 직접 읽고 싶소."

"읽고 싶다는 말씀은……?"

"그동안의 경과를 소상히 적으라 하시오. 내 그 옥중기를 파리외방전교회로 보내, 바위처럼 단단한 믿음을 세상에 널리 알리고 싶소. 가능하겠소?"

"감옥에서는 무엇인가를 쓰는 것 자체가 금지되어 있습니다. 쓴다고 해도 옥 밖으로 빼내는 것 역시 매우 어렵지요. 하지만 교우들과 의논해 보겠습니다."

# 옥에서 글을 쓰고 옥 밖으로 전한 사람들의 이야기

1.

1838년 5월, 좌포도청 포도부장 공원방이 전라감영 판관으로 내려왔다는 소식을 들은 날부터, 소인정은 재회의 순간을 기다렸다. 그러나 공원방은 한 달이 넘도록 옛 친구를 찾지 않았다. 가장 높고 단단한 벽은 제일 마지막에 무너뜨리겠다는 것일까.

공원방이 소인정을 부른 것은 6월로 넘어가는, 여름 무렵이었다. 소인정이 불려간 곳은 오목대였다. 태조 대왕이 조선을 세우기 전 고려의 삼도도순찰사를 지낼 때 머물렀던 곳이다. 까치 한 쌍이 하늘을 돌다가 넓은 마당에 내려 깃을 털었다. 찻상에는 국화차가 놓였다. 먼저 와 기다리던 공원방이 맞은편 자리를 권하고는 옥리들을 문밖으로 물렸다. 소인정이 차를 한 모금 머금었다가 천천히 넘겼다. 두 늙은이는 서로의 얼굴에 드리운 세월의 무게를 잠시 가늠했다. 예순아홉 살 동갑내기라고 해도, 십일 년 옥살이로 피골이 상접한 데다 허리가 굽고 어금니도 모두 빠진 소인정이 열 살은 더 늙어 보였다. 공원방은 백발이긴 해도 등이 꼿꼿하고 눈매가 매서웠다.

소인정은 어려서부터 차를 좋아했다. 역관인 아버지와 숙부는 청나라에서 들여온 서책을 언문으로 옮기기 전에 차부터 끓였다. 아버지는 녹차를 즐겼고 숙부는 꽃차를 좋아했다. 서재 문 앞에서 차향만 맡아도, 번역에 몰두한 이가 아버지인지 숙부인지 알 정도였다.

소인정은 녹차도 좋지만 꽃차에 더 끌렸다. 산과 들에 핀 작은 꽃 한두 송이로부터 위로를 받았다. 앵무당과 멍에목에선 구병산 꽃들을 따서 모아 말려 꽃차를 만들었다. 어깨너머로 배운 솜씨였다. 서책을 번역하거나 필사할 때도, 차부터 찾았다. 옥에 갇히고 십일 년 동안 차 없이 살았다. 못내 아쉬웠다.

"마실 만한가?"

소인정은 대답 대신 빈 뜰을 내려다보았다. 공원방이 질문을 이었다.

"광암曠菴, 이벽 선생도 천진암 뒷마당의 국화로 만든 차를 좋아하지 않으셨는가? 우리가 열다섯 살 때였지. 그 가을에 천진암까지 셋이 가서 거둔 국화를 말려 자네가 꽃차를 내왔지. 그 맛을 되살려보려고, 작년 가을 천진암까지 가선 국화를 걷어왔네. 꽃이 달라졌을 리 없는데 같은 맛을 못 내겠더라고. 하기야 광암 선생을 흠모하여 본명도 똑같이 한 자네 솜씨를 어찌 따라갈까 싶긴 해."

이벽도 소인정도 본명이 세례자 요안이었다.

"정약용 요왕 선생의 조언을 따랐어. 양지바른 곳의 국화 아홉 송이에 응달에서 겨우 손바닥만 한 햇볕을 보고 자란 국화 한 송이를 섞으라고 하셨지."

"훗날 다산茶山이란 호를 쓸 법했네."

"그때 정 요왕 선생을 가장 많이 따른 이는 자네였어. 서학서들 뿐만 아니라 사서삼경도 자주 가서 묻고 배웠지 않은가."

"그랬지."

"신유 대군난 이후 뵌 적은 있는가?"

"나야말로 선생이 자네에게 연락한 적이 있는지 묻고 싶군."

"선생은 배교하셨네."

"목숨을 구할 작정으로 배교한 척한 자들도 꽤 있네."

"회심이라도 하셨다고 여기는가? 물증이 있어?"

공원방이 차를 한 모금 마신 뒤 답했다.

"물증을 남길 어른이 아니지. 신유년에 죽었다가 살아났으므로 더더욱 조심했을 테고. 요왕 선생도 이 년 전에 세상을 떠났으니 자네에게만은 솔직히 말해 줌세. 강진으로 몇 번 가긴 했네. 만나서 말을 섞진 않고, 멀리서 살펴보았지. 한양에서처럼 거기서도 따르는 이들이 많더군. 지나가는 길손인 척하며 문하 중 서넛을 넌지시 떠보았네만, 공맹의 가르침에서 벗어난 것은 배운 적이 없다더군. 하지만 나는 요왕 선생이 공맹의 도리만큼이나 천주의 도리도 소중히 여겼다는 생각이 자꾸만 든다네."

"신유 대군난 때 우리 셋이 배교한 후부터 정해 군난에 내가 전라감영에 붙잡혀 들어올 때까지, 요왕 선생으로부터는 어떤 연락도 받은 바 없네. 요왕 선생은 배교한 게 맞네. 공맹을 따르는 유학자로 살다 떠나셨어."

공원방이 조심스럽게 조건을 붙였다.

"확신하긴 일러. 요왕 선생이 조선 최고의 학자였다는 것만은 인정하지. 재주가 출중한 이들도, 벼슬길로 들어서면 시간을 빼앗겨 진전이 없는 경우가 많은데, 선생은 귀양살이가 길었던 덕분에 오히려 읽고 쓸 시간을 얻은 셈이지. 범부凡夫들은 술과 원망으로 귀양을 살지만, 선생은 엄청나게 읽고 썼더군. 선생의 저작들을 모아 읽어 봐야 천주의 뜻이 있는지 없는지 확실히 알겠지. 샅샅이 찾아볼까 하네. 이 일만 마치고 나면 내게도 제법 긴 시간이 허락될 테니까."

"옛이야기나 하자고 나를 불러낸 것은 아닐 테지?"

"좌포도청 금창배 종사관께서 세상을 뜬 지도 팔 년이 흘렀군. 그사이 배교하여 옥에서 나간 자가 몇인지는 아는가? 속전속결로 처결했다면 그들은 배교하기도 전에 참형을 당했을 걸세. 정해 군난 때 한양에서 전주로 압송된 이경언 바오로가 옥사한 뒤론, 지금까지 전라감영에서 죽은 사학죄인은 단 한 명도 없어."

"죽기 전에 옥에서 서둘러 내보냈으니까. 교묘한 눈속임에 불과해."

"죽여달라 덤벼들고, 죽고 나면 그 잘못을 전부 이 나라 탓으로 덮어씌우는 게 너희들 수법이잖아?"

"하고픈 말이 뭔가?"

공원방이 차를 비운 뒤 답했다.

"감영에 남은 사학죄인은 이제 여섯 명일세. 다음으로 옥을 떠날 죄인을 알려주려고 불렀네."

배교자는 떠들썩하게 소문을 내며 석방했고, 믿음을 지킨 교인은 곧 죽을 정도가 아니면 내보내지 않았다. 십일 년을 버틴 여섯 죄인 중에서 배교할 사람은 없었다. 소인정이 침착하게 물었다.

"나인가?"

"그렇네."

"다행이로군. 다른 사람이 먼저 선택을 받으면 어찌하나 걱정했네. 준비를 마쳤으니 언제든 천주님 뜻대로 따르겠다는 기도를 매일 해왔다네."

"그 기도를 내가 들어준 셈인가? 왜 자네인지 궁금하지 않아?"

"허튼수작 부리지 말게."

"경신년1800년 가을과 겨울. 기억나지? 천주를 향한 우리의 믿음이 거의 하늘에 닿았던 나날이었어. 명도회明道會에서 정한 대로 우린 계속 만났지. 자네는 계우契遇, 나는 부위扶危, 또 야고버는 성미醒迷의 일을 각각 맡았고."

명도회는 주문모 탁덕이 1800년에 만든 조직이었다. 대여섯 명이 함께 모여 천주의 뜻을 배우고 익혀나갔다. 회원은 각자의 능력과 희망에 따라 세 가지 역할 중 하나를 반드시 맡아야 했다. 교우들을 가르치거나계우, 어려움에 빠진 교우들을 돕거나부위, 외교인들을 널리 전교하는성미 일이 그것이다. 1800년 8월 정조가 세상을 떠난 뒤, 가을과 겨울 명도회의 활동은 더욱 확대되었다. 공원방이 이야기를 이었다.

"삼십칠 년 전 그러니까 신유년에도 우린 그랬지. 셋 다 절대로 배교하지 않는다고. 한 사람이 붙들리면 나머지 두 사람을 고변하여, 셋이 함께 치명에 이르자고. 하지만 우린 셋 다 배교했어."

"그때와 지금은 달라."

"다를 건 없어. 그때도 우린 사람이고 지금도 우린 사람이니까. 사람은 신을 믿을 수도 있고 배신할 수도 있어. 종이와 붓을 주겠네. 판소리 〈옹기꾼의 노래〉를 처음부터 끝까지 빠짐없이 적게."

"그걸 왜 내게 말하는 거야? 〈옹기꾼의 노래〉를 평생 짓고자 애쓴 사람은 전 안또니와 감 글나라라고."

"둘은 죽었어."

"같은 날에 대황강을 바라보며 나란히 앉았다가 숨을 거두었다고 들었네."

"생각을 해봤지. 부부가 평생 〈옹기꾼의 노래〉를 짓고 고치고 또 짓고 고쳤던 이유가 뭘까? 그 소리에 담긴 예수의 일생을 널리 퍼뜨려 새로운 교인들을 맞고 또 기존 교인들의 믿음을 더 깊고 넓게 만들기 위함이야. 한데 그걸 둘만 알고 만들다가 그냥 죽는다? 아니지. 그들은 그 소리가 지상에 두고두고 불리도록 누군가에게 전했을 거야. 소리를 받은 사람이 누굴까? 정해년에 감영으로 들어온 죄인 중에서 살아남은 사람은 여섯이니, 그중 하나겠지. 전원오 곁에 머물며 똥오줌까지 받아 치우고 팔다리를 주무르며 도운 죄인은 바로 자네야. 나머지 다섯 사람도 때때로 도왔지만, 열에 아홉은 자네가 맡았다고 들었네."

"내게 소리를 불러주기라도 했단 거야?"

"옥리장 명일덕에 따르자면, 자네가 하루에 서너 번은 전원오의 손을 잡고 허리를 돌리거나 다리를 접거나 팔을 뻗거나 했대. 내 생각은 그때 전원오가 〈옹기꾼의 노래〉 사설을 한두 글자씩 자네 손바닥에 쓴 것 같아."

"상상이 지나치군."

"내가 예수에게 관심이 크다는 건 알지? 천주의 외아들이란 건 믿지 않지만 뜯어볼수록 흥미로운 구석이 많아! 자네가 죽어버리기라도 하면 〈옹기꾼의 노래〉는 영영 묻히는 거야. 두 팔 멀쩡하고 두 다리에 힘이 남아 있을 때, 기억이 생생할 때, 〈옹기꾼의 노래〉부터 적도록 해. 사설이 마음에 들면, 소리꾼을 붙여 자네에게 들려줄 수도 있네."

소인정이 물었다.

"못 하겠다면?"

"하루라도 일찍 쓰는 게 자네에게도 좋고 내게도 좋아! 시간을 끌수록 힘들지."

공원방이 품에서 주머니 하나를 꺼내 내밀었다. 소인정이 받아 여니 안경이 들어 있었다. 십일 년 전 옥에 들어갈 때 빼앗긴 뒤론 안경 없이 지냈다.

"〈옹기꾼의 노래〉를 적어내라! 그게 단가?"

공원방이 소인정에게 되물었다.

"따져볼 문제가 남았어?"

소인정은 공원방의 질문들에 대비하고 또 대비해 왔다. 백 가지도 넘는 질문을 뽑아두고 답을 만들었는데, 공원방은 그 질문 상자를 열지도 않았다. 적어도 공설이와 이오득에 대해선 따져 물을 줄 알았다. 그러나 공원방은 그쪽으론 손가락도 뻗지 않고 마무리를 지었다. 소인정은 빈 찻잔을 잠시 내려다보다가 일어섰다. 서두르지 않기로 했다.


2.

공설이는 벌써 두 시간째, 지리산을 오르는 중이었다. 6월의 더운 바람이 키운 풀들이 목덜미와 뺨까지 닿았다.

1827년 정해 군난 이후 공설이는 남장을 한 채 자주 떠돌았다. 더 깊이 숨은 교우촌에서 머물 때도 이레를 넘지 않았다. 군난 이전에 교우촌들을 다닐 땐 곁에 이오득이 있었다. 전주든 상주든 충주든 원주든 어디로 가든 이오득이 앞장을 섰다. 공설이는 그가 평생 자신을 이끌어주리라 여겼다.

"아침에 산군을 봤소. 가지 마시우."

중턱에서 만난 심마니는 말이 짧았다. 봉우리를 넘지 않고 돌아 내려오는 이유는 범 때문이었다. 공설이는 교우촌을 돌아다니는 동안, 범에 관한 이야기를 많이 들었다. 범에게 개나 소를 잃는 경우는 흔했고, 범이 부엌이나 창고나 방까지 들어오기도 했으며, 범에게 물려 세상을 떠난 교우도 적지 않았다. 외교인과의 접촉을 피해 더 깊은 산으로 거처를 옮긴 탓이다. 사람 사는 마을에서 멀어질수록 맹수들이 오가는 숲에 가까워졌다. 범을 만나더라도 목숨을 구할 각종 대책을 듣기도 했다. 심마니가 골짜기에서 범을 본 건 바로 오늘 아침이었다. 지켜온 원칙에 따른다면 사흘 후에나 골짜기로 들어가야 한다.

"산적들은 혹시 못 봤습니까?"

뺨이 온통 수염으로 덮인 심마니가 답했다.

"그놈들은 산군보다 더해."

지리산은 저녁도 빨랐다. 미시未時, 오후 1시~3시가 겨우 지났는데 해가 서산에 걸렸다. 해가 지면 산길을 오르기가 더욱 어렵다. 더군다나 초행이었다. 공설이는 계속 땅과 나무와 풀 들을 살피며 걸었다. 산군과 산적의 흔적을 동시에 찾는 것이다. 이 산이 처음인 것은 맞지만, 산행이 처음은 아니었다. 수십 번 아니 수백 번

팔도에서 험하다는 산과 고개를 넘었다. 산속에서 밤을 보낸 날도 헤아리기 힘들 만큼 많았다. 단번에 교우촌을 찾은 적은 드물었다. 대부분 엉뚱한 길로 접어들었고 다른 골짜기나 다른 봉우리나 다른 능선으로 옮겨 다니다가 어둠이 깔렸고 며칠 밤을 헤맨 후에야 겨우 교우들을 만나기도 했다. 두려움과 용기는 동전의 양면이다. 어느 쪽이든 넘치면 사람을 위험에 빠뜨린다. 들녘의 충고가 큰 도움이 되었다.

"저도 처음부터 산에 익숙했던 건 아닙니다. 농부는 평평한 들을 오가는 게 전부니까요. 하지만 노력하면 바뀔 수 있습니다. 산에서 밤을 보낼 때 가장 중요한 게 뭔지 알아요? 미리 위험을 감지하고 피하는 겁니다. 산포수처럼 총이라도 들었다면 모를까. 어둠이 깔린 산에서 당신은 가장 약한 짐승입니다. 토끼보다도 더 약해요. 그렇다고 허둥대면 오히려 당신이 내는 소리를 듣고 짐승들이 모여들 겁니다. 피하되 침착하게!"

공설이는 '피하되 침착하게!'를 되뇌며 밤을 견뎠다. 그 자세를 유지한 덕분인지 산에서 낭패를 본 적은 아직 없었다. 언덕 하나를 넘으니 어둠이 발목을 감고 무릎까지 올라왔다. 소나무 밑동을 손바닥으로 쓸고 풀숲을 살피던 공설이가 걸음을 멈췄다. 제법 묵직한 소나무 가지를 주워 들었다. 허리를 숙이며 가지 끝으로 두어 걸음 앞을 짚었다. 올무가 가지를 잡아채며 허공으로 떠올랐다. 가지가 머리 위에서 빙글빙글 돌며 흔들렸다. 올려다보던 공설이의 목이 서늘해졌다. 칼날이 어느새 왼 어깨에 얹히고 칼끝이 턱밑에 닿았다. 굵은 사내의 목소리가 귓속을 파고들었다.

"이 밤에 여기가 어디라고 와?"

공설이가 대답 대신 은어 모양 옹기 연적을 품에서 꺼내 내밀었다. 연적을 받아 쥔 애꾸눈 사내는 공설이의 두 눈을 검은 두건으로 묶어 가렸다.


3.

두건이 풀리는 동안, 공설이는 의자에 앉아 꼼짝하지 않았다. 벽에 걸린 등잔이 흐리긴 해도 맞은편 사내의 얼굴을 살필 정도는 되었다. 오른뺨에 흉터가 깊은 사내는 눈길을 피하지 않았다. 백발에 수염까지 폭설이 내린 듯했다. 볼에 살이 하나도 없어 광대뼈가 더욱 튀어나왔다. 눈두덩이와 이마엔 주름이 자글자글했다. 뺨과 눈 주위에 주름이 깊고 이마에 검버섯도 핀 늙은이지만, 두 눈만큼은 힘과 지혜를 겸비한 마흔 살 장부의 것이었다. 공설이가 먼저 입을 열었다.

"사실이었군요, 소문이!"

"나도 네 소문을 종종 듣고 있었어."

"무슨 소문 말인가요?"

"좌우 포도청과 의금부까지 나서서 잡으려 해도 번번이 놓친 여인이 있다고. 남장한 채 팔도를 떠돌 뿐 아니라 청나라까지 오간다더군. 화살을 세 대나 맞았는데도 살아났다고."

"회장님 덕분에 목숨을 건졌지요."

1827년 초여름 공설이는 경상도 청송 보광산을 내려오다가 화살을 맞았다. 곁을 지키던 길치목이 총을 쏘기도 전에 날아든 화살이었다. 주막 뒷방을 겨우 얻어 누웠다. 길치목은 화살부터 뽑으려 했지만, 주모는 그러다간 목숨 줄이 끊어진다며 청송에서 용하다고 이름난 의원을 불러오라고 했다. 도망자인 두 사람으로선 의원에게 상처를 보여주고 치료받을 여유가 없었다. 어깨와 옆구리에서 진물이 흘렀다.

새벽에 이오득이 혼자 주막으로 들어섰다. 팔팔 끓는 솥에 단검을 넣었다가 건진 후 화살촉 세 개를 차례차례 뽑았다. 그리고 십일 년 만의 재회였다.

"그렇게 부르지 마. 천주교인도 아닌데 회장은 무슨. 잊었어, 그 시절은."

"그래도 야고버 회장⋯⋯."

말허리를 다시 잘랐다.

"야고버라고 부르지도 마."

"그럼 뭐라고 해요?"

"압록! 평안도 압록강에 갔던 적이 있거든. 의주를 중심으로 밀무역을 하는 장사꾼 중에 때철이라는 악질이 있는데, 삼蔘이며 비단이며 담배를 팔더라고. 평안도에 사는 여인들까지 몰래 판다는 소리가 들렸어. 우리가 갔을 땐 벌써 이백 명도 넘는 여인들을 팔아먹은 후였어."

"우리? 평안도까지 오가는 줄은 몰랐습니다."

"그때가 처음이자 마지막이었어. 지리산에 자리를 잡고 하삼도에서 봉기를 이끌었던 벗이 가보자더군."

이오득은 그 벗이 봉기꾼 두령 서종권이라고 밝히진 않았다. 서종권은 평생 달아나고 숨고 피했다. 아무리 조심해도, 악명이 높아지는 만큼 얼굴과 행적이 조금씩 알려졌다. 이오득이 피아골 산채로 찾아갔을 때, 서종권은 북삼도로 옮길 준비를 하던 참이었다. 두 사람은 함께 무리를 이끌고 압록강까지 올라갔다. 『정감록』의 무리를 따라다니던 어린 시절부터 지금까지 많은 이야기를 나눴다. 서종권은 묘향산에 남았고 이오득은 지리산으로 내려왔다.

"때철이가 다시는 그딴 짓 못 하도록 했지. 근데 우리가 급습한 곳이 의주에서 백 리쯤 떨어진 강 위였어. 압록강! 거기서 때철이와 부하 열두 명을 붙잡고, 팔려 가던 여인들 서른 명을 구했지. 만상灣商, 평안도 의주에서 중국과 교역하던 상인 중에서 제법 힘을 쓰는 입전笠廛, 갓 가게 주인 김장동의 외동딸도 끼어 있더군. 그때부터야, 내가 압록으로 불린 게."

"곡성에 계실 때부터 딴 뜻을 지닌 게 아닌가 하는 얘기가 돌긴했지요."

"딴 뜻이라니?"

"예수님 가르침을 따르지 않고 바랍바처럼 굴려는 게 아니냐 하는……."

"바랍바? 유다스의 뜻이 아니냐는 소린 없었고?"

압록이 코웃음을 쳤다. 공설이는 따라 웃지 않고 더욱 진지하게 물었다.

"언제부터 천주교인이 아닌 삶을 생각하셨어요?"

"어떤 소문인지 대충 짐작하겠군. 이오득 야고버는 천주교인이었던 적이 처음부터 없었다고. 선도仙道를 추구하고 『정감록』에 빠진 무리라고. 하지만 선도에서 천주교로 넘어온 이가 나 혼자만은 아니잖아. 정약종 아오스딩이나 김건순 요사팟도 선도에 깊이빠졌으나 교인으로 열심을 다하다가 신유 대군난 때 치명하였어.

곡성 교우촌이 발각되면서 군난이 시작되었으니 누군가는 책임
져야겠지. 회장인 내가 책임지는 게 맞아. 하지만 그렇다고 내가
교인인 적이 없었다는 건 지나친 모함이군."

"삼 년 동안 소식을 끊으셨을 때는 사람 발길이 닿지 않는 곳에
은거하며 『칠극』이나 『이십오언』을 벗하며 천주님 말씀에 따라
하루하루를 보내고 계시리라 여겼습니다. 그런데 이상한 소문이
돌더군요. 지리산을 호령하는 산적 두령이 야고버 회장님을 빼닮
았다는 겁니다. 그 소문이 사실이라면 교우촌을 만들고 이끄는 삶
을 거두고 산적으로 변신한 까닭이 궁금하긴 했어요."

"정해년에 구병산 갈골에서 열 명의 교우를 이끌고 달아났었
지. 여자가 일곱 명이고 남자가 셋이었어. 가장 어린 아이가 다섯
살이었는데, 이름이⋯⋯?"

"차돌이에요. 윤차돌. 엄마는 조선자 마리아."

"맞다. 오랫동안 상주에서 소인정 요안을 도와 번역하고 필사
하여 서책으로 묶는 일을 해온 교인들이었어. 그들을 무사히 피신
시켜 남은 작업을 하는 것이 너무나도 중요했지. 한데 그들은 밤
에 산을 타고 달아나본 적이 없었어. 관우가 이끄는 포졸들이 너
무나도 빨리 추격하여 우리를 덮쳤지."

"교우들과 함께 갔어야 했는데, 단소 소리는 계속 들리고 포졸
들 발소리도 점점 가까워지고⋯⋯ 도저히 챙길 겨를이 없었어요."

"잘했어. 너라도 달아난 건 잘한 거야. 다만 교우들 아홉 명이
붙들린 게 문제였지. 부러진 느티나무의 썩은 구멍에 숨은 사람은
나와 조 마리아 이렇게 둘뿐이었어. 교우들을 일렬로 세운 뒤 관
우가 목청껏 외치더군.

'이오득 야고버! 당장 나와! 셋을 헤아릴 때까지 나오지 않으면 한 놈씩 베겠다.'

그리고 하나 둘 셋을 센 뒤 가장 나이가 많은 정달상 안드릐아의 목을 곧장 벴어. 나는 급히 조 마리아의 입을 내 손바닥으로 막았지. 그다음에 선 사람은 서른 살 박치웅 욥이었어. 관우가 기다리지도 않고 다시 숫자를 셌고, 박 욥이 울며 외쳤어.

'나와요. 이렇게 죽긴…….'

외침이 끝나기도 전에 머리가 떨어졌지. 이제 여자 일곱에 사내라곤 다섯 살 윤차돌뿐이었어. 여자들이 윤차돌을 제일 마지막으로 옮겨뒀지. 조 마리아가 내게 귓속말로 물었어.

'어떻게 해요?'

나는 순순히 잡힐 순 없었어. 잡히면 기다리는 건 죽음뿐이니까. 관우가 숫자를 헤아리는데, 여자들이 갑자기 〈애덕송愛德頌〉을 외워 기도하더라고.

'우리 천주여, 네 지극히 아름다우심과 사랑하오심을 인하여, 나 온전한 마음으로 너를 만물 위에 사랑하며 또 너를 위하여 모든 사람을 자기같이 사랑하나이다.'

〈애덕송〉이 끝나기도 전에 여섯 명의 여자가 차례차례 쓰러져 죽었지. 관우는 차돌을 노려보며 기다렸어. 그 짧은 침묵을 기억해. 차돌은 바지에 오줌을 싼 듯 주저앉았고, 조 마리아는 부들부들 온몸을 떨더군. 관우가 외쳤어.

'이오득! 넌 참으로 비겁한 새끼구나. 교우들이 다 죽어나가더라도 네 목숨은 지키겠다 이거냐? 너를 믿고 여기까지 온 저들이 불쌍하다. 이제 아이 하나 남았어. 교우촌을 이끈 회장답게 당당

하게 나서라. 이 아이 목숨마저 구하지 않을 텐가? 그러고도 네가 사내냐? 사람이야?'

견딜 수가 없었어. 순순히 잡히겠다는 게 아니라, 죽을 때 죽더라도 달려나가 싸워야겠단 생각이 머리끝까지 올라왔지. 나무를 빠져나가려는데, 조 마리아가 내 팔목을 쥐었어.

'꼭 살아남으세요.'

나보다 먼저 나무에서 기어 나간 뒤 차돌을 끌어안았지. 나는 반대쪽 구멍으로 나와선 달아났어. 조 마리아와 차돌의 비명이 채찍처럼 등을 쳤지. 보광산 아래 주막에서 너를 만나고, 네 어깨와 옆구리에서 화살을 빼낸 후, 사실 나는 떠나지 않으려 했지. 하지만 이번엔 산포수 길치목이 내 등을 떠밀더라고.

삼 년을 꼬박 섬에서 지냈지. 목포에서 배를 타고 반나절을 가야 하는, 비금도에 딸린 아무도 살지 않는 섬이었어. 해적들이 가끔 머물다 간다며, 어부들도 오기를 꺼리더군. 거기서 내가 가장 많이 한 것은 기도였어. 끼니를 이을 만큼만 풀과 해초를 먹는 시간을 제외하곤, 대부분을 기도로 채웠어. 천주의 말씀을 듣고 싶었어. 내가 원하는 것은 오직 한 말씀이었지. 이렇게 많은 교인들이 붙잡히고 옥에 갇히고 얻어맞고 죽어 나가는 것이 정녕 당신의 뜻입니까? 다른 길은 없습니까? 기도하고 또 기도했지만 답을 듣진 못했어. 그러다가 내 생각이 가닿은 이가 황 알렉시오였지."

"황 알렉시오라면? 그 알렉시오 말씀이십니까?"

"맞아. 황사영! 신유년 초겨울, 내게 황사영의 글을 보여준 이는 금창배였어. 그땐 군함 수백 척에 군인 오륙만 명과 대포를 싣고 와달라는 대목이 눈에 들어왔어. 소 요안은 이 주장이 성교聖教

그러니까 천주님의 가르침에 맞지 않다고 강조하곤 했지. 나 역시 이 방식은 너무 거칠다 여겼고. 하지만 황 알렉시오는 자신의 글에서 이와 같은 방법이 결코 성교를 어긴 것이 아니라고 스스로 주장했어. 섬에서 곰곰이 따져보니, 황 알렉시오가 이해되더라고. 전교가 전혀 되지 않을 뿐만 아니라 천주교인이란 이유만으로 목숨까지 잃어야 하는 이곳이 소돔과 고모라보다 나은 게 무엇이 있겠나. 그러니 군함의 힘이라도 빌리려 한 게야. 천주교에 입교하기 전 선도를 익힐 때 읽었던 『감결鑑訣』에도 비슷한 이야기가 나와. 일천 척의 배가 황해에서 들어온다고.

그런데 더 곰곰이 따져보니, 군함의 힘을 빌려 이 나라의 왕과 신하들을 꺾으려 드는 것과 백성들이 스스로 난을 일으켜 왕과 신하들을 꺾으려 드는 것이 어떤 차이가 있는지 궁금해지더라고. 결국 힘으로 왕과 신하들을 제압하기로 했다면, 그 힘이 나라 밖에서 들어오든 나라 안에서 생겨나든 그게 그거 아닐까. 신 베드루 스승님께 전해 들은 이야기도 떠올랐어. 예루살렘을 점령한 이교도의 군대와 맞서기 위해 구라파의 천주교인들이 군대를 모아 전쟁을 벌였다더군. 거기에 참전한 교인은 당연히 무기를 들고 이교도들을 죽였겠지. 이교도는 나라 안에도 있고 나라 밖에도 있어. 나라 밖 이교도와 싸울 땐 나라끼리의 전쟁일 테고, 나라 안 이교도와 싸울 땐 흔히 난亂이라고 하는 것이 아니겠어? 구병산에서 내가 책임을 졌던 열 명의 교우들을 비롯하여 수많은 교우들을 가두고 때리고 죽인 자들을, 그 원수들을 용서할 수 없어. 이교도들에게 붙잡혀 목숨을 잃는 식으론 해결이 안 돼. 난 싸우겠어."

"그래서 산적이 되신 건가요?"

"산에 사는 도적이란 말은 이 나라를 제멋대로 쥐고 흔드는 왕과 신하들이 던진 똥 덩어리야. 우린 스스로 의로움을 내세우지 않아. 봉기꾼이면 족해."

"봉기꾼……?"

"옹기를 만들면 옹기꾼, 소리를 뽐내면 소리꾼, 봉기에 매진하면 봉기꾼."

"천주님 곁을 영영 떠나신 건가요?"

"배교하였느냐고 묻는 건가? 아니! 결코 아니야. 하지만 방법을 바꿨지. 대부분의 치명자들이 걸어왔고 소 요안도 따르고 있는 익숙한 길이 아니라 나만의 낯선 길을 가보기로 했어."

"악인과 맞서지 말라고, 오른뺨을 치거든 다른 뺨마저 돌려 대라고 하셨습니다."

"성신을 모독하는 자들은 현세에든 내세에든 용서받지 못한다고도 하셨지. 용서받지 못할 짓을 저지른 자들은 응징해야 해."

"궤변이에요. 눈은 눈으로 이는 이로 맞서지 말라는 것이 예수님의 말씀입니다. 무명마을에서 열 번도 넘게 설명하지 않으셨는지요? 잊으셨습니까?"

"사는 곳이 달라졌고 하는 일이 바뀌었는데, 품은 말씀만 예전과 똑같다면 그게 이상한 일이겠지. 변한 것만 지적하지 말고 변하지 않은 걸 봐. 자, 내가 가고자 하는 새길을 알려줬으니, 이제네가 이곳까지 온 이유를 말해."

공설이가 답했다.

"길치목을 데려가려고요."

4.

1830년, 이오득은 전주를 거쳐 한양으로 올라갔다. 삼 년 만에 뭍으로 나와서 처음 만난 사내가 바로 길치목이었다.

그 삼 년 동안, 길치목은 그림자처럼 공설이를 지켰다. 그녀는 상경하여 변지선과 재회했고, 신태보와 소인정이 맡아온 번역과 필사를 이어가겠다는 뜻을 밝혔다. 변지선은 공설이에게 꼭 갈 데가 있다며 앞장을 섰다. 여교인들만 함께 사는 집이었다. 그녀들은 오래전부터 번역과 필사에 힘을 보태게 해달라고 기도해 왔던 것이다.

부엌 옆 곁방, 나중에 '오병이어五餠二魚'라고 불리는 그 방에서, 공설이는 길치목에게 자신의 비밀을 털어놓았다. 이 아가다가 아니라 공 아가다이며, 옛 이름도 아기가 아니라 설이란 것을. 그리고 간자이자 좌포도청 포도부장 공원방이 친아버지란 것을. 공원방의 눈에 띄지 않으려면, 성도 바꾸고 이름도 바꾼 채 연고가 없는 고을로 가서 인적이 드문 골짜기에 숨을 수밖에 없었다는 것을, 길치목은 곧 이해했다. 그가 공설이였다 해도 그렇게 했을 것이다. 그가 정작 받아들이기 힘들었던 사람과 사건은 따로 있었다.

"들녘도 공원방이 당신 아버지란 걸 알고 있었습니까?"

"목사동 골짜기로 함께 들어간 후 다 말했어요."

"그런데도 남았단 말입니까?"

"예수님처럼…… 남겠다고 했어요."

"그게 무슨 말입니까?"

"꼭 해야 할 일이면 회피할 기회가 있더라도 피하지 않겠다고."

길치목은 여전히 이해할 수 없었다.

"아직 못 찾았습니까?"

"수소문하고 있어요."

"곡성 옥에 갇히지도 않았고, 전라감영으로 압송되지도 않았습니다. 목사동 골짜기에서 공원방과 만난 후 완전히 사라졌습니다. 그들이 죽여서 파묻기라도 한 걸까요?"

"그 사람은…… 눈도 깜짝하지 않고 악행을 저질러왔습니다."

"그걸 알면서도 남았단 거죠? 예수처럼? 도대체 그 예수란 사내가 얼마나 대단하기에 목숨까지 걸고 이딴 짓을 하는 겁니까?"

교우촌에서 서책을 받기 위해 상경도 했지만, 직접 교우촌까지 내려가는 경우가 더 많았다. 필사한 서책을 품고 마을을 멀리 돌아 거친 길로만 다니는 그녀 곁엔 길치목이 있었다. 그렇다고 길치목이 입교한 것은 아니다. 늘 지니고 다니는 총이 그에겐 신이었다.

1830년 여름, 이오득이 한양으로 들어섰을 때 공설이는 평양에 머무르고 있었다. 탁덕을 모셔오기 위한 논의는 한양뿐만 아니라 평양이나 의주에서도 열리곤 했다. 길치목은 공설이를 호위해서 평양까지 갔다가, 창덕궁 낙선재에 기거하는 궁녀들에게 전할 성모패가 있어 먼저 한양으로 돌아왔다. 궁중 여인들일수록 공설이가 은밀히 챙겼지만, 의주에서 온 교인들과의 대화가 끝나지 않았던 것이다. 주문모 탁덕이 처형당한 후 벌써 이십구 년째 이 나라에는 탁덕이 없었다. 공설이는 신태보와 그를 따르는 교인들이 그러했듯이, 연경을 오갈 돈을 모았다. 그 돈은 평양을 거쳐 의주에서 요긴하게 쓰였다.

길치목이 향한 곳은 대광통교 세책방이었다. 주인인 쥐수염 영감은 공설이 없이 홀로 들어서는 그를 눈여겨보았다. 길치목이 헛기침을 한 후 물었다.

"『명주보월빙』백 권째 필사한 서책이 나왔습니까?"

"마침 들어왔습니다. 따르세요."

쥐수염 영감이 몸을 왼편으로 돌려 앞장을 섰다. 벽을 가린 책장엔 서책이 그득했다. 긴 복도를 따라 뒷방으로 길치목을 데려간 뒤, 쥐수염 영감이 돌아서선 툴툴거렸다.

"척 봐도 소설이라곤 읽을 것 같지 않은 사람을 보내다니……."

길치목이 등 뒤에 바짝 붙어 받아쳤다.

"내 얼굴이 어때서 그러는 게요?"

쥐수염 영감이 지지 않고 쏘아붙였다.

"언문은 깨쳤소?"

"……."

길치목은 즉답을 못 한 채 눈만 끔벅거렸다. 들녘은 입교하기 전부터, 짱구는 입교한 후 차례차례 언문으로 제 이름을 썼다. 길치목은 친구들 앞에서 큰소리를 쳤다. 사냥하는 데 글이 무슨 소용이람!

뒷방에서 기다리던 궁녀들도 당황하기는 마찬가지였다. 길치목이 들어서자 벗어뒀던 쓰개치마를 서둘러 쓴 후 등을 보이며 돌아앉았다. 길치목이 말했다.

"놀라지들 마시오. 지난번에 첩책帖冊을 전할 때도 같이 왔었소."

두 여인은 쓰개치마를 쓴 채 고개만 살짝 돌려 곁눈질했다. 눈이 더 작고 주름은 더 많은 여인이 물었다.

"혹시 무슨 변고라도?"

"아니오."

다른 여인이 물었다.

"가지고 오셨습니까?"

길치목이 소매에서 복주머니를 꺼내 내밀었다. 그 안에 성모패 세 개가 들었다. 여인이 급히 받아 허리춤에 챙겨 넣었다. 다른 여인이 말했다.

"열 개가 더 필요합니다."

"열 개씩이나?"

"따르는 이가 점점 늘고 있습니다. 한번 오셔서 말씀을 해주시기를 원합니다."

"오셔서? 들어오란 게요?"

구중궁궐은 함부로 드나들 곳이 아니다. 궁녀들은 서로 눈을 맞춘 후 답했다.

"준비를 철저히 하면, 불가능한 일은 아닙니다. 힘이 되어주시겠다는 마마님도 있고."

상궁뿐만 아니라 후궁 중 몇몇도 천주교에 관심을 둔다는 소식을 듣긴 했다. 그러나 아예 궁으로 들어와달라고 청할 줄은 몰랐다. 맞아들이는 쪽도 들어가는 쪽도 목숨을 걸어야 하는 일이다.

"전하긴 하리다. 기대를 너무 크게 갖진 마시오."

"다음 달까지 꼭 부탁드립니다."

"알겠소."

궁녀들이 쓰개치마를 고쳐 쓰곤 차례차례 방을 나섰다. 길치목은 그들이 앉았던 자리를 잠시 바라보았다. 공설이가 가 닿는 곳과 만나는 이들이 늘어나는 만큼 위험도 커졌다. 1827년 첫해엔 한 달이나 두 달에 한 번 성인전을 전하는 데 그쳤다. 그러나 그다음 해부터 본격적으로 움직이기 시작했다. 소인정은 신태보와 함께 구병산 인근에 숨어 서책을 번역하고 필사하여 전파했지만, 공설이는 대담하게도 한양 사대문 안에서 그 일을 하려 했다. 등잔 밑이 어둡다고나 할까. 정확하게 말하자면, 여자 열 명이 천주님을 받들며 같이 사는 집으로 공설이가 합류한 것이다. 그 집에 남자는 공설이를 따라 들어온 길치목뿐이었다. 부엌 옆 장작과 곡물을 넣어두던, 발을 뻗고 눕기에도 좁은 곁방이 길치목의 거처였다. 좌포도청까진 오백 보면 닿을 거리였다.

나이는 공설이가 가장 어렸지만, 여인들은 그녀의 지시를 따랐다. 다섯은 외국어에 능했고, 나머지 다섯은 둥글둥글한 글씨체로 서책을 옮겨 적는 솜씨가 남달랐다. 공설이는 반년에 한 번씩 의주를 다녀왔고, 돌아올 때마다 새로운 서책을 건넸다. 그 서책을 번역하고 언문으로 옮겨 필사할 기간과 분량도 공설이가 정했다. 닷새에 세 권이면 기도하고 복된 말씀 읽고 세 끼 넉넉히 먹으면서도 가능했지만, 사흘에 다섯 권이면 한 끼만 겨우 먹고 기도하고 복된 말씀을 읽어야 했다. 이틀에 열 권이면 각자 알아서 끼니를 먹었고 기도하는 시간도 아침에 다 같이 모여 함께 보냈다. 그리고 이틀을 꼬박 잠도 자지 않고, 한쪽에선 다섯 명이 번역하고 다른 쪽에선 다섯 명이 필사했다. 그렇게 만든 필사본 열 권을 어디에 사는 누구에게 건네는지 묻지도 않았다.

바쁠수록 말이 줄었다. 그렇다고 완전한 침묵 속에서 작업하는 것은 아니었다. 여인들이 작업에 몰두하고 공설이도 외출하지 않고 그녀들을 돕는 날엔 길치목은 할 일이 없었다. 부엌 옆 곁방, 여인들이 '오병이어'라고 부르는 그 방에서 쉬었다. 쉬다가 벽에 기대앉아 졸거나, 아예 모로 누워 낮잠에 들기도 했다. 그러다가 뜻밖의 소리에 깼다. 처음엔 꿈인가 싶어 제 귀를 의심했고, 꿈이 아니라 생시에 들리는 소리라는 걸 알곤 후다닥 뛰어 여인들이 일하는 방문을 열어젖혔다. 파도를 타듯 돌아가며 웃던 여인들이 동시에 웃음을 그치곤 길치목을 쳐다보았다. 길치목의 놀란 표정을 보곤 여인들은 다시 툭툭 웃기 시작했다.

그 웃음이 하도 기이해서, 길치목은 제 방으로 가지 않고 여인들 곁에 머무르기도 했다. 여인들은 아무 말도 하지 않고 각자 맡은 일, 그러니까 외국어를 언문으로 옮기든지, 그렇게 옮긴 언문을 깨끗하게 필사하다가, 누군가 한 사람이 먼저 웃음을 터뜨렸다. 그러면 또 다른 이가 화답이라도 하듯 웃었다. 길치목은 여인들이 저렇듯 계속 웃느냐고 물었다. 공설이의 답을 평생 가슴에 품었다.

"기뻐서 웃는 겁니다. 웃음을 선사한 단어나 문장 혹은 그로 인해 떠오른 사람이나 생각을 자세히 알긴 어렵지만, 너무 기뻐 웃을 수밖에 없단 건 알지요. 각자 그런 경험이 있기에, 따져 묻고 답하지 않더라도, 돌아가며 웃고 또 웃는 겁니다. 그 기쁨에 동참하실 날이 있을 겁니다."

몇 번 더 여인들이 만드는 웃음꽃을 보았지만, 길치목은 그 사이에 끼진 못했다. 열한 명이 돌아가며 웃는 모습이 참 좋다는 생각은 했다. 그러나 거기까지였다.

쥐수염 영감과 눈인사를 한 후 세책방을 나섰다. 먹구름이 개천을 따라 한 마리 용처럼 길게 뻗었다. 비가 한두 방울 떨어졌다. 누군가 뒤에서 어깨를 짚었다.

"들짐승만 사냥하는 줄 알았지, 소설을 즐기는 줄 몰랐군."

146

길치목이 손목을 쥐고 비틀면서 돌아섰다.

"다, 당신은?"

팔을 내맡긴 사내는 이오득이었다. 1827년 초여름 보광산 아래 주막에서 헤어지고 삼 년 만이었다. 백방으로 찾았으나 헛수고였다. 소인정은 전라감영에 갇혔고 이오득은 사라졌으니, 공설이는 닥쳐오는 온갖 어려움을 혼자 감당하는 수밖에 없었다. 소인정과 이오득 중 한 명이라도 곁에 있었다면, 자책과 궁리의 밤이 절반은 줄었으리라.

이오득이 앞장을 섰다. 길치목은 따르지 않고 머뭇거렸다. 이오득이 뒤돌아보며 물었다.

"할 일이 더 남았어? 보아하니 지킬 사람도 한양에 없는 듯한데?"

이오득은 교우촌에선 나이 차가 많이 나는 젊은이에게도 말을 놓지 않았다. 회장으로서 교인들을 바른길로 이끌고 챙기려는 마음이 컸다. 턱수염이 뺨까지 덮은 얼굴엔 단정함이란 없었고, 말투 역시 더 편하면서도 어느 방향으로 튈지 몰랐다.

"대체 어디서 무얼 하다가 이제야 나타난 겁니까?"

"그 얘길 하려는 거야. 듣고 싶지 않나?"

이오득이 돌아서서 걸었다.


5.

이오득은 길치목을 데리고 신문新門 안 시장 골목으로 들어섰다. 어디서 골목이 꺾이고 어디서 좁아지며, 갈림길에선 어느 쪽을 택해야 하는지, 훤히 꿰뚫고 있는 사람처럼 막힘이 없었다. 반

쯤 열린 쪽문을 열고 들어가선 다시 허리를 숙여야만 하는 작은
문 세 개를 잇달아 통과한 후에야 신을 벗고 방으로 들어섰다. 길
치목도 따라 들어와선 마주 보며 앉았다.

두 사람은 밥은 물론이고 술 한 모금 물 한 잔 마시지 않고, 밤
을 꼬박 새워 이야기를 나눴다. 말을 하는 쪽은 이오득이었고, 길
치목은 줄곧 들었다. 이야기는 끝날 듯 끝날 듯 끝나지 않고 이어
졌다. 들녘이 목사동 절벽에서 떨어진 이야기부터 시작했으므로,
길치목은 눈을 부릅뜨고 듣다가, 눈물을 쏟다가, 주먹으로 벽을
꽝꽝 쳐댔다.

"들녘을 절벽으로 떠민 간자 공원방은 대체 어디로 숨은 겁니까?"

"나도 몰라. 교우촌을 고르고 있겠지. 어쩌면 벌써 들어가선 교
인들을 속이는 중일지도 몰라. 공원방은 좌포도청 종사관 금창배
의 명령만 따르지. 들녘을 절벽으로 민 것도 금창배와 미리 의논
을 마치고 한 짓일 거야."

강송이와 쥐에 얽힌 이야기를 들을 때는 한숨을 푹푹 내쉬었다.

"쥐 떼를 풀었다고요? 정말입니까?"

이오득은 고개를 끄덕였다. 잠시 이야기를 멈추고 길치목이 슬
퍼하며 분노할 시간을 주었다.

"병이 깊어 옥에서 나왔다는 소식을 듣긴 했습니다. 아가다도
저도 당장 곡성으로 가고 싶었지만, 군난이 일어난 곳으로 돌아가
는 건 너무나도 위험했습니다. 곡성뿐만 아니라 남원이나 옥과나
구례나 하동도 피해야 할 고을이었습니다. 강송이는 강한 사람입
니다. 강하기 때문에 늘 밝았고 늘 궁금한 것이 많았고 늘 자신보
다 다른 교우들을 먼저 살폈습니다. 저는 어떻게든 그녀를 탈옥시

키고자 했습니다. 그런데 오히려 제게 부탁하더군요. 들녘과 아가
다가 숨어 지내는 목사동 골짜기로 가라고. 그들을 지켜달란 뜻입
니다. 쥐 때문에 죽었다고요? 아닙니다. 그렇게 죽을 사람이 아니
에요. 쥐를 무서워했겠지만 능히 이겨내고도 남을 사람입니다. 강
송이를 죽음으로 내몬 자는 금창배와 그 수하인 관우와 장비입니
다. 그들에게 천벌을 내려야 합니다."

이오득이 울분에 기름을 끼얹었다.

"옥에서 죽은 사람은 한 명도 없어. 잔혹한 매질과 괴롭힘에 배
고픔과 추위를 견디지 못하고 사그라든 건데, 그 책임을 전혀 지지
않으려고, 숨넘어가기 직전에 전부 풀어줬어."

이오득은 또한 길치목에게 알렸다. 정해 군난으로 붙잡혀 들어
온 이들을 삼 년 동안 혹독하게 다룬 종사관 금창배와 포도군관
관우와 장비가 전라감영을 곧 떠난다고. 길치목이 방바닥을 힘껏
내리쳤다. 짧은 침묵이 흘렀다. 이오득이 물었다.

"그냥 보내긴 싫지?"

길치목은 즉답하지 않고 이오득을 노렸다. 이윽고 결심이 선
듯 넘겨짚었다.

"맡겠습니다. 세 놈의 행로만 알려주십시오. 나머진 제가 알아
서 하겠으니, 물러나 기다리십시오."

"물러나 기다리라니?"

"제 총에 피를 묻히자는 거 아니십니까? 직접 하긴 어려우니까,
저를 찾아오신 거고요? 압니다, 다 알아요. 다른 건 몰라도 이건
제가 꼭 하겠습니다. 제 친구 들녘과 제가 사모한 강송이를 죽인
놈들이에요. 복수하겠습니다."

"착각하지 마. 이건 내 일이야."

길치목이 고개를 흔들며 물었다.

"선을 넘으시겠단 겁니까? 지금까지 천주교인을 매질하고 죽였다고, 그 관원에게 복수한 적 있습니까?"

"없지."

"그것 보십시오. 저라면 벌써 응징했을 텐데, 천주교인들은 왜 맞서 싸우지 않는 건지, 답답한 적이 많았습니다. 한데 처음으로 선을 넘으시겠다고요? 놈들을 해치울 계획은 세웠습니까? 좌포도청에서 오랫동안 근무한 자들입니다. 만만하지 않을 겁니다. 무예 솜씨도 남다를 것이고……."

이오득이 말허리를 잘랐다.

"징제비의 목표는 처음부터 나였어. 숨지 않고 나타나면, 놈들은 내가 원하는 곳으로 올 거야. 그것만 정하면 돼. 우리에게 가장 유리하고 놈들에게 가장 불리한 곳! 그곳에서 조금만 도와줬으면 좋겠어."


6.

지리산 산채를 떠나 골짜기를 내려오기도 전에 해가 졌다. 길치목이 앞에서 어둠을 밟았고 공설이가 뒤따랐다. 가을이 깊을수록 밤은 더 빨리 찾아오고 더 늦게 물러갔다. 거기다가 산은 들보다 두 배는 더 길게 어둠을 품었다. 1827년에서 삼 년 동안은 공설이가 앞장을 서고 길치목이 따랐다. 그로부터 팔 년이 지난 것이다. 골짜기 초입의 주막으로 들어서려는 길치목을 불러 세웠다.

"머뭇거릴 겨를이 없어요."

"그 무릎으론 더 못 갑니다."

험한 산길을 곧잘 다닌 공설이지만, 그땐 아무리 좁더라도 길을 따라 걸었다. 그러나 압록으로 이름을 바꾼 이오득의 산채까진 길이 없었다. 바위와 나무와 풀 뒤엉킨 비탈에서 발목이 꺾이고 무릎이 휘청댔다. 길치목은 공설이를 위해 일부러 걸음을 늦췄고, 서너 번은 서서 기다렸으며, 또 서너 번은 되돌아왔다.

"저는 다시 압록 두령에게 돌아갈 겁니다."

"함께 떠나는 것 아니었나요?"

"대낮에도 범이나 늑대나 멧돼지가 자주 나오는 골짜기라서 여기까지 온 겁니다."

배웅을 하러 왔다는 것이다.

"오늘 밤은 저 주막에서 묵으십시오."

"경상도 산청에서 주막에 든 교인이 포졸들에게 붙잡힌 게 불과 석 달 전이에요. 당분간 지리산 자락에선 주막도 피해야 해요."

"포졸들이 아직도 지리산과 섬진강을 오갑니까?"

정해 군난으로부터 십일 년이 흘렀다. 길치목이 다른 제안을 했다.

"산채에서 자고 새벽에 내려올 걸 그랬습니다. 다시 올라갈까요?"

"보는 눈이 너무 많아요. 제가 미리 살펴둔 곳으로 갈까요?"

"전주까진…… 못 갑니다."

"성기암으로 가죠."

"성기암이라면? 태안사에 딸린, 거대한 두 개의 바위가 하나는 드러누웠고 다른 하나는 서 있는 비탈의 암자 말씀이신가요?"

"맞아요. 거긴 어려울까요?"

"동이산이잖습니까? 눈을 감고도 오를 정도로 잘 압니다. 아가다의 무릎이 성치 않으니, 제가 업고 가겠습니다."

길치목은 공설이를 업은 채 마을이 없는 길로만 걸었다. 초승달이 흐릿해서 사방이 어두웠지만, 두리번거리지도 않았다. 정해군난이 일어나기 전까진 노루도 잡고 멧돼지도 쫓으며 밤낮으로 누비던 길이었다. 골짜기를 오르기 전, 길치목이 물었다.

"천주교인이 태안사에도 삽니까?"

"아니에요."

"그럼 왜……?"

"우선 가죠."

공설이는 길을 오르는 내내 말이 없었다. 가슴을 적시고 지나가는 물소리가 점점 커졌다. 능파각이 저만치 보일 즈음 길치목이 멈춰 섰다.

"누가 나와 있습니다."

공설이가 허리를 세우고 목을 빼곤 올려다보았다.

"가요!"

덩치 큰 승려가 양 손바닥을 붙여 콧등에 대곤 인사했다. 뒤에 선 승려는 합장하지 않고 허리만 숙였다. 팔이 하나뿐이었다. 공설이가 길치목의 등에서 내려 허리를 숙였다.

"각우 스님 명덕 스님, 오랜만에 뵈어요. 편안하시지요?"

각우가 받았다.

"부처님 그늘에서 편히 지냅니다. 밤길에 힘드신 점은 없으시고요?"

공설이가 길치목을 칭찬했다.

"하삼도 으뜸 산포수와 동행하니, 내 집 안마당 같았습니다."

명덕이 말했다.

"출출하시면 저녁 공양을 준비하겠습니다."

길치목은 마른침을 삼켰지만 공설이는 정중히 사양했다.

"괜찮습니다. 모처럼 두 분을 뵈니 든든하네요. 아침 공양 때 뵐 수 있으면 뵙겠습니다."

공설이는 다시 길치목에게 업혔다. 각우와 명덕은 능파각에 서서 두 사람의 뒷모습을 지켜보았다. 길치목이 걸음을 멈춘 곳은 성기암 뒷마당 구석에 자리 잡은 별채였다. 이불과 요와 베개가 단정하게 놓였다. 길치목은 아랫목에 요를 깔고 이불을 덮고 베개를 두었다. 공설이는 윗목에서 벽에 등을 기댄 채 두 다리를 쭉 뻗고 앉았다. 맞은 편 벽에 달마도 족자가 걸려 있었다. 무릎과 발목이 시려왔다. 길치목이 방문으로 물러나며 말했다.

"저는 이제 산채로 돌아가겠습니다."

"왜 돌아오지 않았던 거죠?"

길치목이 문고리를 잡은 채 멈췄다. 오른발은 벌써 문지방을 넘었다. 공설이는 늘 이런 식이었다. 준비할 틈도 없이 곧장 핵심을 찔렀다. 길치목은 고개만 돌려 답했다.

"피곤할 테니 쉬십시오. 훗날 이야기할 기회가 있을 겁니다."

"답을 듣기 전엔 잠이 올 것 같지 않아요. 팔 년이나 묻고 또 물었거든요. 계속 같은 자리만 맴돌았죠. 그때도 어쩌면 야고버 회장님이 한양으로 우리를 찾아올 수는 있겠다 여겼어요. 제가 아니라 길치목, 그대를 데리고 갈 줄은 몰랐지만! 전혀 어울리지 않는 두 사내였으니까요. 게다가 무명마을 큰 가마 사건으로 앙금이 남아 있기도 했죠. 야고버 회장님을 도와 징제비와 관우와 장비를 응징하러 갔더라도, 그 일을 마친 후 오병이어로 돌아오지 않은 이유를 도저히 모르겠더라고요. 들녘, 그 사람 앞에서 맹세하지 않았나요? 영원히 나를 지켜주겠다고. 왜 그 맹세를 깬 거죠? 도대체 무슨 일이 있었던 건가요? 답을 꼭 들어야겠어요."

길치목이 공설이의 시선을 피해 천장을 올려다보며 말했다.

"산포수 중에는 허풍을 잔뜩 넣어 사냥 이야기를 늘어놓는 자도 있지만, 저는 아닙니다. 들녘이라면 토끼 한 마리 잡는 것 가지고도 하룻밤 이야기를 풀겠지만, 저는 두어 마디면 끝입니다. 길목에 숨어 있다가, 토끼가 나타나서, 총을 겨누고 빵! 그게 전부니까요. 제가 왜 오병이어로 돌아갈 수 없었는지, 제대로 설명할 자신이 없습니다. 무조건 망칠 겁니다. 제 이야기를 듣고, 당신이 저를 더 원망할 겁니다."

"다시 만나면 이것부터 따져 물을 거란 건 알잖아요? 어떻게 답할 생각이었어요?"

"질문하고 대답할 필요가 없을 때 만났으면 좋겠다는 생각!"

"그때가 언젠데요?"

"모르겠습니다. 오늘이 아니란 건 확실하지만."

"서툴더라도 오늘 다 이야기해요. 부족하고 마음에 들지 않고 어리석은 구석이 있으면, 내일이든 모레든 덧붙이면 됩니다. 하지만 시작은 오늘 해요. 바로 지금, 당장 여기서!"

길치목이 문지방을 넘었던 오른발을 거두고 문고리를 당겨 방문을 닫았다. 이불을 걷고 아랫목에 마주 앉았다.

"올무를 택했습니다. 아, 아니, 여긴 시작하기에 적당한 지점이 아닙니다. 다시 하겠습니다. 좌포도청 종사관 금창배와 포도군관 관우 그리고 장비에겐 불리하고, 야고버 회장과 제겐 유리한 곳부터 찾아야 했습니다. 아, 아니, 여기도 아닌 것 같은데……."

공설이가 권했다.

"야고버 회장님을 만난 대목부터 시작해요."

길치목이 한숨을 내쉰 뒤 흐린 등잔 아래에서 두 손을 털었다.

"지리산이 좋겠다고 하더군요. 경상도와 전라도를 오가느라 그 산을 숱하게 오르내렸다고 했습니다. 산포수인 저 역시 어렸을 땐 아버지를 따라, 열두 살 이후부턴 저 혼자서도 지리산으로 사냥을 다녔어요. 우린 골짜기 하나를 쉽게 점찍었습니다. 마을이 없을 뿐만 아니라 인적 또한 드문 곳입니다. 비명을 지르더라도 듣고 달려올 사람 없는, 깊고 깊은 골짜기.

야고버 회장은 골짜기로 먼저 가서 기다리라고 했습니다. 좌포도청의 세 관원은 자신이 유인해 오겠다더군요. 한 명도 아니고 무술에 능한 사내를 셋이나 지리산으로 데려오는 건 쉬운 일이 아닙니다. 하지만 제겐 그들을 유인할 방법이 떠오르지 않으니, 시키는 대로 가 기다렸습니다. 전주 풍남문을 나와서 헤어지기 전, 회장은 제게 골짜기에서 응징할 방법을 묻더군요. 저는 둘 중 하나가 아니겠느냐고 답했습니다."

"그 두 가지가 무엇인가요?"

"하나는 총을 쏴 머리나 가슴을 맞춰 즉사시키는 것, 또 다른 하나는 올무로 생포하는 것. 회장은 둘 중 어느 쪽이 낫겠느냐고 또 물었습니다. 저는 올무라고 답했습니다. 지난 팔 년 동안 계속 곱씹었습니다. 왜 그때 총이 아니라 올무라고 답했을까. 총이라고 했다면, 그리고 총을 정말 썼다면 제 삶은 달라졌을까. 아, 아니, 제가 올무를 택한 이유를, 그때도 모르진 않았습니다."

"이유가 뭔데요?"

"한양으로 돌아가고 싶어서였습니다. 아가다, 당신을 지키기 위해 돌아가겠단 마음! 목사동을 떠난 후 삼 년 동안 늘 그랬으니까요. 세 관원에게 당해 다치고 죽어간 교인들 이야기를 야고버 회장으로부터 듣고 있자니, 외면한다면 모를까, 복수한다면 죽이는 방법밖에 없다는 생각이 들긴 했습니다. 죽인다! 한양을 떠나 전주에 닿을 때까지, 스스로 묻게 되더군요. 사람을 죽이고 나서도, 아가다 당신 곁으로 돌아갈 수 있을까.

한양에서 지내는 삼 년 동안, 오병이어에 누웠노라면, 당신까지 포함해서 열한 명의 여인들은 잠들기 전 꼭 '천주십계'를 외웠습니다. 매일 들으니 저처럼 머리 나쁜 산포수도 외울 지경에 이르렀습니다. '천주십계' 중에는 사람을 죽이지 말라는 계명도 있었습니다. 범이나 노루나 토끼를 죽이지 말라고 했다면, 무척 절망했을 겁니다. 하지만 살인 그러니까 사람을 죽여서는 안 된다는 계명은 저도 지킬 수 있겠다는 생각이 들었습니다. 지금까지 이 산 저 산 사냥은 꽤 다녔지만 사람을 총으로 쏴 죽인 적은 없으니까요.

천주교인을 괴롭히고 또 당신의 남편이자 제 친구인 들녘을 벼랑으로 내몰고 당신의 친구이자 제가 흠모하는 강송이를 죽인 좌포도청 관원들이더라도, 사람을 셋씩이나 죽이고 어떻게 오병이어로 돌아갈 수 있겠습니까. 돌아간들 아가다와 열 명의 여인이 살인자인 저를 받아주겠습니까? 올무라고 하면, 그나마 빠져나갈 여지가 있겠거니 여겼습니다. 올무로 세 사내를 생포한 뒤, 그들

목숨을 거두든 말든 야고버 회장에게 뒤처리를 맡길 생각이었습니다. 아, 왜 이렇게 가슴에 잉걸불이라도 담긴 것처럼 더울까요? 잠시 나가서 목을 축인 후 계속해도 되겠습니까?"

공설이가 허락했다. 길치목이 능파각까지 내려가선 엎드려 계곡 물을 마시곤 돌아와서 이야기를 이었다.

"야고버 회장은 익산에서부터 세 사내를 유인했습니다. 청심루 앞에서 스치듯 얼굴을 보여줬다더군요. 나타났다가 사라지고 다시 나타났다가 사라지기를 반복했답니다. 저는 지리산 골짜기에서 기다렸습니다. 거듭 길목을 확인한 뒤 올무를 세 개 숨겼습니다. 올무를 스무 개쯤 두지 그랬냐고 할 수도 있습니다. 많이 두고 걸려들기를 바라는 것이죠. 하지만 솜씨 좋은 산포수는 그런 식으로 사냥하지 않습니다. 요행을 바라다간 자기 목숨이 위태롭거든요. 총 한 방에 범 한 마리를 잡겠다는 마음이어야 합니다. 올무 하나에 짐승 하나를 잡겠다는 마음이어야 합니다. 저는 야고버 회장과 올무를 둘 곳을 미리 의논했습니다. 유인해 온 회장이 올무에 걸린다면 그것이야말로 큰 낭패이니까요.

먼저 올무에 걸린 이는 종사관 금창배였습니다. 일흔을 넘긴 나이인데도, 포도군관인 관우와 장비보다 더 빨리 산을 오르더군요. 하마터면 야고버 회장이 붙들릴 뻔했습니다. 회장은 그들보다 걸음은 느렸지만, 골짜기를 많이 오간 탓에 딛기 좋은 땅과 붙들기 좋은 나무와 뛰어오르기 좋은 바위를 알았습니다. 한 마리 다람쥐처럼 골짜기를 누볐습니다.

오른발이 올무에 걸리자마자, 금창배는 고꾸라지며 땅에 머리를 부딪혀 정신을 잃었습니다. 뒤따르던 관우와 장비는 대나무가 쪼개지듯 좌우로 갈렸습니다. 두 사람도 거의 동시에 올무에 걸렸습니다. 관우는 땅에 고정해 둔 나뭇가지가 튀어 오르면서 허공에 거꾸로 매달려 흔들렸고, 장비는 가지가 부러지는 바람에 공중으로 떠올랐다가 쿵 소리를 내며 떨어졌습니다. 좌포도청 관원 셋을 사로잡은 겁니다.

기다렸습니다, 야고버 회장이 내려오기를!

회장이 오면 뒤처리를 맡기고 떠날 계획이었으니까요. 한참을 기다려도 오질 않기에 약속한 장끼 울음으로 부르기도 했습니다. 역시 오지 않았습니다. 나중에 야고버 회장이 변명하길, 급히 달아나느라 언덕을 넘어갔을 때, 두 발목이 동시에 꺾이면서 비탈을 굴렀고, 그루터기에 부딪혀 잠시 기절했다고 합니다. 그 말을 믿느냐고요? 믿지 않습니다. 좌포도청 세 관원에게 쫓기면서도 표범처럼 계곡을 뛰어올랐으니까요. 언덕을 넘고 나선 완만하게 능선을 타면 되는데, 거기서 발목이 꺾였다는 건 냉수 마시다가 숨이 막혀 죽었다는 소리와 같습니다. 회장은 다만 싫었던 겁니다."

"싫다니? 무엇이 싫었단 거죠?"

"'천주십계' 중 다섯 번째 계명을 어기고 싶지 않았던 거죠. 지금이라면 회장은 당장 제 앞에 나타났을 겁니다. 하삼도 스무 군데도 넘는 고을에서 난을 일으켰으니까요. 난을 일으킨다는 것은 관군과 맞서 싸운다는 겁니다. 맞서 싸운다는 것은 다치게도 하고 때론 죽인다는 뜻입니다. 하지만 그건 지리산 골짜기를 벗어난 뒤에 일어난 겁니다. 누구나 처음이 어렵고 두려운 것 아니겠습니까?

종사관 금창배는 피를 너무 많이 흘렸습니다. 올무에 걸려 꼬꾸라지면서 머리를 찧을 때 돌부리라도 있었나 봅니다. 그대로 두면 안 되겠다 싶어, 어깨에 들쳐 메고 소나무로 가선 묶었습니다. 소매를 찢어 머리를 꽉 조이게 둘렀지요. 그다음은 관우에게 갔습니다. 거꾸로 매달린 채 소리를 질러댔으니까요. 골짜기가 아무리 깊다고 해도, 산포수나 심마니 들이 수시로 드나드는 곳이 바로 지리산입니다. 등 뒤로 돌아가선 총 손잡이로 뒷목을 쳐 기절시켰습니다. 그리고 장비에게 갔죠. 정신을 잃은 장비 역시 귀에서 피가 흘러내리더군요. 나뭇가지가 부러질 때 떨어지며 오른팔로 땅을 잘못 짚었는지, 팔목이 돌아갔습니다. 귓불도 그때 찢어진 겁니다. 장비도 금창배처럼 어깨에 메고 소나무에 묶을까 했습니다. 하지만 모로 쓰러진 그를 똑바로 눕힌 후 일으켜 앉히는 것조차 몹시 힘들더군요. 소나무로 옮기는 건 포기하고, 천으로 귀와 머리부터 묶기로 했습니다. 머리를 제 무릎에 얹고 천으로 감기 시작했을 때, 갑자기 괴성과 함께 장비의 왼팔이 제 목을 감았습니다. 숨이 막혀오자, 어떻게 장비를 제압할지 떠오르지 않았습니다. 그 상황에서 생각이란 걸 하는 사람이 이상하겠지만.

뭔가에 홀렸던가 봅니다. 당연히 장비의 두 팔부터 결박하고 그다음에 귓불을 싸맬 일이었습니다. 한데 금창배를 소나무에 묶고 와선, 장비의 귀에서 흐른 피가 턱에서 떨어지는 걸 보곤 귓불부터 감쌌던 겁니다. 지금 생각해도 너무 후회가 됩니다. 범을 보름이나 쫓다가 놓쳐도 후회하지 않았지만, 그 일은 정말, 아, 정말!

발목에 단검을 늘 꽂아둡니다. 총을 쏜 후, 만에 하나 총알이 빗나가서 위급한 상황에 처하면, 맨손으로 들짐승들과 맞설 수는 없는 노릇이니까요. 단검을 뽑아, 찌르고 찌르고 또 찔렀습니다. 그렇게 딱 세 번 찔렀는데, 제 목을 죄던 왼팔이 풀리며 장비의 몸이 축 처지더군요. 단검으로 놈의 목만 세 번 찌른 겁니다.

사람을 죽였습니다. 살인했습니다. 다섯 번째 계명을 어긴 겁니다. 죽이려고 찌른 건, 믿어주십시오, 절대로 아닙니다. 하지만 '천주십계'에는 조건이나 핑계가 붙질 않는다면서요? 무조건 지켜야 하는, 천주께서 사람에게 내린 명령이라면서요?

그때 다시 괴성이 들렸습니다. 장비가 되살아난 건 아닐까 두려워 단검을 치켜들고 돌아섰습니다. 그런데 장비는 피를 콸콸 쏟으며 쓰러져 있더군요. 기절했던 관우가 깨어나, 장비의 주검을 보곤 고함을 질러대기 시작한 겁니다.

'죽였다. 저놈이 사람을 죽였어. 내 동생 장비를 죽였다. 저놈은 살인자다, 살인자 잡아라!'

달렸습니다. 그 소리를, 그 입을 막아야겠단 마음뿐이었어요. 공중에 거꾸로 매달린 관우에게 달려들었습니다. 괴성은 곧 그쳤습니다. 이번에도 목이었고 세 번만이었어요.

죽일 필요까진 없었습니다. 인정합니다. 입만 막으면 되었으니까요. 손잡이로 뒷목을 다시 갈겼다면 골짜기에 고요가 찾아들었을 겁니다. 변명 같지만, 살인자라고 몰아세우는 그 소리를 잠시도 듣기 싫었습니다. 관우, 그자가 차라리 벙어리였다면, 지금까지 목숨을 붙이고 다녔을지도 모릅니다."

"금창배의 목숨까지 연이어 앗았나요?"

"목숨을 앗다니요? 저는 살인마가 아닙니다. 장비와 관우도 제가 죽인 게 아닙니다. 아, 아니, 죽인 건 제가 맞지만, 그들이 스스로 죽을 수밖에 없는 쪽으로 간 겁니다. 그들이 가만히 있었으면, 제가 왜 죽입니까?

관우의 목에서 피가 콸콸 쏟아져 내렸습니다. 다행히 금창배는 깨어나지 않았더군요. 만약에 그마저 괴성을 또 지르기 시작했다면, 그땐 어찌했을지, 그건 저도 모르겠습니다.

골짜기를 올라갔습니다. 야고버 회장을 찾기 위해서였죠. 기다리며 참기는 어려웠거든요. 산포수는 사람을 죽이지 않습니다. 처음 총을 쥘 때 아버지 앞에서 맹세했습니다. 어떤 경우에도 사람을 겨누어 쏘진 않겠다고. 이 나라의 모든 산포수들이 같은 맹세를 하고 총을 듭니다. 야고버 회장도 이 당연한 이치를 알고요.

회장은 없었습니다. 사라진 겁니다. 금창배와 관우와 장비의 마무리를 제게 떠넘긴 겁니다. 저는 이날 하루만은 야고버 회장을 비겁자로 간주합니다. 새벽 무렵 능선에서 골짜기로 다시 내려갔습니다."

"마무리를 짓기 위해서인가요?"

"마무리라고 하자면 마무리겠죠. 하지만 달아난 야고버 회장이 예상했거나 또 지금 아가다 당신이 추측하는 그와 같은 마무리는 아닙니다. 저는 금창배를 풀어주기 위해 내려갔던 겁니다. 맞습니다. 그 인간이라도 살리기로 한 겁니다.

낮에 두 사람을 죽인 것과 새벽에 한 사람을 살리려 한 것은 완전히 다른 마음입니다. 낮의 일은 제 뜻대로 이뤄진 게 아니지만, 새벽의 선행은 전적으로 제 뜻입니다. 둘을 죽이고 하나를 살리는 것이므로, 그래도 죽음으로 기운다 여길 법도 합니다. 둘을 죽였으니 둘을 살려야 한다고 우기시렵니까. 하지만 둘을 죽일 때와 하나를 살릴 때의 상황이 무척 다르니, 저는 둘을 죽인 것을 하나를 살리는 것으로 갚은 셈 치겠다 여겼습니다. 그리고 야고버 회장을 더 찾지 않고 한양으로 올라갈 결심을 굳혔습니다. 당신과 열 명의 여인에게로 돌아가선, 지리산 골짜기로 내려가기 전처럼, 기쁨으로 가득한 웃음을 들으며 잠이 들었다가 깨고 싶었습니다."

"딴 사람을 살린다고 이미 범한 살인죄가 씻기진 않아요."

"압니다. 알지만, 들녘이라면 딴생각을 하고 더 그럴듯한 이야기를 만들어냈겠지만, 저로선 금창배를 살려주는 게 최선이었습니다. 관우나 장비보다 벼슬도 훨씬 높고, 더 많은 천주교인들을 괴롭히고 죽였으니, 그 죄가 최소한 열 배는 무거울 테지요. 그런 자를 용서하고 풀어주면 제 죄가 완전히 씻기진 않겠지만 그래도 어느 정도는 덜어낼 수 있으리라고, 안개 자욱한 비탈을 내려오며 저 자신을 다독였습니다.

고요했습니다. 걸음을 멈추고 숲을 살폈습니다. 숲이 이렇듯 고요한 적은 없었습니다. 시끄럽진 않더라도, 항상 무언가가 움직이며 소리를 냅니다. 나뭇잎이 흔들리고, 새들이 울고, 노루가 풀을 뜯고, 멧돼지가 땅을 파고, 하다못해 개미들이 먹잇감을 굴로 나르느라 바삐 걷는 것까지, 소리가 나는 법입니다. 대부분은 소리 하나에 그치지 않고, 소리에 소리가 겹치고, 또 그 소리에 소리가 겹쳐 그 숲만의 독특한 소리들을 만듭니다.

한데 숲에서 정말 단 하나의 소리도 들리지 않을 때가 있습니다. 산포수는 바로 그때 긴장하고 경계합니다. 숲의 소리가 완전히 사라지는 경우는 하나뿐입니다. 산군인 범이 나타났을 땝니다.

허공에 매달린 관우의 얼굴부터 눈에 들어왔습니다. 날카로운 발톱에 왼뺨과 목의 살점이 움푹 떨어져 나갔습니다. 피가 흘러내린 바닥엔 들짐승의 발자국이 붉게 어지러웠습니다. 뛰어올라 관우의 목덜미를 물어 당기려 한 겁니다. 관우의 몸을 건드릴 때마다 올무에 연결된 나뭇가지가 흔들려 물어뜯기 힘들었던 듯합니다. 그 목에 제가 세 번이나 찌른 칼자국이 발톱 자국으로 덮여 지워졌습니다. 장비는 더욱 끔찍했습니다. 관우를 끌어내리지 못한 분풀이를 장비에게 해댔던 겁니다. 그렇다면 금창배는?

괴성이 들렸습니다. 금창배는 아직 살아 있었습니다만, 끔찍한 두려움에 휩싸인 겁니다. 입에 재갈을 물지 않았다면, 더욱 크게 소리쳤을 겁니다. 저는 모처럼 범 사냥 기회를 얻었습니다. 바람의 방향을 확인한 뒤 맞바람이 부는 쪽으로 움직였습니다. 금창배를 묶은 소나무가 훤히 보이는 바위에 등을 대고 잠시 숨을 골랐습니다. 왼쪽 눈만 바위 밖으로 내밀었습니다. 괴성은 여전히 이어졌습니다. 역시 범이었습니다. 구 척이 넘는 거대한 범이 금창배가 묶인 나무를 빙빙 도는 중이었습니다.

저는 등에 멘 총을 돌려 꺼냈습니다. 총구에 먼저 신약身藥을 넣고 그다음에 납탄환 그리고 종이까지 꽂을대로 차례차례 밀어 넣었습니다. 화문火門을 열어 선약線藥을 넣은 뒤, 총을 흔들어 신약과 선약을 섞었습니다. 화문을 닫고, 용두龍頭에 화승火繩을 대고 심지에 불을 붙였습니다. 그리고 화문을 다시 연 뒤 범을 겨눴습니다. 심지가 다 타들어가기 전에 방아쇠를 당겨야 합니다.

솔직히 고백하겠습니다. 범 사냥은 그날이 처음이었습니다. 아버지가 범 잡는 장면을 직접 본 적은 있지만, 제가 방아쇠를 당겨 범을 잡은 적은 없었습니다. 실패할 것이란 생각은 들지 않았습니다. 기회가 빨리 오긴 했지만, 언제든 범이 제 앞에 나타나면 피하지 않으리라 다짐했거든요. 범이 출몰하여 계획이 엉키긴 했지만,

지난밤 능선을 타며 제가 궁리하고 궁리해서 정한 길을 바꾸지 않으려 했습니다. 뜻하지 않게 관우와 장비를 죽인 잘못을 금창배를 살려 만회하기로! 그러나 방아쇠를 당기지 못했습니다. 대신 심지를 껐지요."

"왜 그랬나요? 범에게 들키기라도 한 건가요?"

길치목은 오른 어깨를 돌리며 답했다.

"산포수가 되겠다고 했을 때, 아버지는 많은 이야길 해주셨습니다. 뭐든 물어보라 하셔서, 당연히 범 사냥은 어떻게 하는 것이냐고 물었죠. 아버지의 대답 중에서 기억에 남는 건 이겁니다. '범에게 먼저 들키면 그날이 네 제삿날이야.'

범은 제가 숨어서 지켜보는 걸 몰랐습니다. 제가 심지를 끈 건 물음이 찾아들어서였습니다. 금창배, 천주교인을 숱하게 잡아들여 죽인 자를 살리는 게 천주의 뜻일까 아니면 죽이는 게 천주의 뜻일까? 살리는 게 천주의 뜻이라면, 내가 범을 총으로 쏴 죽이지 않더라도 금창배는 살아날 것이다. 죽이는 게 천주의 뜻이라면, 내가 아무리 조준을 정확하게 해서 방아쇠를 당겨도 총알이 빗나갈 테고, 성난 범은 내게 달려들 뿐만 아니라 돌아가서 금창배의 목숨까지 앗겠지! 둘 중 어느 쪽이 천주의 뜻인지 총을 내린 채 지켜보기로 했습니다. 제가 끼어들어 천주의 뜻에 어긋난 짓을 하고 싶지 않았습니다. 그땐 확실히 그랬습니다.

심지를 끄고 총을 내리자마자 마지막 괴성이 들렸습니다. 금창배를 구할 사람은 없었습니다. 범은 오른쪽 앞발을 들어 단숨에 목을 부러뜨렸습니다. 천주의 뜻이 무엇인지 명확해진 셈입니다.

범은 금창배의 몸을 뜯어 먹지도 않고, 나무를 한 바퀴 더 돈 후 사라졌습니다. 배가 고파 벌인 짓이 결코 아닌 겁니다. 악행에 대한 응징이자 복수였습니다. 저는 범이 사라진 것을 거듭 확인한 뒤, 금창배가 묶인 나무로 다가갔습니다. 머리가 다시 복잡해졌고, 관자놀이를 몽둥이로 두들겨 맞는 기분이 들었습니다. 제가 살려내려던 사람이 죽은 겁니다. 아가다! 당신에게 그래도 가려고 했습니다. 금창배가 범에게 죽은 건 천주의 뜻이라고 설명하고 싶었습니다. 결국 저는 아무도 죽이지 않았노라고. 다섯 번째 계명을 어기지 않았노라고."

"왜 오지 않았어요? 방금 들려준 이야기를 팔 년 전에 했어야죠."

길치목이 주먹으로 제 이마를 세게 쳤다.

"남원과 전주를 지나 곧장 올라갔다면, 팔 년 전에 정말 이 이야길 한양에서 들려드렸을 겁니다. 그런데 자꾸 발걸음이 순자강 쪽으로 향했습니다. 덕실마을이나 무명마을로 가더라도, 정해 군난 후 마을은 전부 불탔고 남아 있는 교인도 없다는 건 압니다. 누구도 거기에서 살지 말라는 전라감사의 엄명이 내렸으니까요. 제가 가고 싶은 곳은 교우촌이 아니었습니다. 짱구를 만나고 싶었습니다. 아가다, 당신에게 가서 전부 털어놓기 전에 짱구를 붙들고 제가 저지른 짓을 들려주고 싶었습니다. 이상하게 들린다고요? 맞습니다. 순자강을 따라 곡성으로 가면서 저도 똑같은 생각을 했습니다. 지금까지 짱구 때문에 낭패 본 일들을 헤아린다면, 짱구를 찾지 않아야 합니다. 그런데 그 망할 놈의 짱구가, 골짜기를 내려왔을 때부터 자꾸 떠오르는 겁니다. 짱구에게 근사한 답을 원한 건 아닙니다. 그냥, 제 이야기를 듣는 짱구의 얼굴을 보고 싶었습니다. 아, 아니, 제가 골짜기에서 저지른 살인이 천주의 뜻이라고 맞장구쳐주길 바랐는지도 모르겠습니다. 천주의 은혜로 몸이 낫기도 하고 천주에게 벌을 받아 몸을 못 쓰게 되기도 했으니, 천주의 뜻이 무엇인지, 나보다는 짱구가 훨씬 잘 알지 않겠습니까?

짱구에게 이야기하진 못했습니다. 압록에서 야고버 회장과 다시 만났기 때문입니다. 그는 제대로 걷지도 못한 채 절뚝거렸습니다. 구례에서 배를 얻어 타고 압록에 닿아 쉬는 중이라더군요. 지리산과 순자강의 여러 길을 훤히 아는 사람이니, 제가 산을 넘지 않고 강으로 내려서면, 압록을 거쳐 곡성으로 들어가리라 짐작하고 미리 와서 기다렸던 겁니다. 야고버 회장을 보자마자 화가 머리끝까지 치솟았습니다. 세 관원의 마무리를 제게만 맡기고 쏙 빠져 달아났으니까요. 그가 곁에 있었다면 세 관원이 모조리 죽지는 않았을지도 모릅니다. 길 위에서 회장을 두들겨 팰 수도 없는 노릇이었습니다. 단단히 따지리라 작심하고 회장을 따라갔습니다. 백 보쯤 걸었을 때 회장이 아예 걸음을 떼지 못하겠다고 하더군요. 업고 순자강을 따라 걸었습니다.

강을 따르다가, 회장이 좁은 길로 빠지자고 했습니다. 울창한 숲 사이로 또 한참을 걸었습니다. 집이라곤 없을 듯했는데, 언덕을 두 개 넘고 나니 집이 서너 채 나왔습니다. 회장은 첫 집으로 들어가자 했고, 방에서 나물을 다듬던 노파는 회장을 보자 곧 마당으로 나와선 눈물부터 흘렸습니다. 교우인 게지요. 회장이 손짓하자 노파는 뒷집으로 사라졌고, 우리가 떠날 때까지 나타나지 않았습니다. 회장과 저는 마주 보고 앉았습니다. 회장은 말이 없었고, 저도 침묵으로 버티려 했지만, 결국 이야기를 시작했습니다. 시작하고 보니, 장비와 관우 그리고 금창배의 숨이 끊기는 순간까지 모두 털어놓았습니다. 모든 것이 명확해지더군요. 저는 아가다와 열 명의 여인들이 목숨보다 중요하게 여기고 실천하는 천주십계를 어겼습니다. 그러니 어떻게 제가 다시 오병이어로 돌아갈 수 있겠습니까. 결국 야고버 회장을 따라 지리산으로 들어갔습니다. 일이 그렇게 된 겁니다. 이제 저는 다시는 당신을 도울 수 없습니다. 저 때문에 당신이 천벌을 받을 겁니다. 그러니 여기서 끝을 맺읍시다. 저는 산채로 돌아가겠습니다."

길치목이 얼굴을 붉히며 목소리를 높였지만, 공설이는 그의 뜻을 받아들이지 않았다.

"산채로 가서는 안 돼요. 저와 함께 우선 전주로 가요."

"왜 이렇게까지 데려가려 애쓰시는 겁니까?"

"그건…… 제가 설명하는 것보단 친구들끼리 이야기 나누는 게 좋겠군요."

"친구라뇨?"

공설이의 맞은편, 달마도가 걸린 벽이 갑자기 열렸다. 족자로 가린 자리에 작은 문이 있었던 것이다. 그 문으로 허리를 숙인 두 사람이 들어왔다. 먼저 절뚝대며 들어온 사내는 짱구였다. 뒤이어 들어온 외팔이 사내와 눈이 마주치는 순간, 놀란 길치목이 귀신이라도 본 듯 말까지 더듬었다.

"저, 절벽에서 떨어져 죽었다고 했는데……."

공설이가 방을 나가기 전 마지막으로 말했다.

"장선마을 세 바보가 드디어 다 모였네요."

7.

세 친구는 삼각형의 꼭짓점처럼 앉았다. 들녘과 짱구는 미소를 머금은 채 길치목을 바라보았지만, 길치목은 젖은 눈을 손등으로 훔치면서도 화가 치밀어 오르는지 한숨을 쏟았다. 들녘이 죽은 줄로만 알고 지낸 세월이 십일 년이었다.

"살아 있으면 살아 있다고…… 알려줬어야지. 뭐냐 대체 너희들?"

들녘보다 먼저 짱구가 입을 열었다. 여전히 숨이 짧아 군데군데 말이 끊겼지만, 쉬어가는 횟수가 많이 줄고 단어도 또박또박 분명해서 알아들을 만했다. 무명마을 큰 가마를 부수고 다시 반신불수가 되면서 어눌해졌던 말투에 비하면 훨씬 나아진 것이다.

"한벽당에서…… 옥리 석둥개를 만났던 날 기억나? ……강송이 수산나가 손에 써준 글자를 내가 풀자마자, 네가 먼저 목사동으로 달렸지. 나도 너처럼 달려가고 싶었지만…… 뒤뚱대며 걸을 수밖에 없었어. 내가 전주에서 목사동 골짜기 그 절벽까지 걸어가는 동안 ……넌 공설이와 함께 피신했고, 들녘은 물렛간 곁방에서 공원방의 심문을 받으며 긴 이야기를 늘어놓았지."

길치목이 답답한 듯 넘겨짚었다.

"네가 절벽 아래로 내려가서 들녘을 구했단 거냐?"

들녘이 대신 답했다.

"짱구가 바지를 벗어 내 허리를 단단하게 묶어 지혈부터 했어. 그러곤 나를 부축해서 바로 이곳 성기암까지 왔지. 마을로 갔다간 포졸들에게 곧바로 붙잡혔겠지. 내가 곡곰 아저씨 밑에서 나무꾼으로 일할 때 인연을 맺은 각우와 명덕이 떠올랐대."

"진짜야? 몸도 성치 않은 네가 절벽에서 떨어져 사경을 헤매는 들녘을 여기까지 데려왔다고? 혼자서?"

짱구가 답했다.

"혼자선 못 하지. ……천주님께서 도우셨어."

들녘이 이어 말했다.

"절벽에서 떨어지고 꼬박 일 년을 앓았어. 정신을 그나마 차렸을 때가 절반, 축 늘어진 채 자는 것도 아니고 깨어 있는 것도 아닌 때가 절반이었어. 그사이 산산조각이 난 데다가 썩어 들어가는 오른팔을 어깨에서 잘라냈지. 그러고도 이 년을 더 방 안에서 누워만 지냈어. 승려로 보이려고 머리까지 밀고! 일어나 걷지도 못한 채 밥만 축냈지. 각우 스님과 명덕 스님이 똥오줌을 다 받아내셨어. 너무 미안하고 너무 힘들고 너무 지루한 나날이었지. 이야기가 없었다면 견디지 못했을 거야."

"이야기? 무슨 이야기?"

"엄마와 대장 할배와 곡곰 아저씨와 아가다, 그리고 짱구와 길치목 너희들이 내게 해준 이야기들! 그 많은 이야기의 주인공은 '들녘' 바로 나였어. 삼 년 동안 나는 문지방도 못 넘었지만, 이야기 속 들녘은 천하를 누비며 온갖 사람과 어울리며 다채로운 모험을 했지. 그 힘으로 버틴 거야."

"왜 소식을 주지 않았어? 옥을 다 뒤져도 찾을 수가 없으니, 죽은 줄 알았다고."

"마당에라도 겨우 나와 걸을 만하니 삼 년이 지났더라. 그 여름에 산도깨비들을 통해 조심조심 연락했더니, 아가다만 한달음에 성기암으로 왔어. 넌 야고버 회장님을 따라 떠났다더라."

들녘이 연락을 줬을 때는, 길치목이 한양으로 찾아온 이오득을 따라 지리산으로 떠난 뒤였다. 그리고 또 팔 년이 지난 것이다.

"다시 만났을 때 아가다도 많이 놀랐겠네."

"그랬었지. 밥도 먹지 않고 종일 울기만 했어. 미안할 까닭이 없는데 자꾸 내게 미안하다고 하고, 또 울고."

길치목이 갑자기 생각난 듯 따졌다.

"아가다만 피아골 산채로 올려 보내다니, 제정신이야? 거긴 길도 없고 맹수들이 날마다 오가는 곳이라고."

들녘이 답했다.

"보시다시피 외팔로 다니면 눈에 띄기도 쉽고, 게다가 남원과 곡성과 구례와 하동에선 언제 아는 사람을 만날지 몰라서…… 그래도 동행하려 했지만, 아가다가 한사코 막았어."

길치목이 고개를 살짝 들고 들녘의 답을 되짚고선 이 갑작스러운 만남의 성격을 규정했다.

"그러니까 짱구만 곡성에 살고, 들녘 넌 딴 고을로 갔단 거네. 나를 만나러 일부러 곡성 성기암까지 왔고. 뭣 때문에?"

들녘이 짱구와 눈을 맞추고 나선 말머리를 돌렸다.

"번갯불에 콩 볶듯 몰아세우지 마. 새벽이 오려면 아직 멀었어."

"실없는 소리나 지껄일 거면 산채로 돌아가겠어."

길치목이 한 걸음 더 몰아붙였지만, 들녘도 버텼다.

"평생 후회할 짓은 말아야지. 안 그래?"

"후회한다고?"

"이러지 말고 목이라도 축이면서 이야기를 더 나누자."

들녘이 반닫이 밑에서 훈을 꺼내 불었다. 전원오에게서 배웠던 솜씨가 나쁘진 않았다. 명덕과 각우가 기다렸다는 듯이 문을 열곤 술독과 사발 셋과 김치와 비름나물과 취나물을 소반에 차려 내밀었다. 찰랑이는 탁주를 보곤 길치목도 침을 삼켰다. 산채에선 압록 두령의 허락을 받지 않고는 술 한 모금도 마실 수 없었다. 들녘이 왼팔로 능숙하게 바가지를 술독에 넣어 빈 사발에 각각 따랐다. 세 친구가 사발을 눈썹까지 들었다가 내리곤 단숨에 비웠다.

길치목이 손바닥으로 입술을 훔친 후 취나물을 입에 털어 넣곤 말했다.

"짱구 너한테 편하게 하나만 묻자. 예전부터 궁금했던 건데 말씀이야."

"뭔데?"

"난 네가 다시 반신불수가 되고 나선 천주를 영영 버릴 줄 알았다. 몸이 나았기 때문에 천주를 믿고 교우촌도 들어가고 그랬던 거니까. 그런데 넌 다시 팔다리를 질질 끌고 다니면서도, 맨날 묵주 돌리며 기도문 외더라. 정해년엔 관아까지 스스로 찾아가서 천주교인이니 옥에 가둬달라고 우기기도 했지. 나 같으면 반신불수로 돌아갔을 때 천주교와는 인연을 딱 끊었을 건데, 넌 왜 여태 천주를 믿어?"

짱구가 짧게 답했다.

"기적이니까."

"기적?"

"팔다리가 갑자기 나은 것이 기적이라면…… 다시 팔다리를 갑자기 저는 것도 기적이지."

"말장난하지 마. 그게 무슨 기적이야? 천벌이고 저주지!"

"낫는 기적만 일어났다면…… 몸은 멀쩡해도 마음은 평생 불구로 살았을 거야. 다시 아픈 기적이 일어났으니…… 몸은 불편하지만 마음은 천주님 따르기에 딱 좋아. 이렇게 가르침을 주시는 천주님을 내가 왜 떠나?"

길치목이 시선을 옮겼다. 들녘이 먼저 물었다.

"나한텐 궁금한 게 많겠지?"

"산채에서 누워 밤하늘을 보면 별들이 더 잘 보이거든. 그럴 때면 들녘 네가 했던 말이 생각나. 넌 교우촌에 들어가기 훨씬 전부터 자주 하늘에 관해 이야기했지. 그냥 하늘이 아니라 하늘이라는 신! 장선 들녘에서 너보다 부지런한 농부는 없었지. 그런데도 넌 농사가 풍년이냐 흉년이냐 하는 건 농부의 노력이 아니라 하늘의 뜻에 달렸다고 했지. 꽃이 얼마나 곱게 피고 풀이 얼마나 잘 자라고 나무가 얼마나 가지를 높게 뻗는지도 하늘이 결정한다 그랬어. 하늘이 비나 눈을 내려주지 않으면, 햇볕을 비추지 않으면, 나무와 풀과 농작물뿐만 아니라 날짐승도 들짐승도 목숨이 위태롭다고 했어. 대부분의 짐승들은 풀을 먹으니까. 맹수들은 초식 동물들이 없으면 사나흘도 못 버틸걸. 넌 언제나 하늘이라는 신에게 감사하며 신의 목소리와 몸짓에 각별한 관심을 두고 하루하루를 살아왔어. 산포수인 나는 내가 잡은 범, 내가 잡은 멧돼지, 내가 잡은 꿩 이렇게 떠벌렸지만, 넌 고된 일이란 일은 스스로 다 해놓고 결국 하늘의 뜻이라며 감사했었지."

길치목은 사발에 가득 찬 탁주를 단숨에 비우곤 물었다.

"내 질문은 이거야. 왜 하필 그 신이 천주냐는 거지. 부처면 안 돼? 곡성에서 여러 무당이 섬기는 신숭겸 대장군신은 어때? 그도 아니면 어살을 쌓았다는 순자강 도깨비들은?"

들녘이 사발을 반만 비우곤 답했다.

"내 친구 길치목 맞네! 내가 어려서부터 하늘을 우러러 신을 영접하고 느끼는 걸 본 사람은 너희뿐이야. 맞아, 신의 뜻을 확인하며 살았지. 무당만 신을 느끼는 게 아냐. 농부도 느껴. 왜냐? 들에서 매일 하늘과 땅의 조화를 온몸과 온 맘으로 품으며 살아가니까. 이 조화가 어찌 농부인 내가 한 일이겠어. 아가다와 함께 목사동 골짜기로 들어가서 일 년 반을 살며, 신을 더 자주 더 강력하게 느꼈지. 내가 느낄 때마다 남김없이 털어놓으면, 아가다는 마당에 깨를 널듯이 하나하나 펼치곤 자세히 설명해 줬어. 찰나의 느낌을 보름 동안 풀기도 하고, 하루의 느낌으로 한 달을 이야기한 적도 있지."

"아가다 덕분인 거네, 결국 네가 그 신을 천주라 믿는 건?"

들녘이 사발의 술을 마저 비우곤 길치목과 짱구를 차례대로 쳐다봤다.

"사실 이건 짱구한테도 한 적 없는 이야긴데……. 치목에게 아가다를 부탁하고 먼저 보낸 뒤, 결심했었어. 내 뜻대로 일이 풀리지 않더라도 나를 심문하러 온 포도부장 공원방을 원망하진 말자……."

"잠깐!"

길치목이 말허리를 끊고 짱구에게 물었다.

"넌 포도부장 공원방이 아가다의 아버지란 사실을 언제 알았어?"

"절벽 아래에서 들녘을 부축해 성기암으로 온 후…… 들녘의 오른팔을 자르고 나서 들었어."

길치목이 고개를 다시 돌려 들녘을 찾았다.

"아가다에게 듣긴 했는데, 믿기지 않아서 말이야……. 아가다의 아버지인 줄 알면서도, 아버지이기 때문에 정말 남았던 거야?"

"내가 나서지 않으면, 악연을 끊기 힘들겠다 싶었어."

"어떻게 끊을 건데? 묘수라도 있었어?"

"천주교인으로서 아가다가 어디까지 나아왔는가를 상세히 이야기하려 했어. 되돌아갈 수 있다는 바람은 집착일 뿐이라는 걸 알려주고 싶었어."

"한심한 짓이야. 공원방이 네 말을 듣고 그렇겠구나 맞장구라도 칠 줄 알았어? 네가 아가다와 혼인한 걸 알면 더더욱 널 죽이려 들 건 뻔하잖아?"

"악인이고 두려운 자라고 피하기만 하면, 평생 아가다는 쫓길 테고 공원방은 쫓을 거야. 만나서 매듭을 지어야지. 아가다는 이미 천주님의 귀한 자녀가 되었다고. 그 무엇으로도 바꿀 수 없다고. 포기하라고."

길치목이 긴 숨을 내쉰 뒤 물었다.

"후회하지 않았어?"

짧은 침묵이 지난 뒤, 들녘이 답했다.

"……단검에 옆구리를 찔린 채 절벽에서 밀릴 때, 살고 싶더라. 살아서 아가다 곁으로 가고 싶더라. 그래서 기도했어. 살려달라고. 살려만 주시면 천주님을 위해 무슨 일이든 하겠다고."

짱구가 끼어들었다.

"그리고 절벽에서 떨어졌고…… 천주님은 들녘의 기도에 응답하셨지."

"응답했는지 안 했는지 짱구 네가 어떻게 알아?"

"내가 절벽이 너무너무 무서워 달아나려고 물러서는데, 마른하늘에 천둥이 쳤거든."

짱구와 들녘이 함께 웃었다. 길치목은 부러운 듯 짱구와 들녘을 보고 말했다.

"난 아무래도 천주교와는 맞질 않나 봐."

"왜?"

"무슨 일이 있었는데?"

짱구와 들녘이 연이어 물었다. 길치목은 성기암 별채에서 공설이에게 털어놓은, 금창배와 관우와 장비의 최후를 간단히 들려줬다. 뒤이어 이오득과 둘이서 탐관오리 일곱 명을 척살한 사실까지 밝혔다. 스무 번이나 난을 일으킨 뒤 사사롭게 벌한 아전과 교졸의 숫자는 정확히 헤아릴 수도 없었다. 천주가 있고 내세가 있다면 지옥에 갈 일만 남은 것이다. 짱구가 슬쩍 말꼬리를 붙들었다.

"기회가…… 영영 사라진 건 아냐."

"무슨 소리야 그게?"

"'천주십계'를 어긴 건…… 큰 잘못이긴 해. 하지만 조선의 천주교인들이 못 하는 일을 네가 해낸다면, 그 잘못이…… 어느 정도는 용서될 수도 있다는 이야길 들었어."

"누가 그딴 소릴 해? 나만이 할 수 있는 일이 뭔데?"

이번에는 들녘이 짱구와 눈을 맞춘 후 길치목에게 말했다.

"목숨을 잃을 만큼 위험해. 네가 안 해도 돼."

"무슨 일이냐니까?"

길치목이 엉덩이를 들썩일 정도로 화를 내며 재촉했다. 들녘이 차분하게 받았다.

"자세한 건 아가다와 이야길 나누는 게 어떨까? 그 기회를 만들어온 사람은 짱구나 내가 아니라 아가다거든."


8.

길치목과 공설이가 이야기를 나누는 동안, 짱구와 들녘은 능파각으로 내려갔다. 난간에 나란히 서서 흐르는 물소리를 들었다. 어둠에 잠긴 버드나무들을 바라보며, 짱구가 먼저 입을 열었다.

"이른 봄 샤스탕 탁덕께서 다녀가셨어. ……아가다가 길라잡이를 맡았더군. 정해 군난과 곡성 교우들 이야기를 해달라셨어. 제일 마지막에 들녘 이시돌, ……네 얘길 했더니 무척 반가워하셨지. 이곳에서 완쾌되어 떠난 후 소식이 끊겨 궁금했는데, ……모방 탁덕님을 돕고 있는 줄은 몰랐네."

"교우촌을 새로 꾸렸어?"

"아직은 마을이라 하긴 부끄럽지. ……다섯 명의 산도깨비를 따라 골짜기에서 지내긴 해. 아가다는…… 계절마다 한 번씩 와서 바깥소식을 전해줬지. 신학생들이 조선을 떠나기 전에…… 네가 돌봐줬다면서?"

"돌봤다는 건 지나친 말이야. 모방 탁덕님 부탁으로 뒷마당에 조그만 밭을 일궈 소박하고 거친 찬을 만들어 올렸을 뿐이야. 어려서부터 천덕산에서 들풀을 캤고, 엄마를 도와 조물조물 나물을 무친 게 도움이 되더라고. 신학생들은 참으로 열심히 공부하더군. 밥 먹는 시간까지 아껴 서책을 읽고 외우고 옮겨 썼어."

"그랬었군. ……조선대목구에 조선인 탁덕이 오셔서 첨례를 이끄시는 모습은…… 상상만 해도 가슴이 벅차올라."

들녘이 고개를 끄덕였다. 찬바람이 들녘의 잘려 나간 오른 어깨로 불어닥치자 빈 소매가 흔들렸다. 짱구가 물었다.

"기다렸어. 철마다 아가다가 올 때 네 소식을 물었는데, ……멀리 있다고만 하더라고."

"네가 절벽에서 날 구한 뒤, 성기암에 숨어 몸과 마음을 추스를 때 그런 생각이 들더라. 천주님께서 죽었던 나를 살리셨으니, 가장 힘든 일을 하자. 곡성과 순자강 인근은 짱구와 다섯 명의 산도깨비들이 잘 지키고 있고, 아가다 역시 하삼도에서 제 몫을 하고 있으니까, 나도 내 일을 찾아 떠났던 거야."

"치목을 끌어들일 줄은 몰랐어. ……내가 그를 이용해서 미륵나무를 넘어뜨릴 땐 강 수산나로 유인했는데 ……이번엔 어떻게 마음을 얻으려고?"

들녘이 허리를 숙여 물소리에 귀를 더 가까이 대곤 답했다.

"나도 궁금해."

짱구가 넘겨짚었다.

"하나는 알겠어. 절벽에서 떨어져 죽은 줄 알았던 네가 살아서 나타난 것만큼 치목을 흔드는 건 없지."


9.

1838년 5월 10일, 감영에 도착한 공원방은 전라감사 조봉태와 저녁을 겸하여 독대했다. 조봉태는 한성부를 거쳐 줄곧 의금부에서 근무하다가 1838년 1월 전라감사로 부임했다. 1827년 곡성현

감을 지낸 조봉두의 친형이기도 하다. 영의정 조택우는 조봉태를 따로 불러 이 년만 성실히 자리를 지키면 정이품 판서로 불러올리겠다는 언질을 주었다. 조택우는 자신의 말을 잘 따르라고 할 때, '성실'이란 단어를 꺼내곤 했다. 조봉태는 언제든 연락을 주시라 답하곤 전주로 내려왔다. 공원방은 조택우의 밀서부터 건넸다. 서찰을 꺼내 읽은 조봉태가 질문을 던졌다.

"어디서 뭘 하며 지냈는가? 의금부에서도 자네 명성이 자자했지. 천하의 간자 공원방이 육 년이나 감감무소식이니, 이미 세상을 떠났다는 풍문까지 돌았네. 간자는 자신이 간자인 사실이 드러나는 자리는 무조건 피하는 법이지 않은가? 서찰에도 적혀 있듯이, 감영에 십일 년이나 갇혀 있는 소인정은 간자 공원방의 얼굴을 아는 사학죄인이야."

"어디서 뭘 하였는가 하는 것보다 지금부터 무엇을 하고자 하는가가 중요합니다."

"감영에서 무얼 하려고?"

"영상께선 제가 전라감영에서 성실하게 할 일이 있다 하셨습니다."

성실, 두 글자가 조봉태의 가슴에 박혔다. 올해 부임한 전라감사와 삼십칠 년 동안 간자로 활동한 공원방이 함께 성실할 일이 무엇이겠는가.

"사학죄인들이 전라도를 아직도 어지럽히는가?"

"전라도만이 아닙니다. 한양에도 교인들이 적지 않습니다. 정해 군난 후 잦아들었지만, 최근 분위기가 확 바뀌었습니다."

"언제부터? 분위기가 어떻게 바뀌었단 겐가?"

"이 년도 훨씬 지났습니다. 사학죄인들이 갑자기 늘었고 교우촌끼리 왕래하는 움직임도 잦아졌습니다. 아무래도 탁덕이 들어온 것 같습니다."

"탁덕이 들어와? 당장 붙잡아야지."

"간단한 문제가 아닙니다. 조정에서도 사학죄인들을 비호하는 무리가 있는 것 같고…… 어설프게 덮쳤다간 탁덕도 못 잡고 낭패만 볼 수도 있습니다. 차근차근 물증을 확보해서 단숨에 숨통을 끊어야 합니다."

"숨통? 그걸 끊을 곳이 여기란 말인가?"

"영상께선 이미 일 년을 준비하셨고 또 일 년을 더 준비하자 하셨습니다. 제가 상경하여 찾아뵈었을 때, 좌우 포도청과 의금부에서 은밀히 모은 사학죄인들에 관한 문서를 보여주시더군요. 그것들을 검토하면서 탁덕이 이미 조선에 들어왔고, 어쩌면 한 명이 아니라 그보다 많을 수도 있다는 생각이 들었습니다. 그중에서 영상께서도 주목하시고 저 또한 심상치 않게 받아들이는 것은, 석달 전 유항검 아오스딩이 살았던 초남이 근처에서 사학죄인으로 의심되는 보부상 차림의 사내들을 뒤쫓았는데, 그들이 남긴 봇짐에서 더그레가 나왔다는 사실입니다."

"더그레? 그걸 왜 가지고 다닌단 말인가?"

"감영 관아나 옥을 출입하려고 모의하였던 게 아닌가 싶습니다."

"대담하고 무도한 놈들이군."

"그들이 감영 옥으로 들어가서 누굴 만나려고 했을까요? 당연히 옥에 갇혀 십일 년을 보낸 여섯 명의 사학죄인일 겁니다. 여기서부터 파고들면 몰래 입국하여 더러운 기운을 퍼뜨리고 다니는 탁덕과 그를 따르는 교인들의 행처를 밝혀낼 수 있을 겁니다. 그래서 제가 직접 왔습니다."

"아예 끝장을 볼 심산이군."

"더 이상의 기회는 없다는 생각이 듭니다."

"마음껏 해보게. 단 탁덕의 행처를 알아내거나 가서 붙들어야 할 때는 내게 먼저 보고해야 하네."

"알겠습니다. 당연히 감사 영감의 공이시지요."

그날부터 조봉태는 공원방을 찾지 않았다. 옥리장 명일덕을 따로 불러 공원방의 명령을 무조건 따르라고 지시했다.

1830년 금창배는 전라감영을 떠나면서 명일덕을 옥리장으로 추천했다. 명일덕이 옥리장이 되고 처음으로 한 일은 지옥에 가뒀던 천주교인들을 감영 옥으로 옮긴 것이다. 흔적이 남지 않도록 지옥을 부수고 지당을 메꾼 뒤 그 자리에 빽빽하게 대나무를 심었다. 금창배의 마지막 명령이었다.

전라감영 옥은 견고하기로 이름이 높았다. 조선이 세워지고 감영이 들어선 후 지금까지 탈옥한 죄인이 단 한 명도 없었다. 두 길이나 되는 돌담은 맨몸으로 넘기 어려웠다. 삥 두른 돌담 가운데 자리 잡은 옥은 미음자 형태로 동쪽에 중문이 있었다. 중문을 나서면 풀 한 포기 나무 한 그루 없는 둥근 마당이 있으며, 옥 밖으로 이어진 대문 역시 동쪽으로 나 있었다. 대문을 감싸듯 초가에 방 두 개가 있었는데, 옥리들이 주로 썼다. 대문도 두 개였다. 옥 안으로 향한 대문을 '안문', 옥 밖으로 난 대문을 '바깥문'이라고 불렀다.

죄인들의 옥방은 저지른 죄의 경중에 따라 크게 셋으로 나뉘었다. 사각형의 제일 윗변을 따라 길게 난, '북방'이라 일컫는 방에는 살인범 및 중범죄자들을 가뒀다. 옥리방과 마주 보며 세로로 내려온 서쪽 옥방은 둘로 나뉘었다. 위쪽인 '서웃방'에는 사기꾼이거나 빚을 제때 갚지 못해 끌려온 잡범들이 들어갔다. 그 아래 '서밑방'에는 사학죄인 즉 천주교인을 가뒀다. 여자들은 따로 중문옆 '동방'에 가두는 것이 원칙이지만, 사학죄인들은 다른 죄인들과 따로 가두라는 명에 따라 '서밑방'을 횡으로 나눠 위는 남자 아래는 여자가 썼다. 감귀남을 마지막으로 여교인이 전부 옥을 나간 1838년 2월 이후 그 방은 '서끝방'이라고 불렸다.

아랫변에 해당하는 방은 전부 셋이다. 감옥으로 들어서는 중문 왼편엔 나무판 두 개를 걸치고 그 사이에 구덩이를 깊게 판 변소가 놓였고, 그 옆방에 잔뜩 쌓아둔 것은 교살은 물론이고 죄인을 고형할 때 필요한 각종 형구들이었다. 곤과 장이 무게에 따라 놓였고, 길이가 각기 다른 오랏줄과 살을 지질 때 쓰는 크고 작은 인두와 화로, 무릎뼈나 허리뼈를 부술 때 쓰는 각진 돌까지 있었다. 그 옆방은 시체를 두는 곳이자 목을 졸라 죄인을 죽이는 교살紋殺을 집행하는 형장이었다. 변소와 중문 사이엔 간단히 음식을 만들어 먹을 만한 부엌이 있었다. 따로 요리를 하는 날은 매년 손에 꼽을 정도였고, 대부분은 모래가 잔뜩 들어간 밥을 내왔다. 마당 한가운데엔 흙탕물이 고인 웅덩이가 있었다. 고려 때까진 맑은 물이 쉼없이 나왔으나, 조선이 세워진 다음부터는 물이 샘솟지 않으며, 빗물만 고여 썩는다고 했다.

그래도 감영 옥이 지옥보다는 훨씬 나았다. 지옥에서는 언제 지당으로 불려나가 고형을 당할지 몰라 두려워하며 지냈다. 그러나 감영 옥은 옥리가 마당으로 나와선 이렇게 외치며 아침을 시작했다.

"문 연다!"

중범죄를 저지른 죄인을 가둔 북방만 제외하곤 나머지 옥문이 일제히 열렸다. 죄인들은 마당으로 나와 걸을 뿐만 아니라 줄지어 변소를 썼고 웅덩이 물을 떠 손이나 발을 씻기도 했다. 소인정을 비롯한 천주교인들도 하늘을 우러르며 마당을 걸었다. 가까이 붙어 나란히 걸음을 떼더라도 이야기를 주고받진 않았다. 아침 햇살을 즐기는 죄인 중에서 누가 간자인지 알 수 없었다. 조심하고 또 조심했다. 일몰 전에 죄인들은 다시 옥으로 들어갔고, 옥리는 옥문을 잠갔다.

1827년 정해 군난 이후 십일 년이 흐르는 동안, 전라감영에 갇힌 사학죄인의 숫자는 점점 줄어들었다. 그사이 전라감사가 네 번이나 바뀌었지만, 교인들이 치명자로 옥사하는 것만은 막아왔다.

1838년 공원방이 전라감영 판관으로 왔을 때, 배교하지도 않고 중병에 걸리지도 않은 교인은 여섯 명이었고, 전부 남자였다. 신태보 베드루, 이태권 베드루, 이일언 욥, 정태봉 바오로, 김대권 베드루 그리고 소인정 요안. 공원방이 오기 전까지 그들은 서밑방에서 함께 먹고 자고 기도하고 복된 말씀을 외우며 지냈다.

10.

십일 년이 흐르는 동안 옥리도 대부분 바뀌었다. 지옥을 지켰던 옥리는 명일덕과 막둥이 석둥개만 남았다. 명일덕은 옥리장이 되었고, 석둥개는 죄인들로부터 뒷돈을 전담해서 받았다. 물론 그 돈은 명일덕에게 올라갔고, 명일덕이 열에 여덟이나 아홉을 갖고 석둥개는 겨우 하나나 둘을 옥리들과 나눠 챙겼다. 그런데도 석둥개가 불만을 드러내지 않는 것은 명일덕에 이어 옥리장이 되리란 기대 때문이었다.

옥살이하는 죄인들이 겪는 고통은 크게 나누면 다섯 가지다. 형틀의 고통, 토색질당하는 고통, 병들어 아픈 고통, 추위에 떨고 굶주리는 고통, 일 처리를 오래 끄는 고통이 그것이다. 석둥개가 마음만 먹으면 언제든 죄인들에게 이 고통들을 안길 수도 있고 면해줄 수도 있었다. 석둥개는 언제나 대가를 요구했고, 아무리 죄가 가볍다 해도 가난할수록 더 큰 고통에 시달려야만 했다. 공원방은 감영으로 내려오자마자 명일덕과 석둥개만 따로 불러 입단속을 시켰다. 1827년 지옥에서 벌어진 일들이 새어 나간다면 둘의 목부터 베겠다고 했다.

거짓말 일수 모독이 전라감영으로 다시 끌려온 때는 1838년 9월이었다. 오라에 묶여 대문으로 들어선 모독은 마당에서 곤과 장을 닦는 죄인들부터 곁눈질했다. 죄인들은 돌아가며 형구를 정비하거나 닦았다. 흠결이 있거나 더러우면, 옥리들은 그 형구로 죄인들부터 괴롭혔다. 죄인들 옆에서 육모 방망이를 어깨에 걸친 채 담뱃대를 입에 문 옥리가 명일덕이란 걸 알아차리자마자, 모독은 야윈 얼굴에 주름이란 주름은 모조리 잡으며 허리 숙여 인사했다.

"그동안 편안하셨습니까? 옥리장이 되셨다는 소문은 진작에 들었습니다. 정해년에 처음 뵈었을 때부터 재주가 비범한 분이구나 생각했습니다. 옥리장은 하고도 남는다고 여겼는데, 이렇게 그 자리에 오르셨으니 참으로 축하드립니다."

명일덕이 모독의 자글자글한 주름을 보자마자 짜증부터 냈다.

"모독, 너 이 새끼, 여긴 또 웬일이야? 옥에서 두 번 다신 만나지 말자고 내 그렇게 일렀거늘?"

"억울합니다. 정해년 초가을에 석방된 후 십일 년 동안 성실하게, 옥리장 나리의 쌍둥이 동생인 명이덕 효자만큼이나 착하게만 살았습죠. 정말입니다. 잘 지내십니까?"

"내 동생 소식은 왜 묻는 거야?"

"그야…… 같이 지옥에서 지내기도 했고……."

명일덕이 주먹으로 명치를 내질렀다. 무릎을 꿇고 웅크린 모독의 멱살을 쥐고 경고했다.

"그딴 소리 입에 올리면, 살아서 못 나갈 줄 알아!"

"아, 알겠습니다. 명심합죠."

명이덕은 어머니가 죽은 뒤, 감영 옥에 석 달 더 있다가 배교했다. 그 후로 연락이 완전히 끊겼다. 어디 가서 무얼 하며 지내는지, 명일덕은 몰랐다. 회두하여 천주교인으로 돌아가지 않았을까 걱정스러웠다. 붙잡혀 감영 옥에서 다시 만나지 않기만을 바랐다.

"이번엔 죄명이 뭐야?"

"구례에 최 참봉이라고 들어보셨습니까? 딸만 다섯을 낳고 막둥이로 삼대독자를 얻었는데, 그 아이가 어려서부터 툭하면 설사를 줄줄 했습죠. 배앓이가 심한 아들을 위해 깨끗한 물 좀 팔았습니다. 그게 다예요."

명일덕이 오랏줄을 쥐고 뒤따라온 옥리 강웅돌의 큰 눈을 째려보았다. 오늘 새벽에 처음 근무를 시작한 막둥이였다. 모독은 그가 만난 첫 죄인이었다. 잔뜩 긴장한 탓인지 손까지 떨었다. 그 떨림이 모독에게도 전해졌을 것이다. 명일덕이 오랏줄을 빼앗아 쥐곤 물었다.

"어느 샘에서 나는 약수를 팔았는데?"

"약수는 약수인데 샘은 아닙니다."

"샘이 아니면?"

"⋯⋯순자강에서 퍼 담았습니다. 압록진 모래벌판에 나가보셨습니까? 거긴 모래도 참 곱고 물도 참 맑습니다."

모독의 왼쪽 귓불을 잡고 비틀어 올렸다.

"강물을 약수라 속이고 팔아먹었다 이거네."

"아, 아파⋯⋯ 아픕니다. 속인 거 없습니다. 그 물이 어디서 나는지 묻질 않길래 말하지 않았을 뿐입니다. 열 명 중 한 명은 배앓이가 감쪽같이 낫기도 했습니다."

강웅돌이 손 뗀 것을 만회하려고 알은체를 했다.

"열 명 중 다섯 명은 설사를 줄줄 하며 더욱 심하게 앓았다고 합니다."

모독이 강웅돌을 똑바로 쳐다보며 목청을 높였다.

"그게 왜 제가 판 물 때문입니까? 그들은 원래부터 아팠습니다."

명일덕이 꾸짖었다.

"배앓이가 나은 건 네가 판 물 덕분이고, 배앓이가 심해진 건 그 물과 상관이 없다? 세상에 이런 법이 어디 있어? 거짓말 일수면 일수답게 '내가 거짓말을 했노라' 인정해야지. 대곤부터 맞고 옥살이를 시작할래?"

모독이 묶인 팔이지만 싹싹 비는 시늉을 했다.

"잘못했습니다. 옛 인연을 봐서라도 용서해 주십시오. 그동안 제가 해온 거짓말들보단 약하지만, 거짓말을 아주 쪼금 섞긴 했습니다. 그나저나 십 년이면 강산도 변한다는데, 거기에 일 년을 더 보탰으니, 옥에 가면 아는 사람이 없지 않을까 걱정을 엄청 했더랬습니다. 그런데 이렇듯 옥을 떠나지 않고 지켜주고 계시니, 반갑고 반갑네요."

모독이 실실 웃자, 강웅돌이 궁금함을 참지 못하고 물었다.

"잘 아시는 놈입니까?"

"모독이야, 이 새끼가!"

"이름은 옥으로 끌고 올 때 확인했습니다."

명일덕이 답답한 듯 눈을 부라렸다.

"거짓말 일수 모독 몰라? 이 나라에서 거짓말을 제일 잘하는 광대, 모 독."

"모릅니다. 거짓말하면 신세 망친단 이야긴 부모님께 어려서부터 들었습니다."

명일덕이 모독에게 물었다.

"감영에서 나간 뒤론 착하게 살았다고 했지? 하면 십일 년 동안 거짓말은 몇 번이나 했어? 이야기판에서 늘어놓은 거짓말 빼고."

모독이 고민하는 척하다가 답했다.

"거짓말을 한 적이…… 단 한 번도 없습니다. 믿어주십시오."

명일덕이 육모 방망이로 꿀밤을 먹이듯 이마를 때렸다. 모독이 토끼처럼 깡충깡충 뛰며 아파했다. 명일덕이 웃음을 터뜨리자, 모독도 따라 웃었다. 명일덕은 무표정하게 두 눈만 끔벅이는 강웅돌에게 말했다.

"막둥아! 잘 들어. 모독, 이 새끼 이야긴 단 하나도 믿지 마. 하나에서 열까지 몽땅 거짓말이니까."

"몽땅 다…… 입니까?"

"왜 늘 거짓말만 하며 사느냐고 십일 년 전에도 물었던 적이 있어. 그때 이런 답을 들었지. 판에서만 거짓말하고 평소에는 참말을 하면 거짓말을 제대로 하기 어렵다고. 워낙 거짓말을 교묘하게 하는 놈이니, 어떤 게 참말이고 어떤 게 거짓말인지 가리기보단 차라리 전부 거짓말로 간주하는 편이 나아. 너처럼 참말만 하며 진심으로 하루하루 살아온 놈은 속아 넘어가기 딱 좋아. 명심해. 내가 뭘 명심하라고 했지? 큰 소리로 말해 봐."

강웅돌이 목청을 높였다.

"모독이 하는 이야긴 몽땅 거짓말이다!"

모독이 실실 입바람을 내며 웃었다. 강웅돌이 여전히 굳은 얼굴로 말했다.

"모독의 죄명은 강물을 약수라고 속여 판 것 외에 하나 더 있습니다."

"또 있어? 뭔데?"

"익산에서 이야기판을 놀기로 약조하고 선금을 받았는데, 그날 나타나지 않았답니다. 이렇게 판을 깨고 돈만 챙긴 게 열 번이 넘는다는군요."

명일덕이 코웃음을 쳤다.

"모독에게 선금을 줬다고? 고양이에게 생선을 맡겼구만. 믿을 놈을 믿었어야지. 당해도 싸."

모독이 코를 실룩이며 변명했다.

"하필 그날 지독한 감환이 들어 목소리가 나오지 않았습죠. 판이 열리면 뭘 합니까, 말을 못 하는데!"

명일덕이 강웅돌을 보며 말했다.

"뭐 해, 어서 서웃방에 넣지 않고?"

같은 날 중죄인만 가려 넣는 북방에도 죄인이 들어왔다. 담양
관아 곳간을 털다가 붙들린 자로 이름은 배둑치였다. 서웃방 죄인
들에겐 차꼬를 채우지 않았지만, 북방 죄인들은 차야만 했다. 엄
하게 다루지 않으면, 보름에 한두 명씩은 뼈가 부러지거나 피를
토했다. 심한 경우 이승을 건너 저승으로 가기도 했다. 죽은 놈은
있지만 죽인 놈은 없었다.

북방과 서웃방은 시끌시끌했지만 서밑방은 고요했다. 사학죄
인들은 대부분의 대화를 눈으로 나누었다. 묵주를 지닐 수는 없지
만, 옷을 찢어 매듭을 짓고 둥글게 묶어 손에 쥐고 천천히 돌리면
서 기도문을 외웠다. 가끔 입술이 움직이더라도 그 말이 서웃방이
나 북방까진 들리진 않았다. 실바람처럼 가만한 방이었다.


11.

배둑치가 북방에 들기 전 그곳을 장악한 죄인은 월검이었다.
유준공이란 이름 대신 월검으로 통한 까닭은 이십 년 넘게 검계
의 일원으로 운종가와 개천을 오갔기 때문이다. 월검이 한양 사
대문 안에서 죽인 자만도 스무 명이 넘는다는 풍문이 돌았다. 조
선제일검이 될 것이라던 월검이 한양을 떠나 전주로 내려온 것은
기녀인 국향을 사모한 탓이다. 선상기選上妓로 뽑혀 한양에 온 국
향의 춤에 마음을 빼앗겼고, 반 년 뒤 국향이 전주로 내려갈 때 한

양 생활을 접고 뒤따랐다.

월검과 국향이 부부의 인연을 맺은 후에도 넘치는 사랑이 문제였다. 국향은 월검을 받아들이면서 단 하나의 조건을 내걸었다. 스스로 물러날 때까지 춤을 계속 추겠다는 것이다. 월검은 계절마다 한 번씩 그러니까 일 년에 네 번만 허락했다. 전라감사와 전주부윤은 물론이고 전라도에서 내로라하는 이들이 청연당에 모여들어 국향의 춤을 즐겼다.

그렇게 삼 년을 보내고 겨울 춤판에서 기어이 불상사가 터졌다. 월검이 한양 안국방 별실에서 국향의 춤을 처음 접하고 넋을 잃었듯이, 그날도 국향에게 매료된 사내가 최소한 스무 명이 넘었다. 그중에서 다섯 향반이 웃돈을 두둑하게 얹어줄 테니, 오직 자신들 앞에서만 춤을 춰달라고 따로 청했다. 그전에도 비슷한 요청을 받았지만 응한 적이 없었다. 이번에도 거절하고 지나가면 될 일이었다. 서찰을 갖고 온 하인이, 그래봤자 기녀의 춤인데 너무 비싸게 군다고 지껄였다. 월검은 싸리 빗자루를 휘둘렀고, 급소를 맞은 하인은 쓰러져 버둥거렸다. 진검을 썼더라면 염라대왕 앞으로 갔을 것이다.

국향은 향반들 집을 일일이 찾아가선 돈도 받지 않고 춤을 췄다. 월검이 관아로 끌려가서 옥에 갇히는 것을 막기 위해서였다. 월검은 따로 사과하지 않았고 국향에겐 아예 춤판을 열지 말라고 했다. 국향이 삼 년 전 약속을 깨는 것이냐고 묻자, 월검은 그렇다고 답했다. 검계로 사는 동안 수백 가지 약속을 했고 수백 번 약속을 깼다. 그에게 약속은 깨라고 있는 것이었다. 더군다나 이 약속을 깬 이유는 국향을 사랑하기 때문이었다.

국향은 월검의 명령을 따르지 않았다. 봄에 다시 열린 춤판에 월검은 처음으로 불참했다. 다섯 향반이 이번에도 웃돈과 함께 따로 춤을 보여주길 청하였고, 국향은 그들을 한자리에 불러모아 돈을 받지도 않고 춤을 추겠다고 했다. 남천 천변에서 저물 무렵부터 시작된 춤판은 밤늦게까지 이어졌다.

복면 괴한이 춤판으로 뛰어든 것은 해시 즈음이었다. 하인들을 칼등으로 쳐 기절시킨 뒤, 횃불을 남천으로 던져 떠내려가게 했다. 어둠 속에서 다섯 향반을 차례차례 베어 죽였다.

다음 날 새벽 월검은 국향과 삼 년 동안 함께 살던 건지산 아래에서 오라를 받고 감영으로 끌려갔다. 재판 결과 교형이 확정되었다. 향반 다섯을 죽인 살인자라면, 형이 집행되기까지 길어야 석 달을 넘기지 않을 듯했다. 그러나 월검은 벌써 일 년째 북방에서 영좌領座, 우두머리 노릇을 하며 지냈다. 국향이 전라감사와 전주부윤을 비롯한 관리와 향반 들을 위해 매달 쉬지 않고 춤판을 벌이기 때문이라는 풍문이 돌았다. 북방의 죄인들에겐 옥 밖 음식이 허락되지 않았지만 월검은 예외였다. 늦은 밤, 명일덕이 월검을 따로 옥리방으로 데려가곤 했다.

월검은 허리춤에 대금 하나를 꽂고 다녔다. 국향이 춤출 때 불어주고 싶어 산 대금이었다. 장검은 자유자재로 휘둘러도 대금 부는 솜씨는 서툴렀다. 딱 한 달 배우려 애쓰다가 그만둔 뒤론 허리에 꽂고만 다녔다. 북방은 물론이고 감영 옥에 갇힌 죄인들은 물건을 지닐 수 없었다. 하지만 월검은 허리춤에서 보란 듯이 대금을 꺼내 흔들거나 등을 긁거나 옆에 앉은 흉악범들의 머리를 시시때때로 때렸다. 옥리들은 보고도 못 본 체했다. 진검이 아닌 대금이니 우습게 보일 수도 있겠지만, 월검은 북방에서 대금으로 벌써 일곱 명을 죽였다.

배둑치가 월검에게 달려든 것은 북방으로 들어온 바로 그 밤이었다. 북방에 죄수가 들어온 밤이면 입방례가 열렸다. 옥리들은 월검이 마음껏 신참을 위협하며 두들기도록 시간을 줬다. 월검을 따르며 입방례를 이끌어온 부엉이와 올빼미가 좌우에서 배둑치의 어깨를 쳤다.

"이곳으로 처음 왔으니,"

"예의를 갖춰야겠지?"

배둑치는 노려볼 뿐 말이 없었다. 부엉이와 올빼미가 주고받았다.

"문을 열고 들어섰으니 유문례踰門禮!"

"옥방으로 들어섰으니 지면례知面禮!"

"칼을 벗었으니 환골례幻骨禮!"

"열흘 뒤 할 예의까지 당겨 오늘 할 면신례免新禮!"

"네 가지 예를 합쳐 백 냥을 내거나,"

"낼 돈이 없다면 백 대를 맞거나."

입방례를 면하기 위해 백 냥을 낸 죄인은 지금까지 없었다. 배둑치가 돈이 없다고 답하면, 한꺼번에 달려들어 두들길 기세였다. 배둑치는 답하지 않고 천천히 일어섰다. 죄인들은 주춤 팔다리를 떨었고, 그 바람에 차꼬가 부딪치는 소리들이 났다. 부엉이와 올빼미가 동시에 물었다.

"백 냥이냐 백 대냐?"

배둑치는 답하지 않고 월검을 향해 걸음을 뗐다. 답하지 않았으므로 죄인들은 여전히 주먹을 쥔 채 기다렸다. 월검은 턱을 들고 노려만 봤다. 멈추라거나 답하란 명령도 없었다. 그 순간 배둑치가 표범처럼 뛰어들어 다짜고짜 주먹을 날렸다. 월검은 턱을 연이어 석 대나 맞고 엉덩방아를 찧었다. 지난 일 년 동안, 갖가지 끔찍한 죄를 지은 자들이 북방으로 들어왔지만, 월검에겐 무릎을 꿇고 부하를 자처했다. 배둑치만은 월검을 감싼 풍문에 전혀 주눅 들지 않았다.

월검이 대금을 뽑아 들어 배둑치의 등과 얼굴과 어깨를 내리쳤다. 이 정도 급소를 맞고 나면 고꾸라져 온몸을 떨어야 했지만, 배둑치는 오히려 옆구리를 파고들면서 월검의 오른팔을 붙들었다. 팔이 붙잡히니 대금을 휘돌려도 배둑치의 몸에 닿지 않았다. 배둑치는 월검의 팔을 비틀어 등 뒤로 꺾었다. 두둑 소리와 함께 어깨가 빠졌고, 뚜두둑 소리와 함께 팔꿈치가 뒤틀렸으며, 뒤이어 두둑두둑 소리와 함께 손목이 한 바퀴 돌았다. 쥐고 있던 대금이 바닥에 떨어졌다. 배둑치가 대금을 북방 밖으로 걸어찼다. 대금이 마당 가운데 웅덩이에 빠졌다. 월검이 이마를 바닥에 찧으며 나뒹굴었다. 배둑치는 숨통을 끊어놓기라도 하듯, 월검의 목을 발로 밟아 눌렀다.


12.

모독이 서웃방의 죄인들을 제 뜻대로 부리는 방식은 북방의 배둑치와는 완전히 달랐다. 첫날부터 입방례 대신 이야기보따리를 풀었다. 옥살이란 것이 힘겹고 지루하고 불편하고 우울하고 자주 아프기 마련이라서, 헛웃음이라도 웃을 기회가 매우 적었다.

모독은 웃음이 혹처럼 달린 사람이었다. 말 한마디 손짓 하나로 옥방의 분위기를 바꿨다. 죄인들은 모독의 이야기가 참인지 거짓인지 따지지 않았다. 다만 이 좁은 옥에서 보고 듣고 만지고 냄새 맡고 먹을 수 없는 것들만 등장하면, 닭이 황소보다 큰 달걀을 낳아도 괜찮고, 붕새가 날개를 펴 전라도를 전부 덮어도 괜찮고, 7월에 눈이 내려도 괜찮고, 바다가 갈라져도 괜찮고, 벼룩의 간과 토끼의 간을 맞바꿔도 괜찮고, 죽은 자가 사흘 만에 다시 살아나도 괜찮았다.

공짜는 아니었다. 거짓말 일수 인생에 보답 없는 판을 깔 수는 없다고 너스레를 떨었다. 흉악범들로 가득 찬 북방에서는 꿈도 꿀 수 없는, 옥 밖의 음식들이 서옷방으로는 들어왔다. 옥리들이 그 음식의 절반을 중간에서 떼어가긴 해도, 모독의 배 하나는 넉넉히 채우고도 남았다. 모독의 이야기를 듣기 위해 거짓말값으로 고기며 생선이며 떡이며 나물을 들이댔다. 모독은 천천히 입맛을 다시며 먹고 싶은 음식들을 떠올린 뒤, 순서를 정해 거짓말값을 받았다. 그러고는 죄인들이 원하는 대로 이야기들을 풀었다. 지리산 천왕봉에서 입을 벌려 내리는 눈을 먹기도 하고, 한라산 백록담에서 춤을 추기도 하고, 백두산 천지에서 하룻밤 하룻낮을 먹고 마시기도 했다. 죄인들은 모독의 이야기를 따라 지리산으로도 가고 한라산으로도 가고 백두산으로도 갔다.

모독은 특히 서른 살 이쪽저쪽의 두 사내를 곁에 두고 아꼈다. 석은윤은 곡성 공방 석여벽의 아들로, 1830년 아버지가 곡성 관아에서 군포를 빼돌려 사라진 뒤, 팔 년째 옥살이를 하고 있었다. 하루가 멀다 않고 질질 짜는 울보였는데, 모독이 온 후론 눈물이 사라졌다. 또 다른 사내는 주전주인데, 종이와 약재를 주로 파는 거상 주당상의 아들이었다. 원래 남원에서 약재 장사를 시작한 주당상은 전주로 약전藥廛, 약재 가게을 옮긴 후부터 큰돈을 만졌기에, 외아들 이름을 아예 전주라고 지었다. 그런데 오 년 전 가게에 불이 나는 바람에, 백 명이 넘는 이들에게 받은 선금만큼 약재를 대지 못했다. 옥에 갇힐 처지였지만, 효성이 지극한 주전주가 아버지 대신 들어온 것이다. 주전주는 석은윤과 달리 뚱뚱한 데다 모독의 이야기를 듣기 전부터 입가에 미소를 머금곤 했다. 약전에서 지전紙廛, 종이 가게으로 업종을 바꾼 주당상은 장이 서는 오 일마다 꼬박꼬박 음식을 넣어줬다. 지전이 다행히 호황이라, 주전주는 자신이 늦어도 반년 안에 빚을 갚고 석방될 것이라고 장담하곤 했다.

모독이 주전주와 길게 이야기를 나눈 까닭은 자신이 갚아야 할 빚을 줄이기 위해서였다. 다시 말해, 석방 후 모독이 전주 오일장에서 거짓말 판 열 번 벌일 값을 주당상이 미리 내도록 설득해 달라고 주전주에게 부탁했다. 그 돈으로 남은 빚을 갚고 좀더 빨리 풀려나는 것이 모독의 계획이었다. 주전주는 모독이 때론 아버지처럼 때론 큰형처럼 챙긴다며, 자신은 천천히 나가도 괜찮으니 모독의 청을 들어달라고 졸랐다. 주당상은 또다시 그딴 소리를 하면, 주전주든 모독이든 누구의 빚도 갚지 않겠다고 단언했다.

석은윤과는 이야기를 나누기보단 같이 걷고 마주 앉아 밥 먹고 또 구석에 나란히 누워 잤다. 석은윤은 벽에 등을 대고 자는 것을 즐겼는데, 여름엔 유난히 시원했기 때문에 그 자리를 차지하려는 경쟁이 만만치 않았다. 모독은 거짓말 몇 마디로 그곳을 확보했고, 석은윤이 머물고 싶을 때까지 있도록 했다. 옥리나 죄인 들은

194

늙은 모독이 젊은 석은윤을 애인으로 삼았다고 여겼다. 모독은 절대로 그런 사이가 아니라고 했지만 믿는 사람은 없었다.

모독의 이야기는 다른 방 죄인들까지 웃겼다. 월검을 제압한 배둑치는 모독의 거짓말에 웃지 않는 유일한 죄인이었지만, 북방의 다른 죄인들이 웃는 것까지 막진 않았다. 북방 죄인들은 모독의 이야기를 듣고 싶을 때면 차꼬를 부딪쳐 시끄러운 소리를 냈다. 그전까진 차꼬 위에 차꼬를 얹는다거나 혹은 차꼬로 팔이나 다리를 건드렸다는 이유로 주먹질과 발길질이 오갔었다. 그러나 그들은 스스로 옆 사람과 차꼬를 부딪치면서 먼저 웃었고, 더 큰 웃음을 기대했다.

서밑방에 갇힌 여섯 명의 사학죄인들도 슬며시 미소를 짓곤 했다. 서웃방이나 북방 죄인들처럼 모독에게 가까이 다가앉으려 다투진 않았지만, 들려오는 이야기에 귀는 열었다. 여섯 사내 중에서 모독을 향해 제일 많이 눈길을 준 이는 소인정이었다. 둘만 있는 기회에 이렇게 묻기도 했다.

"오래전 감영 관기 매향과 서진의 소리에 북장단을 친 적이 있습니까?"

모독은 소인정의 얼굴을 꽤 오래 쳐다본 후 웃으며 답했다.

"두 가기歌妓의 명성은 익히 들었으나 장단을 칠 기회를 얻진 못하였으니, 참으로 애석한 일입죠."

모독은 옥리들의 지루함도 날려버린 죄인이었다. 처음 한 달 동안은 아무런 조건도 내걸지 않고 옥리들이 원하면 언제든 거짓말을 늘어놓았다. 한 달 뒤부터는 옥리들의 마음을 상하게 하지 않는 선에서 거짓말값을 밀고 당겼다. 모독이 원하는 것들은, 옥리들 입장에선 별것 아닌 사소한 특혜였다. 언제나 원할 때 깨끗한 물을 마신다든가 열흘에 한 번 옷을 갈아입는다거나! 그리고 첫눈이 내릴 즈음엔, 해가 진 뒤 원하는 죄인과 단둘이 옥리방에 머물 수도 있었다. 모독과 옥리방에서 겨울밤을 보낸 죄인은 언제나 주전주였다.


13.

옥살이의 고통은 살아보지 않은 사람은 모른다. 결안을 받고 갇힐 기간을 확정하지만 그대로 지켜지지 않는 경우가 허다했다. 옥살이를 시작하고 며칠 만에 맞아 죽거나 병들어 죽는 죄인도 있고, 망나니 앞에 갈 날만 남았는데도 차일피일 시간을 끌다가 감형을 받고 살아서 나가는 죄인도 있었다. 불행 중에 더 불행하기도 했고 불행 중에 다행하기도 했다. 옥에 들어오는 이들은 누구나 불행 중 다행을 바랐지만, 불행 중 불행으로 치닫는 경우가 대부분이었다.

옥에서는 의식주 어느 것 하나 갖춰지지 않았다.

옷 한 벌로 사계절을 났다. 빨래는 엄두도 못 냈고, 옷이 찢기거나 구멍이 나거나 오물이 묻어도 갈아입을 수 없었다. 겨울에 들어온 죄인은 여름엔 옷을 헐겁게 입거나 솜이라도 걷어내면 되지만, 여름에 들어온 죄인은 겨울 내내 감환과 동상을 달고 살았다. 새 옷을 들이기 위해선, 바깥에서 오가는 값보다 백 배는 비싼 돈을 내야 했고, 그마저도 옥리장이 허락해야 가능했다. 허락을 얻으려면 바칠 돈을 따로 마련해야 했다.

밥은 아침과 저녁 두 끼가 나왔다. 깨진 박에 섞어 먹는 거지의 밥보다도 못한 경우가 대부분이었다. 죄인들 먹일 값을 관아에서 해마다 따로 정하긴 하지만, 관원들과 아전들과 옥리들이 저마다 몫을 챙겨 빼돌리고 나면, 쌀 한 톨 없이 모래만 잔뜩 들어간 밥에 김치 한 조각 얹을 여유도 없었다. 모래 밥과 썩은 김치에 더하여 더러운 물로 인해 배가 아픈 때가 많았다. 열병에 걸린 죄인은 마당의 웅덩이가 더러운 줄 알면서도 마실 수밖에 없었다. 이레 남짓 설사를 쏟으면 둘 중 하나는 죽어 나갔다. 사람이 먹을 만한 밥과 반찬 그리고 깨끗한 물을 얻으려면 역시 돈이 필요했다.

잠자리 역시 힘겹기는 마찬가지였다. 여름엔 밤에도 찌는 듯이 더웠고, 겨울엔 한낮에도 몸에 닿는 모든 것이 얼음 같았다. 겨울이면 아무리 원수처럼 지내던 사이라도 다닥다닥 붙어 서로의 체온에 의지해야 했다. 목숨을 앗고 싶은 죄인이 있으면, 옥리는 마당에 세워만 뒀다. 사흘이면 온몸이 얼어붙어 고목처럼 쓰러졌고, 대부분 다시 일어나지 못했다. 여름엔 밤사이 다치거나 죽는 죄인이 늘었다. 곁에 누웠다는, 온기를 품었다는 이유만으로도 죽이고 싶은 마음이 들었던 것이다. 특히 차꼬를 찬 채, 낮에도 마당으로 나오지 못하는 북방에선 숨이 끊긴 죄인이 자주 발견되었다.

옥리들은 시신부터 남방으로 옮긴 후 누가 죽였는지를 따졌다. 처음부터 순순히 살인을 자백하는 일은 드물었다. 매질하기에도 너무 덥거나 너무 추운 날이면, 옥리장은 아무렇게나 죄인들을 네댓 명 골라 묶어두고 굶겼다.

역모를 꾀하거나 삼강오륜을 심각하게 어겨, 목을 베거나 사지를 찢어 죽인 뒤 높이 매달아, 전주의 사대문 안을 오가는 백성에게 보여야 할 경우엔 죄인을 끌고 옥 밖으로 나갔다. 그러나 교형 즉 목을 졸라 죽이는 형벌은 옥리장의 책임하에 남방 즉 시체를 잠시 두는 곳에서 이뤄졌다.

남방으로 가는 것을 가장 두려워한 이들은 북방의 흉악범들이 었다. 북방에는 교형을 받으려고 대기 중인 죄인들이 서너 명은 있 었다. 그들은 들어온 순서대로 불려 나가기도 하고 순서를 어긴 채 불려 나가기도 했다. 서웃방에서 병들어 죽어 나가는 죄인은 가끔 있지만 교형을 당하는 죄인은 극히 드물었다. 드문 만큼 불행 중 최악의 불행으로 치달은 죄인에 대해선 뒷말이 많았다.

교형을 집행할 때는 옥리가 이른 아침에 남방 들보에 줄을 미 리 매달아놓았다. 줄이 달리면, 마당으로 나온 서웃방과 서밑방 죄인들은 북방을 쳐다보지도 않았다. 북방 죄인들이 너 나 할 것 없이 두려움과 분노에 뒤범벅이 되어 괴성을 지르고 욕을 해댔던 것이다. 옥리들은 방망이를 휘돌리고 나무 기둥을 치면서 겁을 줬 다. 옥리장 명일덕을 비롯하여 교형을 집행한 경험이 많은 옥리들 은 방망이로 이놈 저놈 가리키면서 비웃음을 흘렸다. 잠자코 있지 않으면 다음은 네 차례란 경고였다.

아침을 먹은 후 서웃방과 서밑방 죄인들은 다시 옥방으로 돌아 가서 갇혔다. 옥리장 명일덕이 북방 앞까지 건들건들 나아가선 교 살할 죄인의 이름을 불렀다. 이름이 불린 자만 두고, 죄인들은 대 나무가 쪼개지듯 좌우로 물러섰다.

"알지? 순순히 나와야 금방 끝난다!"

옥리 두 명이 옥문을 열고 북방으로 함께 들어가선 오늘 형을 당할 죄인을 끌고 나왔다. 당장이라도 달려들어 한 판 싸울 것 같

은 죄인도, 막상 이름이 불리고 끌려 나갈 땐 강아지처럼 얌전했
다. 옥리들은 죄인을 데리고 웅덩이를 돌아 남방까지 내려왔다.
올가미를 죄인의 목에 건 후 두 발이 공중으로 떠오를 때까지 잡
아당겼다. 죄인은 발버둥을 치지만 곧 멈췄다. 숨이 끊긴 후에도
해가 질 때까진 매달아뒀다. 밤에는 줄을 풀어 거적으로 덮어뒀다
가 다음 날 옥 밖으로 내갔다.

첫눈이 내린 저물 무렵, 강웅돌이 남방 들보에 줄을 매달았다.
당일 급히 형 집행이 결정되었다는 뜻이다. 내일 아침까지 미루지
말고 오늘 처결할 일이 생긴 것이다. 옥리들은 방망이를 어깨에
걸곤 죄인들을 서웃방과 서밑방으로 서둘러 몰아넣었다. 북방에
선 고함과 욕설이 쏟아졌다. 옥리들은 북방의 기둥들을 몽둥이로
치며 침묵을 강요했다.

오늘 줄에 매달릴 죄인은 뜻밖에도 서웃방의 주전주였다. 초겨
울로 들어서며 주전주의 웃음이 많이 줄어들기는 했다. 약전에 이
어 지전까지 불이 났던 것이다. 방화로 결론이 났지만 범인이 잡
히진 않았다. 값비싼 초주지를 비롯하여 다양한 종이들이 삽시간
에 재가 되었다. 주당상은 급전을 마련하여 가게를 다시 열기 위
해 바삐 다녔으나, 흔쾌히 돈을 빌려주는 이가 나서지 않았다. 빚
쟁이들이 한꺼번에 몰려들었다. 주당상은 어떻게든 난국을 넘어
서겠다는 뜻을 명일덕을 통해 주전주에게 전했다. 첫눈 내리던
날, 주전주에게 교형을 전한 이도 명일덕이었다.

"알지? 순순히 나와야 금방 끝난다!"

14.

소인정은 첫눈 내린 밤도 서끝방에 홀로 머물렀다.

형구를 넣어두는 남방과는 나무 기둥들로 경계만 됐지, 훤히 뚫려 안이 다 보였다. 소인정이 서끝방에 든 후로 남방에선 아홉 번이나 교형이 집행되었다. 목 졸린 죄인이 이승에서 저승으로 건너갈 때는 소인정이 서밑방으로 옮겨 교인들과 지낸 낮이었고, 서끝방으로 들어선 저녁엔 집행을 마친 뒤였다. 거적에 덮인 시신을 보며 평안한 안식을 기도했다.

그 저녁은 달랐다. 소인정이 서끝방에 든 후 교형이 시작된 것이다. 주전주는 북방의 죄인들과는 달리, 서웃방에서 순순히 나오려 하지 않았다. 서웃방의 다른 죄인들에게도 교형은 충격이었던지라, 버티며 발악하는 주전주에게 말을 건네지도 않았고 눈길조차 피했다. 석둥개가 막둥이 강웅돌을 뒤따르게 하고 옥문을 열자, 주전주는 슬금슬금 뒷걸음질을 치더니 결국 모독 뒤에 숨었다. 모독이 양팔을 들어 손바닥을 옥리들에게 보이며 말했다.

"이, 이러지들 마십쇼. 해 다 졌는데, 옥방엔 왜 들어오시고 이러십니까? 이름이 바뀐 거 아닙니까? 잘못 알고 오신 거 아닙니까? 아니라고요? 주당상의 외아들 주전주가 확실해요? 전라감영에 옥이 만들어지고 나서, 교형은 내내 대낮에만 해오던 일 아닙니까? 갑자기 시간을 바꾸면 옥황상제 염라대왕 저승사자 다들 불편하실 겁니다.

자자, 이렇게 하면 어떨까요? 제가 지금까지 꺼낸 적이 없는, 정말 끝내주는 이야기를 들려드리겠습니다. 원하시면 밤을 새워서라도 하겠습니다. 제 이야기가 끝날 때까진 주전주, 이 착한 녀

200

석을 끌고 가지 마십시오. 나리들도 아시지 않습니까. 주전주는
태어나서 빚을 진 적이 없습니다. 약전에 나가 일은 했지만, 버는
돈은 아버지에게 전부 드렸다고 하잖습니까. 효자 중의 효자입니
다. 요즘이 어떤 세상인데 아들이 아비 죄를 대신해서 옥에 들어
옵니까. 꼭 저 줄에 목을 매달아야 한다면, 매달릴 사람은 주전주
가 아니라 주당상입니다. 그렇지 않습니까. 어쨌든 이렇게 이야기
를 시작하였으니 끝까지 들어주십시오. 그러고 나서 천천히 아주
천천히 과연 주전주를 어찌할 것인지 다시 생각해 주십시오.”

서웃방으론 들어오지도 않고, 열린 옥문에 기댄 명일덕이 짧게
물었다.

“모독! 너도 같이 매달릴래?”

옥리장이 마음만 먹는다면 죄인 한둘 죽이는 것은 문제도 아니
었다. 모독이 개구리처럼 펄쩍 뛰며 비켜섰다.

“아닙니다요. 제가 세상에서 가장 싫어하는 게 바로 줄입죠. 어
렸을 때 그네도 타지 않았습니다요. 주전주, 저 젊은이가 하도 딱
해서 드린 말씀입니다만, 법대로 하시겠다면 그러셔얍죠.”

모독이 벽에 붙어 뒤를 허락하지 않았다. 주전주가 모독의 손
을 붙잡으며 애원하듯 말했다.

“도와주세요. 제가 석방될 때까지 무슨 일이 있더라도 지켜주
겠다 약속하지 않으셨습니까?”

모독이 그 손을 뿌리치며 말했다.

“내가 언제? 주는 게 있어야 받는 게 있지. 오일장에 판 깔아달
란 부탁도 들어주지 않는 놈이 누구였더라?”

“사랑한다면서요? 석방되면 같이 팔도를 다니며 즐기자고 말

한 사람은 내가 아니라 당신입니다."

모독이 펄쩍 뛰었다.

"이 새끼가 보자 보자 하니까, 누구 앞에서 거짓말을 지껄이는 거야? 내가 누군 줄 알아. 거짓말 일수, 조선에서 거짓말을 가장 잘하는 사람이라고. 나리들! 설마 저 새끼 말을 믿는 건 아니시겠죠?"

명일덕이 귀를 파내며 하늘을 흘낏 올려다봤다. 붉은 기운이 옅어지면서, 어둠이 뱀처럼 담장을 넘어왔다.

"뭣들 하냐? 빨랑빨랑 하고 내려가자. 해 지기 전에 끝내란 명령 잊었어? 이딴 일에 꼭 내가 나서야겠나?"

옥리장인 명일덕이 직접 줄을 잡고 죄인의 목을 조른다면, 나머지 옥리들 모두 혼쭐이 날 각오를 해야 한다. 명일덕은 옥리장에 오를 때 강조했다. 이제부터는 손끝 하나 놀리지 않겠다고. 옥리들 각자가 맡은 일에 최선을 다해달라고. 석둥개가 코를 실룩이며 답했다.

"아닙니다. 금방 끝내겠습니다."

주전주가 기둥을 붙들고 버텼다. 강웅돌과 석둥개가 동시에 몽둥이질을 하며 떼어놓으려 했지만, 비명과 함께 떨어졌다가 붙고 떨어졌다가 또다시 붙었다. 기둥에서 겨우 떼어놓고 나니, 이번엔 서웃방 죄인들을 붙잡고 누워버렸다. 강웅돌과 석둥개가 힘을 합쳐도, 죽기 살기로 맞서는 주전주를 끌어내지 못했다. 명일덕이 더 낮고 차갑게 경고했다.

"옥리 노릇, 오늘로 그만두고 싶냐?"

"아닙니다."

대답과 동시에 강웅돌이 몽둥이를 휘둘러 뒤통수를 갈겼다. 주전주가 혼절하여 큰대자로 뻗어버렸다. 명일덕이 급히 서웃방으로 뛰어 들어가 주전주의 맥을 짚고 손가락을 코에 대며 숨은 쉬는지 확인했다. 그리고 불같이 화를 냈다.

"대가리는 때리지 말라고 했어 안 했어? 매달기도 전에 뒈져버리면, 나까지 신세 조져. 자, 뭣 해? 어서 끌고 나와. 서웃방 너희들 잘 들어. 지금까지 곱게 곱게 봐줬더니, 감히 우리 일을 방해해? 주전주와 함께 뒹굴어? 네놈들도 저 북방 애들이랑 다를 게 없어. 똑같이 밟아주지. 감영 옥까지 잡혀들어온 놈들은 거기서 거기라고. 언제든 남방 구경을 시켜줄 테니, 각오들 단단히 해. 주전주 이놈부터 오늘 어떻게 저승으로 보내는지 똑똑히 잘들 봐."

서웃방과 서밑방 죄인들도 내일부터 낮에 마당으로 나갈 수 없다는 뜻이다. 강웅돌과 석둥개가 주전주의 팔을 하나씩 들고 질질 끌고 나와선 남방으로 향했다. 강웅돌이 주전주의 손과 발을 결박했다. 석둥개가 강웅돌에게 짜증을 부렸다.

"잘 봐둬. 나도 목매다는 짓 이번이 마지막이니까. 막둥이가 새로 들어올 때까지, 다음부턴 강웅돌 네가 옥방에서 죄인 끌고 나오는 것과 줄잡이까지 다 해. 알겠어?"

"알겠습니다."

강웅돌이 힘차게 답했다. 석둥개는 강웅돌을 세워만 두고, 혼자서 주전주의 목에 올가미를 감고 천천히 들어 올렸다. 서끝방에서 남방을 향해 선 소인정은 나무 기둥 사이로 주전주의 등이 점점 올라가는 것을 보았다. 고개가 왼쪽으로 꺾인, 서끝방을 향한 주전주의 얼굴을 피하지 않고 소인정은 생각했다. 기도는 아니었지만 기도와 비슷한 바람이었다.

곧장 저승에 가 닿기를!

등에 이어 엉덩이가 들리는 순간, 주전주가 눈을 번쩍 떴다. 소인정과 눈이 마주쳤다. 매우 짧았지만, 주전주는 자신에게 닥친 불행을 새삼 느꼈고, 도저히 믿지 못하겠다는 듯, 소인정에게 동의를 구하듯 두 눈을 크게 떴다.

당신을 위해 기도드리겠습니다!

소인정이 눈으로나마 위로를 전하려는 찰나, 주전주가 머리를 흔들고 온몸을 뒤틀며 비명을 질러댔다. 손발은 묶었지만 입에는 재갈을 물리지 않았다. 옥에 갇힌 죄인들이 이승에서의 마지막 비명을 모두 듣기를, 명일덕은 바란 것이다.

석둥개가 점점 힘을 실어 줄을 당기자, 주전주의 두 발까지 공중으로 떠올랐다. 줄이 넘어오는 들보에서 삐걱대는 소리가 났다. 미리 들보에 홈을 파 줄이 죄인의 몸부림을 따라 이리저리 쏠리지 않도록 고정했으므로, 주전주는 다시 땅에 발을 댈 수 없었다. 발끝이 허공으로 올라간 뒤론 비명을 지르지 못했고, 목이 졸리면서 숨 막히는 소리만 커어억 컥컥 났다. 석둥개는 고개를 돌려 명일덕과 눈을 맞춘 후, 줄이 풀리지 않도록 기둥에 묶었다. 그렇게 주전주의 교형은 끝나는가 싶었다.

소인정은 그 밤 내내 깨어 있었다. 대부분은 잠깐이라도 벽에 기대어 잠을 청했는데, 그 밤만큼은 일찌감치 철야기도를 하기로 마음을 굳혔다. 소인정을 비롯한 서밑방 교인들은 서웃방 죄인들과 대화를 나눌 기회가 드물었다. 서웃방 죄인들 대다수가 먼저 서밑방 교인들과 거리를 뒀다. 괜히 말을 섞었다가 천주교인으로 취급될까 두려웠던 것이다. 서밑방 교인들 역시 서웃방과 북방 죄인들에게 다가가진 않았다. 감영 옥의 죄인 중에 간자가 섞였을지도 모르는 일이었다.

주전주는 그나마 서밑방으로 눈짓이라도 건네는 죄인이었다. 서웃방과 꼭 나눌 이야기가 있을 때는 서밑방을 대표하여 소인정이 나섰다. 서웃방에선 모독이 죄인들의 마음을 사로잡았지만, 그 방의 대표는 변함없이 주전주였다. 주전주에게 계속 대표를 맡으라고 등을 떠민 이가 모독이었다. 자신이 어떤 말을 해도 옥리와 죄수 들이 거짓말로 간주할 것 아니냐는 것이다.

그 바람에 소인정은 주전주와도 몇 번 말을 섞었다. 소인정이 보기에 주전주는 거상의 외아들로 자라서 그런지 늘 여유가 있고 마음 씀씀이가 넉넉했다. 주당상은 옥리는 물론이고 서웃방의 죄인들에게도 종종 음식을 돌렸다. 주전주는 아버지에게 음식의 종류와 질을 좀더 높여달라고 따로 청했다. 다섯 번에 한 번 꼴로 서웃방뿐만 아니라 서밑방까지 챙겼다. 그땐 먼저 소인정에게 친절하게 물었다.

"혹시 서밑방 분들이 꺼리는 음식이라도 있습니까?"

"특별히 가리진 않습니다."

"다행입니다. 스님처럼 육식을 금하지나 않으실까 걱정했습니다. 아버지가 닭을 넣어주시겠다고 해서요. 모레쯤 들어올 예정이니, 나눠드리겠습니다."

"저희까지 챙겨주시니, 번번이 고맙습니다."

"모독 선생께 들었습니다. 당신들이 믿는 신의 외아들이 말씀하셨다면서요, 이웃뿐만 아니라 원수까지 사랑해야 한다고. 저는 원수까진 못 하겠고 이웃은 위하려 합니다. 옥에서 오래 같이 지내니, 이토록 가까운 이웃도 없지요."

소인정은 주전주가 혹시 간자가 아닐까 의심했다. 사학죄인까지 먹을 것을 챙기는 친절이 지나쳤던 것이다. 그러나 장사꾼의 아들답게, 보이지 않고 들리지 않는 신이나 아직 오지 않은 세상에 대해선 관심이 없었다. 돈으로 환산하여 숫자로 셈이 가능한 범위 안에서 보고 듣는 것만이 주전주의 세계였다. 사람을 죽일 수도 있고 살릴 수도 있는 것이 신이라면, 주전주는 자신의 신이 곧 돈이라고도 했다.

소인정이 생각하기에 주전주는 목이 매달려 죽을 만큼 죄를 짓진 않았다. 법 없이도 도리를 지키고 가난한 이웃들을 위하며 살 사람이었다. 십일 년째 옥살이를 하는 사학죄인이 빚에 빚을 더한 주전주를 살릴 방법은 없었다. 목이 졸린 채 줄에 매달린 주전주를 바라보며 앉아선, 조금이라도 빨리 형벌이 끝나기만을 기도하고 또 기도했다.

얼마나 시간이 흘렀을까. 여전히 눈을 감은 소인정의 귀에 소리가 들렸다. 옥에서 완전한 고요는 없다. 서밀방 다섯 교우들의 몸 뒤척이는 소리와 낮게 코 고는 소리가 들렸다. 바람이 마당을 휘도는 소리도 들리고 쥐들이 방과 방 사이를 오가는 소리도 들렸다. 귀에 익은 소리들은 기도를 방해하진 않았다. 소리가 들리더라도 눈 떠 두리번두리번 확인하지 않았다. 그러므로 소리가 들렸다는 것은 옥에서 흔히 나는 소리가 아니라 들어본 적 없는 소리라는 것이다.

처음엔 물 끓는 소리 같았다. 옥에서 야밤에 물을 끓일 리 없다는 데까지 생각이 미치자, 개들이 잔뜩 경계한 채 눈을 번뜩이며 달려들기 직전에 으르릉대는 소리로도 들렸다. 그러나 감영 옥 담장 안에는 기르는 개가 없었다. 담장 밖에서 가끔 개 짖는 소리가 들리기도 했지만, 이렇듯 가까이에서 낮게 낑낑대진 않았다.

"휴우우우!"

끓는 듯하던 소리가 바람 빠지는 소리로 바뀌었다. 그제야 소인정은 눈을 크게 뜨고 고개를 들었다. 소리가 들려온 곳은 마당이 아니라, 그가 바라보고 앉은 남방의 들보였다. 어두워 정확히 보이진 않지만, 거기서 소리를 낼 만한 것은 하나뿐이었다. 그렇지만 밤이 깃들 무렵 이미 숨이 끊기지 않았는가. 절명한 시신에게서 바람 빠지는 소리가 난 적은 없었다. 어둠을 한참 노렸지만 소리가 다시 들리진 않았다. 입으로 내는 소리가 아니었던가. 죽어 몸이 굳으면서, 다른 구멍으로, 그러니까 귀라든가 항문이라든가 배꼽으로 삶의 때가 묻은 바람이 빠져나가는 소리였던가. 시신을 본 적은 있지만, 목이 졸린 채 허공에 매달린 시신을 이렇듯 가까이에서 본 것은 처음이었다. 그랬는가. 영혼은 이미 저승에 가 닿았고, 몸은 여기서 썩기 시작했다는 표시인가. 죽은 몸에선 저렇듯 바람이 빠져나가는 소리가 나기도 하는가. 소인정은 이어지는 질문들을 거둬 컴컴한 생각의 구덩이에 묻은 후, 눈을 감고 끊어진 기도를 이어가려 했다.

"휴!"

다시 소리가 들리자 눈을 떴다. 이번엔 소리만이 아니었다. 줄에 매달린 주전주의 시신이 천천히 반 바퀴를 돌았다. 그 바람에 왼쪽 귀만 보였던 얼굴이 똑바로 서끝방을 향했다. 소인정은 일어나 세 걸음을 내디뎌 나무 기둥에 붙었다. 좁은 틈으로 팔을 끼워 넣었지만, 매달린 몸까지 닿진 않았다. 바람 빠져나가는 소리가 더욱 자주 또렷하게 들렸다.

배꼽이나 항문이나 귀에서 나는 소리가 아니었다. 반쯤 열린 주전주의 입에서 국수 자르듯 짧게 끊겼다가 이어지고 또 끊기는 소리였다. 목이 졸려 죽었다고 여긴 사람이 내는 숨소리였다.

"사, 살았습니까?"

답이 없었다. 대신 왼발이 미세하게 떨리면서 몸이 반 바퀴 더 돌아갔다. 밤 동안 못 봤던 오른쪽 귀가 눈앞에 있는 것이다.

'살아 있어. 죽지 않았던 거야!'

그렇다면 저대로 둘 순 없었다. 주먹으로 나무 기둥을 치면서 외쳤다.

"나와! 여기 좀 와보라고! 아직 안 죽었어! 풀어! 저 줄부터 풀라고!"

"닥쳐, 호로 개 잡것아!"

중문이 열리는 대신 북방에서 욕이 날아들었다. 배둑치에게 일격을 당한 월검이었다. 뒤이어 북방은 물론이고 서웃방에서도 욕들이 쏟아졌다.

"씨발. 자자, 제발 좀 자자고!"

"지렸어? 지옥에라도 가는 꿈?"

"또 소리 지르면 그 아가리 찢어버린다."

소인정은 굴하지 않고 다시 기둥을 치며 외쳤다.

"나오라고! 이놈들아! 죽이려면 죽이고 살리려면 살려! 저렇듯 매달아둔 채 죽이지도 살리지도 않는 법이 세상에 어딨어?"

월검이 이번에도 욕을 섞었지만, 상황 파악을 함께 했다.

"니미럴, 주둥이 닥쳐! 그런다고 나올 옥리는 없으니까. 죄인을 목매달고 나면, 옥리들은 우루루 몰려나가 새벽까지 퍼마셔. 번을 서야 하는 옥리도 술에 절어 새벽에나 기어 들어올 거야. 여긴 우리뿐이다 이 말씀이지. 그러니 살살 말해. 뭐라고? 주전주가 아직 안 뒈겼어?"

"소, 소릴 들었소. 숨소리!"

그제야 서밑방의 다섯 교인을 비롯하여, 서웃방과 북방의 사내들이 부스스 일어나선 기둥으로 다가섰다. 북방에선 차꼬끼리 부딪히는 소리까지 났다. 모독이 서웃방에서 끼어들었다.

"아, 본보기를 보이겠다더니, 몹쓸 놈들."

"본보기라뇨?"

월검이 답했다.

"뭐긴 뭐야. 북방에서 나간 죄인들은 남방까지 고분고분 갔으니, 옥리들이 목을 꽉 조여 금방 이승을 떠나게 했지. 한데 주전주 저 새끼는 우리가 다 봤듯이 서웃방에서 안 나오려고 발버둥을 쳤잖아? 그딴 꼴을 보고도 그냥 넘어갈 옥리장이 아니지. 아까 막둥이를 세워둔 채, 석둥개랑 옥리장이랑 눈짓을 주고받을 때, 뭔가 있구나 싶었어. 최대한 고통을 느끼면서 천천히 죽이려고, 올가미 매듭을 고쳐 묶은 거야. 딱 죽지 않을 정도만 목을 조였던 거지. 눈알은 튀어나올 것 같고, 머리는 깨질 것 같고, 가슴은 모래를 뿌려놓은 듯 답답해. 무엇보다도 숨이 자꾸 탁탁 끊겨. 움직일수록 몸이 천근만근 무겁지만 죽진 않는다고. 그러니까 얌전히 남방으로 갔으면 가볍게 넘어갈 일이었잖아.

어이, 천주쟁이! 어차피 새벽까지 주전주는 안 죽어. 줄에 매달린 채 숨넘어가는 소릴 계속 낼 거야. 괜히 흥분하지 말고, 잠이나자. 새벽에 번을 설 옥리가 거나하게 취해서 오면, 제대로 고쳐 묶을 테니까. 그때까지 소리 지르지 말고, 자빠져 자! 내가 이렇게 설명을 했는데 또 소리를 지르면, 넌 내 손에 죽어. 알겠어?"

월검이 두려워서 소리를 내지 않은 것은 아니다. 소인정은 북방의 흉악범들뿐만이 아니라 옥리든 좌포도청 관원이든 혹은 최후에 만나게 될 망나니든 그 누구도 두려워하지 않았다. 소리치고 싶으면 소리치고 침묵하고 싶으면 침묵했다. 먹고 싶으면 먹고 금식하고 싶으면 금식했다. 옥리들이 옥리방에 없다면, 아무리 소리쳐도 주전주의 고통을 줄일 수 없다. 소인정은 대화 상대를 바꿨다. 목소리를 낮춰, 남방에 매달려 있는, 죽은 줄 알았으나 목숨이 붙어 있는 주전주에게 타이르듯 말했다.

"움직이지 말아요. 몸을 흔들수록 올가미가 더 목을 파고들 겁니다. 들었는지 모르겠지만, 옥리가 새벽에 돌아올 때까진 죽지 않도록 매듭을 지었답니다. 기도드릴게요. 당신이 어떤 신을 믿는지는 모르겠지만, 아, 돈을 믿는다고 장담하였지만, 나는 천주님께 기도드리겠습니다. 당신이 지금 간절히 원하는 것, 바로 그것을 이루게 해달라고."

그 순간 주전주의 몸이 다시 돌았다. 소인정과 마주 보고도 멈추지 않고 왼쪽 귀에 이어 뒤통수를 보였을 때 잠시 멈췄다. 기도를 거절하겠다는 뜻인가. 또다시 몸이 돌기 시작했고 오른쪽 귀를 보인 뒤 소인정을 향해 멈췄다. 소인정은 고개를 든 채 눈을 감지 않고, 주전주와 눈을 맞춘 채 기도를 시작했다. 「천주경」이었다.

15.

첫닭이 울었다. 술상에 머리를 박고 잠들었던 명일덕이 고개를 들었다. 석둥개와 강웅돌 그리고 옥리 네 명이 만취한 채 잠들어 있었다. 명일덕이 벽에 기댄 강웅돌의 코끝을 검지로 튕겼다. 강웅돌이 놀라 눈을 떴다.

"뛰어. 해 뜨기 전엔 들어가야지."

교형을 집행한 날엔 옥리들이 모두 숲정이 근처 주막에 모여 대취했고, 막내가 어스름 새벽에 옥으로 돌아가는 것은 대대로 내려온 관습이었다. 강웅돌도 머리가 깨어지듯 아팠지만, 벌떡 일어나선 육모 방망이부터 챙겨 들었다. 마루까지 따라 나온 명일덕이 마당을 반쯤 내달린 강웅돌을 불러 세웠다.

"야!"

강웅돌이 돌아서자 명일덕이 보자기 하나를 던져줬다. 엉겁결에 받고 보니 엽전 소리가 났다.

"네 몫이야. 지전이 불타버려 정신이 없을 텐데, 그래도 꼴에 아비라고 자식놈 저승길 잘 챙겨달라며 넣어주더라고. 마무리 깔끔하게 하고."

"알겠습니다."

강웅돌이 허리 숙여 절한 뒤 돌아서려 했다. 뒤늦게 마루로 나온 석둥개가 말을 보탰다.

"막둥아! 너, 깔끔하게 마무리할 게 뭔지나 알아?"

"그야, 시신을 내려 목줄을 풀고……."

석둥개가 답답한 듯 혀를 차며 설명하기 직전에 명일덕이 잘랐다.

"스스로 해봐. 우리가 챙겨주는 것도 이제 끝내야지?"

"알겠습니다. 걱정하지 마십시오. 문제없이 마무리하겠습니다."

강웅돌이 씩씩하게 답한 후 돌아서선 뛰기 시작했다. 석둥개가 강웅돌의 뒷모습을 바라보며 서 있었다.

"뭐 해, 들어오지 않고?"

"따라가봐야 하는 거 아닙니까? 혼자 하긴 아직······."

"이 짓도 못 하고 저 짓도 못 하면 그만둬야지. 손에 피라도 묻힐 줄 알아야 믿고 일을 맡기지. 목숨이라도 대신 내놓을 거 아니면 내버려둬."

강웅돌은 어둠이 아직 사라지지 않은 골목을 달리며, 남방 들보에 목이 졸린 채 매달린 시신을 머릿속으로 그린 후 하나하나 순서를 밟아보았다. 먼저 바닥에 거적을 깐다. 기둥에 묶은 줄을 푼다. 땅에 부딪혀 팔다리를 비롯한 뼈가 부러지지 않도록 최대한 천천히 시신을 내린다. 흙이 묻지 않도록 거적 위에 조심조심 놓는다. 또 다른 거적으로 시신을 덮는다. 눈을 뜨고 죽었다면, 감겨줄 것인가? 혀를 입 밖으로 빼고 죽었다면, 입 안으로 넣어줄 것인가? 침과 피가 뒤섞여 턱으로 흘러내렸다면, 닦아줄 것인가? 시신을 내려 살핀 뒤 판단하기로 했다. 심장이 점점 빨리 뛰었다. 목 매달린 시신을 혼자 끌어 내려본 적이 없었고, 끌어 내린 시신의 얼굴을 살펴본 적도 없었다. 옥리는 옥에서 일어나는 온갖 일들을 가리지 않고 해야 한다. 그 일이 좋든 싫든, 기쁘든 두렵든 하지 않으면 옥리로 살아갈 수 없다.

감영 옥 둥근 담장을 손바닥으로 쓸며 돈 뒤 바깥문과 안문을 차례차례 통과하였다. 열쇠를 챙겨 들고 성큼성큼 걸어 사각형 옥으로 향했다. 자물쇠를 풀고 바깥에서 걸어둔 빗장을 올린 뒤, 중문을 열고 들어섰다. 맞은편 서밑방으로 자연스럽게 눈이 갔다. 천주교인 다섯은 벌써 깨어 눈을 감은 채 앉아 있었다. 십일 년째 새벽마다, 그들은 조과라고 부르는 아침 기도를 드리며 하루를 시작했다. 서밑방 죄인들은 깼으리라 예상했지만, 서웃방이나 북방의 몇몇 죄인들까지 기둥에 이마를 대거나 등을 기대곤 앉아 있을 줄은 몰랐다. 그들의 시선은 하나같이 남방을 향했다. 주전주의 시신은 여전히 줄에 매달려 있었다.

"……우리를 흉악에서 구하소서. 구하소서. 구하소서."

강웅돌의 시선이 남방 옆 서끝방으로 향했다. 거기 소인정이 앉아 있었다. 천주교인이라면 모두 조과를 드리니, 소인정이 깨어 앉아 있는 것은 당연했다. 그러나 어제까지 소인정은 벽을 바라보며 앉았다. 지금은 벽을 등지고 남방을 향했다. 기둥 사이로 줄에 매달린 주전주가 똑똑히 보이는 자리였다. 거기서 주전주까지의 거리는 여섯 걸음을 넘지 않았다. 소인정은 크게 소리치며 기도했다. 가끔 사학죄인들이 소리를 높여 기도한 적도 있지만, 옥리가 나타나면 입을 닫았다. 강웅돌은 불쾌한 듯 미간을 좁혔다. 자신이 막둥이라서, 얌전하던 소인정조차 유별나게 군다는 생각이 든 것이다.

"입 닥쳐! 시신 쳐다보면서 편히 천당이라도 가라고 빌었냐?"

"시신이 아닙니다, 아직은!"

소인정이 담담하게 받자, 강웅돌이 더욱 화를 내며 몰아세웠다.

"시신이 아니라니? 그럼 네놈 눈엔 저게 뭘로 보여?"

소인정은 대답 대신 오른팔을 들고, 들보에 매달린 주전주의 목을 검지로 가리켰다. 강웅돌의 시선이 주전주의 목에 닿았다.

소인정이 짧게 말했다.

"아직 살아 있습니다."

"살아…… 있다니? 무슨 미친 소리야?"

"휴!"

강웅돌이 서끝방의 기둥을 방망이로 내리치며 소인정을 위협하려는 순간, 주전주가 바람 빠지는 소리를 냈다. 놀란 강웅돌이 뒷걸음질을 치다가 웅덩이에 빠졌다. 곧 일어나 나오긴 했지만, 바지는 물론이고 더그레까지 완전히 젖었다. 흙탕물에 빠진 생쥐 꼴이었다. 죄인들의 웃음이 어둠 속에 흘렀다.

"어떤 개새끼가 웃고 지랄이야?"

강웅돌이 천둥처럼 외치며 북방을 향해 나아갔다. 웃음소리가 뚝 그쳤다. 서웃방의 모독이 뜻밖에도 끼어들었다.

"깔끔하게 마무리부터 하십시오. 기회를 놓치지 마시고요."

"기회?"

"저희도 깜짝 놀랐습니다. 이런 일이 흔한 건 아니지만 가끔 있긴 합죠. 강웅돌 나리를 위해 옥리장께서 특별히 남겨두신 겁니다. 무척 아끼시나 봅니다. 보통은 반년이 지나도 교형 마무리를 막내에게 맡기진 않죠. 일 년을 옥리로 지내도 목줄 줄 기회가 없는 옥리가 한둘이 아닙니다. 어차피 마무리하려면 땀을 많이 흘릴 테니, 힘을 쓰신 후 옷은 갈아입으십쇼. 망자의 원혼이 묻을 수도 있으니까요."

강웅돌이 고개만 돌려 남방을 보았다.

"그러니까, 일부러 살려둔 거다……. 나보고 마무리를 하라고. 옥리장이 내게 준 상이라는 게야?"

모독이 알은체했다.

"상이라면 상이고 벌이라면 벌이겠습죠. 벌이더라도 상이라 여기고 하십시오. 그래야 맘이 한결 가벼워지고 손놀림도 빨라질 겁니다. 벌이라 여기면 그 순간부터 몸도 맘도 편치 않으실 테니까요."

강웅돌은 들보로 넘겨 고정한 줄부터 풀어 내렸다. 바닥에 쓰러진 주전주가 거친 숨을 몰아쉬었다. 밤새 삶과 죽음을 오가느라 손바닥을 뒤집을 힘도 남아 있지 않았다. "물……"이라고 겨우 말하곤, 말라 갈라지고 피까지 뭉친 입술을 혀로 쓸었다. 강웅돌이 주전주를 내려보다가 돌아서서 남방을 나오려 했다. 등 뒤에서 월검의 말이 아기살[片箭]처럼 날아들었다.

"왜 그쪽으로 돌아서는 거요? 뭘 하려고? 물이라도 주려고? 목을 매단 죄인이, 아주 드물긴 하지만 곧장 죽지 않는 경우도 있소. 줄이 느슨하거나 매듭을 잘못 매거나! 그땐 당장 줄을 고쳐 매 죄인을 죽여야지. 물이든 밥이든 먹을 걸 주면 절대로 안 된다 이거요. 저승사자가 노해서 분풀이를 하거든. 옥리와 죄인 포함해서 줄잡아 열 명은 급살을 맞을 거라니까. 허튼짓 말고, 마무리부터!"

강웅돌은 북방으론 눈길도 주지 않고 중문을 지나 옥리방으로 들어갔다가 옹기로 만든 길쭉한 물독을 들고 왔다. 주둥이를 주전주의 입에 대곤 천천히 기울이자 물이 흘러나왔다. 옥리들만 마시는 깨끗한 냉수였다. 주전주가 입술을 벌리고 혀를 놀려 물을 삼켰다. 너무 급히 마시려다가 엉뚱한 곳으로 흘러들었는지 헛기침을 자꾸 해댔다. 강웅돌이 물독을 똑바로 세웠다. 주전주가 고개를 들었다.

"물은 얼마든지 있어. 천천히!"

다시 주둥이가 기울었다. 주전주는 입으로는 물을 마시면서 눈으로는 고맙다는 인사를 했다. 서옷방 모독이 소리하듯 장단을 살려 말했다.

"죄인 중에는 누가 급살을 맞으려나⋯⋯. 어디 보자 어디 봐."

강웅돌이 허리를 돌린 다음 육모 방망이로 모독을 가리키며 경고했다.

"혀를 잘라주랴?"

침묵이 깔렸다. 바닥으로 떨어지는 물소리와 주전주의 목으로 물 넘어가는 소리만 유난히 크게 들렸다. 목을 축이고도 남았을 텐데, 주전주는 물을 삼키고 삼키고 또 삼켰다. 강웅돌이 물독을 거두며 말했다.

"충분하지? 이제 마무리를 짓겠어, 깔끔하게!"

그 말이 떨어지기가 무섭게 주전주가 강웅돌의 두 발에 얼굴을 비볐다. 손을 묶지 않았다면 힘껏 안았을 테고, 발이 자유로웠다면 허리를 감았을 것이다. 강웅돌이 비틀대며 물러서자, 주전주가 기어서 다시 강웅돌의 오른 발목에 뺨을 갖다 대더니 발등에 입을 맞췄다.

"제발⋯⋯ 살려주십시오. 죽기 싫습니다."

"이 또라이 새끼! 어디다 입을 대는 거야? 불쌍해서 물을 줬더니 아예 머리 위로 기어오르려 하네. 널 살려주면 난 어쩌구? 살려주면 내가 죽어. 내가 죽는다고, 쌍!"

강웅돌이 다리를 빼곤 주전주를 몽둥이로 두들겨 패기 시작했다. 머리든 허리든 팔다리든 가리지 않고 내리쳤다. 주전주의 몸이 뒤틀리다가 보릿자루처럼 터졌다.

때리다가 지친 강웅돌이 주전주의 가슴을 발뒤꿈치로 짓밟고 줄을 고쳐 쥔 후 올가미부터 풀었다. 석등개의 매듭은 목을 죄더라도 숨통이 끊기진 않았다. 강웅돌은 올가미를 새로 만든 후 시험 삼아 제 목에 우선 걸고 조였다. 너무 세게 당기는 바람에 숨이 막혔다. 서둘러 풀곤 허리를 숙인 채 헛구역질과 함께 침을 흘렸다. 쓰러져 꼼짝하지도 않던 주전주가 고개만 서끝방으로 돌린 채 물었다.

"천주를 믿으면…… 지금이라도 믿으면…… 천당에 갈 수 있습니까?"

강웅돌의 시선이 서끝방에 홀로 앉은 소인정에게 향했다. 주전주의 목에 올가미를 거는 대신 고개를 들어 들보를 봤다. 주전주가 고쳐 물었다.

"역시 너무…… 늦었습니까?"

강웅돌이 고개를 내리곤 끼어들었다.

"늦었지. 매듭만 바로 지으면 넌 죽은 목숨이야. 이제 와서 뭘……?"

소인정이 말허리를 잘랐다.

"늦지 않았습니다. 천주님을 믿는 때가 늦은 날은 없습니다. 예수님이 말씀하셨지요. 천당은 포도밭에서 일할 일꾼들을 사려는 밭 임자와 같다고요. 새벽에 온 일꾼들에게 하루 한 푼씩 품삯을 정했다고 칩시다. 아침에 온 일꾼들에게도 정당한 삯을 주겠다고 했고, 점심 무렵 온 일꾼들에게도 정당한 삯을 주겠다고 했으며, 해 질 무렵 만난 일꾼들에게도 정당한 삯을 약속했습니다. 일과를 마친 뒤 밭 임자는 모든 일꾼들에게 똑같이 한 푼씩 줬습니다. 먼저 왔다고 많이 주고 나중에 왔다고 적게 주지 않았습니다. 먼저 왔든 나중에 왔든, 밭 임자가 정당하다고 여기는 삯을 일꾼들이 많다 적다 따질 수는 없습니다."

강웅돌이 따져 물었다.

"황혼에 와서 일을 전혀 하지 않은 일꾼과 새벽부터 일한 일꾼의 삯을 똑같이 주는 건, 아무리 밭 임자라고 해도 횡포야. 그렇지 않아?"

소인정이 담담하게 이야기 하나를 더 꺼냈다.

"예수님이 십자가에 못 박히실 때 좌우에 두 명의 죄인도 함께 못 박혔습니다. 한 죄인은 예수님을 모독했지만 다른 죄인은 이렇게 말했지요. '예수님, 선생님의 나라에 들어가실 때 저를 기억해 주십시오.' 그때 예수님이 무엇이라고 말씀하셨는지 아십니까?"

강웅돌은 즉답하지 않고 소인정을 노려봤다. 소인정은 그 눈길을 피하지 않고 오히려 은은한 미소로 받았다. 천천히 고개를 숙여 주전주를 바라보았다. 몽둥이에 맞은 두 눈은 눈동자가 보이지 않을 만큼 부어올랐고, 코는 뼈가 부러져 내려앉았으며, 입술은 아래위가 모두 터져 피가 흘렀다.

"그 죄인에게 이렇게 말씀하셨습니다. '너는 오늘 나와 함께 낙원에 있을 것이다.'"

주전주의 뺨을 타고 눈물이 흘러내렸다. 피와 섞여 피눈물이 되었다. 주전주가 울먹거렸다.

"믿겠습니다. 천주님을 믿겠습니다."

강웅돌에게 말했다.

"자 이제 마무리하십시오. 저는…… 죽어 천당에 가겠습니다. 부탁을 하나만 더 드려도 되겠습니까?"

"무슨 부탁?"

"들보에 매달려 있는 동안 계속 기도 소리를 들었습니다. 서끝방에서 들려왔지요. 깜깜한 밤인데도 한 줄기 빛이 보였다면 믿으시겠습니까? 이승을 마무리하는 동안, 기도를 계속 듣고 싶습니다. 천당에 가면 그 기도문부터 외우고 싶어요. 아니, 기도문을 외우면서 천당으로 들어갈래요."

강웅돌이 서끝방의 기둥 사이로 소인정의 얼굴을 째려보았다. 소인정은 강웅돌의 시선을 피하진 않았지만, 그렇다고 맞서듯 되쏘는 것도 아니었다. 강웅돌이 짧게 명령했다.

"해봐, 기도!"

소인정이 「천주경」을 읊기 시작했다. 강웅돌이 주전주의 목에 올가미를 씌웠다. 그리고 줄을 들보 너머로 넘긴 뒤, 당기기 직전 주전주의 얼굴을 내려다보았다. 주전주는 소인정과 거의 똑같이, 아주 조금 늦게 외워나갔다. 그러다가 두 사람이 외우는 기도문의 빠르기가 같아졌을 때, '일용할 양식을 주시고'의 '고'에서 강웅돌은 줄을 힘껏 끌어당겼다. 목이 졸리면서 주전주의 기도는 끝났지만, 소인정의 기도는 계속되었다. 두 사람의 목소리를 합친 것보다 서너 배는 더 큰 목소리를 갑자기 냈다. 거기에 서밑방 다섯 교인들의 목소리까지 합세하자, 기도 소리가 감옥을 가득 채우고도 남았다.

기도 소리가 지나치게 커지자, 강웅돌은 당황한 얼굴로 서끝방과 서밑방을 노려보았다. 말로 위협한다고 들을 죄인들이 아니었다. 그들을 제지하려면 줄을 내리고 옥방에 들어 몽둥이라도 휘둘러야 했다. 강웅돌은 잠시 서끝방과 서밑방으로 들어 몽둥이를 휘두르는 자신을 떠올려보았다. 그리고 머리를 흔든 후, 양손으로 줄을 더욱 당기며 버텼다. 마무리부터 확실하게 짓고 나서 천주교인들에 대한 응징은 해도 늦지 않았다. 주전주를 죽이기도 전에 천주교인들부터 매질하다가 명일덕과 석둥개라도 들이닥치면 단단히 혼쭐이 날 것이다. 강웅돌은 자신에게 가장 유리한 순서를 거듭 생각하며 혼잣말을 했다.

"나랑 원수졌어? 새벽부터 고함치듯 기도한다는 게 말이나 돼? 지금까진 입을 닫거나 웅얼거리는 게 전부였잖아? 주전주가 죽는 건 나 때문이 아냐. 난 법에 따라 교형을 집행한 것뿐이니까. 그런데 저 천주쟁이들은 잘못이 내게 있는 것처럼, 목소리 높여 기도란 걸 하고 있잖아? 그들의 신 천주에게 뭘 고자질하려고? 주전주는 천당으로 보내고 나 강웅돌은 지옥으로 보내라는 거야 뭐야? 갚아주겠어. 더는 못 참아. 내가 어떤 놈인지 차례차례 다 보여줄게."

강웅돌은 주전주를 목매단 다음, 육모 방망이를 고쳐 쥐고 달려들었다. 서끝방의 소인정을 백 대도 넘게 팼으며, 서밑방까지 들어가선 다섯 죄인들에게도 각각 오십 대씩 몽둥이질을 했다. 거기까지 마치고 마당으로 나왔을 때, 명일덕이 석둥개를 비롯한 옥리들을 데리고 중문으로 들어왔다. 강웅돌이 헉헉대며 보고했다.

"마무리 지었습니다, 깔끔하게!"

명일덕은 남방으로 향했다. 목이 매달린 채 흔들리는 시신 앞에 서서 주전주의 얼굴을 쳐다보았다. 침이나 피가 전혀 흘러내리지 않았고 눈을 뜨지도 않았다. 두려움이나 슬픔 대신 평온이 깃들었다. 그 표정이 어떻든, 명일덕은 교형을 별 탈 없이 마친 것만 눈에 들어왔다. 돌아서선 뒤따라온 강웅돌의 어깨를 힘주어 잡고 흔들다가 웃음을 터뜨렸다. 석둥개와 다른 옥리들도 손뼉을 치며 따라 웃었다. 어리둥절한 표정의 강웅돌을 향해 명일덕이 말했다.

"이제 진짜 옥리가 된 게다."

명일덕이 석둥개에게 눈짓을 했다. 석둥개가 품에 숨겨 온 호리병을 내밀었다. 그제야 강웅돌도 굳은 표정을 풀곤 흐린 술을 단숨에 들이켰다.


16.

1838년 6월, 공설이가 와서 길치목을 데리고 산채를 내려간 뒤, 지리산 의적단이 여덟 번째로 응징을 결의한 탐관오리는 진주목사 조봉두였다. 정오품 의정부 검상과 정사품 의정부 사인으로 근무하던 조봉두가 정삼품 진주목사로 부임한 때는 그해 봄이었다. 조봉태가 종이품 전라감사로 내려가자, 자신도 당상관에 올려달라고 조택우를 찾아가서 간청했던 것이다.

조봉두는 의정부 내직에 근무하는 동안에도 영의정 조택우의 조카란 걸 내세워 갖은 비리를 저질렀다. 과거에 급제하고도 벼슬을 얻지 못한 이들에게 받은 뒷돈으로 사대문 안에만 집을 세 채 샀다. 뇌물을 주고받던 성수동 별장을 좌포도청에서 급습하기도 했다. 관직을 잃고 옥에 갇힐 상황이었지만, 조택우의 입김으로 붙잡힌 지 하루 만에 풀려났다. 내직을 외직으로, 그것도 정사품에서 정삼품으로 승차하여 옮기는 선에서 무마되었다.

조봉두는 진주로 내려와서도 백성을 보살필 마음은 없고 제 배불릴 궁리만 했다. 촉석루로 통하는 협문 옆에 돈과 재물을 쌓아두는 별당을 따로 하나 지었다. 촉석루에서 실컷 취한 후 그날 들어온 뇌물을 챙겨 확인하는 것이 외직으로 밀린 조봉두의 즐거움이었다.

이오득은 일곱 번의 응징을 길치목과 단둘이 했다. 신속하게 들어가선 깔끔하게 마치고 쥐도 새도 모르게 빠지는 것이 최선이었다. 동참하겠다는 부하들이 있어도 받아들이지 않았다.

이오득이 길치목 대신 택한 부하는 무택이었다. 고창 선운사와 순천 송광사에서 삼십 년 동안 승려로 지낸 무택은, 임진년 왜란 때 승병들이 나라를 구했듯이, 백성들을 구하고자 자진해서 산채로 찾아왔다. 봉술 솜씨가 탁월하고 진주를 비롯한 경상도 여러 고을을 두루 돌아다녀 모르는 길이 없었다. 여덟 번째 탐관오리를 응징하기 위해 떠날 채비를 하라고 명하자, 무택이 한 사람을 더 데려가자고 청했다. 성문을 통과하는 것이 최선이지만, 여의치 않으면 배를 타고 남강을 건너 깎아지른 절벽을 타고 올라야 하는데, 덩치가 크고 무거운 무택 혼자 따르긴 어렵다는 것이다. 이오득은 날렵하고 절벽을 잘 타는 이를 뽑아 셋이서 가자는 요청을 받아들였다. 그래서 뽑힌 부하가 '먹'이라고 불리던 애꾸눈 두팔이었다. 두팔은 절벽은 물론이고 나무와 나무 사이를 줄로 이어 급류가 흐르는 계곡도 원숭이처럼 쉽게 건넜다. 산길도 쉼 없이 오르내렸기 때문에, 산채로 통하는 계곡 초입을 지키며 망보는 일이 그의 몫이었다.

무택의 예상은 적중했다. 가을로 접어들자 지리산 일대 도적들이 더욱 기승을 부렸다. 이오득은 부하들을 엄하게 단속하여 이웃 고을에 함부로 드나들지 않도록 했다. 하지만 다른 도적들은 산 아래 거창, 산음, 단성, 삼가뿐만 아니라 진주까지 대범하게 출몰하여 사람을 해치고 재물을 빼앗고 음식을 훔쳤다. 그 바람에 진주성을 지키는 문지기들이 두 배로 늘었고, 행인들의 이름과 사는 곳과 성으로 들어가는 이유를 일일이 확인했다. 포도청 관원들까지 은밀히 내려와 민란의 조짐은 없는지 살핀다는 소문이 돌았다.

이오득은 촉석루에서 잔치가 열리는 그믐밤을 골랐고, 무택과 의논하여 임진년부터 시작된 왜란 때 논개가 몸을 던진 의로운 바위 쪽 성벽을 넘기로 했다. 소선을 구해 타고 강으로 나섰다. 바람까지 잦아 원하는 쪽으로 배를 몰기 편했다. 밤에도 번을 돌며 사방을 살피는 것이 원칙이지만, 조봉두는 여흥을 깬다며 남강 쪽을 지키고 선 교졸들을 물러나도록 했다. 의암義巖에 닿은 이오득과 무택과 두팔은 풍악이 멎기를 기다렸다.

자시가 가까워서야 풍악이 그쳤다. 이오득이 오른팔을 들어 주먹을 쥐자, 어깨에 줄을 감은 두팔이 나섰다. 제일 낮은 성벽을 골라 갈고리가 묶인 줄을 던졌다. 한 번 만에 갈고리가 걸렸다. 두팔이 다람쥐처럼 줄을 타고 올라 성벽을 넘었다. 이오득이 그다음에 줄을 탔고, 성 위에서 줄을 당겨 무택까지 올렸다. 세 사람은 아름드리 소나무 뒤에 숨어 또 주변을 살폈다. 촉석루 네 모서리에서 타오르던 횃불까지 꺼진 뒤, 이오득이 앞장을 섰고, 무택과 두팔이 틈을 두지 않고 차례차례 종종걸음을 쳤다. 조봉두는 촉석루로 향하는 협문에서 가장 가까운 곳에 별당을 지어 돈과 재물을 채워두었다고 했다. 영의정이란 뒷배를 믿고, 드러내놓고 뇌물을 챙기는 셈이었다. 언제나 혼자 드나든다고 했지만, 호위하는 교졸이나 아전이 있을까 싶어 주변을 한 바퀴 돌았다. 인기척은 없었다.

조봉두의 악행을 자세히 알려준 관기 월진의 밀서에 적힌 대로, 홀로 등잔을 밝히고 별당에 든 것이다.

방문을 열어젖힌 이는 무택이었고 조봉두의 등을 냅다 걷어찬 이는 두팔이었다. 무택이 조봉두의 입에 재갈을 물리고 양손을 묶은 뒤 돌려 앉혔다. 그제야 이오득이 방으로 들어와선 맞은편에 앉은 후 방바닥에 단검 한 자루를 내려놓았다. 조봉두가 놀란 눈으로 온몸을 떨었다. 이오득이 턱짓을 하자, 무택과 두팔이 경계를 서기 위해 밖으로 나갔다.

"조용히, 묻는 말에만 답한다면 재갈을 풀어주겠다. 내 명령을 따르지 않으면 단검에 피부터 묻힐 것이고. 알아들어?"

조봉두가 고개를 크게 끄덕였다. 그러나 재갈이 풀리자마자 따지고 들었다.

"내가 누군 줄 알고 감히……."

주먹이 명치를 쳤다. 앞으로 꼬꾸라진 조봉두를 내려다보며 이오득이 말했다.

"숙부 조택우가 일인지하 만인지상 이 나라의 영상이지!"

"그걸 알면서도…… 어찌 이렇듯 함부로……."

다시 말을 잘랐다.

"넌 내가 누군 줄 알아?"

조봉두가 천천히 고개를 들었다. 오른뺨에 깊이 팬 칼자국이 눈에 들어왔다. 이오득이 기억을 일깨우려는 듯 덧붙였다.

"정해년에는 곡성현감이었지?"

그 순간 조봉두의 두 눈이 커졌다. 맞은편에 앉은 늙은 사내와 비슷한 얼굴을 어디서 보았는지 떠오른 것이다.

"이오득…… 으뜸 옹기 대장…… 마을에서 동고동락한 이들을 모두 두고 달아났던 너야?"

"오늘은 이오득이 아니라 압록으로 왔다."

"압록? 압록이라면……?"

조봉두의 얼굴이 하얗게 질렸다. 급습을 당해 목숨을 잃은 일곱 수령의 시신 머리맡에는 똑같은 이름이 적혀 있었던 것이다. 압록.

"서, 설마 날 주, 죽이러 온 게냐? 내가 뭘 잘못했는데?"

이오득이 지적했다.

"지난 3월 진주목사로 부임하고 지금까지 서른두 명이 굶어 죽었다. 아느냐?"

조봉두의 말투가 꼬리 내린 강아지처럼 비굴해졌다.

"굶주린 자가 없도록 하라 명했다. 아전들이 따르지 않은 것이야."

"이런저런 세를 내지 않았다고 관아로 붙들려 가 곤장을 맞고 스무 명이 다리가 부러져 앉은뱅이가 되었고, 열한 명은 두 팔이 꺾여 수저도 못 드는 신세가 되었다. 아느냐?"

"죄를 엄히 묻되 뼈가 부러질 만큼 매질하진 말라고 단단히 명했다. 교졸들이 따르지 않았어."

"뇌물을 바치면 사양하지 않고 모조리 받아, 별당의 세 방을 가득 채웠다. 이 방이 세 번째 방이지? 이것도 잘못이 아니라고 하려느냐?"

"사양하고 사양하고 또 사양했지만 선물이라며 두고 갔다. 선물을 준 자들의 잘못이 아홉이라면 내 잘못은 하나에도 미치지 않아."

"네 잘못은 하나도 없고 전부 남 핑계만 대는구나. 여기 있는 재물의 반의반만 떼어 썼어도, 굶주려 죽는 자나 세 못 내는 자는 없었을 것이다."

"조선 팔도 외직으로 나가는 고을 수령 대부분이 나처럼 해. 다른 수령들은 벌하지 않으면서 나만 꾸짖고 벌하러 왔다면, 이건 형평에 맞지 않아."

"그래서 억울하다?"

이오득이 노리자, 조봉두가 무릎을 꿇고 머리까지 숙이며 빌었다.

"제발 살려주게. 어찌하면 내게 기회를 주겠는가?"

"별당 세 방에 가득 찬 재물 중에서 얼마를 내놓겠느냐? 스스로 정해보거라, 네 목숨값!"

조봉두가 고개를 좌우로 돌려 그득 쌓인 재물들을 살핀 후 안타까운 표정으로 답했다.

"이 방의…… 절반을 내놓겠네."

"진주목사 조봉두의 목숨값이 그것밖에 안 돼?"

조봉두가 고개를 푹 숙인 채 답했다.

"이 방 재물을 다 가져도 좋네. 얼마나 귀하고 비싼 물건이 많은 줄 알기나 하는가? 이 정도면 너와 부하들이 평생 배불리 먹고도 남아. 이걸 받고 살려주게."

이오득이 대답 대신 단검 손잡이를 고쳐 쥐었다. 조봉두가 소스라치게 놀라 뒷걸음질을 하며 말했다.

"더, 더, 더 주지. 더 주면 되지 않는가. 가운뎃방 재물도 가져가게. 거길 채운 물건들은 이 방보다 세 곱절은 비싸. 그러니까 이런 방 네 개 가득 채운 재물을 갖는 셈이야. 제발 이제 날 살려주게."

조봉두가 눈물까지 흘렸지만, 이오득은 여전히 단검을 쥔 채 물었다.

"저승 갈 때 갖고 갈 보물이라도 있는 모양이지?"

"그, 그건 또 무슨 소린가? 자네가 바라는 대로 다 해주겠다는데……."

"그렇지 않고서야 방 하나를 남겨둘 까닭이 없잖아? 그 방 물건들은 죄다 저승길에 앞세울 건가?"

"내가 뭘 가져간다고 자꾸 이러는가? 죽고 나면 끝이지. 아무것도 못 가져가."

"그럼 그 방은 자식들에게 물려주려고 아끼는 모양이군. 아들만 둘이라며? 아직 소과 초시도 급제를 못 했지만, 그 방 재물을 둘이서 나누면 평생 떵떵거리며 살긴 하겠어."

"내가 죽고 나면 유산이 무슨 소용인가. 자식들에겐 이미 줄 만큼 줬어."

"저승 가져갈 것도 아니다, 두 아들에게 남길 유산도 아니다, 그럼 그 방 재물은 왜 남겨두려는 거지?"

조봉두가 더는 버티지 못하고 힘없이 말했다.

"가져가. 몽땅 다!"

이오득이 단검을 내려놓는 대신 높이 치켜들었다. 조봉두가 놀라 고개를 들곤 떨며 물었다.

"왜 이러는 겐가? 전부 다 주겠다고 하지 않았는가? 한데 왜……?"

"올해 진주에서 굶어 죽은 서른두 명도 가진 것 다 관아에 빼앗긴 뒤 목숨만 살려달라 매달렸어. 그런데도 네놈은 그들을 구하지 않았지. 내가 왜 네놈을 살려둬야 해?"

"그럼 목숨값은 무엇 때문에……."

"흥정했느냐고? 제아무리 돈과 재물을 많이 가져와도 바꿀 수 없는 것이 목숨이란 걸 알려주려고. 죽는 이유는 알아야 하니까."

"더 있어. 더 줄게. 다 줄게. 다!"

이오득은 단숨에 조봉두의 목에 단검을 박았다. 피가 튀어 벽을 적셨다. 조봉두는 고개를 든 채 비명 한마디 지르지 못했다.

별당을 나와 마당으로 내려섰다. 망을 보던 무택과 두팔이 다가왔다.

"가자!"

짧게 명령한 후 앞장을 섰다. 두팔이 무택의 팔꿈치를 붙들었다.

"저 금은보화를 두고 그냥 가?"

"우린 응징하러 왔지 도둑질하러 온 게 아냐. 속히 가야 해."

무택마저 마당을 나가자, 두팔은 이오득이 나온 방을 쳐다보다가 결국 돌아섰다. 의암에서 가장 가까운 성벽에 이르렀다. 이오득이 무택과 두팔이 도착한 것을 확인한 후 줄을 타고 내려갔다. 무택이 뒤따랐다. 불어닥친 강바람에 줄이 흔들렸다. 무택이 올려다보니 두팔이 보이지 않았다. 무택은 줄을 타고 다시 올라가고 싶었지만 성 위에서 줄을 끌어 올리기 전에는 불가능했다. 무택이 고개를 숙여 아래에 선 이오득과 눈을 맞췄다. 이오득이 서둘러 내려오라며 오른 팔목을 위에서 아래로 꺾었다. 이오득과 무택은 의암 뒤에 묶어둔 소선으로 돌아가선 양을 백 마리만 헤아리고 떠나기로 했다. 두팔을 마냥 기다릴 수는 없었다.

무택을 따르는 내내 두팔의 머릿속을 떠나지 않은 것은 조봉두의 왼 무릎 옆에 놓인 옥구슬이었다. 지금까지 두팔이 본 옥구슬 중에서 가장 크고 영롱했다. 나중에 압록에게 벌을 받더라도, 옥구슬부터 챙기기로 마음을 고쳐먹었다. 왔던 길을 홀로 되돌아가선 열린 협문을 지나 별당으로 들어섰다. 피비린내가 먼저 코를 파고들었다. 조봉두의 시신과 흘러나온 피를 밟지 않고 조심조심 발을 뗐다. 옥구슬을 안아 들고 품에 넣은 뒤 돌아서는데, 눈앞에 키가 크고 이마에 검은 혹이 달린 사내가 멱살을 틀어쥐고 올렸다. 두팔의 두 발이 땅에서 떨어지는 것과 동시에 품에 넣었던 옥구슬이 떨어져 굴렀다. 목이 짧고 앞니가 튀어나온 다른 사내가 옥구슬을 밟았다. 옥구슬과 두팔 그리고 바닥에 피를 쏟고 쓰러진 조봉두의 시신을 번갈아 보며 말했다.

"간이 배 밖에 난 새끼일세."

두팔이 두 팔을 저으며 말했다.

"아닙니다. 제가 죽인 게 아닙……."

혹부리 사내가 두팔의 하나뿐인 오른눈을 이마로 들이받았다.


17.

"포도부장님! 그동안 무고하셨습니까?"

공원방이 좌포도청 포도군관 장삼과 이사를 다시 만난 것은 육 년 만이었다. 지금 공원방은 전라감영 판관이지만, 두 군관에겐 영원히 좌포도청 포도부장이었다.

1827년 전라감영에서 고덕출로 간자 노릇을 한 후에도, 공원방은 삼 년 더 간자로 팔도를 다니긴 했다. 소인정은 붙잡았지만 이오득은 놓친 것이다. 무엇보다도 하나뿐인 딸 공설이와는 끝내 재회를 못 했다. 삼 년 동안 다닌 험지의 교우촌에서도 이오득과 공설이의 흔적은 없었다.

1830년 6월 좌의정 조택우가 공원방을 불러들였다. 그때 공원방은 해남의 끝자락에 있었다. 옹기가 급히 필요한 장사꾼처럼 굴며 옹기 배 사공 몇몇을 만났고, 그들이 실은 옹기에 십자가 문양이 있는지 살폈다. 찾던 문양을 발견하진 못했지만 사공들과 헤어지지 않고 주막에서 이틀 밤 이틀 낮 술을 마셨다. 대취했다가 깨고 다시 대취할 즈음, 천주쟁이들이 구워내는 옹기는 없느냐고 넌지시 물었다. 그들은 하나같이 손사래를 쳤다. 1827년 곡성 덕실마을과 무명마을에서 천주교인들이 붙들려 간 후, 해남과 강진 인근에서 옹기를 굽던 대여섯 마을 사람들이 스스로 옹기를 깨고 가마를 부수고는 사라졌다는 것이다. 포도군관 장삼과 이사가 주막으로 들어섰다. 그들은 대취한 공원방을 번갈아 업고 한양으로 내달렸다.

좌의정 조택우는 지난 5월 종사관 금창배와 포도군관 관우와 장비가 지리산에서 호환을 당했다고 말했다. 공원방은 그들이 범이 아니라 천주교인들에 의해 살해당했다고 주장했다. 상경하지 않고 지리산으로 내려간 것도 수상하고, 범과 마주쳤다고 해도 무술에 능한 세 사람이 한꺼번에 당할 수 없다는 것이다. 당장 지리산으로 가서 사건을 조사하고, 전라감영에서 금창배가 하던 일을 이어받겠다고 했다. 조택우는 공원방에게 다른 임무를 맡겼다.

"자네도 이제 회갑이니 간자를 하기엔 나이가 너무 많아. 자네말대로 금 종사관이나 두 포도군관이 사학죄인들에 의해 목숨을 잃었다면, 더더욱 용감하고 실력 있는 간자가 필요하겠지. 금창배가 자네를 간자로 훈련시켰듯이, 자네도 자네를 이을 간자를 키워 보도록 해."

"전라감영의 사학죄인들은 저대로 두실 겁니까?"

"나도 좌포도청 세 관원을 죽인 자들을 당장 잡아들여 참하고 싶으이. 하지만 오백 명이나 문초한 지 삼 년도 지나지 않았네. 당분간은 불처럼 타오르기보다 물처럼 스미도록 해야겠어. 더더욱 간자들이 필요해. 자네의 반만이라도 실력을 갖춘다면, 사학죄인들을 은밀히 살피고 교우촌을 찾아내는 데 큰 도움이 될 거야."

배교자와 좌우 포도청 관원 등 모두 열 명이 자원했다. 공원방은 이 년 동안 한양에서 그들을 가르쳤다. 포도군관 장삼과 이사는 공원방의 혹독한 훈련을 끝까지 따르긴 했지만, 간자로 투입되진 못했다. 간자 노릇을 하기에 장삼은 덜렁거리는 데다가 너무 성격이 급했고, 이사는 의심이 지나치게 많아서 결정적인 순간에 주저했다. 공원방은 다양한 훈련으로 장삼과 이사의 약점을 없애려고 애썼다. 결국 모든 훈련을 마친 후 두 사람이 간자에는 어울리지 않는다는 의견을 적어 냈다. 백 중에서 아흔아홉이 완벽하더라도 남은 하나에 불안한 구석이 있으면, 간자의 역할을 완수하기 어려운 것이다.

장삼과 이사는 간자로는 부족했지만, 범법자를 추격하여 잡아들이는 실력은 발군이었다. 둘은 음과 양, 물과 불처럼 서로를 보완했다. 잠도 자지 않고 밥도 먹지 않은 채 따라가는 이가 꺽다리 혹부리 장삼이라면, 도주로를 이리저리 살펴 미리 가서 기다리는 이는 들쥐를 닮은 이사였다. 서로는 서로를 탐탁지 않게 여기며 삶의 태도를 바꾸라고 으르렁거렸지만, 함께 다닐 군관을 고를 땐 언제나 또 서로를 원했다.

이 년 동안의 간자 훈련이 좌포도청 포도부장 공원방의 마지막 책무였다. 1832년 예순세 살에 은퇴했으니 이른 나이도 아니었다. 공원방은 조택우를 찾아가서 일을 더 맡겨달라고 했다. 조용히 때를 기다리라는 답을 들었을 뿐이었다. 조택우 역시 좌의정에서 물러났다.

1837년 늦가을 조택우가 영의정으로 복귀하면서 공원방 역시 부름을 받았다. 좌포도청 관원으로 들어오진 않고 조택우의 명령에 따라 은밀히 움직였다. 장삼과 이사가 하삼도까지 다시 내려가기 시작한 것도 이 즈음부터였다. 조봉태를 전라감사에 앉히고 조봉두를 진주목사에 임명한 것도 같은 흐름이었다.

"꼭 보셔야 할 죄인이 있습니다."

매사에 따지고 드는 이사의 말투가 여전히 귀에 거슬렸다. 공원방이 물었다.

"누군데? 어디 있나?"

"잠시 저희와 함께 가셨으면 합니다."

그들을 따라 풍남문을 나섰다. 세 사람은 말을 타고 한참을 달려 익산을 지나 만경강에 닿았다. 외딴 초가에서 사내 셋이 서둘러 나와 그들의 말을 넘겨받았다. 대문을 열고 마당으로 들어서니 사내들이 다섯 명 더 있었다. 좌포도청 포도군관 두 명에 포졸 다섯 명이 함께 움직인 것이다. 평소엔 장삼과 이사 둘만 다녔지만, 중요하고 위험한 임무일 때는 포졸들까지 인솔하여 가기도 했다. 일 년에 한두 번 있을까 말까 한 경우였다. 변복한 채 모여 서서 담뱃대를 빨아대던 포졸들의 몸은 상처투성이였다. 머리에 천을 두른 이가 두 명이고, 다리를 다쳐 지팡이를 짚은 이도 두 명이며, 왼팔에 부목을 댄 이가 한 명이었다. 담배는 부상의 고통을 잠시 잊는 약이었다.

장삼이 들어선 곳은 방이 아니라 부엌 옆에 딸린 헛간이었다. 따라 들어선 공원방은 코를 실룩이며 찡그리기부터 했다. 피비린내가 훅 밀려들었던 것이다. 소를 묶어두고 키운 자리에 벌거벗은 사내가 거꾸로 매달려 있었다. 축 처진 두 팔이 땅에 닿을락 말락 했다. 오른 눈은 눈동자가 보이지 않을 만큼 부어올랐고, 왼 눈은 검은 천으로 가린 애꾸였다. 공원방은 전주를 나서면서도, 자신이 봐야 할 죄인이 누구냐고 거듭 물었다. 장삼은 앞서 걷기만 했고, 이사는 직접 들으시는 것이 낫겠다고 답했다.

장삼이 주먹으로 옆구리를 때리자, 사내의 몸이 뒤틀리며 출렁거렸다. 이미 많이 맞은 탓에 비명을 지르거나 장삼을 쏘아보지도 못했다.

"죽이겠다, 그러다가."

이사가 못마땅해하자, 장삼이 머쓱한 듯 입맛을 다시며 변명했다.

"깨우려고 그랬지."

단검을 꺼내더니, 두 다리를 묶어 매단 줄을 끊었다. 사내가 머리부터 바닥에 떨어지며 쿵 소리를 냈다. 이사보다 먼저 장삼이 말했다.

"이제 확실히 깼겠다."

이사가 앉아서 애꾸눈 사내의 오른 눈을 쏘아보며 말했다.

"어젯밤에 우리에게 한 얘기 그대로 다시 말씀 올려. 네놈이 얼마나 잘하느냐에 따라 지금 죽일 수도 있고 나중에 죽일 수도 있어."

공원방도 더 가까이에서 듣기 위해 이사 옆에 앉았다. 사내는 오른 눈까지 감고 이마를 땅에 붙인 채 이야기를 시작했다.

"······ 여름이 한창이었습니다. 모처럼 산채에서 쉬었죠······. 그렇게 보름이나 쉰 적은 처음이었습니다. 늘 이동을 하든가 아니면 훈련이었죠. 한데 그땐 둘 다 하지 않고, 그냥 쉬기만 했습니다. 압록 두령님이 몸살이 났다고도 했는데, 헛소문이죠."

"압록?"

공원방이 말꼬리를 붙들었지만, 잘 들리지 않는지, 사내는 이어 말했다.

"두령님은 단 하루도 병든 적이 없었으니까요. 아주 가끔 아프기도 했겠지만 전혀 내색하지 않고 일하고 또 일하셨습니다. 산채에 머물 때도 화전을 일구며 흙을 만지시든가 하다못해 그 흙을 뭉쳐 잔이라도 만드셨습니다······. 미륵바위를 데리러 여자가 찾아왔더랬습니다."

"미륵바위?"

공원방이 다시 끊자, 장삼이 사내의 뒤통수를 손바닥으로 갈겼다.

"망둥이처럼 펄쩍펄쩍 건너뛸래? 하나부터 열까지 돌다리를 건너가듯 상세히 말씀드려."

사내가 벌벌 떨다가 오줌을 쌌다.

"가지가지 한다 정말."

다시 주먹을 든 장삼을 공원방이 눈으로 막았다.

"나가들 있게."

장삼과 이사가 헛간을 나간 후, 공원방은 사내의 오줌 줄기가 가늘어질 때까지 기다렸다가 느리게 말했다.

"살려줄 뿐만 아니라 소원도 하나 아니 둘 들어주마."

"옥에…… 가두지 않으실 겁니까요?"

"약속하지. 네 이름부터 말하거라."

사내는 헛기침을 서너 번 하더니 깊게 숨을 들이마셨다가 내쉬었다. 느리긴 해도 말을 끊지 않고 제법 길게 설명했다.

"원래 이름은 두팔입니다……. 원주에서 태어나 줄곧 거기서 살았습죠. 할미도 하녀고 엄마도 하녀고 그러니 저도 노 진사 댁 하인. 진사 어른은 참 좋은 분이셨는데, 쌍둥이 아들이 둘 다 개망나니였습죠. 두 놈이 무슨 억불이 났는지 할미와 엄마를 함께 광에 몰아넣고 몽둥이찜질을 하기에, 낫으로 둘 다 베고 달아났습니다. 며칠을 도망치다가, 나루에서 어떤 사내를 만나 밥 한 끼를 얻어먹었습죠. 그 강이 순자강이고 그 사내가 서종권 두령이었습니다.

미륵바위는 서종권 두령이 북쪽으로 떠나고 대신 들어온 압록 두령을 팔 년 동안 곁에서 지킨 산포수입니다. 백발백중, 그동안 범을 스무 마리나 혼자 사냥했다는 게 허풍이 아닙죠. 그런데 그 치가 워낙 말이 없어서 우리끼린 바위라 불렀습니다. 어차피 산채로 들기 전 이름은 서로 밝히지 않으니까. 별명이 이름이 된 셈입니다. 그도 우리가 자신을 바위라고 부른다는 걸 전해 들었는지, 이왕이면 미륵바위라 불러달라더군요. 미륵바위가 어디 있는 바위냐고 물었지만 답하지 않았습니다. 하여튼 그때부터 산포수는 미륵바위라 불렀습니다. 산채로 들어온 후 제 이름은 먹! 붓글씨 쓸 때 벼루에 가는 먹 말고, 먹구렁이에서 따왔습죠. 시커먼 천으로 한쪽 눈을 가리고 다닌다고 붙은 겁니다. 벼루에 가는 먹도 검긴 한데, 산채에서 붓으로 뭔가를 끼적이는 사람은 압록 두령님뿐이니, 제 먹은 거기서 따온 먹이 아닙니다. 제가 예전에 산채에서 먹구렁이 두 마리를 붙잡았습죠."

두팔이 고개를 살짝 들어 공원방의 눈치를 보면서 말을 이었다.

"남장을 했지만 여자더라고요. 피아골 초입 연곡천에는 종종 지리산에 놀러 나온 이들이 머물고, 연곡사를 지나 남매 폭포 위로도 심마니들이 오가지만, 심마니도 아닌 여자가 그것도 홀로 산채 바로 아래까지 올라오는 경우는 처음이었죠. 산채의 위치는 정확히 어딘지 모르더라도, 지리산에 산적이 은거한다는 건 알 만한 사람은 다 압니다. 두령님은 이유 없는 살생을 무척 싫어하십니다. 그래서 길 없는 길을 오르는 이들을 죽이진 말고 곱게 살려 내쫓기만 하라는 명령을 받고, 제가 거기 있었던 겁니다.

겁이라도 주려고 단검을 목에 갖다 댔는데, 그 순간 변복한 여인이란 걸 알아버렸습죠. 목과 등의 꼴이 다를 뿐만 아니라, 근본적으로 냄새가 다르니까요. 젊은 여자의 살 냄새를 그토록 가까이에서 맡아본 것이 얼마 만인지. 여자를 탐하는 것 역시 두령님이 끔찍이 싫어하십니다. 봉기해서 마을이든 고을이든 어지럽더라도, 절대로 여자를 건드리지 말라는 게 또한 두령님 명령이었습죠. 의적이 의적다워야 하니까 저도 받아들였습죠. 한데 바로 앞에서 그 냄새를 맡으니 마음이 전후좌우로 흔들리는 건 또 어쩔 수 없었습니다. 한데 그 여인이 옹기로 만든, 은어 모양 연적을 품에서 꺼내 내미는 겁니다. 깜짝 놀랐습니다. 두령님이 붓글씨를 쓸 때 곁에 내놓는 연적과 크기와 모양이 똑같았거든요. 저는 그 여인의 눈을 가린 뒤 산채로 데려갔습니다."

공원방이 넘겨짚었다.

"두령의 오른뺨에 흉터가 있더냐?"

"어찌 아셨습니까? 두령님이 사람을 가까이 두지 않으시는 데다가, 항상 긴 백발로 이마와 오른 뺨을 가리고 다니셔서, 거기 흉터가 있는 걸 아는 이는 드뭅니다. 그 흉터를 가까이에서 정확히 본 산적은 저와 미륵바위 정도가 아닐까 하네요. 그는 두령님을 호위했으니 아는 게고, 저는 두령님과 가까워질 기회가 첫눈처럼 찾아왔더랬습니다. 그 기회에 관해 말씀드려도 되겠습니까?"

"다 토해."

두팔이 조금 힘을 얻은 듯, 땅에 댄 이마를 들며 허리까지 세웠다.

"여기 턱 밑 왼쪽 목에 난 흉터 보이십니까? 이게 삼 년 전 푹푹 찌던 여름에 경상도 창원에서 맞은 화살 자국이죠. 관아로 몰려갔던 이가 백 명쯤 되었나. 문지기를 위협해서 대문을 열고 들어가 교졸과 아전 들을 족치고 부사를 찾아 이리저리 다녔는데, 갑자기 뒤통수가 싸늘해지더라고요. 고개를 들어보니, 어느새 궁수들이 지붕마다 올라가선 우릴 노리며 활을 겨누고 있더군요. 선봉에서 이끈 압록 두령님에게 향하는 화살이 가장 많았습니다. 궁수가 매복했으니 피하라는 소리를 지를 틈도 없었습죠. 몸을 날려 두령님을 밀자마자 화살이 날아들었고, 그중 한 발이 제 목을 뚫었습니다요. 다들 죽는다고 했죠.

하지만 화살 몇 대 맞았다고, 그때 목뿐만 아니라 엉덩이와 허벅지에도 한 대씩 맞아서 몇 대라고 한 건데, 호락호락 죽을 두팔이 아닙죠. 미륵바위가 저를 업고 뛰지 않았다면, 피를 너무 많이 흘려 거기서 죽었을 겁니다만, 하여튼 어찌어찌 달아나선 화살을 뽑고 살았습죠. 그때 지혈을 하고 화살을 직접 뽑은 이가 압록 두령님이십니다. 목에 화살을 뽑는데, 너무 아파서 제가 두 손을 마구 휘저었고, 그 바람에 두령님 머리채까지 잡아 흔들었던가 봅니다. 두령님이 물러앉으며 머리카락을 다시 내려 얼굴을 가리긴 했지만, 저는 흉터를 보았습죠. 똑똑히 기억합니다요."

"미륵바위와 남장 여인이 어디로 간다고 했는가?"

"그거야 모릅죠. 두 사람은 이미 아는 사이로 보였습니다. 그냥 아는 사이가 아니라 아주 친밀한, 그러니까 함께 시간을 꽤 보낸 그렇고 그런 사이."

"네가 어찌 아느냐?"

"척 보면 척입죠. 미륵바위가 앞장서서 내려가긴 했는데, 여인이 겁을 먹고 허겁지겁 따르는 꼴이 아니었습니다. 오히려 하인이 주인마님 모시는 격이라고 할까요. 미륵바위가 전혀 그런 성격이 아닌데, 자꾸 고개를 돌려 여인의 눈치를 살피더라고요. 제대로 잘 걷고 있는지, 어디 불편한 곳은 없는지. 여인의 뜻을 받들며 여러 차례 움직여봤기 때문에 나오는 자세와 표정이었습죠."

공원방이 천천히 일어섰다. 두팔은 머리를 세차게 흔들었다. 이야기를 들은 공원방의 표정이 더 싸늘하게 굳었던 것이다. 이대로 끝을 내면 옥에 가두지 않겠다는 약속도 지켜질 것 같지 않았다.

"천주쟁이를 잡으시려는 것이죠?"

"어찌 그리 생각하느냐?"

공원방이 다시 앉으며 물었다.

"압록 두령님을 십이 년 전 여름에도 피아골에서 만났거든요. 그땐 두령도 아니고 압록이란 이름을 쓰지도 않았었지만……."

"십이 년 전이면 서종권에 이어 두령으로 왔을 때보다 사 년이나 빠르지 않느냐?"

"맞습니다. 그때 제가 두치진에서 계집을 하나 건졌더랬습니다. 장대비가 내리는 밤이었는데, 저는 늘 하던 대로 산채 아래에서 망을 보고 있었습죠. 폭우 속에 누가 올까 싶어 앉아서 꾸벅꾸벅 졸다가, 기분이 이상해서 눈을 뜨곤 계곡을 살폈습니다요. 그런데 저 멀리에서 뭔가가 움직이더군요. 멧돼지들인가 아니면 늑대들인가, 다음 날 아침에 내려가서 발자국을 살폈더니 사람이더라고요. 그들은 아무도 살지 않는 옹기촌으로 가서 머물렀습니다. 흔적을 따라 내려갔더니 화개동 나루에 이르렀습니다. 거기서 배를 탔으면 더 추적하긴 어렵습죠. 근처 주막에서 탁주 몇 사발 마시고 강가 풀숲에서 눈을 붙였습니다. 꿈자리가 뒤숭숭해서 깼습죠. 강을 따라 잠시 걷다 보니, 사람들이 떠내려오는 게 아니겠습니까? 두치진까지 내려갔더니, 사람 하나가 강가에 떠밀려 나와 있더라고요. 처음엔 남자인 줄 알았는데 가서 보니 남장한 계집이었어요. 숨이 붙어 있기에 업고 산채로 올라갔습죠.

이름을 바꾸고 언양현으로 잠입한 서종권 두령님이 반 년 넘게 산채에 오시질 않아서, 가둬두고 기다렸습니다. 강제로 편을 꾸리지 않고, 봉기에 동의하는 이들만 받아들이는 것이, 서 두령님 원칙이었거든요. 두치진 근처로 다시 내려가 살피니, 천주쟁이들을 찾는다며 포졸들이 오갔다고 했습니다. 해를 넘겨 초여름에 두령님이 오시고 얼마 후, 그 계집을 데리러 온 사내가 바로 지금의 압록 두령님이었습니다. 그땐 두령도 압록도 아닌 천주쟁이였겠지만."

"압록 두령이 천주교인이었다는 걸 누가 또 아느냐?"

"계집을 데려가라고 연락을 한 서 두령님은 아셨겠죠. 그러곤

저만 알 겁니다. 나중에 정말 중요한 날에 써먹으려고 아껴뒀거든
요. 압록 두령님에게도 내색을 안 했습니다. 오늘이 그날인가 봅
니다. 천주쟁이였던 압록 두령님을 잡는 일이라면, 제가 도와드리
겠습니다."

공원방이 물었다.

"소원 하나가 더 남지 않았느냐? 무엇이냐?"

두팔이 조심스럽게 답했다.

"옥구슬을…… 주십시오."

"옥구슬?"

공원방이 장삼과 이사를 불러들여 옥구슬에 관해 물었다. 이사
가 답했다.

"진주목사가 가지고 있던 겁니다."

장삼이 나무 상자를 열고 옥구슬을 꺼내왔다. 공원방에게 건네
지 않은 채 하고 싶은 말부터 꺼냈다.

"지난밤 지리산 산적 세 놈이 진주목사를 급습해 죽였습니다.
두령 압록과 무택은 달아났고, 두팔 이놈만 붙잡았습니다. 진주목
사를 살해하였으니 극형으로 다스려야 합니다. 옥구슬은 가당치
않습니다."

이사가 끼어들었다.

"정말 주시려고요? 진주목사뿐만 아니라 적어도 스무 군데가
넘는 난에 개입한 놈입니다. 죽인 아전과 교졸이 스무 명이 넘습
니다. 장삼 말대로 당장 사지를 찢어 죽여도 시원찮을 놈인데, 말
몇 마디 했다고, 옥구슬까지 줘 풀어주는 건 지나치십니다. 감영
옥에 우선 가두는 게 어떻겠습니까? 옥구슬은 두팔을 붙잡은 중

요한 물증이므로 문초할 때 함께 내겠습니다."

공원방은 장삼에게서 옥구슬을 빼앗듯이 쥐곤 두팔에게 주며
물었다.

"갈 곳은 있느냐?"

옥구슬을 품에 안은 채 두팔이 답했다.

"없습니다. 고향으로 가봤자 멍석말이나 당할 것이고, 피아골
산채도 제가 군관 나리들께 위치를 말씀드렸으니 지금쯤 다 불태
워졌겠죠."

"먹고살 방도는 있고?"

"요 옥구슬을 팔아서 끼니부터 잇고 찾아보겠습니다만, 빌어먹
지나 않을까 합니다. 가을 지나 겨울이 곧 닥칠 테니 얼어 죽지 않
으면 다행입죠."

"전주의 사대문 안에 머무른다면, 먹여도 주고 재워도 주겠다.
낮에는 내가 정한 곳에서 시키는 일을 해야 하지만, 해가 진 뒤론
자유롭게 사대문 안을 돌아다녀도 좋다. 내년 봄까지다. 봄에 떠
날 땐 옥구슬을 열 개 더 주마. 따르겠느냐?"

장삼과 이사를 곁눈질하며 물었다.

"옥에 가두지 않는 건 분명하죠?"

"그렇다."

"제가 머물 곳은 어딥니까?"

"차차 알려주마."

"거기서 어떤 일을 합니까?"

"일이랄 것도 없다. 작은 창으로 거리를 쳐다보기만 하면 돼."

"먹여도 주신다는 건, 세끼 다 챙겨주신단 건가요?"

"끼니만 챙기겠느냐. 매일 네가 원하는 음식을 주마. 고기를 원하느냐? 닭이든 돼지든 소든 말만 하거라."

두팔이 군침을 삼켰다. 관아로 끌려가 매질을 당하고 목이 잘리리라 걱정했었다. 지금으로선 공원방이 내민 동아줄을 붙들 수밖에 없다.

"해가 지면 사대문 안을 맘대로 돌아다녀도 좋다고 하셨죠?"

"그렇다."

"그럼 하겠습니다."

두팔을 헛간에 잠시 둔 채, 공원방은 장삼과 이사를 데리고 나왔다. 골목을 따라 걷다가 숲으로 들어섰다. 공원방이 돌아서자 장삼과 이사도 걸음을 멈췄다. 공원방이 말했다.

"자, 질문해도 좋다."

두 군관의 불평불만을 공원방도 느낀 것이다. 성질 급한 장삼이 목소리를 높였다.

"두령 압록을 따르는 산적은 처음 잡았습니다. 자기네들끼리도 규율이 엄해 좀처럼 허점을 보이지 않았습니다. 아직 문초할 게 많이 남았는데, 풀어주실 줄 몰랐습니다."

공원방이 이사를 보며 물었다.

"너도 그게 궁금해?"

"감영 옥에 가두지도 않고 완전히 풀어주지도 않고, 전주에 두려고 하시는 이유가 무엇입니까?"

"저 놈을 왜 내게 데려왔지?"

공원방이 즉답을 하지 않고 되물었다. 장삼이 끼어들었다.

"그야, 거꾸로 매달고 두들겨 패니, 이 얘기 저 얘기 막 토해놓았습니다. 우리야 달아난 지리산 두령 압록을 잡는 게 중요하기에, 두령이 어디 있느냐고 따져 물으며 때리고 또 때렸습니다. 이놈도 눈치가 있는지라, 그다음부터는 무조건, 두령은 이러고 시작은 했는데, 처음엔 열 가지를 들어도 열 가지 전부 쓸데없는 헛소리였습니다. 한데 놈이 놀라운 얘길 지껄이는 겁니다. 경인년1830년부터 올해까지, 팔 년 동안 하삼도에서 일어난 난 중에서 무려 스무 군데에 피아골 산적들이 그때그때 이름을 바꿔 개입했답니다."

이사가 이어받았다.

"게다가 두령의 오른뺨에 흉터가 있단 사실까지 실토했습니다. 저희가 간자 훈련을 받을 때 그러셨잖습니까. 오른뺨에 흉터 있는 놈을 붙잡으면 무조건 알려달라고. 그놈이 포도부장님의 외동따님을 납치했다는 건 좌포도청 군관 치고 모르는 사람이 없습니다. 부장님이 찾으시는 놈은 이오득 야고버라 불리는 천주교인이고, 이놈은 도적 떼 두령 압록이라 다르긴 하지만, 혹시나 싶어 말씀드리는 겁니다. 부장님이 오랫동안 잡으려 한 놈이 두령 압록이 맞습니까?"

공원방이 두 군관과 차례차례 눈을 맞췄다.

"정해 군난이 끝나고도 삼 년이나 뒤쫓았지만 못 찾았어. 두팔의 말이 사실이라면, 정해년까지 전라도 곡성에서 교우촌을 꾸리며 회장을 맡아 지내다가 달아났고 경상도 상주 앵무당에 잠깐 나타났던 이오득이 경인년부터는 봉기꾼으로 변한 거다. 고을을 옮겨 다니며 난을 일으키는 게 업인 자! 나라를 무너뜨리고자 날뛰는 자! 이오득은 반드시 또 난을 일으킬 거야. 그때를 노려 놈을 잡아야 해. 아랫놈들 잡아들일 생각을 말고 무조건 두령을 노려야 한다 이 말이야. 알겠는가?"

"예!"

이사가 한 호흡 쉬었다가 조심스럽게 물었다.

"아직 답을 주시지 않으셨습니다. 두팔을 하옥하여 합당한 벌을 주는 대신 전주에 두는 이유가 뭡니까? 낮에는 또 두팔을 어디에 두고 뭘 보라 시키실 건지요?"

"이오득과 소인정은 바늘과 실이지. 신유년에 회심한 뒤 정해년까지 이십육 년이나 함께 움직였어. 이오득은 전라도, 소인정은 경상도에 머물렀지만, 두 사람은 긴밀하게 의논하며 대담하게 결행했지. 탁덕을 데려오기 위해 청나라 연경을 오가려면 많은 돈이 들어. 그들의 스승인 신태보가 앞장을 서고 두 사람이 좌우에서 따랐기에 그 돈을 모을 수 있었던 거야.

두 사람 사이를 오가며 연락을 주고받은 이가 바로 내 딸 공설이지. 설이가 없었다면 그토록 은밀하고 완벽하게 일을 꾸려가기 어려웠을 거야. 이오득이 봉기꾼이 된 건 확실해 보이지만, 천주교를 버렸는지는 아직 몰라. 설이가 지리산 산채까지 가서 이오득을 만났다면, 이오득과 무엇인가를 의논했을 테고, 또 이오득으로부터 받은 이야기를 옥에 갇힌 소인정에게 전하려 들 거야. 설이는 항상 그랬거든. 소인정이 있는 경상도 상주에 갔다가 이오득이 있는 전라도 곡성으로 오고, 또 곡성에서 상주로 가고. 그런데 지금은 설이가 직접 옥으로 찾아들긴 어려워. 내가 전라감영에 머무른다는 걸 천주교인들도 알았을 테니까. 중간에 사람을 넣겠지. 이오득과 소인정과 공설이가 모두 믿을 만한 사람! 그리고 나를 비롯하여 전라감영의 그 누구도 아직 얼굴을 모르는 사람! 나는 그자가 아무래도 미륵바위 같아."

이사가 되짚었다.

"피아골 산채를 찾아간 남장 여인이 공설이라면, 미륵바위는
누굽니까?"

공원방이 수수께끼의 답을 알면서도 순순히 알려주지 않는 사
람처럼, 말을 돌렸다.

"잡아보면 알겠지. 감영 옥 대문 맞은편 초가를 쓰겠네. 그 바깥
문은 낮에만 열리니, 두팔에게 오가는 자들을 살펴보게 할 작정일
세. 두팔은 서종권이 두령일 때부터 지리산 의적이네 하는 자들의
얼굴을 다 아니까. 놈들이 그물에 걸려들 때까지 기다려보자고.
이제 답이 되었는가?"


18.

옥리방은 둘로 나뉘었다. 허리를 숙여야 겨우 오가는 미닫이문
은 평소엔 열려 있었다. 윗방은 잠을 자는 곳이라서 요와 이불과
베개밖에 없었다. 업무를 보면서 수다도 떨고 밥도 먹는 아랫방
벽에는 육모 방망이들이 걸렸고, 아랫목엔 개다리소반에 그릇과
수저가 놓였으며, 윗목엔 옷장을 비롯하여 이런저런 도구들을 넣
어두는 장들이 차지했다.

닷새 후 해가 진 뒤 강웅돌은 소인정을 옥리 아랫방으로 데려
갔다. 펴놓은 상에는 가래떡만 세 가락 덩그러니 놓았다. 강웅돌
이 뒤에서 소인정의 어깨를 육모 방망이로 가볍게 밀었다.

"우선 먹어. 먹고 나서 이야기해."

소인정은 눈을 감고 기도부터 했다. 강웅돌이 상을 가운데 두고 맞은편에 앉았다. 소인정은 젓가락을 들지도 않고 물었다.

"떡이 더 있습니까?"

"이게 다야. 그건 왜 물어?"

"죄인들에게 돌아갈 게 있나 해서……."

"먹기나 해. 옥에 갇힌 죄인 모두에게 돌아갈 떡이라도 내놓으란 거야? 혼자 먹는 게 마음에 걸리면 두 가락은 먹고 한 가락은 가져가서, 너희 천주쟁이들끼리 맛이라도 봐."

"저희만 먹을 순 없지요."

"그럼 떡을 조금씩 떼어 죄인들에게 쫙 돌리든지. 뭐라더라…….오, 오, 이, 이……."

"오병이어 말입니까?"

"맞아, 그거. 떡 다섯 개랑 생선 두 마리로 오천 명을 먹였다고 하니, 가래떡 세 가락이면 옥에 갇힌 죄인들이 다 먹고도 남지 않겠나?"

"그건 예수님께서 행하신 기적이지요. 저는 그렇게 못 합니다."

"먹을래 말래?"

소인정이 여전히 젓가락을 들지 않고 물었다.

"가래떡은 왜 먹으라는 겁니까?"

강웅돌이 되물었다.

"그 이유를 이야기하면 먹을 건가?"

소인정이 고개를 끄덕였다.

"나를 도와줬기 때문이다."

"도왔다고요? 그런 적 없습니다. 착각하신 거 아닙니까?"

강웅돌이 고개를 반만 돌려 벽을 쳐다보았다. 육모 방망이들 옆에 오랏줄이 놓였고, 그 옆엔 목을 매달 때 쓰는 줄이 둘둘 말려 걸려 있었다. 소인정과 눈을 맞추지 않고 이야기를 시작하는 강웅돌의 목소리가 떨렸다. 스무 살을 갓 넘긴 젊은이였다.

"처음 사람을 죽여본 거다. 나중에 알았지만, 둥개 형님이 주전주를 매달긴 하되 살려놓은 것도, 옥리장이 새벽에 나만 올려보낸 것도, 담력을 시험하려고 일부러 그랬어. 죄인을 죽여봐야 진짜 옥리가 된다고. 미리 목매다는 법을 둥개 형님에게 배우긴 했지. 허수아비에 매어 들보로 줄을 넘긴 후 끌어 올렸다니까. 자신 있었어. 언제든 기회가 오면 칭찬 들을 만큼 문제없이 해치워야겠다고 마음도 먹었고. 하지만 다르더라. 목에 올가미를 걸 때부터 손이 덜덜 떨렸고, 주전주를 똑바로 보지도 못하겠더라. 알다시피 주전주는 착하디착한 놈이잖아. 아비의 죄를 대신 지고 들어왔으니까. 그 아비 주당상을 데려와 목을 매달라고 했다면 그렇게 떨리진 않았을 거야. 죄를 지은 만큼 벌을 받는 것이니까. 하지만 주전주는 죄를 짓지 않았는데, 그런 사람을 내가 죽여야 하는 거야. 입이 바싹바싹 마르고 식은땀이 등을 타고 흘렀어. 그때 들려온 것이 네가 읊어댄 기도문이야."

"「천주경」입니다. 예수님께서 가르쳐주신 기도문이죠."

"뭐든! 하여튼 그 기도문을 주전주도 따라 웅얼거리더라. 처음엔 단어만 뱉으면서 조금 늦게 따르더니, 어느새 너랑 거의 비슷해졌고, 어떤 구절은 너보다 먼저 외우더라고. 주전주는 내가 올가미를 걸 때까진 겁을 잔뜩 먹고 두 눈을 심하게 떨었어. 눈뿐만 아니라 묶인 손발이 한꺼번에 떨리면서 몸 전체가 풍랑을 만난 조각배처럼 흔들렸어.

그런데 주전주가 기도문을 앞서 외워나가는 순간, 두려움 가득한 떨림이 줄어들더라고. 네가 읊은 기도문이 주전주의 마음만 가라앉힌 게 아냐. 내 마음도 차분해졌고, 손도 떨리지 않았을 뿐만 아니라, 내가 남방에서 반드시 해내야 할 일이 머릿속에 선명하게 그려지더라고. 올가미를 고쳐 잡고 힘껏, 손바닥 살갗이 벗겨질 만큼 꽉 죄었어. 주전주의 기도가 그제야 완전히 그쳤지. 하지만 바로 그 순간, 네 기도 소리가 총통 소리처럼 들리더라고. 목소리를 높인 것도 맞지만, 그보다 열 배 아니 백 배 더 웅장하고 컸어. 걱정되더라. 네 기도를, 그리고 곧 합세한 다섯 죄인의 기도를, 천주가 듣는지는 모르겠고, 옥 밖에서 누군가 듣기라도 한다면, 그건 큰 문제니까.

난 한꺼번에 두 가지 일을 해야 했던 거야. 주전주의 목도 매달아야 하고, 천주쟁이들의 기도도 멈춰야 하고. 그런데 둘 중 어떤 걸 먼저 해야 하는지 판단하기 어려웠어. 내가 제일 싫어하는 순간이기도 해. 누군가 정해주면 열심히 하겠는데, 이걸 할지 저걸 할지 모를 때는 정말 돌아버리겠다고. 결국 먼저 주전주를 죽인 후 천주쟁이들을 죽일 만큼 팼지. 어깨는 아직도 불편한가? 무릎도 찢어졌지?"

강웅돌은 육모 방망이로 내리쳤던 소인정의 몸을 훑었다.

"괜찮습니다."

"근데 말이야. 그날 밤부터 자려고 누우면 너랑 주전주가 외웠던 기도문이 머릿속을 윙윙 울렸어. 술을 왕창 퍼마셔도 사라지지 않았지. 잠은 안 오고 기도문은 들려오니, 자꾸 내 이 두 손으로 주전주의 목을 매달았던 새벽이 떠오르는 거야. 가만히 생각해 보니, 네가 나를 도왔더라고. 네가 기도문을 외우지 않았다면, 난 주전주를 매달지 못했을지도 몰라. 노력은 했겠지만, 올가미를 목에 걸지도 못한 채 떨었을 거야. 그 꼴을 죄인들에게 또 옥리들에게 보였다면 옥리 노릇도 관둬야 했을 거고. 고맙더라! 그래서 가져왔으니, 맘 편하게 먹어. 딴 뜻 없어. 정말 고마워서 주는 거야.”

소인정이 강웅돌과 눈을 맞추곤 상에 놓인 가래떡을 쳐다보았다. 젓가락을 들며 말했다.

“알겠습니다. 먹겠습니다.”

강웅돌의 얼굴이 밝아졌다. 소인정이 떡을 먹는 동안 강웅돌은 곁에서 쳐다보기만 했다. 소인정이 한 가락을 다 먹자 권했다.

“마저 먹어.”

소인정이 또 한 가락을 먹고 물그릇까지 비웠다.

“고맙습니다. 참 맛있습니다.”

“십일 년째라고 들었어. 그때 난 아홉 살이었겠네. 십일 년이나 옥에 갇힐 만큼, 또 옥에서 병이 들거나 두들겨 맞거나 굶주려 죽어도 상관없을 만큼, 천주, 네놈의 신이 대단해?”

“천지만물을 만드신 분이십니다. 전지전능하시죠.”

“조화옹이라 이건가? 전지전능하다는 천주는 왜 너희를 안 구해?”

소인정이 담담하게 답했다.

“천주님의 뜻을 피조물인 사람이 이렇다 저렇다 논해선 안 됩니다.”

“너희를 이 더럽고 갑갑한 옥에서 구하지 않는 것도 신의 뜻이다 이 말인가? 어쨌든 나를 도와줘서 고마워. 한데 기도문이 자꾸

귓전을 맴돌아 편히 잘 수가 없거든. 어떻게 해야 할까?"

소인정이 심각한 표정으로 되물었다.

"해가 지면 곧바로 기도문이 들립니까?"

"그건 아니고, 자려고 불 다 끄고 누우면 들리기 시작해."

"다른 이들에게도 들립니까, 기도문 외는 소리가?"

"그건 아냐. 친구 셋이랑 함께 내 방에서 잤는데, 녀석들은 술에 취해 눕자마자 잠들었지만, 나는 기도문 때문에 그 밤도 결국 샜지. 나한테만 들려. 녀석들을 흔들어 깨워 저 소리가 들리느냐고 물었지만 다들 손사래를 치고 곯아떨어지더라고. 이왕 도와준 거 한 번만 더 도와줘. 잠을 편히 못 자니 종일 병든 닭처럼 졸기만 해. 졸다가 옥리장에게 걸리면 된통 당할 거야. 옥리의 기본은 눈을 부엉이처럼 뜬 채 죄인들을 감시하고 지키는 것이니까. 어떻게 해야 그 소리가 안 들릴까?"

소인정이 잠시 눈을 감고 기도를 드린 뒤, 눈을 뜨지도 않고 답했다.

"「천주경」을 가르쳐드리겠습니다. 미리 외워두세요. 밤에 잠자리에서 기도문이 들리기 시작하면, 그보다 더 큰 소리로 외우세요."

강웅돌이 따져 물었다.

"그게 다야? 그러면 돼?"

"주전주는 「천주경」으로 죽는다는 두려움까지 극복했습니다. 들려오는 소리보다 내가 만드는 소리에 집중하세요. 해보세요, 오늘 밤부터."

19.

다음 날 소인정은 옥리방으로 다시 불려갔다. 새벽이었고, 그 방에는 공원방이 기다리고 있었다. 석둥개는 마당에서 불침번을 섰고, 명일덕을 비롯한 옥리들은 아직 출근하지 않았다. 어제는 가래떡에 냉수라도 소반에 놓였지만, 오늘은 아무것도 없었다. 두 사람이 마주 앉은 곳도 아랫방이 아니라 윗방이었다. 소인정이 아 랫방을 거쳐 윗방으로 들어서자 공원방이 직접 가운데 미닫이문 을 닫았다. 문이 겹으로 닫혔으니, 두 사람이 나누는 이야기가 마 당에 있는 석둥개에게는 들리지 않았다.

공원방은 개어놓은 이불 속에 손을 쑥 집어넣었다가 뺐다. 시 전지詩箋紙가 한 움큼 들렸다. 공원방은 그것을 한 장 한 장 소반에 폈다. 종이에는 점 하나 찍히지 않았다. 열 장을 편 후 나머지는 소인정의 앞에 한꺼번에 놓았다.

"아무것도 안 썼더군. 서끝방으로 들어가는 종이를 매일 바꾼 다는 걸 알고는 있었나? 아침마다 올라오는, 밤 동안 자네 앞에 있었던, 단 한 글자도 적혀 있지 않은 종이를 보며 생각했지. 쓰지 않고 무얼 할까? 쓰고 쓰고 또 쓰며 밤을 지새웠던 사람이니, 얼 마나 쓰고 싶을까? 그런데도 쓰지 못하게 만드는 건 무엇일까?"

"몰라서 묻나?"

소인정이 백지를 내려다보며 되물었다.

"아직도 살아서 옥을 나가겠다는 기대를 버리지 않은 건가? 십 일 년이나 지났어. 내보내려 했다면 벌써 풀어줬겠지. 일천 척의 군함이라도 황해로 몰려와서 너희를 구할 거란 망상이라도 품었 는가. 그런 일이 벌어지지도 않겠지만, 설령 양이 군함이 나타난다 해도, 너흰 못 나가. 전투를 벌이기도 전에 너희부터 죽일 테니까. 내가 있는 한 꼭 그렇게 할 거야."

"바라지 않네. 군함이든 뭐든. 살아서 나갈 궁리를 하지 않은 지 오래야. 오직 천주님 뜻에 따를 걸세."

"〈옹기꾼의 노래〉를 적지 않는 것도 천주의 뜻인가?"

"전원오 안또니와 감귀남 글나라 부부가 평생 지은 거라네. 일생을 걸고 무엇인가를 했다면 존중받아 마땅하다고 봐. 자네가 〈옹기꾼의 노래〉를 존중할 마음이 있는지부터 스스로 돌아봐. 자네에게 그런 마음이 생긴다면, 그땐 〈옹기꾼의 노래〉를 들려줌세."

공원방이 비웃었다.

"이오득이 원했다면 벌써 들려줬겠지? 너희 둘은 늘 그랬어. 우리가 김범우 도마의 집을 드나들던 열네댓 살 때부터 둘이서만 마음을 맞췄지. 난 가끔 내가 너희 둘 사이에 낀 돌멩이 같아 불편했어. 내 집 서재에 너희가 원하는 서학서들이 꽂혀 있지 않았다면, 나를 벗으로 받아들였을까? 둘만 사라졌을 때, 실망은 했지만 놀라진 않았어. 너희 둘이 그렇게 나타났다 사라진 적이 한두 번이 아니니까."

"잊었어? 달아날 기회가 생겨도 말하지 말라고 한 건 자네야. 도망치다 붙잡혀 천진암 십자가에 매달려 죽는 게 두려웠겠지."

공원방이 소인정을 날카롭게 쏘아봤다.

"내가 언제 그런 말을 했어? 너흰 늘 이래. 뒤집어씌우지 마."

소인정은 더 따지지 않고 시선을 내렸다. 공원방이 이오득을 거명한 것은, 그가 전라감영으로 내려오고 처음이었다. 그 이름을 들이대는 이유가 궁금했다. 소인정은 눈을 감고 십일 년 전 구병

산 풍혈에서 마지막으로 보았던 이오득의 얼굴을 떠올렸다. 공원
방이 캐물었다.

"내 딸 공설이 소식은 종종 듣고 있나? 아니라고 하지 마. 옥을
거쳐간 잠범 중에 몇몇이 그 아이 말을 전했을 거야. 이오득에게
서도 연락이 왔었나? 장담하건대 없었을 거야. 이오득이 붙들려
옥에 갇혔고 자네가 밖에 있다면, 틀림없이 자넨 연락했을 텐데,
이오득은 그러지 않고 있지? 왜 그럴까?"

소인정도 그 생각을 하지 않은 것은 아니다. 성격이 급하고 뜻
한 바를 밀어붙이던 이오득이 아닌가. 공원방이 말을 이었다.

"삼 년 동안 이오득은 완전히 사라졌었어. 혹시 죽은 게 아닐까
의심도 했었지. 하지만 이오득은 다시 나타났어. 변신했더군. 변
심도 했고."

"변신과 변심?"

"두 번째 배교인 셈이지."

"헛소리!"

"압록이란 이름 들어봤나?"

"처음 듣네."

"성출, 대식, 홍주, 만성, 창벽이란 이름은?"

"들은 적 없어."

"곰취는?"

"……들풀 말인가?"

"이오득은 야고버가 곡성에 왔을 때부터 썼던 이름 아닌가? 신
유년에 우리가 배교하기 전까지 야고버의 이름은 남도석이었지.
자네 이름은 소인정이 아니라 윤영택이었고. 곰취는 야고버가 을

해년 강원도에서 썼던 이름이라네."

"야고버가 어떤 이름들을 써왔는지는 몰라."

"자네들이 계속 이름을 바꾼 건 이해하네. 나 역시 간자일 땐, 새로 점찍은 교우촌으로 들어가기 전에 새 이름부터 지었으니까. 쫓는 자도 쫓기는 자도 바뀐 이름으로 살아야 하니, 참 웃긴 세상이야."

"방금 읊은 이름들이 곡성에 오기 전 야고버가 썼던 이름이란 건가?"

"그것들은 이오득이 정해년에 곡성에서 달아난 후, 삼 년 동안 은거했다가 지리산으로 돌아와선, 하삼도를 돌아다니며 사용한 이름들이라네. 들어본 적 없나?"

"없네. 하지만 자네가 계속 쫓고 있는 걸 아니 이름이 여러 개 필요했겠지."

공원방이 말머리를 돌렸다.

"내가 어디서 그 이름들을 알아냈을까 궁금하지 않은가?"

"교인들을 문초해서?"

"아니야. 성출, 대식, 홍주, 만성, 창벽! 이 이름을 가진 사내는 난이 일어났던 마을에서 살았다네. 그들의 또 다른 공통점이 뭔지 아는가? 붙들리지 않고 달아난 주모자들이야. 지난 팔 년 동안, 이 이름들은 각기 다른 난의 주모자를 심문한 기록에 담겼어. 각각 다른 사람이라고 여겼던 게야. 한데 팔 년 만에 밝혀졌네. 그들은 전부 한 사람이었어. 압록! 지리산 산적 두령이고, 오른뺨에 흉터가 깊어. 누구겠는가?"

"설마 그 두령이 야고버라는 겐가? 야고버가 산적 두령이 되었다고? 난을 주동했다고?"

공원방은 놀라는 소인정의 얼굴을 가만히 노렸다.

"정말 몰랐는가 보네. 두 번째 배교라는 내 말, 이제 이해하지? 사람을 죽이지 말라는 '천주십계'의 다섯 번째 계명을 완전히 깔아뭉갠 거지. 정해년 곡성에서부터 시작하여 전국에서 오백 명이 넘는 이들이 잡혀 들어가는 걸 보고 충격이 컸나 봐. 그때까지 이오득은 천주의 힘으로 세상을 바꾸려 했지. 하삼도 특히 전라도에 교우촌을 만들기 위해 백방으로 다녔어. 이오득에겐 천주도 중요하지만 힘도 중요했던 거야.

기억나? 우리가 처음 서학서를 읽을 때, 이오득은 천주를 믿는 나라들이 얼마나 강한지 따져 묻곤 했어. 더 높은 건물을 짓고 더 빠른 배를 몰고 더 먼 별을 보고 더 깊은 바다를 살필 기술을 저들이 지녔다는 걸 알곤 무척 놀라워하며 또한 든든하게 여겼지. 천주를 믿으면 만인이 평등하다는 이야기를 듣고는 울음까지 터뜨렸으니까. 짐작하건대 정해년 봄을 거치면서, 이오득은 천주교로는 이 세상을 바꿀 수 없다고 생각했는가 봐. 조선으로 와서 교인들을 구하지 않는 이국의 신을 버리고 당장 죽이거나 부술 수 있는 무기를 든 게지. 직접 힘으로 세상을 뒤집어보겠다고 나선 거야."

소인정이 받아쳤다.

"물증을 대. 이오득이 그 많은 난의 주모자란 증거. 증거를 내 눈으로 볼 때까진 못 믿겠어."

"믿든 말든 맘대로 해. 다만 이것 하나만 알려주지. 자네도 흥미를 느낄 소식이야. 지리산 산채에 남장 여인이 찾아왔다고 해. 와선 이오득을 만났고, 산포수 한 명을 데리고 내려갔다네."

"그래서?"

"설이가 지금은 어디 있는지 모르겠지만, 정해년에 몸을 숨길 때 그림자처럼 호위하던 사내가 있었어. 백발백중 총 솜씨가 대단했다더군. 그러다가 삼 년이 지난 뒤 자취를 감췄어. 설이에 관한 이야기가 건너 건너 들려올 때도 사내는 곁에 없었지. 한데 이제 보니 피아골 산채에 가 있었던 것 같아. 그래서 설이가 이오득을 만나기 위해 지리산으로 갔고, 그 사내와 재회한 후 함께 하산했고. 궁금하지 않아? 설이는 이오득을 찾아가서 무슨 이야기를 나눴을까? 압록 두령으로 탈바꿈한 이오득은 하삼도 곳곳에서 난을 일으키면서도 여전히 천주를 믿는 걸까?"

소인정은 이번에도 침묵했다. 공원방이 피식 웃었다.

"이오득도 공설이도 이제야 모습을 드러낸 셈이지. 난 이게 우연처럼 느껴지지 않아. 설이에겐 그 사내가 필요했던 거야. 그를 데리고 하려는 일이 뭘까? 답하지 않아도 돼. 요즘 내가 스스로 묻는 질문이니까. 설이가 이오득을 만나러 갔듯이, 자네와도 어떻게든 새로운 일을 도모할 것만 같아. 소식을 전해주는 수준이 아니라, 일 말이야."

"억측이야. 감영 옥에서 내가 아가다와 할 일은 없어."

"한다면, 당연히 나를 속이고 하겠지. 할 일이 생긴다면 그 일을 해. 하지만 나를 속이진 못할 거야. 난 자네가 꾸미는 짓들을 모조리 알아. 그걸 알려주려고. 부디 꼭 해."

"집착을 버려. 아가다는 천주님을 위해 살기로 오래전 마음을 정했어."

공원방의 목소리가 높아졌다.

"설이는, 내 딸이야. 천륜을 끊을 순 없어. 너희들은 흉악한 짓을 저질러놓고 툭하면 천주의 뜻 운운하지. 가출한 딸을 찾아 산천을 헤매는 아비들이 한둘인 줄 알아? 겨우겨우 딸이 머무는 교우촌에 이르러도, 천주를 또 앞세워 아비에게 딸을 보여주지도 않지. 그 아비가 교졸들을 데리고 가기라도 하면, 재빨리 딸을 빼돌려 다른 교우촌으로 옮기곤 그런 여자가 애초에 살지 않았노라고 뻔뻔하게 거짓말까지 늘어놓아. '천주십계'의 네 번째 계명이 부모를 봉양하는 것이라면서도, 딸이 아비를 봉양하지 못하도록 방해하고 간교하게 구는 놈들이 바로 너희야. 그런 네놈들이 감히 딸을 잃은 아비에게 집착을 버리라고 충고하다니, 이 얼마나 뻔뻔하고 한심한 짓이야. 난 반드시 내 딸을 찾고야 말겠어."


20.

겨울이 시작되었다. 아침에 옥문이 열려도 서웃방 죄인 중 절반은 마당으로 나가지 않았다. 동상에 걸린 발을 끌며 다니는 것 자체가 고통이었다. 눈이라도 내려 땅이 질퍽거리는 날엔 더더욱 웅크렸다.

소인정을 저녁부터 새벽까지 서끝방에 홀로 두는 것은 그대로였다. 문방사우를 갖춘 방에서 아무것도 적지 않았다. 아침이면 눈이 오나 비가 오나 마당으로 나갔다. 다섯 교인이 서밑방에 머물 때도 혼자 나가 걸으며, 소매를 찢어 묶어 만든 묵주를 돌리면서 기도문을 차례차례 읊조렸다. 얕은 기침을 자주 하자 곁에 다가오는 이도 없었다. 옥리들도 감환을 앓는 죄인 근처엔 얼씬도 하지 않았다. 소인정을 건드리지 말라는 공원방의 엄명이 없었다면, 낮에도 서끝방에 가뒀을 것이다.

서웃방과 서밑방과 동방 죄인들은 햇볕 한 줌이라도 쐬려고 마당으로 나섰다가, 차디찬 북풍을 맞곤 처음 겨울을 나는 병아리들처럼 다시 옥방으로 들어가곤 했다. 옷이 낡고 구멍이 숭숭 뚫린 탓에 바람이 곧장 맨살에 닿았다. 옥리들은 대낮에도 옥리방에 머물며 겨우 방문만 살짝 열었다가 닫았다. 두터운 솜옷을 겹쳐 입고도 춥다고 야단이었다.

진눈깨비 내리는 아침이었다. 소인정이 마당을 한 바퀴 돌 때까지 따라 나온 이가 없었다. 옥문을 연 석둥개와 강웅돌은 옥리방으로 양손을 비비며 재빨리 들어갔다. 두 바퀴를 시작할 때 모독이 바짝 붙어 걸음을 뗐다.

"잠은 좀 잡니까?"

소인정은 겨울로 접어들면서 더 야위었고 검버섯이 뺨을 덮었다. 가을까진 해가 떠 있는 동안 서밑방 다섯 교우들과 함께 기도하고 복된 말씀도 외고 이야기도 주고받았지만, 겨울로 접어들선 벽에 기대 졸다가 잔기침과 함께 깨거나 아예 드러눕는 시간이 늘었다. 마당을 걸으려는 것도 몸을 챙기기 위해서지만 잠을 쫓으려는 의도도 있었다.

"옥리방에 남아도는 게 이불이니 몇 개 던져줄 만도 한데 말입니다. 공 판관과 벗이시죠?"

벗. 소인정은 그 단어를 듣고 걸음을 멈췄다. 모독이 설명을 덧붙였다.

"정해년에 고덕출이란 자와 같은 옥에 갇혔더랬습니다. 그땐 정말 그가 간자일 거라곤 눈곱만큼도 생각하지 않았죠. 곡성에서 감영으로 끌려온 교인들은 오히려 저를 의심했답니다. 교인도 아니면서 예수의 일생에 대해 어떻게 그토록 자세히 아느냐고. 『성경직해』를 샅샅이 읽게 된 과정을 털어놓았지만, 완전히 믿진 않더군요. 하긴 그때도 저는 거짓말 일수였으니, 제 말을 다 거짓말로 여긴대도 어쩔 도리가 없었죠. 하여튼 그때 맞아죽은 줄 알았던 그가 되살아나서 간자 노릇 그만두고, 판관 공원방으로 자기 이름을 떳떳하게 내걸며 전라감영에 머무는 까닭이 소인정 당신 때문이지 않습니까?"

"정해년엔 아니었지만…… 혹시 지금은 교인이십니까?"

"아닙니다. 저는 결코, 절대로, 영원히 천주쟁이가 아닙니다."

모독이 목소리를 높였다. 서웃방과 서밑방과 북방은 물론이고 옥리 아랫방까지 들릴 만큼 컸다. 일부러 목청을 높였다고 소인정은 생각했다. 모독은 언제나 광대였다. 판 위에서만 재담을 늘어놓는 것이 아니라 판 아래에서도, 깨어 있는 내내 재담을 즐겼다. 그가 원한 것은 맞장구였다. 이야기를 듣는 이가 손뼉을 치거나 감탄하거나 웃거나 울면, 모독은 지치지 않고 꼬리에 꼬리를 물며 이야기를 이어갔다. 입을 열어 거짓말을 지어내면서 끊임없이 주변 사람들을 살폈다.

"벗이라면 말입니다. 이불 몇 개는 넣어달라 부탁할 수 있지 않습니까? 우선 서끝방부터 달라 하십시오. 서웃방이나 서밑방은 사람들끼리 붙어 자니까 얼어 죽진 않습니다. 하지만 서끝방에서 혼자 계속 밤을 보내다가는 풍을 맞거나 입이 돌아갈 수도 있습니다. 〈옹기꾼의 노래〉를 옮겨 쓰라고 했다면서요? 여름부터 지금까지 안 쓰고 용케도 버텼군요. 잘하셨습니다. 주는 게 있으면 받는 게 확실해야죠. 뭘 줄 건지 이야기를 꺼내기 전에는 붓을 들지 마십시오. 근데 뭘 달라고 할 건지 생각은 하고 계신 겁니까? 헐값에 넘길 건 아니시죠? 정해년 '지옥'에서도 전원오와 감귀남 부부는 〈옹기꾼의 노래〉를 짓는다고 밤을 지새우곤 했습니다. 평생을 바쳐 완성한 소리이니 값을 톡톡하게 받아내야지요. 이 겨울엔 변명할 게 확실하네요. 손이 얼어붙어 못 쓰겠다 하십시오. 벗인데, 그 정도는 배려해 달라 하십시오. 이불도 주고 솜옷도 달라고 하십시오."

"혹시…… 〈옹기꾼의 노래〉를 들은 적이 있습니까?"

모독이 되물었다.

"들었다고 하면 믿겠습니까? 들은 적 없다고 하면 믿겠습니까?"

"기억나는 대목을 들려주세요."

모독이 입술을 열어 소리를 시작할 것 같았다가 빙긋 입꼬리를 올리며 웃었다.

"보지 않고 믿어야 한다면서요? 듣지 않고 믿는 건 어떻습니까?"

북방의 죄인들이 두 사람을 향해 침을 뱉었다. 마당으로 나가지 못하는 원망을 그런 식으로 풀었던 것이다. 소인정은 얼굴에 침을 맞고도 대응하지 않고 뒷걸음질을 쳤다. 모독만 그들을 향해 꾸짖듯이 외쳤다.

"너희 뱀들아, 독사의 자식들아! 너희가 지옥형 판결을 어떻게 피하려느냐?"

21.

그 저녁에 강웅돌이 소인정을 서끝방으로 넣으며 속삭이듯 말했다.

"오늘부터 제가 밤마다 번을 서니, 이불을 드리겠습니다."

말투가 바뀌었다. 옥리는 옥에 갇힌 죄인에겐 무조건 반말로 대했다. 양반이더라도, 나이가 곱절이 많더라도, 이 원칙은 바뀌지 않았다. 죄인들 역시 옥리에게 반말을 듣는 것을 당연하게 여겼다. 그런데 강웅돌이 갑자기 존대를 한 것이다.

"옥리장에게 들키면 낭패를 볼 겁니다. 마음만 받겠습니다."

"판관께서 신신당부를 하셨습니다. 소인정이 죽어 나가는 일은 결코 있어선 안 된다고. 혹독한 추위가 시작되었습니다. 당신은 지독한 감환까지 걸렸고요. 병이 심해지고, 행여 죽기라도 하면, 제 앞길도 끝장입니다. 그러니 마음만 받겠단 헛소리 집어치우고, 어서 몸을 감싸십시오."

나가려는 강웅돌을 불러 세웠다.

"오늘은 천주님에 대해 질문하지 않습니까?"

강웅돌이 고개만 돌려 답했다.

"아는 게 전혀 없으니 답을 들어도 긴가민가합니다. 그래서 공부를 좀 하려고요."

"공부라면?"

"예수가 어떤 사람인지 알고 나서, 질문을 해도 하겠습니다. 그때까진 감환부터 나으셔야 합니다. 잠시 여기서 기다리십시오."

강웅돌이 옥리방에서 목침과 따뜻한 국화차를 가져왔다. 소인정은 옹기로 만든 찻잔을 들어 냄새부터 맡았다. 국화 향이 코끝으로 밀려들었다. 천천히 한 모금 머금었다. 입 안이 금방 따뜻해졌다. 어린 시절 천진암 뒷마당에 핀 국화로 만든 차가 떠올랐다. 차를 삼키니 혀부터 부드러워졌고, 얼어붙은 목도 풀렸으며, 가슴과 배도 편안해지면서 손가락 끝과 발가락 끝까지 더운 기운이 닿았다. 다시 한 모금 머금는 동안, 강웅돌은 서끝방을 나가서 서웃방으로 가더니 모독을 데리고 돌아왔다. 서끝방으로 들어서진 않고 밖에서 쇠를 채웠다. 모독이 강웅돌의 등 뒤에서 말했다.

"옥리 나리가 이야기를 들려달라 하시네요."

강웅돌은 모독에게서 예수의 일생을 듣기로 한 것이다. 예수에 관한 이야기라면, 서밑방 교인들이 더욱 자세히 알 것이다. 십일 년 동안 매일 천주교 교리와 예수의 일생을 서로 이야기하며 여기까지 온 이들이 아닌가. 그러나 강웅돌로서는 사학죄인들을 따로 불러내어 예수의 일생을 듣는 것이 부담스러웠다. 그들의 꾐에 빠져 교인이 되었다는 누명을 쓸 수도 있었다. 강웅돌은 예수의 일생이 궁금하긴 했지만, 옥리란 자신의 직업이 위태로워지기를 바라진 않았다. 그래서 차선책으로 택한 사람이 모독이었다.

옥리들은 모독을 옥리방으로 종종 데려가선 이야기를 들었다. 그들이 모독에게 원한 이야기는 열에 아홉은 음담패설이었다. 모독은 거짓말 일수가 공짜로 이야기를 들려줄 순 없다며 내기를 하자 했다. 이야기가 재미있을 때마다 탁주를 한 잔씩 주고 재미없으면 뺨을 한 대씩 때리라는 것이다.

모독은 뺨을 전혀 맞지 않고 탁주를 매일 스무 잔 이상 들이켠 후 업혀서 옥으로 돌아갔다. 모독을 새벽에 업는 일은 대부분 막내인 강웅돌 몫이었다. 모독은 옥리방을 나와 마당을 가로지를 때, 가끔 헛소리처럼 자랑을 해댔다.

"음담패설만 잘한다 여기지 마십시오. 이래 봬도, 천주쟁이들보다 예수 이야기를 훨씬 재미나게 할 자신이 있습니다. 해볼까요? 해봐요?"

취중진담이라고 하지 않는가. 강웅돌은 모독의 자랑을 잊지 않았고, 음담패설의 반의반 정도만 흥미로워도 만족하리라 여기곤예수의 일생을 들려달라고 했다. 모독은 이번에도 탁주 한 잔과뺨 한 대를 내기로 걸었다.

모독은 다섯 번 강웅돌에게 불려 나갔다. 예수가 태어나기 전마리아와 요셉이 만나는 대목부터 예수가 십자가에 못 박혀 죽고사흘 만에 부활한 후 제자들에게 모습을 드러내곤 승천할 때까지, 탁주를 매일 열 잔씩 마셨고 뺨을 맞은 날은 단 하루도 없었다.


22.

옥리장 명일덕은 조용조용 제 몫을 챙기며, 문제가 생기더라도덮고 지나갔다. 고산에 명일덕의 집이 열 채나 있다는 풍문이 돌았다. 옥리장을 통한다면 옥으로 넣지 못할 물건은 없었다. 뒷돈이생겨도 혼자 두꺼비처럼 꿀꺽 삼키진 않았다. 열에 아홉은 자신이갖고 나머지는 석둥개에게 넘겼다. 석둥개는 옥리들을 불러 먹인뒤 옥리로 일한 기간에 따라 차등을 매겨 나눠줬다. 그 정도만 해도 막둥이 강웅돌에게까지 일 년 먹을 쌀값이 돌아갔다. 옥리들이전라감사보다도 옥리장 명일덕의 명령에 복종하는 이유였다.

고요함을 즐기는 명일덕이 일 년에 딱 한 번 망나니처럼 굴 때가 있었다. 그날은 적어도 죄인 한두 명은 황천으로 갔다. 명일덕의 노모가 세상을 떠난 날이었다.

정해년 봄 쌍둥이 동생 명이덕이 천주를 믿은 죄로 전라도 고산에서 전라감영으로 붙들려왔다. '지옥'에서 옥살이를 하던 명이덕은 위독한 어머니가 마지막으로 자신을 찾는다는 소식을 들었다. 쌍둥이 형인 명일덕이 대신 옥에 머물기로 하고 고산으로 향했다. 그러나 어머니는 가슴병을 앓기는 했지만 위독하진 않았다. 그곳까지 데려갔던 포졸 두 명은 명이덕에게 따로 명령이 있을 때까지 어머니 곁에 머무르라고 했다. 고산에서 돌아온 명이덕은 '지옥'이 아니라 감영 옥으로 옮겨 갇혔다. 그날부터 명이덕은 명일덕과 말도 섞지 않았다. 명일덕이 '지옥'에 들어가 명이덕 행세를 했다는 것을 알아차린 것이다. 그 겨울 배교한 명이덕은 고산에서 어머니의 임종을 지켰다.

명일덕은 자신을 형으로 존중하지 않는 명이덕을 향한 분노를 매년 어머니 기일에 터뜨렸다. 옥을 청소한다는 명목이었다. 우선 이나 벼룩을 잡는다며 옷을 모조리 벗도록 했다. 산처럼 쌓인 옷은 마당 가운데 웅덩이로 던져졌다. 죄인들은 오늘이 가기 전에 살얼음까지 낀 저 옷을 다시 입을 걱정부터 했다. 옷을 입지 않겠다고 버텼다가 끌려 나와 웅덩이에 앉은 채 얼어 죽은 죄인도 있었다.

북방과 서웃방과 동방의 순서대로 죄인들을 차례차례 마당으로 나오도록 했다. 평소에 마당을 돌아다닐 수 없는 북방의 흉악범들은 발바닥으로 땅을 쿵쿵 내리치거나 빠른 걸음으로 돌았다. 벌거벗은 그들이 마당에 있는 동안, 서밑방의 사학죄인들은 물동이를 들고 더러운 웅덩이에서 물을 채운 뒤 북방부터 들어가선 물청소를 했다. 물청소라고 해봤자 물을 끼얹고 싸리 빗자루로 쓸어내리는 것이 전부였다.

청소를 마친 여섯 죄인은 다시 웅덩이로 가서 물동이를 채웠다. 좌우로 세 명씩 마주 선 사이로 죄인들이 한 명씩 지나갔다. 세 쌍의 교인은 다가오는 죄인들을 향해 바가지로 물을 떠 뿌렸다. 물에 빠진 생쥐 꼴이 된 죄인들은 자기들이 아는 가장 끔찍한 욕을 퍼부었다. 작년엔 화를 참지 못한 죄인이 소인정에게 주먹을 날리고 물동이를 들어 깨기도 했다.

서밑방 죄인들도 물벼락을 맞긴 마찬가지였다. 서웃방에 이어 동방의 여자 죄인들에게까지 물을 끼얹고 옥에 다시 가둔 후, 명일덕은 여섯 명을 둘로 갈라 서로가 서로에게 물을 뿌리도록 했다. 물을 적게 뿌리는 죄인은 웅덩이에 처넣었다. 해마다 웅덩이에 빠져 허우적대는 죄인은 소인정이었다.

명일덕은 물동이를 서밑방의 사학죄인들에게 맡긴 이유를 따로 설명하진 않았다. 다만 그렇게 물을 뒤집어쓰고 나면, 북방뿐만 아니라 서웃방과 동방의 죄인들도 서밑방을 곱게 보지 않았다. 법 없이 살 사람들이라던 칭찬도 사라졌다. 겨울이 끝날 때까지 서밑방 교인들에게 말을 걸거나 정겨운 눈길을 보내는 죄인은 없었다.

명일덕이 물청소를 명한 날은 약속이나 한 듯 추웠다. 젖은 옷은 마르지 않았고, 뚝뚝 떨어지는 물이 그대로 얼어 고드름이 된 적도 있었다. 추위를 이기려면 서로 엉겨 붙어야만 했다. 아예 젖은 옷을 벗어 던지고 서로의 체온을 탐하는 이도 있었다.

서밑방의 다섯 죄인은 소인정에게 힘껏 물을 끼얹으라고 신신당부를 했다. 소인정도 그러겠다고 고개를 끄덕였지만, 막상 물동이를 들고 서면 상대에게 물을 쏟을 마음이 순식간에 사라졌다.
맞은편에 선 신태보가 말했다.

"어서 내게 끼얹도록 해요."

"먼저 하십시오."

"그러다가 떨어뜨리겠소. 감환이 다 낫지도 않았지 않소? 내게
물을 끼얹고 나면 훨씬 가벼울 게요. 어서!"

"아닙니다. 저는 나중에 하겠습니다."

네 명의 죄인은 물동이에 든 물을 서로 끼얹었지만, 소인정과
신태보는 바위처럼 서 있기만 했다. 석둥개가 명일덕의 눈치를 보
며, 황급히 와선 육모 방망이로 두 사람의 야윈 등을 후려쳤다.

"당장 끼얹지 않으면, 서밑방 모두 벌거숭이로 내일 해가 뜰 때
까지 마당을 기어 다니게 하겠다."

소인정이 애원하듯 신태보에게 말했다.

"시작하십시오. 다른 교우들까지 고생하게 해선 안 됩니다."

신태보가 하늘을 우러러 "오, 주여!"라고 읊조린 후, 물동이를
기울였다. 탁하고 더럽고 차디찬 물이 소인정의 얼굴을 때린 뒤
가슴과 배를 타고 흘러내렸다. 신태보가 말했다.

"자, 이제 내게 끼얹으시오."

그 순간 소인정이 웃으며 휘청거렸다. 손에 든 물동이가 떨어
져 산산조각이 났다. 석둥개가 화를 내며 육모 방망이로 두들겨
패기 시작했다. 소인정은 무릎을 꿇었고 곧 배를 바닥에 깔고 엎
드렸다. 몽둥이가 계속 등과 허리와 엉덩이와 허벅지를 내갈겼지
만, 얼굴에 피어오른 웃음은 사라지지 않았다. 그 웃음에 더욱 화
가 난 석둥개가 머리채를 잡곤 웅덩이 속으로 집어넣었다. 몸부림

처도 얼굴을 들기 힘들었다. 머리가 여전히 웅덩이에 잠긴 채 몽둥이로 맞았다. 명일덕의 짧고 강한 명령이 들렸다.

"그만! 그러다가 아예 잡겠다. 소인정, 그놈이 죽으면 석둥개 너도 내 손에 죽어."

매질이 멈췄다. 명일덕의 명령이 이어졌다.

"입혀!"

강웅돌이 젖은 옷들을 던졌다. 웅덩이에 넣었다가 꺼낸 옷 중에서 북방과 서웃방과 동방의 죄인들이 챙겨 입고 남은 옷들이었다. 구멍이 곳곳에 뚫리고 소매는 뜯겨, 겨울바람을 가릴 부분이 거의 없었다. 신태보가 옷을 골라 소인정에게 입혀줬다. 소인정은 겨우 숨만 내쉴 뿐 손도 발도 움직일 수 없었다. 축축한 옷을 입고 나니 온몸이 더욱 떨렸다.

걸어서 마당으로 나가고 또 걸어서 옥으로 들어오는 것이 명일덕이 정한 원칙이었다. 이 원칙을 지키지 못하는 죄인은 옥으로 들어갈 수도 없었고 옥에서 나올 수도 없었다. 오늘 옥으로 들어가지 않는 죄인은 마당에서 얼어 죽을 것이다. 그때까지 소인정을 부축하던 신태보가 속삭였다.

"무릎과 허리에 힘을 주도록 해요. 천주님께서 도우실 겁니다."

소인정은 먼저 손바닥과 무릎으로 땅을 짚고 한 마리 양처럼 버텼다. 그다음엔 두 손을 떼고 무릎을 펴 일어서려 했다. 옆구리가 뒤틀리는 바람에 무릎을 다시 접어야만 했다. 다섯 죄인 열 개의 눈동자가 일제히 소인정에게 향했다. 소인정이 그들과 눈을 맞추며 고개를 끄덕였다. 그리고 예수를 만난 앉은뱅이처럼 천천히 무릎을 펴고 일어섰다.

작년까진 옥으로 들어와서도 서서 버텼다. 그런데 올해는 서끝
방에 들자마자 쓰러져 엎드린 채 헉헉댔다. 웅덩이에 머리가 잠기
면서 더러운 물을 코와 입으로 너무 많이 마신 듯했다. 왼쪽 옆구리
통증도 극심했다. 갈비뼈가 부러지기라도 했을까. 바지는 끝단부터
이미 얼었다. 허벅지와 엉덩이에 큼지막한 구멍이 각각 뚫린 바지
와 왼쪽 소매가 아예 없는 저고리를 벗어야겠다는 생각이 들었다.
이대로 옷이 얼면 몸까지 어는 것은 시간문제였다. 바지를 벗으려
는데, 눈앞이 차츰 흐려지다가 깜깜했다. 정신을 잃은 것이다.

포박당한 느낌이 들어 눈을 떴다. 북방의 죄인들은 차꼬를 찼
지만, 서웃방과 서밑방의 죄인들은 특별한 일이 없는 한 손과 발
을 묶지 않았다. 불길했다. 팔을 뻗어 가슴에 얹힌 것을 걷어내려
다가 멈췄다. 포박당한 것도 아니고, 오랏줄에 어깨와 가슴을 묶
인 것도 아니었다. 묵직한 것은 사람의 팔이었다.

"일어나지 마십시오. 아직 충분하질 않습니다."

등 뒤에서 들려오는 날렵하면서도 귀에 쏙쏙 들어오는 목소리
의 주인은 모독이었다. 소인정은 물론이고 모독까지 완전히 알몸
이었다. 낡은 이불 하나가 두 사람의 벗은 몸을 덮었다. 소인정이
겨우 고개를 반만 돌리며 물었다.

"이게…… 어떻게?"

"강웅돌이 오늘 밤 번을 선 덕분에 목숨을 건졌습니다. 얼어 죽
게 생겼길래, 제가 간청했습니다. 서끝방에 오늘만 넣어달라고.
이불만으론 온기를 회복할 수 없습니다. 영영 깨어나지 못할 수도
있었는데 다행입니다, 정말!"

소인정을 살리기 위해서라는 것이다.

"고, 고맙습니다."

"인사는 나중에 받고, 한숨 더 잠을 청하세요. 이럴 땐 움직이는 게 손해입니다. 해가 뜨면 해바라기 흉내라도 내면 되니까, 그때까지만 참으십시오. 저도 좋아서 이러고 있는 게 아닙니다. 겨울에 팔도를 돌아다니다 보면, 들이든 산이든 강이든 쓰러진 이들을 숱하게 보았습니다. 이미 나무토막처럼 굳은 시신도 있지만, 목숨이 간당간당 붙어 있던 사람도 많았습니다. 몇몇은 도왔는데 대부분은 이런저런 핑계를 대고 지나쳤습니다. 그때 제가 술이라도 한 잔 먹였더라면, 신이라도 벗어줬더라면, 업고 와서 헛간에라도 뉘었더라면, 살았을 텐데. 그딴 마음 말입니다. 불가에서는 자비심이라고 하고, 공자께서는 인仁이라고 하고, 천주쟁이들은 사랑이라고 하는 그 마음을 저도 가졌습니다. 가지긴 했는데, 제 앞가림부터 하다 보니, 저대로 두면 죽을 것 같은 사람을 만나도 지나쳤던 겁니다. 이번엔 후회하지 않으려고요. 막둥이 옥리에게 예수의 일생을 들려주는 바람에 이런 마음이 더 커졌는지도……."

모독은 계속 이야기를 했지만, 소인정이 기억하는 대목은 여기까지였다. 평소라면 쓸데없는 이야기로 치부하며 귀를 막았을 것인데, 오늘은 그 목소리가 엄마의 자장가처럼 부드럽고 포근했다.

다시 눈을 떴을 때는 묶인 느낌마저 없었다. 따뜻한 봄날 양지바른 마루에 누운 기분이었다. 손을 들어 가슴과 배를 더듬었다. 어느새 바지와 저고리는 물론이고 속곳까지 입었다. 십일 년을 입었던 낡은 옷이 아니라 빳빳한 새 옷이었다. 모독이 내려다보며 물었다.

"안 그래도 깨우려던 참이었습죠."

소인정은 허리를 접고 일어나 앉았다. 옆구리가 여전히 불편했지만 비명을 지를 정도는 아니었다.

"출출하시죠? 자 이것부터."

모독이 쥐여준 것은 곶감이었다. 모독은 제 손에 들린 곶감을 한입에 털어 넣고 오물오물 씹기 시작했다. 소인정도 따라서 곶감을 깨물었다. 단맛이 입안 가득 차올랐다. 갑자기 눈물이 흘러내렸다. 죽을 고비를 넘기고 살아났음을 비로소 느낀 것이다. 모독이 슬쩍 농담을 건넸다.

"눈물을 쏟을 만큼 맛난 건 아닙니다만⋯⋯."

소인정이 어깨 너머로 중문을 살폈다. 모독이 생색을 냈다.

"강웅돌이 준 곶감도 맞고 강웅돌이 준 옷도 맞습니다. 하지만 강웅돌에게 감사하진 마십시오. 이것들 다 제가 이야깃값으로 받은 겁니다."

"그 값은 탁주로 이미 마셨지 않습니까?"

옥리방에서 대취하여 돌아오는 모독을 보지 않은 죄인은 없었다.

"더늠이란 거 있잖습니까? 소리꾼들이 득음을 하면, 스승에게서 배운 소리에다가 제 이야기를 더 만들어 넣습죠. 소리꾼뿐이 겠습니까. 소리든 거짓말이든 혹은 춤이든 환술이든, 광대가 판에서 노는 꼴이 마음에 들면, 그 판을 구경하는 이들도 정한 값보다 적게는 두 배 많게는 열 배 스무 배 더 광대에게 넣어주는 법입죠. 너무나 좋으면 아예 판을 제집 마당에 다시 깔자고 하는 고마운 이도 있습니다."

"곶감과 옷이 강웅돌의 더늠이다 이건가요?"

270

모독의 표정이 갑자기 어두워졌다.

"제가 이야길 하고 나서 더늠을 받지 않은 적이 드물지요. 일수가 괜히 일수이겠습니까. 근데 문제가 좀 생기긴 했습니다."

"문제?"

"이것도 제가 이야길 너무 잘해서 그런 겁니다만, 강웅돌이 질문에 질문을 더하는 겁니다. 가령 예수가 나자렛 회당에서 이사야 선지자의 두루마리를 읽지 않습니까? 그때 강웅돌이 묻습니다. 이사야라는 선지자는 누구인지, 또 예수 이전에 선지자들은 어떤 사람들이 있는지, 그들은 각각 어떤 예언들을 했는지, 예수는 선지자들 중에서 왜 하필 이사야의 두루마리를 택했는지…… 답을 다 하긴 했습니다. 제가 누굽니까. 거짓말 일수 아닙니까. 저는 아는 것도 답하지만 모르는 것들까지 답할 수 있습니다. 어차피 거짓말이니까. 이사야 선지자 외에도 제가 몰랐던 것들을 자꾸자꾸 물었습니다. 강웅돌에게, 예수가 부활해서 승천한 대목까지 들려주고 나서, 충고했습니다. 예수의 일생 외에 더 알고 싶다면, 소인 정에게 청하라고. 강웅돌도 고개를 끄덕이더군요. 처음 듣는 이야기들이고, 또 제가 아주 재미있게 이야기를 늘어놓으니, 그냥 듣긴 했지만, 당신에게 확인해야겠다고 마음먹었던가 봅니다. 저라도 그랬을 겁니다."

"강웅돌, 그이가 청한다면 아는 데까진 이야기하겠습니다."

모독이 목소리를 낮췄다.

"그렇다고 너무 믿진 마십시오. 이야깃값을 두둑하게 내더라도, 놈은 옥리입니다. 천주쟁이가 되겠다고 울며불며 고백할지도 모릅니다. 그러면 더욱 의심하고 거리를 두셔야 합니다."

"강웅돌이 간자라도 된다 이겁니까? 제게 접근하려고 일부러 당신에게 예수의 일생을 들려달라 했고, 또 곶감과 옷과 이불을 줬다는 겁니까? 너무 눈에 훤히 보이는 짓이잖습니까? 간자는 그딴 식으로 움직이지 않습니다."

"그럴 수도 있고 아닐 수도 있을 땐 어느 쪽을 택하는 게 옳을까요? 과하거나 부족하면 의심해야 합니다. 그리고……."

거침없이 이야기를 늘어놓던 모독이 스스로 말을 멈춘 것은 처음이었다. 소인정은 침묵의 의미를 헤아리다가 물었다.

"제게 원하는 것이라도 있습니까?"

모독이 눈웃음과 함께 답했다.

"입으로 한 이야기든 몸으로 한 이야기든, 이야깃값은 받는다는 게 제 원칙입죠."

"드릴 게 없습니다. 십일 년이나 옥에 갇혔으니……."

모독이 주변을 살핀 뒤 한 걸음 다가앉으며 속삭였다. 서밑방의 다섯 죄인에게도 들리지 않을 만큼 목소리가 작았다.

"똑똑히 새겨들으십시오. 이건 제 생각이기도 하고, 또 당신을 아끼는 사람의 생각이기도 합니다."

나를 아끼는 사람? 소인정의 눈이 커졌다. 모독은 그 사람의 이름은 밝히지 않고 말을 이었다.

"전 안또니와 감 글나라가 지은 걸작을 알려주십시오."

〈옹기꾼의 노래〉를 알고 싶다는 것이다.

"그 부부가 지은 판소리를, 왜 제가 알고 있을 거라고 생각하죠?"

"그걸 꼭 설명해야만 합니까? 전원오 감귀남 부부는 곡성 교우촌에 살 때부터 소리를 만들고 있었어요. 당연히 이오득 야고버 회장의 허락을 받았겠지요. 야고버 회장이 안다는 건 곧 당신 소인정 요안 회장이 안다는 겁니다."

소인정이 날을 세워 물었다.

"그런 판소리가 있다 쳐도, 그걸 왜 알려달란 겁니까? 교인도 아닌 당신에겐 전혀 필요 없을 텐데⋯⋯."

모독이 말허리를 잘랐다.

"두 배로 필요합니다. 복된 말씀이라며 이것저것 듣긴 했는데, 예수의 일생을 시작부터 끝까지 꿴 글은 만나기 어렵다는 게 첫째 필요입니다. 예수가 구세주인가 아닌가를 별도로 하더라도, 알아나갈수록 오묘하고 되짚어 궁리할 부분이 많은 사내 아닙니까. 게다가 그걸 판소리로 만들었다니, 소리북을 즐겨 치는 거짓말꾼이 욕심을 낼 법하지요. 한 대목을 처음 들었을 때 너무 좋아서 당장 배우고 싶었지만, 기회가 없었습니다. 당신이 이렇게 계속 버티며 쓰지 않는다면, 그러다가 어느 날 갑자기 전라감영의 사학죄인들을 처형하라는 명령이라도 내려온다면, 두 사람이 평생을 바친 작품은 영영 사라지고 맙니다."

그때 강웅돌이 중문을 열고 들어왔다. 모독은 천연덕스럽게 일어나선 나무 기둥 사이에 얼굴을 디밀고 말했다.

"옷이 너무 맘에 든답니다. 물론 저도 좋고요. 나리가 궁금한 것들도 언제든 이야기를 해주시겠다고 합니다."

강웅돌이 올라가는 입꼬리를 가리지 못한 채 소인정에게 확인하듯 물었다.

"그렇게 해주시겠습니까?"

"원한다면!"

소인정이 답했다. 모독이 강웅돌에게 부탁했다.

"둘이서 할 이야기가 조금 아주 조금 남았습죠. 잠시만 더 쉬다 가 나오십시오."

강웅돌이 하늘을 올려다보았다.

"곧 다음 번을 설 옥리가 도착할 거야. 그때까지 넌 서끝방을 나와 서웃방으로 돌아가야 해. 소인정을 홀로 두란 공 판관의 명령을 어겨선 안 되니까."

모독이 세상에서 제일 불쌍한 표정으로 부탁했다.

"금방 끝내겠습니다. 제발!"

"소를 쉰 마리까지만 세겠다."

"백 마리까지로 하시죠. 이왕이면 목자를 따르는 양으로."

"양 일흔 마리! 더는 안 돼."

강웅돌이 중문으로 나간 후, 모독이 돌아앉으며 속삭였다.

"시간이 없으니 간략히 이야기하겠습니다. 제게 소리를 알려주신 다음엔 붓을 들어 이야기 하나를 적당히 더 지으십시오. 전 안또니 부부가 지은 소리와 당신이 만든 소리가 같은지 다른지, 저들은 판별할 수 없습니다. 지어내기 힘들다면 제가 도와드리겠습니다. 밥 먹고 하는 짓이 거짓 이야기 만드는 것이니까. 곧 끔찍한 추위가 시작됩니다. 홀로 서끝방에 머물다간 오늘처럼 죽을 고비와 맞닥뜨릴 겁니다. 이번엔 운이 무척 좋았습니다. 저도 있고 또 강웅돌이 마침 번을 섰으니까요. 하지만 언제나 이런 행운이 찾아오는 건 아닙니다. 불운이 닥치지 않더라도, 당신 목숨이 위태로워진다 이겁니다. 나랏법에 따라 목이 잘려 죽는 게 아니라, 옥방에서 얼어 죽긴 싫지 않습니까? 그렇게 죽는 건 치명에 속하지도 않을 겁니다. 서끝방으로 두 번 다시 들어오지 않는 게 중요합니다. 봄을 맞을 기회를 놓칠 겁니까?"

소인정이 모독의 팔목을 쥐곤 허리를 숙여 눈을 빤히 보면서 물었다.

"저를 아끼는 이가 당신에게 그 말을 했다는 걸 어찌 믿습니까?"

"'행실이 악한 자는 빛을 꺼려 빛에 나아오지 아니함이 그 행실의 책망을 면하고자 함이오'."

소인정이 고개를 숙이고 긴 숨을 몰아쉬었다. 1815년 집을 나온 공설이가 소인정에게 처음 던진 질문이 떠올랐다.

"아빠가 천주교인들을 왜 그렇게 증오하는지 아세요?"

소인정은 방금 모독이 외운 「성사 요왕」 제삼 편으로 답을 대신했다. 소인정과 공설이 단둘만 아는 대화였다.


23.

배둑치는 옥에 들어와 월검을 제압할 때만 먼저 덤벼들었고, 그 후론 북방 제일 구석에 앉아 조용히 지냈다. 북방에서 벌어지는 모든 일은 배둑치의 뜻에 따랐다. 북방의 흉악범들은 옥리를 통해야 그나마 바깥 소식을 들을 수 있었다. 옥에서는 아무것도 지니지 못하는 법이지만, 아무것도 없이 북방에 들어온 죄인은 없었다. 옥리들을 챙기려면 값을 매길 만한 물건이나 재주가 필요했고, 월검은 그것들을 죄인들로부터 취했다. 죄인들은 아무것도 가진 게 없다고 버텼지만, 그건 다 자기 것을 주고 받을 것을 가늠하는 방편이었다. 전부 다 빼앗기면 목숨을 부지하기 어려웠으므로,

죄인들은 철저하게 감추고 또 감췄다. 전부를 빼앗기면 반발이 심하니, 월검도 어느 선까지는 받아내고 어느 선부터는 눈감아줬다.

월검은 배둑치가 들어오기 전처럼 죄인들을 다뤘고, 배둑치는 한 달에 네댓 번 정도 월검과 귓속말을 주고받을 뿐이었다. 배둑치가 무엇을 말했는지는 월검 외엔 아무도 몰랐기에, 죄인들은 월검의 명령을 배둑치의 뜻으로 받아들였다.

겨울이 시작되고, 명일덕이 대대적인 청소를 한 날, 배둑치도 북방의 다른 죄인들처럼, 옥에 들어오곤 처음으로 마당으로 나갔다. 물벼락을 맞고서도 여섯 명의 천주교인에게 눈길 한번 주지 않고 묵묵히 지나갔다. 감정을 드러내지 않는 무심한 태도가 옥리장 명일덕을 자극했던 것일까. 죄인들이 오들오들 떨며 북방으로 다시 들어가선 젖은 옷을 억지로 입은 뒤에도, 배둑치는 명일덕을 따라 차꼬를 끌며 중문을 나서야 했다.

미음자 옥과 그 옥을 둘러싼 둥글고 높은 담 사이엔 아무것도 없었다. 월담의 위험 때문에 나무 한 그루 심지 않았고, 돌멩이 하나 떨어지거나 박혀 있지 않았다. 옥리장이 이날만 되면 미쳐 날뛴다는 풍문과는 달리, 명일덕은 배둑치에게 욕을 퍼붓거나 발길질이나 주먹질이나 몽둥이질을 하지 않았다. 배둑치를 세워둔 채 돌다가 별일 아니라는 듯 가볍게 물었다.

"뭔 짓을 한 거야?"

배둑치는 즉답을 하지 않고 옥리 두 명이 서 있는 대문 안문을 노렸다. 저 문을 나가면 자유였다. 명일덕의 목소리가 높아졌다.

"나 몰래 뭔 짓을 했냐고?"

"그건 갑자기 왜 물으시는 겁니까?"

배둑치가 되묻자 명일덕이 헛웃음을 흘렸다. 명일덕의 물음에 답을 하지 않는 죄인, 더군다나 되묻는 죄인은 대곤을 최소한 백 대는 맞아야 했다. 배둑치가 북방으로 들어서자마자 월검에게 달려들었다는 소식을 들은 날부터, 명일덕은 배둑치를 주목했다. 월검이 알아서 옥리들을 챙겨왔기 때문에, 명일덕은 북방의 영좌를 바꾸고 싶지 않았다. 월검은 명일덕의 명령이라면 물불 가리지 않고 따랐다. 명일덕은 서밑방의 죄인들을 한 명씩 북방에 넣었고, 월검은 갖은 방법으로 그들을 협박하고 때리고 밟아댔다. 여섯 명은 끝내 배교하진 않았지만, 도저히 사람이라고 여기기 힘들 만큼 처참한 몰골로 북방에서 나왔다.

배둑치가 과연 월검처럼 입의 혀처럼 굴 것인지는 알 수 없었다. 명일덕은 배둑치를 길들이느니 월검을 계속 쓰는 쪽이 편했다. 월검에게 반격할 기회를 열어줄 생각이었다. 방법은 간단했다. 트집을 잡아 배둑치를 불러내어 대곤 서른 대만 치면, 그다음은 월검이 알아서 배둑치를 제압할 것이다. 그러나 명일덕의 계획은 엉뚱한 데서 벽에 부딪혔다. 어찌 보면 명일덕 스스로 무덤을 판 꼴이었다.

공원방은 사흘에 한 번씩 명일덕에게 옥의 상황을 들었다. 전임자인 금창배와는 달리, 공원방은 시시콜콜한 일까지 보고받기를 원했다. 명일덕은 반나절을 보고한 뒤에도 나머지 반나절을 날카로운 질문에 시달렸다. 저녁엔 반드시 대취할 만큼 힘든 자리였다. 배둑치가 월검에게 덤벼든 일도 당연히 보고했다. 북방엔 월검을 따르는 죄인들이 많고, 배둑치가 먼저 주먹질을 했으므로 엄벌하겠다고 덧붙였다. 공원방이 잠시 생각하더니 내버려두라고 했다. 명일덕은 제 귀를 의심했다. 죄인들끼리의 다툼을 바로잡지 않으면 오해를 살 수도 있다고 다시 말했다. 오해? 공원방이 말꼬리를 잡은 두 글자가 명일덕을 얼어붙게 만들었다. 명일덕이 월검에게 상납을 받아온 것을 공원방이 눈치챈 걸까. 이유는 모르겠지만, 공원방은 북방의 영좌를 배둑치에서 월검으로 되돌리고 싶지 않은 것이다. 공원방의 마음을 확인했으니 명일덕은 물러날 수밖에 없었다.

"무슨 짓을 했기에 공 판관께서 널 찾으시는 거냐?"

그리고 다섯 달 만에 공원방은 배둑치를 중문 밖으로 데려오라 했다. 명일덕은 틈만 나면 월검을 칭찬했다. 북방에 사학죄인을 넣어 월검에게 맡겨보자고도 했다. 마지막으로 남은 여섯 죄인이 독하긴 하지만, 그중에 한둘은 마음이 흔들릴 수도 있다고 덧붙였다. 공원방은 한 귀로 듣고 한 귀로 흘려버리는 듯했다.

배둑치가 답했다.

"아무 짓도 하지 않았습니다."

"아무 짓도 안 했는데, 왜 널 찾아?"

"그걸 제가 어떻게 압니까?"

되묻는 것이 습관인가. 명일덕은 이렇듯 두 번이나 되묻는 죄인을 그냥 둘 순 없었다. 더군다나 오늘은 청소하는 날, 즉 노모가 세상을 뜬 날이었다. 명일덕은 배둑치의 차꼬를 힘껏 걷어찼다. 그것만으로도 발목이 부러질 수도 있었다. 배둑치가 비명을 삼키며 모로 쓰러졌다. 명일덕이 허리에 찬 몽둥이를 쥐고 빼려는 순간, 대문 안문이 열리는 소리가 났다. 여염집보다 세 배는 크고 무거운 빗장이기에 걸고 뺄 때도 소리가 요란했다. 명일덕이 쥐었던 몽둥이를 다시 허리에 건 뒤 돌아섰다.

공원방이 곧장 걸어와선 명일덕의 옆 그러니까 흠뻑 젖은 채 쓰러져 버둥거리는 배둑치 앞에 섰다. 명일덕은 공원방의 눈길을 확인하진 않았지만, 변명해야겠다는 생각이 들었다.

"오셨습니까? 너무나도 버릇없이 굴어 손을 좀 보려던 참이었습니다. 왜 이곳까지 끌고 오느냐고 따지고 들지 뭡니까. 감히 북방의 죄인 주제에……."

"대문에서 기다려!"

공원방은 배둑치와의 대화를 명일덕이 듣는 것을 원치 않았다. 명일덕은 한 사람이 겨우 모로 지나갈 만큼만 열린 대문 안문을 통과하여 벽에 기대섰다. 옥리방으로 둘러싸인 작은 마당엔 몸을 녹이는 화로가 있었다. 옥리가 대문 바깥문을 열고 살피다가 돌아서선 명일덕을 향해 머리 숙여 인사했다. 대문을 지키는 옥리의 이름은 윤보름이고, 이름만큼이나 두 눈이 달덩이처럼 컸다.

"별일 없지?"

명일덕이 딱딱한 얼굴로 물었다. 윤보름이 눈을 끔벅이며 주변을 살폈다.

"왜 그래? 무슨 일이라도 생겼어?"

윤보름을 따라 명일덕도 바깥문으로 가까이 가선 거리를 쳐다보았다.

"그쪽은 쳐다보지 마십시오."

고개 돌려 물었다.

"어느 쪽?"

"정면…… 초가."

"왜 거길 보지 말라는 거야?"

"건넌방에서 종일 대문 쪽만 쳐다보는 자가 있습니다."

"뭐? 여길 감시라도 한다는 거야?"

"모르겠습니다."

"그럼 당장 가서 붙잡아 와. 살다살다 옥을 감시하는 놈이 있단 소린 처음 듣네."

"그, 그게, 그러려고 했는데…….'

"했는데?"

"그냥 모른 척 두란 명령을 받았습니다."

"누가 그딴 명령을 해?"

"공 판관께서 내리신 명령입니다."

"뭐라……?"

명일덕은 돌아서며 슬쩍 정면 초가를 빠르게 살폈다. 건넌방 작은 창으로 누군가 이쪽을 쳐다보고 있었다. 윤보름이 대문을 향해 돌아서선 말했다.

"근데, 저놈 눈이 하나인가 봅니다. 두 눈인 적이 없습니다."

"창에 가려 그런 거 아닌가?"

"아닙니다. 아무리 창을 조금만 열더라도, 눈에 코와 눈썹이 살짝 함께 보이거든요. 저놈은 늘 오른쪽 눈으로만 이쪽을 봅니다. 깜빡이는 그 눈이 왼쪽이었던 적은 없어요."

"애꾸, 애꾸라…….'

명일덕은 전라감사에서부터 아전과 교졸과 노비 들까지, 전라감영을 출입하는 이들을 떠올렸다. 왼쪽 눈을 못 쓰는 이는 없었다.

공원방이 닫힌 대문 안문을 쳐다보며 배둑치에게 물었다.

"언제 움직일 건가?"

배둑치가 이번에도 되물었다.

"움직이다뇨?"

"난 너 같은 놈들을 알아. 송골매와 같지. 높이 떠 하늘을 돌다가 먹잇감이 나타나면 단번에 날아내려 낚아채. 다섯 달 동안이나 돌고만 있으니 원하는 먹잇감이 아주 특별한가 봐? 허나 아무리 특별해도 옥을 나가는 것만 할까."

"송골매라니요. 당치도 않습니다. 겨울잠 자는 곰처럼 지낼 뿐입니다."

"잠자는 곰이 어떻게 검계 월검을 때려눕혀. 숨기려 들어도 숨길 수 없는 게 둘 있는데, 하나는 재주고 또 하나는 기질이야."

"주먹 자랑하며 휘두르고 다녔던 시절이 있었던 건 맞습니다. 그렇지만 월검을 제압한 게 대단한 건 아닙니다. 검계의 습성을 노렸을 뿐입니다."

"검계의 습성이라고?"

"거리를 두려는 겁니다. 산포수는 훨씬 더 거리를 확보하려 들고, 검계 역시 두 발을 놀리며 검을 휘돌리고 베려면 거리가 필요합니다. 월검이 자주 오른팔을 내밀더군요. 단검은 거의 쓰진 않고 장검을 품고 살아온 인생이란 걸 알아차렸습니다. 먼저 달려드는 것도 중요하지만 거리를 없애는 것이 더 중요했습니다. 어깨든 허리든 팔이든 다리든 붙잡고 때리면 제가 이길 수밖에 없었죠. 지금까지 북방 죄인들은 월검이 검계였단 사실에 주눅이 들었습니다. 기침만 해도 서너 걸음씩 물러났지요. 거리가 충분하니 월검이 백전백승이었습니다."

"맞서 싸운 경험이 많은가 보구나."

"하나만 여쭈어도 괜찮겠습니까?"

공원방이 고개를 끄덕였다.

"제가 들어오기 전, 그러니까 월검이 영좌였을 때도 오늘과 같은 자리가 있었습니까?"

"없었다. 그땐 옥리장 명일덕을 통했지."

"하면 제게만 왜 이러시는 것인지요?"

"불행을 사전에 막기 위함이라면 알아듣겠느냐?"

"어떤 불행 말씀이십니까?"

"월검은 북방의 영좌로 지낼 마음뿐이었느니라. 그래서 내가 전라감영으로 내려왔을 때 명일덕을 통해 뇌물부터 갖다 바치더구나. 하지만 넌 그와 같은 짓을 전혀 하지 않았다. 그건 내게 잘 보여 감옥살이를 편히 할 마음이 없단 뜻이야. 월검이나 그 전 영좌들과는 달리, 넌 딴 뜻을 품은 게다."

"죄짓고 벌받으러 들어온 죄인이니, 저로 인해 고통을 겪은 이들에게 잘못을 빌고 옥에서 나가면 새 삶을 살아야겠다는 마음뿐입니다."

"난 널 영원히 옥에 가둘 수도 있어. 옥을 나가서 새롭게 삶을 꾸리려면 내 눈 밖에 나선 안 된다 이 말이다. 한데 넌 내가 가진 권한 따윈 관심도 없고 두려워하지도 않는다."

"쉽게 말씀해 주십시오."

"서밑방에서 십일 년째 옥살이를 하는 사학죄인 중에 소인정이란 자가 있지. 그 방의 죄인이 겨우 여섯이니 너도 알 게다. 소인정은 구병산 풍혈 움집에서 달아날 여유가 충분했는데도, 잡으러 오는 이들을 기다렸다가 포박당했고, 상주 옥에 있다가 전라감영 옥으로 옮겨 왔지. 소인정은 먼저 잡힌 스승 신태보를 보좌하는 것과 함께 전라감영으로 속속 잡혀 들어오는 수백 명 사학죄인들을 보살피고자, 스스로 옥 안으로 걸어 들어온 셈이다. 한데 배둑치 네겐 옥에 스승도 없고 또 네가 지켜야 할 교인도 없어. 그런데도 이러는 이유가 무엇이냐?"

"이유 같은 거 없습니다."

"당장 답을 원하는 건 아니다. 잘 듣고 생각해 보거라. 전라감영에서 탈옥한 죄인은 이 나라가 세워진 후 단 한 명도 없어. 시도하다가 죽거나 병신이 된 죄인은 줄잡아 백 명이 넘고. 거기에 끼고 싶나? 끼고 싶으면 얼마든지 노력해도 좋아. 하지만 한 번쯤은 이 생각도 해봐. 사백 년도 훨씬 넘게 탈옥을 못 했다면 그만한 이유가 있는 거야. 그 이율 알아내기 전까진 너도 어쩔 도리가 없지."

배둑치가 말머리를 돌렸다.

"옥에서 하루라도 빨리 나가고 싶을 뿐입니다."

공원방이 잠시 하늘을 우러렀다. 새털구름이 서쪽 하늘에서 밀려왔다. 턱을 당겨 배둑치를 노리며, 상대가 멀리 물러서기 전에 단검을 찌르듯 물었다.

"나를 도와줄 뜻은 있느냐?"

배둑치가 고개를 들었다. 마침 송골매 한 마리가 전라감영을 크게 돌았다. 그 매가 옥 바로 위에 닿았을 때 배둑치가 되물었다.

"도와드리고 싶어도, 차꼬를 차고 북방에 갇힌 제가 어떻게 판관 나리를 돕습니까?"

24.

소인정은 〈옹기꾼의 노래〉를 들려달라는 모독의 제안을 신태보에게 알렸다. 신태보가 겨우 한 살 많지만, 소인정은 스승으로 깍듯하게 모셨다. 처음 만났을 때 신태보는 스승이 될 만큼 배움이나 믿음이 깊지 못하다며 친구로 편히 지내자고 했다. 그러나 소인정은 어려운 문제가 닥칠 때마다 가장 먼저 신태보를 찾아갔고 배움을 청했다. 삼십 대에 강원도로 들어가서 서학서를 같이 읽으며 번역과 필사를 시작했고, 사십 대 초반에 경상도 상주 잣골로 옮겼다. 옥에서 십일 년을 지내고 나니 두 사람도 칠순이 코앞이었다.

옥에 들어오기 전까진, 교우촌을 꾸리는 일도, 청나라 연경에 교인을 은밀히 보낼 돈을 모으는 일도, 신태보가 맨앞에서 이끌었고 소인정은 이오득과 함께 뒤따랐다. 옥에 들어와선 소인정이 앞장을 섰고 신태보는 제일 뒤에 머물렀다. 좌포도청이든 전라감영이든 관원이나 옥리들 눈에 띄는 것을 막았다. 중요한 사안의 최종 결정은 여전히 신태보가 했지만, 소인정은 그것들을 자신이 한 것처럼 말하고 행동했다.

대낮에도 추위를 이기기 위해 서로 기대 누워 지내는 시간이 늘었다. 소인정은 신태보의 손바닥이나 등에 언문을 한 자씩 또박또박 썼다. 말로 하는 것보다 열 배는 느렸지만, 서밑방에 있는 네 명의 교우들에게까지 비밀을 유지할 수 있었다. 소인정에게서 설명을 들은 신태보는 미소만 짓곤 즉답하지 않았다. 소인정은 답답했지만 참고 서끝방으로 갔고, 강추위에 떨며 백지만 바라보고 앉았다가 아침에 서밑방으로 돌아왔다. 이제 서끝방에는 눕지 못할 뿐만 아니라 엉덩이가 시려 앉기도 힘들었다.

　다음 날 아침, 신태보는 소인정의 등에 글자를 썼다. 신태보는 두 배 이상 느렸다. 소인정은 손바닥이든 손등이든 가슴이든 배든 가리지 않고 글자를 썼지만, 신태보는 등만 고집했다. 글자를 쓸 때마다 소인정의 등이 실룩거렸다. 다른 이들은 간지럼을 겨드랑이나 목에서 많이 탔는데, 소인정은 등에 실바람만 살짝 불어도 웃음이 터졌다. 그러니까 신태보와 필담을 나눌 땐 이를 앙다물고 입술을 딱 붙이며 각오를 단단히 했다. 신태보가 큼지막하게 글자를 다섯 개 썼을 때, 소인정은 돌아누워 놀란 눈으로 물었다.

　'정말입니까?'

　신태보가 고개를 끄덕였다. 소인정은 서둘러 다시 등을 돌리곤 기다렸다. 이번엔 신태보가 글자를 서른네 개나 연이어 썼지만 소인정의 얼굴이나 등은 전혀 움직이지 않았다. 소인정은 돌아눕는 대신 일어나 마당으로 나섰다. 꽁꽁 얼어붙은 웅덩이를 지나서 중문 앞까지 걸어갔다가 타원을 그리며 돌아서선 서밀방으로 다시 왔다. 소인정이 이번엔 신태보의 손에 글자 두 개를 썼다.

　―누구

　신태보는 고개를 저었다. 알려줄 수 없다는 것이다. 십일 년 동안 소인정이 던진 질문에 신태보가 답을 주지 않은 적은 없었다. 소인정이 더 물으려고 하자, 신태보가 일어나선 벽에 기댔다. 양손도 등 뒤로 감췄다. 필담을 나누지 않겠다는 뜻이다.

　그 저녁 서끝방으로 들어선 소인정은 서안의 백지는 쳐다보지도 않고 앉아선 눈을 질끈 감았다. 등에 온 신경을 집중했다. 낮에 신태보가 썼던 글자들을 하나씩 되짚었다.

─주교님께서

이렇게 다섯 글자를 썼을 때, 소인정은 돌아누워 신태보에게 눈으로 물었었다. 정말? 정말 주교님께서? 문장의 주어가 주교님이란 사실 자체가 믿기지 않았다. 신태보가 전한 더욱 놀라운 소식이 서른네 자에 실렸다.

─나와 이태권 베드루에게 십일 년 옥살이에 대해 소상히 적으라 하셨으니 도와주시오

도와달라면서도, 이 소식이 어떻게 주교로부터 감영 옥 서밑방에 갇힌 신태보에게까지 전해졌는지는 알려주지 않았다. 그 통로는 오로지 신태보 자신만 알고 있어야 한다는 뜻이다.

신태보와 이태권이 십일 년 동안 겪은 일들을 정리해 낮에 서밑방에서 소인정의 등에 적으면, 소인정이 그것을 모조리 기억했다가 밤에 서끝방으로 와서 서안에 놓인 백지에 옮긴 후, 다시 서밑방으로 갔을 때 신태보와 이태권에게 건네 확인하는 방식을 먼저 떠올렸다. 그러나 그건 너무 오래 걸리고 복잡해서 위험했다. 결국 신태보와 이태권이 붓을 직접 들고 글을 쓸 기회를 마련할 필요가 있었다. 장소와 시간과 들키지 않을 방법까지 소인정이 도맡아 해결해야 했다. 도와달란 말은 두 사람이 옥중기를 쓸 수 있도록 준비해 달란 뜻이다.

혹 떼러 갔다가 혹 붙인 꼴이랄까. 〈옹기꾼의 노래〉를 모독에게 알려주는 문제도 중요하지만, 감영 옥에서 보낸 십일 년을 적어 주교에게 올리는 문제는 그보다 훨씬 중요했다. 새벽까지 눈을 감은 채 해결책을 고민했지만 머리만 지끈지끈 아파왔다. 기도를 올려도 답이 없었다.

동틀 무렵, 이름 하나가 떠올랐다. 공설이 아가다. 모독이 그 이름을 언급하진 않았지만, 공설이와 소인정만이 아는 복된 말씀을 말하지 않았는가. 〈옹기꾼의 노래〉를 소인정에게 듣고 외워달라는 요청을 모독에게 한 사람은 공설이가 분명했다. 혹시 주교의 명령을 신태보에게 전한 이도 공설이일까. 거기서 소인정은 눈을 번쩍 떴다.

공설이가 판소리 〈옹기꾼의 노래〉와 옥중기 둘 다에 관련이 있다면, 그래서 자신의 계획을 소인정과 신태보에게 전할 사람을 옥에 넣었다면, 그걸 두 사람에게 맡길 이유는 없는 것이다. 모독이 소인정과 〈옹기꾼의 노래〉를 의논했듯이, 모독이 신태보에게 옥중 서찰을 쓰라고 전했을 가능성이 컸다. 두 가지 일을 소인정과 신태보 두 사람과 함께 논의하라고 하지 않고, 각각 뜻을 전하되, 그 뜻이 전해진 경로에 대해선 서로 비밀을 유지하도록 한 것은, 이오득의 방식과 닮았다. 공설이는 이오득의 곁에 가장 오래 머물며 교우촌을 만들고 유지하는 법에서 옹기 제작까지 많은 것들을 배웠다. 이오득은 몇 배의 시간과 노력을 들여 한 사람 한 사람 따로 만났고, 만난 사람들의 면면을 혼자만 알고 지냈다. 이런 방식이라면, 소인정이 모독에게 가서 옥중기에 관해 신태보와 의논했느냐고 물어도, 모독은 시치미를 뗄 것이다. 모독이 누구인가. 거짓말을 밥 먹듯이 하는 거짓말 일수가 아닌가.

그래도 우선 모독과 부딪쳐보기로 했다. 옥문이 열렸다. 오늘 서끝방 옥문을 연 이는 옥리장 명일덕이었다. 아침 옥방을 옥리장이 여는 일은 일 년에 한 번 있을까 말까였다. 옥방을 열고 서웃방과 서밑방과 동방의 죄인들이 마당으로 전부 나와서 조그마한 별이라도 쬐며 한참을 돌아다닌 다음에야, 옥리들이 대부분 출근한 뒤에야, 옥리장은 거북이처럼 느릿느릿 나타났던 것이다. 당연히 이상하다고 의심을 품었어야 하지만, 소인정은 모독에게 따지려는 마음이 급했으므로, 서끝방 옥문이 열리자마자 마당으로 나선 뒤 서밑방부터 쳐다보았다. 그런데 서밑방도 서웃방도 굳게 옥문이 잠겨 있었다. 그 대신 북방에서 한 사내가 나와 서끝방을 향해 서 있었다. 배둑치였다.

북방에서도 배둑치만 나왔고 옥문은 다시 잠겼다. 마당엔 소인정과 배둑치 그리고 명일덕뿐이었다. 소인정이 명일덕을 쳐다보자, 명일덕은 배둑치에게 고개를 돌리곤 물었다.

"내가 없는 게 편하겠지?"

대답을 기다리지도 않고 중문을 열고 나가버렸다. 아침에 배둑치와 소인정만 마당에 내놓으라는 명령을 공원방에게서 받은 것이다. 배둑치가 무슨 짓을 하든 내버려두라는 명령도 덧붙었다. 배둑치가 소인정을 향해 걸어왔다. 소인정이 물러서다가 나무 기둥에 등이 닿았다.

"뭡니까? 왜 이러는 겁니까?"

배둑치는 대답 없이 손을 쥐곤 엄지를 꺾어 돌렸다. 뼈 부러지는 소리가 우두둑 났다. 소인정이 비명을 지르며 날개 꺾인 새처럼 왼팔을 당겨 품고는 언 바닥을 나뒹굴었다. 서밑방의 다섯 사내는 무릎을 꿇고 기도를 시작했다. 서웃방과 동방 죄인들은 놀란 눈으로 말없이 쳐다보기만 했고, 북방도 서웃방과 비슷한 분위기였다가 월검이 박수를 치기 시작하자 바닷물이 밀려오듯 박수와 함께 고함을 질러댔다.

"끝났나?"

명일덕이 중문을 반쯤 열고는, 고통스러워하는 소인정을 내려 다본 뒤, 문을 더 열곤 들어왔다. 배둑치는 명일덕을 쳐다보는 대 신 서밑방을 향해 돌아서선 말했다.

"저 옥문도 여십시오."

명일덕이 배둑치의 등 뒤에서 물었다.

"끝난 게 아니었어?"

배둑치가 답하지 않았다. 명일덕이 열쇠를 들고 서밑방으로 다 가서자, 북방의 죄인들이 누가 먼저랄 것도 없이 박수를 쳤다. 이 번에는 서웃방 죄인들 몇몇도 박수 대열에 합세했다. 서밑방의 여 섯 사내가 명일덕의 명령에 따라 물벼락을 내렸을 때, 옷이 흠뻑 젖었다가 온몸이 얼어붙어 고생한 탓이었다. 박수뿐만 아니라 끔 찍한 저주의 고함까지 질러댔다.

"손가락 하나로 되겠어? 목을 부러뜨려야지."

"갈비뼈를 몽땅 밟아버려."

"나 같으면 두 눈을 확 파내겠다."

"부랄부터 차버리십쇼."

평소의 명일덕이라면 몽둥이를 휘두르며 서웃방과 북방을 향 해 입 닥치라고 위협했을 것이다. 그러나 그날은 서밑방 문을 열 곤 서둘러 중문으로 다시 나갔다. 명일덕이 옥리가 된 후, 서웃방 과 북방의 죄인들이 한목소리로 누군가를 죽여버리라고 외친 적 은 없었다. 서웃방은 북방을 두려워했고 북방은 서웃방을 얕잡아 봤다. 지금 그들은 어느 방에 있든 끔찍하게 춥고 배고프고 지쳤 다. 또 그만큼 짜증이 나고 화가 치밀었다. 그들에겐 분풀이할 대

상이 필요했다. 성난 늑대들에게 던져준 먹잇감이 바로 서밑방의
교인들이었다.

배둑치가 서밑방으로 들어서자, 연장자인 신태보가 앞을 막아
섰다. 소인정처럼 묻지도 않고 배둑치를 바라만 보았다. 나머지 네
명도 신태보 뒤에서 같은 표정을 지었다. 방금 소인정의 엄지가 부
러지는 것을 보았음에도 지극히 평온한 얼굴들이었다. 그 표정이
서웃방과 북방의 죄인들을 더욱 자극했다. 그들의 옥문까지 열렸
더라면, 마당에서 신음하는 소인정과 서밑방의 교인들은 목숨을
보전하기 어려웠을 것이다. 배둑치는, 사학죄인들을 모조리 죽이
라는 서웃방과 북방 죄인들의 요구를 따르지는 않았다. 신태보의
왼손을 붙들고 소인정에게 그랬듯이 엄지를 꺾어 부러뜨렸다. 나
머지 네 교인도 차례차례 엄지를 부러뜨린 다음 서밑방을 나왔다.


25.

강웅돌에게 이틀을 쉬게 해주겠다고 할 때부터 의심스럽긴 했
다. 첫해 옥리는 반나절도 집에서 편히 지내기 힘들다. 비번일 때
도 눈만 잠깐 붙이곤 다시 옥으로 가는 날이 대부분이었다. 남방에
둔 자질구레한 형구 관리는 물론이고, 옥리방 청소, 죄인들 중에서
아프거나 다친 사람을 파악하는 일까지 모두 막둥이인 강웅돌의
일이었다. 하루만이라도 여유가 생긴다면 잠을 실컷 자겠다고 마
음을 먹었지만, 소인정과 대화를 나눈 후론 바람이 바뀌었다.

사학죄인 여섯 명은 정해년부터 십일 년이나 옥에 갇혀 지냈
다. 정해년에 벌어진 일들을 소인정에게서 자세히 들은 강웅돌

290

은 곡성에 가고 싶은 마음이 눈덩이처럼 커졌다. 걸어서 하루 만에 다녀오는 건 불가능했지만 이틀이면 가능한 거리였다. 잠을 자지 않을 작정을 하고 부지런히 가서 덕실마을과 무명마을을 둘러보고 싶었다. 소인정에게 그 이야기를 했더니 곡성 가는 지름길과 두 마을의 위치를 자세히 알려주었다. 강웅돌은 태어나서 단 한 번도 곡성에 가본 적이 없었다. 순자강도 천덕산도 생소했다. 이틀을 쉬라는 말을 명일덕에게 들었을 때 당장 떠오른 고을이 곡성이었다.

새벽에 번을 서고 나오면서부터 종종걸음이었다. 집에 들러 옷만 간단히 바꿔 입고 홀어머니에게 인사만 드린 뒤 풍남문으로 향했다. 대문을 나서는데, 누군가 불렀다.

"어이, 막둥아!"

자신을 막둥이라고 부르는 이는 옥리들뿐이다. 고개를 반만 돌려 왼편을 보니 명일덕이 서 있었다. 명일덕이 터벅터벅 걸어왔다.

"어딜 그리 급히 가?"

"아닙니다."

"어딜 가느냐는데 아니라니?"

"태실산에나 갈까 하고 나섰습니다."

태실산은 풍남문에서 사십이 리 남쪽에 있는 산이다.

"이 추운 날 거길 간다고?"

"옥리를 하기 전엔 자주 갔었습니다. 겨울산이 특히 더 아름답습니다."

"그래? 한데 태실산은 다음에 가야겠어."

"네?"

"나랑 급히 갈 데가 있어."

"어딥니까, 거기가?"

"가보면 알아."

언덕을 넘어가는데 키 큰 은행나무가 먼저 보였다. 그 아래 말 두 마리가 묶여 있었다. 명일덕이 말을 타곤 서남쪽으로 내달렸고, 강웅돌도 뒤따랐다. 두 사람이 이십 리를 단숨에 달려 도착한 곳은 모악산 귀신사였다. 일주문 앞에서 말을 멈추고 내렸다.

"산신각으로 곧장 올라가. 기다리고 계셔."

"같이 안 가십니까?"

"말들이나 먹이고 있을게."

산신각을 찾아 올라가는 강웅돌의 두 발이 떨렸다. 명일덕에게 오라 가라 명령을 내릴 수 있고, 또 강웅돌이 오늘 쉬는 날이란 걸 아는 이는 한 사람뿐이었다.

산신각 문을 열자, 거대한 범과 그 등에 탄 노인을 그린 산신도가 눈에 들어왔다. 앉은 채 그림을 올려다보던 공원방이 말을 하지 않고 오른손을 펴 바닥을 짚었다가 뗐다. 강웅돌이 그 자리로 가선 앉았다.

"산군을 만난 적 있나?"

"어, 없습니다."

"나는 있네. 그것도 세 번이나. 산군을 만나면 어찌할 것 같은가?"

"모르겠습니다."

"기도하게 된다네."

"……기도라고요?"

강웅돌이 질문을 뱉곤 스스로 제 입을 손으로 막았다. 공원방

앞에선 묻는 말에 대답만 할 뿐 먼저 질문하는 것은 금했다. 다행히 공원방은 화를 내지 않고 담담하게 답했다.

"어려움을 말하고 도움을 청하면 그게 곧 기도지."

"들어주셨나 봅니다?"

"한 번은 내 목에 코를 박고 냄새까지 맡았지만, 그냥 갔다네. 내가 왜 범을 세 번이나 만난 줄 알아?"

강웅돌이 산신도 속 범을 흘끔 보며 답했다.

"모르겠습니다."

"골짜기와 숲에서 범과 함께 사는 사람들 때문이지. 범보다 사람을 더 무서워하거든. 그들을 만나야 하니 범이 있는 줄 알면서도 산길을 오를 수밖에 없었지. 기도가 꼭 다 통하는 건 아냐. 범에게 잡아먹힌 자들도 적지 않아. 할 수 있겠는가?"

"……무엇을 말입니까?"

"범이랑 같은 숲에서 사는 거."

"제가 사는 곳은 전주 사대문 안입니다. 옥리가 되고 겨우 얻은 집이라서, 이사 갈 마음이 전혀 없습니다."

공원방의 눈길이 매서워졌다. 강웅돌은 눈을 질끈 감고 어깨를 움츠렸다. 범이랑 같은 숲에서 살 수 있겠느냐는 공원방의 물음은 질문이 아니라 추궁이었다. 강웅돌은 공원방이 때리면 맞고, 꾸짖으면 용서를 빌리라 작정하곤 기다렸다.

"어디로 가던 길이었나?"

"그, 그게……."

강웅돌은 말문이 막혔다. 서서히 포위망을 좁혀오는 기분이 들었다. 빠져나갈 구멍은 없었다. 공원방이 답을 기다리지 않고 말머리를 돌렸다.

"소인정은 사람이 참 똑똑하고 따듯해. 천주쟁이가 아니었다면, 좋아하는 서책 실컷 골라 읽고 번역하며, 또 많은 이들의 존경을 받으면서 잘 살았을 거야. 예수란 사내의 행적도 누가 들려주는가에 따라 차이가 커. 이것저것 갖다 붙이는 놈들에게 들어선 안 돼. 예수의 말과 행동만 담백하게 전하는, 소인정 같은 사람에게 들어야지. 예수는 말과 행동만 나열해도 참 매력적인 사람이거든. 그렇지?"

"……."

강웅돌은 답을 못 한 채 떨기만 했다.

"그 사랑이 참으로 놀랍지. 나를 사랑하는 자만 사랑하는 것이 아니라 나를 미워하는 자를 사랑하는 것이 진짜 사랑이라고 하지 않는가. 불행하기 그지없는 삶을 행복한 삶으로 바꿀 길을 알려주기도 해. 들으면 맘이 움직이지. 너만 그런 게 아냐. 자, 솔직히 답해. 어딜 가려던 길이었나?"

"……곡성입니다."

"거긴 왜?"

"정해년에 곡성에서부터 시작된 군난에 대해 들었습니다."

"보고 와서 십일 년이 지난 뒤 교우촌이 있던 곳의 형편을 소인정에게 알려줄 생각이었고?"

"그렇습니다."

"사제師弟의 도리로 그럴 순 있지."

"사제라니요. 당치도 않습니다."

"사제가 별건가. 배우고 가르치는 사이면 사제인 게지. 기도하는 법부터 예수의 행적까지 소인정에게 배웠지 않은가?"

"그, 그걸 어찌……."

"내가 어찌 알아냈느냐 하는 게 중요한 게 아니라, 사제의 도리를 네가 어디까지 지킬 것인가가 중요해. 홀어머니를 모시고 살더군. 효자라고 소문이 자자해. 지난가을 낙상하셔서 부엌 출입도 어려우시다 들었네. 네가 소인정과 사제가 된 게 혹시 어머니의 병을 낫게 해드리려고 그런 건가? 그렇다면 헛짓을 한 걸세. 기적을 일으킨 자는 예수이지 소인정이 아냐. 기적 따월 기대하지 말고, 내가 오늘부터라도 전라도에서 가장 용하다는 의원에게 어머니를 부탁드려 보겠네. 침이나 약으로 고칠 수 있는 병이라면 쾌차하실 거야."

강웅돌이 몸을 공원방에게 돌린 뒤, 이마를 차디찬 바닥에 대곤 말했다.

"다, 다시는 소인정과 말을 섞지 않겠습니다. 사학죄인들을 더욱 엄히 다루겠습니다."

공원방이 혀를 끌끌 찼다.

"사제의 도리를 매몰차게 끊어선 안 되지. 하던 대로 해. 곡성에도 다녀오고, 바뀐 형편을 소인정에게 자세히 알려줘. 명심해서 들어! 이제부터 넌 점점 더 열심히 천주를 믿어야 해."

"네?"

공원방이 강웅돌을 노려보다가 더욱 차분하게 설명했다.

"천주쟁이가 되는 거야. 그래야 네 어머니도 치료를 받고, 너도 옥리 노릇을 계속하고."

"가, 간, 간자가 되란 겁니까?"

공원방이 범을 올라탄 노인의 인자한 표정으로 답했다.

"간자라니 당치도 않지. 그저 사제의 정을 돈독히 하란 뜻이야. 네 마음이 가는 대로 해. 내가 몰랐더라도 네가 했을 그 짓들을, 내가 알았다고 그만두진 말라는 거다."

"살려주십시오."

강웅돌이 흐느끼며 이마를 바닥에 찧었다. 공원방이 더 낮게 읊조렸다.

"잘 붙들어, 마지막 동아줄이니까!"

공원방이 먼저 일어나선 산신각을 나갔다. 강웅돌은 한참을 더 흐느끼다가 겨우 울음을 그치고 귀신사를 내려왔다. 그때까지 명일덕이 일주문 앞에서 말들과 함께 기다리고 있었다. 말에 오르기 전 강웅돌이 물었다.

"처음부터 아셨던 겁니까?"

"뭘?"

명일덕이 되묻자, 강웅돌이 손바닥으로 눈물을 훔치며 고쳐 물었다.

"새벽에 가서 주전주를 마무리 지으라 한 것도, 제 담력을 시험한 것만은 아니었죠? 제가 소인정과 엮이도록 만드셨던 것 아닙니까?"

명일덕은 일주문을 바라보며 말했다.

"결국 다 네가 만든 업보야. 누굴 탓하고 원망할 일이 아니라고. 이제라도 네 살 궁리를 해. 옥리장인 내가 도와줄 테니, 언제든 의논하고. 알겠나?"

"알겠습니다."

강웅돌의 복명복창은 딱딱하고 힘이 넘치면서도 쓸쓸하고 슬펐다. 강웅돌은 남쪽으로 천천히 말을 몰았다. 명일덕도 가볍게 말에 올랐다. 안장에 앉아 허리를 세우는 순간, 장끼가 숲에서 푸드덕 날아올랐다. 놀란 말이 앞발을 갑자기 높이 들며 도는 바람에, 명일덕이 낙마하며 나뒹굴었다. 산굽이를 막 돌던 강웅돌이 급히 되돌아왔다.


26.

이오득은 행인이 많은 풍남문 대신 패서문으로 노을을 등진 채 들어섰다. 지게에는 팔다 남은 소금이 반 섬도 채 되지 않았다. 서문 밖 시장에서 장사를 마치고 문 안 구경에 나선 소금꾼이 적지 않았다. 장창을 든 문지기가 소금을 슬쩍 들여다보며 심심풀이 삼아 물었다.

"오늘 장사는 꽤 쏠쏠했나 봐?"

"날이 풀려 그나마 나왔습죠."

"어디서 왔는가?"

"줄포입니다."

"내 그럴 줄 알았지. 줄포 소금이 빛이 참 고와."

이오득이 굽실거리며 물었다.

"소금 혹시 필요하십니까? 싸게 드리겠습니다. 열 살부터 소금을 지고 팔러 다녔으니, 이 짓만 벌써 육십 년이 가까웠습죠. 소금 맛이 없단 소린 제 평생 한 번도 들어본 적이 없습니다."

"비싸게 드린다는 소금꾼은 본 적이 없어. 한발 늦었군. 점심 전에 벌써 사뒀다네."

패서문으로 들어섰지만 이오득이 향한 곳은 완동문이 코앞에 보이는 성의 동쪽이었다. 횡으로 곧장 가면 해가 지기 전에 닿았을 테지만, 공북문 쪽으로 올라갔다가 폭포가 떨어지듯 풍남문을 향해 내려온 후 다시 성벽을 따라 북동쪽으로 걸어 완동문 앞에 이르니, 어둠이 짙게 깔린 뒤였다. 다가선 여인이 물었다.

"소금이 짠맛을 잃으면 무엇으로 그 맛을 낼 수 있을까요?"

"마음에 소금을 간직하고 서로 평화롭게 지내십시오."

여인을 뒤따랐다. 북쪽으로 백 보쯤 골목을 걸으니 허리를 숙여야 들어갈 수 있는 협문이 나왔다. 여인은 이오득이 마당으로 들어선 것을 확인한 뒤 신을 벗었고, 그 신을 제 손으로 들고는 방으로 들어갔다. 이오득도 그대로 따랐다. 신을 방문 옆에 두곤 고개를 들자, 흐린 등잔 하나가 켜졌다. 기다린 사람은 모두 넷이었다. 놀랍게도 그들 모두 이오득이 아는 사람들이었다.

"대범하오. 아무리 등잔 밑이 어둡기로서니, 감영 옥 바로 아래 골목에서 모일 줄은 몰랐소."

연꽃무늬 등잔을 밝히며 눈웃음을 보인 이는 공설이 아가다였고, 그 옆에 앉은 쉰 살을 넘긴 여인은 신태보 베드루의 며느리이자 소인정 요안을 도와 필사를 맡았던 최증애 발바라였으며, 이오득을 이곳으로 안내한 여인은 곡성 장선마을에선 담양댁으로 통하던 현월아 마리아 막다리나였고, 그 옆에 앉은 유일한 사내는 곡성 공방을 지낸 석여벽 요셉이었다. 석여벽이 입교한 후 현월아와 함께 곡성을 떠났다는 소식을 공설이에게 듣긴 했으나 여기서 재회할 줄은 몰랐다.

"들키지만 않는다면 최대한 곁으로 가라고 가르쳐주신 분이 바로 이 야고버 회장님이십니다."

"이제 그렇게 부르지 마시오."

"그럼 무엇이라 불러드릴까요?"

"압록!"

잠시 침묵이 흐른 뒤 이오득이 석여벽에게 말을 건네려 했다. 궁금한 것이 많았다.

"석 공방께선……."

석여벽이 말허리를 잘랐다.

"요셉입니다, 제 이름."

"멋진 이름이오. 석 요셉 님은 어디 있다가 이제 나타난 겁니까? 북삼도로 가서 큰돈을 벌었단 소문은 들었소만……."

"포목布木을 주로 하며 여기저기 다녔습니다. 천주님 은혜로 가난한 이웃들을 돕고 또 두루 좋은 일에 쓸 정도는 벌었습니다. 저는 포목을 나르기만 했고, 장사는 현 마리아 막다릐나가 도맡아했습니다."

이오득의 시선이 현월아에게로 옮겨 갔다.

"혼인한 게요?"

"팔 년 전에 부부가 되었지요."

이오득이 석여벽에게 다시 물었다.

"아들이 있지 않았소?"

"맞습니다. 은윤이라고! 전처와의 사이엔 그 아이 하납니다."

"이제 장성했겠소. 그 아이 역시 이름을 새로 받았소?"

교인이 되었느냐는 물음이다. 현월아가 대신 답했다.

"감영 옥에 있습니다. 팔 년 전 저와 석 요셉이 좌포도청 포졸들에게 붙잡힐 뻔했지요. 의주로 모아서 보내야 할 돈이 급했거든요. 은윤이 저희 대신 붙잡혀 갔습니다."

공설이가 불쑥 끼어들어 말머리를 돌렸다.

"진주목사 조봉두에 대한 응징은 직접 하신 거죠?"

"금시초문이오. 정해년에 곡성현감을 지냈던 바로 그 조봉두가 진주목사로 왔소?"

지리산을 중심으로 전라도와 경상도 여러 고을을 두루 다니며 민심을 살피고 봉기할 곳을 찾는 이오득이 올봄 새로 바뀐 진주목사가 누군지 몰랐다는 것은 말이 되지 않았다. 다른 사람도 아니고 정해 군난 때 교인들을 혹독하게 괴롭힌 조봉두 아닌가.

"원한이 있다고 사람을 죽여선 안 됩니다. 사람을 죽이지 말라. 이 계명을 지켜오시지 않았습니까?"

이오득이 좌중을 둘러보며 대답했다.

"내가 천주교를 떠날 때 '천주십계'로부터도 떠난 게요. 그래도 함부로 살인하지 않고 간음하지 않고 도둑질하지 않으려 애쓰고 있소. 나와 지리산 의적들이 누군가를 죽인다면, 그건 사사로운 원한 때문이 아니오. 수령이든 향반이든 아전이든 마름이든 그 사람으로 인해 최소한 천 명 이상이 끔찍한 고통을 겪는다면, 그런데도 나랏법에 따라 아무런 개선이 이뤄지지 않는다면, 그땐 우리가 나서는 겁니다. 그냥 죽이진 않소. 죽이기 전에 충분히 대화를 나눈다오. 지은 잘못이 무엇이고, 그 잘못 때문에 얼마나 많은 사람이 불행한가도 가르쳐준다오. 죽을 만한 잘못이 아니라고 항변한다면 반론을 펼 기회까지 허락한다오. 핑계나 변명이 아니라 우리 주장을 부술 반론이어야 하겠지만."

"의로운 살인은 없습니다."

이오득이 석여벽과 최증애와 현월아 그리고 공설이를 차례차례 본 후 물었다.

"진주목사가 살해된 것 때문에 부른 건 아니지 않소? 먼저 하나만 확인하고 싶은데…….”

"말씀하세요."

"길치목은 어뎠소?"

공설이가 짧게 답했다.

"다른 일이 있어서 오늘은 함께 못 왔어요."

이오득이 틈을 두지 않고 이어 말했다.

"피아골 산채까지 길치목을 데리러 왔을 때, 이번 생에선 아가다와 다시 만날 일이 없으리라 여겼다오. 그런데 겨우 반년 만에, 그것도 전주에서 만나자는 연락이 오니, 뜻밖이어서 놀랍고 걱정부터 되었소. 나는 나대로 아가다는 아가다대로 죽든 살든 각자 해나가기로 한 것 아니었소? 마음이 바뀌기라도 했소?"

"아니에요. 산채에서 말씀드린 그 마음 그대로입니다. 다만 벗으로서, 하나만 도움을 청하고 싶어 뵙자고 한 거예요."

"내가 꼭 도와야 할 문제라도 생겼단 뜻이오?"

"맞아요."

이오득이 계속 넘겨짚었다.

"그 문제가 소인정 요안의 안위와 이어져 있소?"

"긴밀히!"

이오득이 허리를 약간 젖히며 질문의 방향을 돌렸다.

"죽이고 싶은 자가 생기기라도 했소?"

"아니란 걸 아시잖습니까?"

"난 이 문제가 길치목과도 엮여 있다고 봅니다. 대답할 필요 없소. 질문이 아니니까. 내 도움을 받고 싶으면, 우선 소인정이 갇힌 전라감영 옥 근처에 이렇듯 집을 얻고 하려는 일이 무엇인지 설명하시오. 처음부터 끝까지 하나도 남김없이. 계획을 다 듣기 전엔 돕지 않겠소."

석여벽이 곧장 핵심을 짚었다.

"탈옥시키려 합니다."

"탈옥? 전라감영을 탈옥한 죄인이 지금까지 단 한 사람도 없단 건 아시오? 어떻게 탈옥을 시킨단 게요?"

공설이가 답했다.

"판을 흔들 준비는 마쳤습니다. 탈옥도 탈옥이지만 그보다 더 중요한 일이 있습니다."

"탈옥보다 중요한 일? 그게 무엇이오?"

"이야기를 들으시면 저희랑 마지막까지 함께하셔야 합니다."

"듣기도 전에 결정하라?"

"그렇습니다. 다시 한번 말씀드리지만, 압록 두령 외엔 적임자가 없었어요."

이오득이 양손을 맞잡으며 말했다.

"어쩌자는 건지 이야기해 보시오."

공설이가 눈짓을 하자, 석여벽과 현월아와 최증애가 일어나 밖으로 나갔다. 최증애는 건넌방으로 들어갔고, 석여벽과 현월아는 협문 옆에 서서 주변을 살폈다.

이오득은 성문이 열리는 시간에 맞춰 협문을 나섰다. 북쪽을 등진 채 곧장 풍남문을 향해 걸었다. 정면을 노리는 두 눈은 모두 충혈되었다. 공설이의 계획을 듣고 질문을 하고 답을 듣느라 밤을 꼬박 새운 것이다. 산채까지 와서 길치목을 데려갈 때는 노림수가 있으리라 여겼지만, 이오득이 상상한 것보다 그 수가 훨씬 거대하고 치밀했다. 치밀했지만 약점이 없는 것은 아니었기에, 또 이런 일은 거듭 짚고 또 짚어야 하기에, 조금이라도 마음에 걸리는 부분은 묻고 또 물었다. 마지막 질문은 지금까지 질문을 모두 없던 것으로 돌릴 수도 있는 것이었다.

"꼭 이걸 해야겠어?"

공설이는 입꼬리를 올리며 웃었다. 답하지 않은 것은 답할 필요가 없다는 것이다. 골목을 꺾어 도는데, 마주 오던 사내와 어깨가 부딪쳤다. 술 냄새가 심하게 났다. 먼저 상대를 알아본 쪽은 이오득이었다. 왼눈을 가린 사내를 보면, 진주성에서 나오지 않은 두팔의 얼굴부터 떠올랐던 것이다. 정말 애꾸눈 두팔이었다. 양볼에 살이 오르고, 산채에서는 보기 힘든 깨끗하고 값비싼 옷을 입었지만 두팔이 분명했다. 이오득은 급히 고개를 돌리곤 걸음을 더 빨리 옮겼다.

"어이!"

고함이 날아와 등을 때렸다. 이오득이 멈춰 섰다. 두팔이 비틀거리며 다가왔다.

"사람을 쳤으면 사과를 해야지. 그냥 가는 법이 어딨어? 근데 왜 이렇게 익숙하지? 이 어깨며 허리며 다리를 내가 분명 봤는데…… 어디서 봤더라?"

두팔의 오른손이 이오득의 어깨를 짚는 순간, 이오득이 돌아서며 두팔의 사타구니를 무릎으로 쳐올렸다. 그리고 어둑어둑한 골목을 따라 내달렸다. 급습을 당하고 웅크려 뒹굴던 두팔이 가까스로 일어섰다. 지독한 통증 속에서 익숙한 뒷모습의 사내가 누구인지 떠오른 듯 욕설과 함께 말했다.

"쌍…… 압록 두령?"

오십 보도 넘게 차이를 두고 달아났지만, 이오득은 곧 두팔에게 따라잡혔다. 이오득은 전주에 종종 왔어도 이 골목이 초행이었고 두팔은 해만 지면 술과 여자와 즐거움을 찾아 돌아다닌 길이었다. 이오득이 두 번 막다른 골목으로 들었다가 돌아 나오는 동안, 두팔은 지름길로만 머뭇거리지 않고 달렸다. 풍남문 현판이 이오득의 눈에 들어왔을 때, 두팔의 눈에는 이오득의 뒤통수가 보였다. 둘의 간격이 대여섯 걸음도 채 안 될 때, 두팔의 주먹이 이오득에게 닿기 전, 담벼락을 따라 자란 상수리나무 뒤에서 나온 단봉이 두팔의 뒤통수를 갈겼다. 두팔은 이마를 찧으며 혼절했고, 이오득은 고개를 돌려 자신을 도운 이를 확인했다. 무택이었다.


27.

옥살이라고 나쁜 소식만 듣는 것은 아니다. 죄인들에게 가장 좋은 소식은 뭐니 뭐니 해도 석방 즉 출옥이다. 북방에 갇힌 흉악범이 옥을 나가는 경우는 매우 드물지만 아예 없지는 않았다. 살인죄로 붙들려왔는데 진범이 붙잡힌 경우가 십 년에 한두 번씩은 있었다. 그때까지 죄인이 처형되지 않고 옥살이를 이어가야지만,

출옥의 행운을 맛볼 수 있었다. 그러나 대부분은 붙잡힌 해에 처형되거나, 옥살이를 하더라도 쥐와 벌레와 함께 지내는 더러운 옥에서 몇 해 버티지 못한 채 세상을 버렸다. 쌓인 억울함이 너무 큰 탓이다.

서밑방 역시 배교하지 않는 이상 석방이란 없었다. 십일 년이나 옥살이를 했으니, 목숨이 다할 때까지 이대로 갇혀 지낼 듯했다. 배교하지 않고 그들이 출옥할 수 있는 방법은 조선이 천주교를 인정하고 교인들을 벌하지 않는 것뿐이다.

서웃방에는 계절마다 빠지지 않고 좋은 소식이 들려왔다. 주전주는 아버지가 빚을 더 지는 바람에 교형을 당했지만, 반대로 밀린 세나 빚진 돈을 다 갚고 풀려나기도 했던 것이다.

그 겨울 서웃방으로 날아든 희소식은 바로 석은윤의 석방이었다. 1830년 곡성 공방 석여벽이 군포를 챙겨 잠적하는 바람에 외아들인 석은윤이 옥살이를 하는 동안, 석여벽은 함경도에서 비단 장사를 해서 큰돈을 벌었는데, 1838년 11월 가슴병이 깊어 세상을 떠났다는 것이다. 죽기 직전 남긴 유언에는 1830년에 훔쳐 가서 장사 밑천으로 삼은 군포의 다섯 배를 전라감영에 갖다 바치고 석은윤의 석방을 간청하라는 문장이 담겼다. 관아 마당에 가득 쌓인 군포의 질과 양을 확인한 전라감사 조봉태는 석은윤을 불러 효심을 칭찬하며 풀어주겠다고 했다. 석은윤은 군포를 몰래 훔쳐 달아난 아비의 죄가 군포를 갚는다고 없어지진 않는다며 옥살이를 최소한 일 년은 더 하겠다고 버텼다. 옥살이 팔 년이면 그 죄를 씻고도 남는다고 조봉태가 직접 석방을 결정했다.

들리는 풍문으론 석여벽이 숨겨둔 재산이 어마어마해서, 석은윤은 옥에서 나가자마자 하삼도에서 손꼽는 부자가 될 것이라고 했다. 이틀 뒤 출옥할 예정이었다. 조봉태는 직접 석은윤에게 소원을 물었고, 석은윤은 옥을 나가는 날 죄인들과 옥리들을 배불리 먹이고 싶다고 했다. 옥을 나서며 간단히 떡을 돌린 죄인은 있었지만, 석은윤처럼 서웃방만 아니라 북방과 동방과 서밑방까지 산해진미를 그득 차려주겠다는 이는 없었다. 석은윤의 청이라면 무엇이든 들어줄 것 같은 조봉태가 그것만은 딱 잘라 거절했다. 그 소식을 듣자마자 공원방이 모처럼 독대를 청했다. 공원방이 전라감영 판관으로 내려왔을 때 만나곤 반년 동안 단둘만 만난 적은 없었다.

"왜 보자고 했는가?"

"죄인들을 배불리 먹이고 싶다는 석은윤의 소원을 들어주지 않으시겠다 하셨다지요?"

"공 판관 귀에까지 들어간 겐가? 그랬네."

"이유를 알고 싶습니다. 효자정려孝子旌閭, 나라에서 효자를 표창하는 일를 해도 부족함이 없지 않습니까?"

"석은윤이 칭찬받아 마땅한 효자인 건 인정해. 늦게나마 출옥하게 된 것도 다행이고. 하지만 그 때문에 옥에 갇힌 죄인들을 위해 음식을 차리게 할 순 없어."

공원방이 잠시 침묵한 뒤 물었다.

"혹시 그 일 때문입니까?"

"무슨 일?"

조봉태는 마음을 먼저 열어 보이는 사람이 아니었다.

"진주에서……."

"짚이는 데라도 있는가?"

역시 하나뿐인 아우 조봉두의 죽음 때문이었다. 조선이 건국한 이래 진주목사가 괴한에게 살해된 적은 단 한 번도 없었다. 장례를 마치고 전라감영으로 돌아온 뒤 지금까지 술과 고기를 멀리하며 지냈다. 조봉태는 감영 옥의 죄인들 특히 북방의 흉악범들에게 산해진미를 먹이고 싶지 않았던 것이다.

"여덟 번째입니다."

조봉태가 맥락을 몰라 노려봤다.

"하삼도 고을 수령만 노려 해치고 있습니다."

"진주목사만 당한 게 아니다?"

"봉기꾼들 짓입니다."

"봉기꾼이라고?"

"농부들을 현혹하여 난을 일으키는 자들입니다. 저들의 마음을 사기 위해 몇몇 고을 수령들을 살해하고 있고요."

"어찌 그렇듯 자세히 아는가? 혹시 좌포도청에서 쫓는 자인가?"

공원방은 장삼과 이사가 두팔을 잡아서 끌고 온 이야기는 건너뛰고 답했다.

"꼭 잡겠습니다. 그 전에 석은윤의 소원을 허락해 주십시오."

"그 소원을 들어주는 것과 내 아우인 진주목사를 죽인 괴한들을 잡는 것이 연결되어 있단 거야?"

"장담하긴 어렵습니다만, 미끼를 던져야 생선을 낚는 법입니다. 삼가고 막으면 오던 생선도 다른 강으로 가버리지요."

조봉태는 진범이 잡히면 가장 먼저 자신에게 알린다는 확약을 받고, 석은윤의 소원을 받아들였다. 조봉태가 마음을 바꿨다는 소

식이 옥리들 귀에 들어가자, 명일덕은 석은윤에게 이틀 동안 서웃
방에 머물 필요 없이 옥리방에서 지내라고 했다. 그 정도는 옥리
장이 배려할 수 있는 부분이었다. 석은윤은 마음만 고맙게 받겠다
며 서웃방을 떠나지 않았다.

죄인들은 이틀만 지나고 나면 출옥하는 석은윤을 부러움 가득
한 눈으로 쳐다보았다. 한 명 두 명 다가앉고선 부탁하기 시작했
다. 연락이 끊긴 부모나 자식이나 형제나 자매나 친구를 찾아달라
는 데서부터, 이틀 후 들일 음식에 빠져서는 안 되는 요리까지 다
양했다. 석은윤은 그들의 부탁을 단 하나도 거절하지 않고 해보겠
노라고 했다. 혹시 빠뜨릴까 싶어 강웅돌에게 문방사우를 빌려 종
이에 앞뒤로 빽빽하게 적었다.

서웃방에선 다들 웃음꽃을 피웠지만, 단 한 사람은 굳은 얼굴
에 입술이 한 자나 튀어나왔다. 그는 바로 모독이었다. 겨울로 들
어선 후부터 석은윤과 나란히 누워 체온을 주고받으며 지낸 것이
다. 그 밤에 석은윤이 등을 돌리고 누운 모독에게 물었다.

"필요한 것 없으세요? 이틀 뒤면 나간다고 하니, 억울하게 죽은
주전주가 생각나네요. 누군 아비 때문에 죽고 누군 아비 때문에
살고."

"흉문에 섞여들어 고생 많이 했습니다."

"'했습니다'가 뭡니까? 그냥 늘 그래왔듯이 '했어'라고 해요."

"당신은 만석꾼 부럽지 않은 재력을 지녔습니다. 곡성 공방 석
여벽 그러니까 아전의 아들이고, 전 한낱 광대인 거짓말 일수입니
다. 지금까지 거짓말을 하며 죄를 엄청 쌓았습죠. 부모는 둘 다 장
흥이라고 그랬나 순창이라고 그랬나 하여튼 전라도 어느 관아의

노비였습니다. 관아에서 일하며 늙어 죽긴 싫어 도망쳤지요. 그 후로 네 부모가 누구냐 물으면 전 왕의 씨라고도 하고 장수의 씨라고도 하고 대제학 이조판서 형조참판의 씨라고도 했습니다. 그런 거짓말만 일삼는 천민인 제가 어찌 당신에게 말을 놓겠습니까. 더구나 당신은 저 때문에 괜한 오해를 샀습니다. 제가 주전주에게 했듯이 당신에게도 했을 거라는, 너무나도 끔찍한 소문!"

"그딴 거 신경 쓰지 않습니다. 그놈들은 저를 전혀 지켜주지 않았어요."

"저는 압니다. 당신은 남자를 아끼는 사람이 아니며, 여자조차 풀처럼 여기는 사람입니다. 평생 동정을 지키며 살겠다고 혼자 이미 결심을……."

석은윤이 모독의 등을 위로하듯 쓸었고, 그 바람에 모독은 말을 멈췄다. 석은윤이 이렇듯 먼저 등을 만진 적은 없었다. 이윽고 석은윤이 물었다.

"필요한 거 정말 없으세요?"

모독이 한참을 답이 없다가 입을 열었다.

"당신! 제겐 당신이 필요합니다."

석은윤이 젖은 목소리로 말했다.

"미안해요. 그 부탁은 들어드릴 수 없네요. 저는 돌아가야 합니다. 팔 년이나 돌아갈 꿈을 꾸었어요. 돌아가려면, 제 마음도 몸도 떳떳해야 합니다."

28.

모독이 석은윤에게 필요한 것이 "당신!"이라고 털어놓았을 때, 배둑치 또한 월검에게 처음이자 마지막으로 속 깊은 말을 건넸다.

"나가야겠다."

월검은 놀라는 대신 입아귀를 올렸다가 내렸다. 모로 누워 밀착한, 차꼬마저 가지런하게 줄을 맞춘 죄인들을 살피며, 목소리를 낮춰 물었다.

"기회가…… 있겠습니까?"

배둑치가 대답 대신 월검을 쳐다보았다. 어둠 속에서 눈동자만 번뜩거렸다. 월검 역시 옥을 나갈 기회를 붙들고 싶었다. 북방에서 영좌를 하며 편히 지낸다 하여도 옥은 옥이었다. 북방의 영좌보다는 전주 남천의 막내 거지가 더 낫다고 하지 않는가. 지금까지 명일덕을 비롯한 옥리들에게 간과 쓸개라도 내줄 것처럼 지극정성을 다한 것을, 영좌를 지키기 위해서라고 간주하는 이들도 있다. 그러나 월검의 속마음은 달랐다. 낮에는 그래도 견딜만 했지만 밤만 되면 국향의 춤사위가 어른거렸다. 탈옥 외엔 바깥세상으로 나가 하루라도 국향을 품을 방법이 없었다. 북방의 죄인들 대부분 누군가를 간절히 그리는 마음은 월검과 같았다.

옥리장 명일덕의 신임은 두둑했지만 탈옥할 기회는 없었다. 배둑치와 겨뤄 패하고 영좌에서 물러난 것은 울화가 치밀었지만, 마음속 한구석에선 새로운 기대가 불씨를 피웠다. 배둑치가 탈옥할 기회를 잡는다면, 이 정도 치욕은 치욕도 아니었다. 그런데 정말 그 기대가 모악산을 태울 만큼 장대한 불꽃으로 자란 것이다.

"준비해."

"준비라 하심은?"

월검이 배둑치의 의지를 확인하듯 물었다.

"각자 맡을 옥리를 정해."

"알겠습니다. 언제 합니까?"

배둑치가 대답 대신 고개를 돌려 서웃방을 보았다. 석은윤만 깨어 앉았다. 누울 땐 다 같이 누워 자고 일어나 앉을 땐 다 같이 일어나는 곳이 옥이지만, 옥리는 이 원칙을 따르지 않는 죄인을 만나면 무조건 몽둥이부터 휘둘렀지만, 그 밤엔 석은윤을 벌하는 옥리는 없었다. 월검은 배둑치의 눈길을 따라 석은윤을 살피며 그들이 탈옥할 날을 알아차렸다. 이틀밖에 남지 않았다.


29.

새벽부터 안개가 몰려들었다. 남방에서 북방이 보이지 않고, 서밑방에서 동방과 중문이 보이지 않을 정도로 짙었다. 중문으로 들어온 강웅돌이 양손을 겨드랑이에 넣은 채 잰걸음으로 웅덩이를 돌아가선 서끝방을 열었지만, 소인정은 곧바로 얼굴을 내밀진 않았다. 강웅돌이 옥 안으로 서너 걸음 들어서자, 벽에 기댄 채 두 다리를 뻗고 앉은 소인정이 보였다. 입술을 거의 벌리지 않고 오물거리며 내는 소리가 들려왔다.

"갑자기 사람 손가락이 나타나더니, 촛대 앞 왕궁 석고 벽에 글을 쓰기 시작하였다. 임금은 글자를 쓰는 손을 보고 있었다……."

"괜찮으십니까?"

소인정이 고개만 들고 웃으며 말했다.

"잠깐 졸았더니, 무릎이 또 말썽입니다."

찬 기운이 관절을 얼려버린 것이다. 강웅돌은 왼 겨드랑이에 머리를 넣곤 부축해서 일어섰다. 서끝방을 나서기 전에 소인정이 말했다.

"쓰겠습니다."

강웅돌이 걸음을 떼려다가 멈췄다.

"〈옹기꾼의 노래〉를 쓰시겠다고요?"

"그렇습니다. 공 판관이 줄곧 원했던 그 소리를 적어보겠습니다."

"갑자기…… 왜 마음을 바꾼 겁니까?"

소인정이 되물었다.

"예수님의 일생을 시작부터 끝까지 알고 싶고, 천주님의 가르침대로 살고 싶다는 마음은 변함없습니까?"

"이미 꼼꼼하게 알려주셨잖습니까?"

잠시 소인정의 질문을 곱씹더니 놀라며 고쳐 물었다.

"혹시 저 때문입니까? 제게 〈옹기꾼의 노래〉를 알려주시기 위해서입니까? 전원오 부부가 옥에 갇혀서도 죽을 때까지 만들고 또 만들었다는 사실을 전해 듣고, 과연 어떤 작품일까 궁금하긴 했습니다. 천주님을 위해 평생을 살아온 부부의 노력과 정성이 가득 담겼을 테니까요. 하지만 제가 뭐라고, 저처럼 어리석고 한심하고……."

소인정이 강웅돌의 손등을 다독이며 말했다.

"한 사람을 전교해야 한 마을을 전교할 수 있고, 한 마을을 전교해야 한 나라를 전교할 수 있습니다. 당신은 결코 하찮은 사람이 아닙니다. 천주님이 흙으로 빚은 사람과 그 후손 중에 쓸모없는 사람은 없습니다."

312

강웅돌은 고개를 돌려 눈물부터 훔쳤다. 서밀방 문을 열어 소인정을 넣지 않고 옥리방으로 데리고 들어갔다. 잠시라도 온돌에 몸을 녹이게 하려는 것이다. 소인정이 들려준 예수의 일생은 모독의 이야기와는 매우 달랐다. 강웅돌이 질문하면, 이미 답을 알고 있더라도 잠시 생각을 정리한 후 답했다. 그날 곧바로 옥리방에서 답하지 않고, 하루나 이틀 뒤 답을 주기도 했다. 덧붙은 이야기들을 최대한 걷어내고 예수의 삶을 고스란히 알려주기 위해서였다. 소인정의 설명을 듣고 있노라면 이런 물음이 저절로 나왔다.

"서책을 도대체 얼마나 머릿속에 넣고 다니시는 겁니까?"

읽고 정리하며 외워둔, 적어도 수십 권 어쩌면 수백 수천 권을 참고해서 나온 답들이었다. 소인정은 그 서책들에서 질문의 답을 찾았고, 이미 나온 답들이 모순되거나 충돌할 경우에는 그 입장들의 차이까지 자세히 알려줬다. 그리고 자신의 생각을 밝힐 때는 반드시 이렇게 시작했다.

"이건 제 부족한 생각입니다만……."

그 부족한 생각이 제일 합당하고 멋있어 보일 때가 대부분이었으므로, 강웅돌은 소인정이 습관처럼 그 말을 꺼낼 땐 더욱 귀를 쫑긋 세웠다.

"〈옹기꾼의 노래〉가 얼마나 뛰어난 소리인지는 모르겠지만, 소인정, 당신이 제게 들려주는 예수님의 일생보다 나을 거란 생각은 안 듭니다."

소인정이 말했다.

"이건 제 부족한 생각입니다만, 〈옹기꾼의 노래〉는 제가 결코 닿을 수 없는 작품입니다. 제가 관련 서책을 전원오 안또니와 감귀남 글나라 그 두 사람보다 많이 읽긴 했겠지요. 하지만 그들은 제가 서책과 씨름하는 동안 흙을 만졌습니다. 바람 소리를 들었습니다. 떠가는 구름과 그 구름을 들락거리는 새들을 보았습니다. 시든 꽃과 벗어버린 뱀의 허물과 멧돼지나 고라니의 똥을 주워 냄새를 맡기도 했습니다. 천주님이 만든 창조물들을 그토록 평생 자세히 들여다본 이는 드뭅니다.

그들이 그렇게 할 때 저는 서책을 읽고 번역하고 필사하며 외웠습니다. 저로선 그게 최선이었지만, 제가 행한 최선이 반드시 좋은 작품을 만드는 건 아닙니다. 어떤 서책이 좋은가 혹은 권할 만한가 혹은 읽어서는 안 되는가는 가릴 수 있습니다만, 제가 직접 예수님의 일생을 쓰지 못한 이유가 여기에 있습니다. 저는 예수님만큼 창조물들 곁에서 충분한 시간을 보내지 못했습니다. 어렸을 땐 그런 생각을 못 했고, 생각을 어렴풋하게나마 품었을 즈음에는 제가 읽고 논하고 번역해야 할 서책이 서안 위에 가득 쌓여 있습니다. 전 안또니와 감 글나라는 자신들이 쓰고자 하는 작품에만 집중했습니다. 서책도 그 작품에 도움이 되는 것만 골라 읽었고, 살면서 만난 숱한 동물들, 식물들, 사람들 역시 작품과 나란히 놓고 궁리했습니다. 충분한 시간 여유를 갖고 따져왔던 것이죠. 삶을 전부 쏟아부은 정성과 노력은 제가 감히 흉내 낼 수 없습니다."

"〈옹기꾼의 노래〉를 지었다는 두 사람은 처음부터 그렇게 동식물들을 두고두고 살피며 글을 지었습니까?"

"처음부터 그랬다면 정해년이 되기도 전에 작품을 마쳤겠지요. 이건 제 부족한 생각입니다만, 젊어서 쓴 대목들과 나이 들어 지은 대목들은 차이가 많습니다. 처음엔, 누구라도 그러하겠지만,

그리 긴 시간이 지나기 전에, 아무리 길어도 일 년 안에는 완성되리라 여겼겠지요. 시작할 때 평생 이것만 쓰겠다고 작심하는 이는 없으니까요. 두 사람은 읽고 듣고 이야기를 나눈 것들을 바탕으로, 또 배우고 익힌 소리에 맞게 예수님의 일생을 적어나갔을 겁니다. 나쁘진 않았겠지만 최고라 평할 정도까진 아니었을 겁니다. 그러다가 깨달았겠지요. 아, 이게 한 달 바짝 한다고 끝날 일이 아니구나. 일 년 부지런히 쓰고 마무리할 작품이 아니구나. 평생 해도 못 마칠 수도 있겠구나. 조급함이 사라지고 난 자리엔 안타까움과 절망이 찾아들죠. 진작 이걸 깨달았어야 한다는 후회도 함께! 그보다 더 큰 감정은 두려움입니다. 과연 내가 이걸 써낼 수 있을까. 그 두려움에 눌려버리면 시작도 하기 전에 포기하고 맙니다. 천 명 중 구백구십구 명이 여기에 속합니다. 겨우 한 사람, 많아야 두 사람만이 지금까지 해왔던 방식과는 전혀 다른 방식을 시도할 용기를 내지요.

전 안또니와 감 글나라가 바로 그 귀중한 용기를 낸 자에 속합니다. 그들은 훨씬 많은 시간 동안 산과 강 그리고 들을 다녔고, 또 그 속에서 살아가는 뭇 생명들을 만나고 살피고 적어뒀습니다. 그리고 너무나도 느리게, 달팽이가 기어가듯이 글을 적어나갔습니다. 무수히 고친 건 말할 필요도 없겠지요. 작업 방식을 바꾸고 나니, 예전에 썼던 대목들이 명확했습니다. 결국 십 년쯤일까요, 어쩌면 십오 년 혹은 이십 년 동안 지은 글들을 모두 버렸습니다. 가마에 넣은 나무가 활활 타오르고 재밖에 남지 않듯이, 그 글들도 다 없앤 후, 두 사람은 처음부터 다시 시작한 겁니다. 시간이 아주 많이 걸리긴 했지만, 두 사람도 흡족하고 또 우리도 흡족한 작품을 얻었으니, 세월을 낭비한 것은 아닙니다. 거기에 담긴 예수님의 일생이 사실이냐 아니냐로 작품을 평하는 것도 어리석습니다. 우리 교우들뿐만 아니라 청나라와 더 서쪽의 여러 나라에도 보여 의견을 듣고 싶네요. 부탁이 하나 있습니다."

"무엇입니까?"

"〈옹기꾼의 노래〉를 처음부터 끝까지 듣고 외웠습니다. 완벽하게 외웠다 여겼는데, 역시 완벽하다는 건 어렵군요. 의심스러운 곳이 몇 군데 생겼습니다. 서밀방 교우와 그 부분들을 의논하면서 〈옹기꾼의 노래〉를 적었으면 합니다. 오늘 저녁엔 신태보 베드루 형제님과 이태권 베드루 형제님을 함께 서끝방에 넣어주십시오. 가능하겠습니까?"

"당신처럼 박식한 분에게 도움이 더 필요합니까?"

"실수가 있어선 안 되니까요. 두 분과 함께라면 착오 없이 적을 수 있겠습니다."

오늘은 석둥개가 번을 서는 날이지만, 강웅돌이 맡겠다고 나서면 기특하다며 떠넘기고 물러날 것이다.

"신태보와 이태권, 두 죄인을 서끝방에 넣는 것은 어렵지 않으나, 의심스러운 대목을 확인하는 것이라면, 마당을 나란히 걸으면서도 해결되지 않겠습니까?"

"금 간 벽을 본 적 있지요? 실금이 하나 생기면 메우면 될 거라 여기지만, 그 금을 없앤다 하더라도 또 다른 금이 여기저기 생깁니다. 그러니 저보다 훨씬 예수님의 행적에 밝은 두 분의 도움을 하룻밤이라도 집중해서 받았으면 합니다."

"그렇군요. 걸으며 묻고 답하는 게 아니라, 마주 앉아 깊게 파

들어가야 하는 문제들이란 것이죠? 알겠습니다."

"부탁이 하나 더 있습니다."

"무엇입니까?"

"그 부탁은 내일 아침에 드리지요. 음식은 언제부터 들어올 듯 합니까?"

"그게, 아마도 이른 아침부터 북적거릴 겁니다. 죄인들을 배불리 먹이고 싶다는 석은윤의 뜻을 전라감사께서 받아들이셨으니까요. 〈옹기꾼의 노래〉 사설은 하룻밤이면 마치십니까?"

"가능합니다. 외운 걸 옮겨 적는 거니까요."

"그렇군요. 그럼 글을 마치고 음식들을 드시면 되겠습니다."

"혹시…… 새벽까진 마치려고 애쓰겠으나 조금 늦어질 수도 있습니다."

"시간을 더 드리겠습니다. 옥리들이 나오기 전까지."

"그럼 이만……."

소인정은 서밑방으로 가기 위해 일어섰다. 옥리들이 출근할 시간이었다. 강웅돌이 따라 일어서며 소인정의 소매를 슬쩍 잡았다가 뗐다. 소인정이 고개를 돌려 강웅돌의 손을 보곤 또 고개를 들어 눈을 맞췄다. 하고 싶은 말이 있으면 하라는, 지극히 온화한 얼굴이었다. 강웅돌이 앞니로 아랫입술과 윗입술을 번갈아 깨물며 망설이다가 말을 더듬었다.

"구, 구, 궁금한 게 있습니다."

소인정이 계속하라는 뜻으로 고개를 끄덕였다.

"거짓말하면…… 지옥에 가겠죠?"

"'천주십계'에 나와 있습니다. 망증妄證과 거짓말과 모함과 훼방과 짐작으로 판단하는 것을 금한다고."

강웅돌의 눈에 눈물이 가득 고였다. 머리를 살짝만 흔들어도 이
내 볼을 타고 흘러내릴 듯했다. 소인정이 좋은 말로 다독거렸다.

"지옥에 가지 않을 방법은 얼마든지 있습니다."

강웅돌이 다리에 힘이 풀리는지 왼 무릎을 꿇었다. 소인정도
앉아서 강웅돌과 눈높이를 맞췄다.

"벌써 거짓말로 당신을 속였는데도요. 당신과 나눈 이야기를
공 판관에게 일러바쳤습니다. 이러고도 제가 지옥에 가지 않을 수
있겠습니까? 좋아서 한 짓은 결코 아닙니다. 믿어주십시오.

지난번에 태어나서 처음으로 곡성을 다녀왔다고 말씀드렸죠?
풍남문을 나서는데 옥리장이 저를 불러 세웠습니다. 그리고 모악
산 귀신사로 갔는데, 거기에 공 판관이 기다리고 있더군요. 공 판
관이 저를 몰아세웠습니다. 천주를 믿느냐고. 그 상황이 너무 두
려워 입이 떨어지지 않았습니다. 제 홀어머니 이야기를 꺼내더라
고요. 어머니를 전라도에서 가장 용한 의원에게 보여 침도 맞고
약도 짓게 해주겠다고. 목청을 높이진 않았지만 명백한 협박이었
습니다. 공 판관과 귀신사에서 만난 적이 없는 것처럼, 곡성을 다
녀온 후에도 계속 당신께 말씀을 청하고 듣고 하라는 지시를 받
았습니다. 그러나 예수님에 관하여 질문드린 건 어디까지나 제가
품은 의문입니다.

저는 또한 알고 있습니다. 공 판관에게 당신과 나눈 대화를 은
밀히 보고할수록, 당신을 힘들게 만든다는 것을. 당신은 진심으
로 저를 대하는데, 저는 당신에게 매일 거짓말한 겁니다. 하지만
오늘 저녁 신태보와 이태권을 서끝방에 당신과 함께 넣는 것만은

공 판관에게 알리지 않으려 합니다."

"왜 그건 알리지 않겠다는 것이죠? 남김없이 전부 보고하라는 명령을 받았다고 하지 않았습니까?"

"지금까지 단 한 번도 서밀방의 죄인을 서끝방에 함께 머무르게 해달라고 부탁하신 적이 없지 않습니까? 아침에 〈옹기꾼의 노래〉를 완성하여 주실 때까진, 판관도 옥리장도 당신이 마음을 바꿨다는 사실을 모르도록 하겠습니다. 오직 저만 알고 있겠습니다."

소인정이 팔을 뻗어 강웅돌의 뺨을 적신 눈물을 손등으로 닦아 준 후 손을 쥐곤 일어섰다.

"감췄다가 들키면 강웅돌 당신만 곤란해집니다. 해왔던 대로 공 판관에게 가서 전부 이야기하세요. 저는 괜찮습니다. 그리고 이건 제 부족한 생각입니다만, 공 판관에게 우리가 나눈 대화를 전부 몰래 보고해 왔다고 하여 당신이 지옥에 가진 않을 겁니다."

강웅돌이 젖은 눈을 크게 뜨곤 소인정의 얼굴을 빤히 쳐다보았다. 지옥에 가진 않을 것이란 말을 이렇게 굴려보고 저렇게 굴려보는 중이었다. 거짓말하지 말라는 계명을 어기고도 지옥에 가지 않는 경우를 생각해 내려고 애쓰는 것이다. 그리고 갑자기 무엇인가 떠오른 듯 급히 눈을 감고 어깨를 떨었다. 눈을 마주치지 않은 채 조심스럽게 물었다.

"알고, 계셨습니까, 제가 간자 짓을 해온 걸?"

소인정이 고개를 들곤 담담하게 답했다.

"천주님은 모르시는 게 없습니다."

30.

—준비를 마쳤습니다

신태보가 등을 흔들고 고개를 한 번 젖혔다. 알겠다는 뜻이다. 소인정이 덧붙여 썼다.

—그다음은

신태보는 오늘 저녁에 글을 쓰겠다는 것만 소인정에게 알렸다. 앵베르 주교가 명한 글, 그러니까 태어나서 지금까지 특히 정해년 이후 옥에서 겪은 일들을 신태보와 이태권이 소상히 적더라도, 그 글을 어떻게 감옥 밖으로 내보낼 것인지에 대해선 설명이 없었다. 신태보가 돌아눕더니 소인정의 등에 적었다.

—글을 마치고 이야기해 주겠소

역시 계획을 세워둔 것이다. 소인정은 나머지 네 명의 죄인을 돌아보았다. 그들은 이 일을 신태보에게 일임했는지, 벽을 향해 앉아 기도만 계속했다. 신태보가 소인정의 등에 질문을 적었다.

—강웅돌은 믿을 만하오

소인정은 답하지 않고 가만히 기다렸다. 신태보가 이어서 적었다.

—일을 맡겨도 될 만큼

소인정은 즉답하지 않고 강웅돌이 새벽에 한 고백을 떠올렸다.

—옹기꾼의 노래에 관한 일

—그것도 그거고

신태보는 강웅돌에게 새로운 일을 시키려는 것이다. 소인정은 확신이 서지 않았다.

—착하고 여립니다 조금만 자신에게 위태로우면 입을 열 겁니 다 일을 시키면 공원방에게 고스란히 들어간다고 봐야 합니다

신태보가 적었다.

─때론 돌처럼 단단한 사람보다 물처럼 여린 사람이 필요한 일
도 있소

소인정이 다시 적었다.

─어떤 일인가요

신태보가 일어나 앉았다.

"기도드립니다, 늘. 요안 형제님을 지켜달라고."

소인정 역시 신태보를 비롯한 서밀방의 교우들을 위해 매일 기
도했다. 그러나 그것을 지금처럼 서밀방에서 상대를 보며 말로 한
적은 없었다. 말을 할 필요도 없는 것을 말한다는 것은 남다른 의
미를 거기에 실었다는 뜻이다. 소인정은 짧게 눈으로 물었다.

'왜 그 얘길 하십니까?'

신태보는 웃기만 했다. 천주의 깊은 뜻이 담긴 서책의 번역을
마친 후 홀로 짓던 바로 그 웃음이었다.


31.

"당장 끌어내어 치도곤을 칠까요?"

강웅돌의 보고가 끝나자마자 명일덕이 성난 목소리로 청했다.
공원방은 서안에 올려둔 서책을 쓰다듬었다. 서밀방 여섯 죄인과
마음의 흐름을 맞추기 위해 다시 읽기 시작한 『성경직해』였다. 그
들은 매주 첨례일을 챙기고 복된 말씀을 읊조리며 하루하루를 보
냈다. 몸은 전라감영 옥에 갇혔지만, 마음은 예수의 일생을 따라
베들레헴에도 가고 갈릴래아 호수에도 가고 예루살렘에도 갔다.

그동안 강웅돌은 공원방과 독대하여 소인정과 서밑방 죄인들에 대한 보고를 올렸다. 그런데 오늘은 옥리장 명일덕까지 함께 있었다. 명일덕은 보고를 듣는 내내 강웅돌을 째려보았다. 공원방이 함구령을 내렸다고 하더라도, 어떻게 직속 상관인 자신을 건너뛰고 공원방에게 곧바로 보고할 수 있느냐는 꾸지람이 매서운 눈길에 담겼다.

"그냥 둬."

공원방이 짧게 명령했다. 명일덕의 청을 단칼에 자른 것이다. 명일덕은 받아치진 못했다.

"확실히 감시를 붙이겠습니다. 무슨 수작을 부리는지 살피겠습니다."

"그냥 두라면 그냥 둬."

그리고 강웅돌을 노려보며 물었다.

"다른 이야긴 더 없었나?"

"……없었습니다."

"자, 엄청나게 지루한 이야기를 하나 해볼까. 나와 너 그리고 소인정 이렇게 셋이서 배를 타고 가다가 강물에 나와 소인정이 빠졌어. 너는 줄을 하나 들고 있지. 그 줄을 누구에게 던질 건가?"

강웅돌의 얼굴이 벌겋게 상기되었다. 명일덕이 강웅돌의 뒤통수를 쳤다.

"뭔 고민을 그렇게 해? 당연히 공 판관께 먼저 밧줄을 던져야지?"

강웅돌이 뒷머리를 양손으로 덮으며 명일덕에게 반문했다.

"그땐 주전주에게 먼저 던지라 하셨잖아요?"

짧은 침묵이 흐른 뒤, 공원방이 물었다.

"이 이야길 벌써 했어?"

명일덕은 기억나지 않는 듯 강웅돌에게 거듭 물었다.

"언제? 내가 무슨 얘길 했다고 그래?"

강웅돌이 답했다.

"주전주를 남방 대들보에 목매달아 놓고 함께 나온 그 밤 말입니다. 툭 던지듯 이야기하셨습니다. 배에 저랑 주전주랑 옥리장이렇게 셋이 있는데, 주전주와 옥리장이 순자강에 빠지면 누구에게 줄을 던질 것이냐고 질문하셨습니다. 그래서 저는 당연히 옥리장께 먼저 던진다고 답했더니, 방금처럼 제 뒤통수를 치며 주전주에게 먼저 던져야 한다고 알려주셨습니다. 놀라서 이유를 물었습니다. 강에 빠지면 두 사람이 서로 살겠다고 뒤엉키기 마련이니, 먼저 줄로 올가미를 만들어 주전주에게 던져 목에 건 후 당겨 죽여 배 위에 올려두고, 다시 올가미를 풀어 옥리장을 구하는 게 최선이라고요. 그 이야기를 하고 나선 모두들 대취하여 이야기다운 이야길 나누진 못했고요. 다음 날 새벽에 저만 홀로 옥으로 돌아갔습니다."

명일덕이 눈을 부릅뜨곤 말했다.

"주전주는 목을 졸라 죽일 죄인이라 그리 말한 것이고, 소인정은 나라의 명이 있을 때까진 살려둬야 할 사학죄인이다."

강웅돌이 울상을 지으며 말했다.

"그게 또 그리되는 것입니까."

공원방이 명일덕을 보며 끼어들었다.

"다음부턴 신참이 들어올 땐 이야길 바꿔. 옥리장이 된 후로 막내 옥리에게 늘 똑같은 이야기만 하는 이유가 뭐야?"

명일덕이 머리를 긁적였다.

"그야······."

"죄인을 목매달아 죽이는 한이 있더라도 옥리장은 구해야 한다이건가? 옥리가 옥리장의 명령을 따르는 것은 옳지만, 그렇다고죄인들을 함부로 매질하거나 죽여선 안 돼. 법에 따라 벌을 주지않으면, 죄인들도 그 벌을 달갑게 받아들이지 않을 거야."

"앞으로 다시는 그런 이야기 하지 않겠습니다."

공원방이 강웅돌에게 고개를 돌렸다.

"자, 아직 답을 못 들었네. 나랑 소인정이 강물에 떠내려가면 누구에게 먼저 밧줄을 던질 건가? 올가미 이런 거 만들지 말고 곧장줄만 던진다면?"

강웅돌이 이번에도 답을 못 한 채, 공원방의 시선을 피하고 명일덕을 보았다. 명일덕이 눈을 부라리자 강웅돌은 두 사람의 시선을 피해 아예 고개를 쳐들었다가 다시 머리를 푹 숙여 바닥을 보았다. 개미 기어가는 목소리로 답했다.

"저도 강에 빠지겠습니다."

명일덕이 뒤통수를 다시 때리려다가 뒷목을 쥐곤 흔들었다.

"그건 셋 다 죽자는 소리잖아? 전라감영 옥리인 네가 판관과 사학죄인 중에 누구 목숨을 먼저 구할 거냐는 질문에 같이 죽겠다고 답한다는 게 말이 돼? 너 설마 천주쟁이냐?"

"아, 아닙니다. 저는, 너무 부족해서 ······하라 해도 제가 받아들일 수 없습니다."

"뭔 말이야 그게? 거기서 네가 부족하단 소린 왜 해? 받아들일수 없는 건 또 뭐고?"

324

공원방이 말허리를 잘랐다.

"다그치지 마. 너나 나처럼 속이 시커먼 놈들보단 깨끗한 저놈이 낫지. 천당엔 막둥이 같은 놈이 간다고 복된 말씀에도 나와 있어."

강웅돌이 겨우 공원방과 눈을 맞추곤 아랫입술을 깨문 채 고개를 저었다.

"아닙니다. 저는 천당이 아니라 지옥에 가야 합니다, 꼭."


32.

짙은 안개가 걷히고 옥문이 열리자마자 서웃방과 서밑방과 동방의 죄인들이 모두 마당으로 나왔다. 겨울이 시작된 후론 아무리 날씨가 화창해도 절반 이상은 옥에 머물렀다. 그날도 찬 바람이 매섭고 진눈깨비까지 흩날렸지만, 어떤 기대와 함께 마당이 모처럼 꽉 찼다. 마당으로 나오지 못하는 북방 죄인들이 부러운 마음에 욕을 하고 침을 뱉었다. 떠밀려 다가온 서웃방과 서밑방과 동방의 죄인들에게 주먹을 내뻗기도 했다. 북방의 분노는 석은윤의 한마디에 이른 봄눈처럼 녹아버렸다.

"하루만 참으십시오. 내일은 돌아가며 마당에서 배불리 먹을 수 있을 겁니다."

음식을 나누겠다는 소식은 진작부터 들었다. 주린 배를 채우는 것도 기쁜 일인데, 더러운 옥방이 아니라 마당에서 먹는다는 것이다. 석은윤은 뒤이어 내일 들여올 음식들을 나열하기 시작했다.

"설날이니 떡국, 강정 그리고 교아당膠牙糖, 물엿, 술은 초백주椒柏酒, 후추 측백잎주와 매화주가 기본으로 나옵니다. 송서찰짐떡에 고

기떡을 곁들이고, 창면暢麵, 녹두국수에 찹쌀새알심국도 준비할 겁니다. 암향탕暗香湯, 매화탕과 지황탕地黃湯 뜨거운 국물이 온몸의 냉기를 한꺼번에 날려버릴 테고, 곰 발바닥과 기러기와 잉어를 삶아서 내올 겁니다. 노루와 꿩과 오리와 대합을 구우라고 했고, 쇠고기 육회와 돼지고기수정회, 각종 생선회도 가져오라 했습니다. 사슴고기 육포 먹어보셨습니까? 전복포와 꿩고기 육포도 나옵니다. 지금 기억나는 건 이 정도인데, 말씀드린 것보다 두 배는 더 다양하게 나올 테니 마음껏 즐기십시오."

죄인들이 동시에 침을 삼켰고, 웃음을 터뜨렸고, 서로 끌어안기까지 했다. 왁자지껄한 틈을 타서, 모독이 소인정에게 다가와선 물었다.

"어찌할 겁니까?"

"어찌하다니?"

모독은 죄인들이 다시 기뻐 고함치기를 기다렸다가, 중문 앞에 선 석둥개와 강웅돌의 표정을 살피고, 뒤이어 북방 구석에 앉은 배둑치까지 보고 나선 물었다.

모독이 잔뜩 이마에 주름을 잡더니 목소리를 낮췄다.

"엄지손가락이 끝이겠습니까? 그다음엔 엄지발가락을 차례차례 부러뜨리겠지요. 발가락까지 다 못 쓰게 만든 후엔 어찌할까요? 손목과 발목을 부러뜨릴 것이고 그다음엔 무릎과 팔꿈치를 가루로 만들 겁니다. 모르시겠어요? 공 판관은 이제 끝장을 보려는 겁니다. 〈옹기꾼의 노래〉를 받아내지 못하면, 누구 하나 죽어나갈 판이라고요."

오늘 밤에 바로 그 〈옹기꾼의 노래〉를 적기로 했다는 것을, 모독은 아직 몰랐다. 소인정이 모독의 오른손을 잡아끌었다. 그리고 손바닥에 단어 하나를 썼다.

─주교

그리고 모독의 표정을 살폈다. 놀라지도 그렇다고 굳지도 않은 얼굴로 모독이 되물었다.

"이게 뭡니까?"

모독이 신태보에게 주교의 뜻을 전했다고 해도, 곧장 그 사연을 풀어내지는 않을 것이다. 소인정은 다만 모독의 표정에서 어떤 기미를 알아차리고 싶었을 뿐이다. 모독이 넘겨짚듯 물었다.

"뭔가 다른 생각이 있으신 겁니까? 그리고 저를 의심하여 지금 떠보는 중이고요?"

거짓말 일수답게 눈치가 무척 빨랐다. 소인정이 동문서답을 했다.

"손가락과 발가락이 부러지더라도, 혀는 멀쩡합니다."

붓을 드는 게 힘들더라도 혀를 놀려 〈옹기꾼의 노래〉를 불러줄 수도 있다는 암시를 준 것이다. 모독이 더 나갔다.

"혀까지 잘린다면?"

"그렇게까지 하겠습니까? 손가락과 발가락에 혀까지 잘라버리면, 공 판관도 영영 〈옹기꾼의 노래〉를 알아낼 방법이 없습니다. 그가 원하는 것은 작품이지, 손가락과 발가락과 혀가 아닙니다."

모독이 턱을 들었다.

"제게 꼭 들려주셔야 합니다. 그것이 저기 위에 계신 분의 뜻 아니겠습니까?"

소인정도 따라서 흐린 하늘을 우러렀다.

겨울이라 해는 일찍 졌지만, 마당에 더 머물겠다고 고집을 부리는 죄인은 없었다. 강웅돌이 서웃방과 서밑방과 동방 문을 잠그고 빗장을 건 뒤 서끝방을 열었다. 그런데 오늘 서끝방에 머무는 이는 소인정만이 아니라 신태보와 이태권까지 셋이었다.

서끝방의 문방사우 역시 변한 것이 없었다. 서안엔 종이들이 놓였고, 붓걸이엔 크기에 따라 열 개의 붓들이 가지런했다. 달라진 것은 소인정의 자세였다. 서안 앞에 앉아서 참선하는 승려처럼 꼼짝 않던 소인정이 바쁘게 움직였다. 오른팔 하나로 벼루를 당겨 앞에 두고 물을 붓고 먹을 갈기 시작한 것이다. 그사이 신태보와 이태권은 서안에 둘둘 말린 종이를 바닥에 한 장씩 편 후 네 모서리를 고정시켰다.

세 사람은 벼루를 가운데 두고 둥글게 앉았다. 그들의 손에는 각자 고른 붓이 하나씩 들려 있었다. 아무것도 적혀 있지 않은 두루마리 백지를 바라보던 세 사람은 고개를 돌려 서로를 쳐다보았다. 말을 건네거나 등이나 손바닥에 글을 적지는 않고, 다만 서로의 눈을 들여다보며 고개를 끄덕일 뿐이었다. 먼저 붓을 종이에 대고 단숨에 첫 문장을 써 내려간 이는 신태보였다.

1791년 조정에서 첫 공식적인 금령을 내렸을 때, 나는 비록 신앙생활을 하지는 않았지만, 천주교를 알고 있었다.＊

뒤이어 이태권이 썼고, 소인정도 〈옹기꾼의 노래〉 첫 대목을 적었다.

여보게 이웃님들, 이내 말씀 들어보소.

천주님 엿새 만에 이 세상을 만든 소식

예수님 십자가에 못 박혀 돌아가셨다가

사흘 만에 부활하여 훨훨 승천하신 소식

복된 말씀 시작부터 끝까지 영원히 남을

하나는 믿음 하나는 소망 하나는 사랑

셋 중에서 가장 위대한 것은 바로 사랑이니,

이렇게도 사랑하고 저렇게도 사랑하고

아이도 사랑하고 어른도 사랑하고

나무나 풀도 사랑하고 들짐승과 날짐승도 사랑하고

산도 강도 바다도 들녘도 마을도 사랑하는데

그중에서 가장 힘들고 어렵고 서럽고 아픈 사랑이 곧

원수를 사랑하는 일이라

어찌하면 철천지원수를 미워하지 않고 사랑할 수 있는지

따져 묻는 자들이 동서고금을 막론하고 무수히 많되,

감쪽지 똑 떨어지듯 떨어지는 답이 없구나.

지금부터 예수님께서 원수 사랑하신 이야기를 제대로 시작해 보려 하니,

들어들 보시겠는가?


세 사람은 붓을 들곤 숨을 천천히 내쉬었다. 곧바로 잇지 못한 채, 서로를 보며 눈으로 웃었다. 모든 것을 말하면서 아무것도 말하지 않는 순간이었다.

신태보와 이태권은 자신이 처음 천주를 접한 날부터 지금까지의 일들을 축일 외우듯 가지런히 정리했다. 그중에서 글에 담을

부분과 뺄 부분에 대한 정돈까지 마쳤다. 첫 문장에서부터 마지막 문장까지를 눈을 감고 단숨에 읊을 정도였다. 소인정이 옥중기를 쓸 기회가 단 하룻밤뿐이라고 했기 때문이다.

신태보와 이태권이 집중해서 붓을 놀리는 동안, 소인정 역시 바삐 종이를 채워나갔다. 소인정은 소리를 내진 않았지만 계속 입술을 놀렸고, 그 입술의 움직임에 따라 붓도 장단을 탔다. 가령 도입부에서 요안이 세례를 주던 요단강을 설명할 때는 붓놀림도 느릿느릿 유장했고, 예수가 예루살렘에 들어 성전 앞뜰에 벌여놓은 좌판을 엎을 땐 점점 더 빠르게 자진모리에 이르렀으며, 십자가에 못 박혀 세워질 때는 바람이 심하게 떨며 돌아나가듯 휘몰이가 쳤다. 한 문장 한 단어 한 글자도 놓치지 않기 위해 집중하고 또 집중했다.

붓을 다시 쥘 날이 있을까. 십일 년을 옥에서 보내며 수많은 생각들이 찾아들었다. 어떤 장면이나 이야기는 꼭 글로 옮겨 두고 싶기도 했다. 그러나 신태보와 이태권에겐 붓이 허락되지 않았고, 소인정에겐 오직 〈옹기꾼의 노래〉만 적어내라고 했다. 십일 년 동안 많은 일이 있었다. 감영 옥을 꽉 채웠던, 정해 군난과 관련된 오백여 명 중에서 남은 이는 이제 겨우 여섯 명이었다. 그 많은 사람들은 감영을 나와 어디로 흩어졌을까. 그 길로 영영 천주의 곁을 떠났을까. 아니면 회심하여 다시 교우촌을 이루고 믿음 생활을 견실하게 하고 있을까.

동이 터올 때까지 세 사람은 쉬지 않고 썼다. 서로를 바라보지도 않았고 어깨나 허리를 흔들지도 않았다. 오직 눈앞에 놓인 백지와 그 위를 개천이 흐르듯 적어 내려가는 붓에만 온 마음을 쏟았다. 놀랍게도 세 사람은 동시에 붓을 내리고 허리를 펴면서 긴 숨을 쉬었다.

끝난 것이다.

먼저 말을 건넨 이는 소인정이었다.

"곧 강웅돌이 올 겁니다. 이제 어떻게 이 글들을 밖으로 내보낼지 알려주십시오."

신태보가 익숙한 이름 하나를 또박또박 작은 소리로 말했다.

"명 일 덕!"

33.

강웅돌이 서끝방 옥문을 열었다. 들어오지는 않고 헛기침을 했다. 소인정이 기다렸다는 듯이 문으로 다가서며 말했다.

"두 분을 서밑방에 우선 넣어드리고, 잠시 옥리방에서 이야기를 나눴으면 합니다."

강웅돌은 소인정과 그의 어깨 너머 신태보의 얼굴을 차례차례 살폈다. 밤을 꼬박 새웠는지 눈이 퀭했다. 소인정의 오른손에 들린 보자기에 시선이 닿았다. 그 속에 든 두루마리가 묵직했다.

"알겠습니다."

쇠를 풀고 서밑방 옥문을 열었다. 신태보와 이태권이 걸어 들어갔다. 세 명의 죄인들이 모여들었다. 그들도 밤을 꼬박 새우며 기도드린 것이다. 소인정이 서밑방에 갇힌 다섯 죄인과 차례차례 눈을 맞춘 다음 강웅돌을 따라 중문을 지나서 옥리방으로 들어갔다.

"다…… 마치셨습니까?"

"그렇습니다."

강웅돌이 양손을 모은 채 환하게 웃었다. 두 눈엔 벌써 기쁨의 눈물이 차올랐다.

"보고 싶습니까?"

"볼 수 있습니까?"

소인정이 보자기를 열자, 두루마리가 나왔다. 강웅돌이 무릎을 꿇고 허리를 곧게 세운 채 양손을 올려, 보물처럼 두루마리를 받았다. 그리고 양손으로 두루마리를 쥐고 펼치다가 멈췄다. '옹기꾼의 노래'란 제목이 눈에 띈 것이다. 숨을 고른 후 다시 펼쳐 읽어 내려가기 시작했다.

나자렛에선 가족이 원수였고

갈릴래아에선 이웃이 원수였고

예루살렘으로 향하는 길에선

가난과 배고픔과 목마름이 원수였고

예루살렘으로 들어간 다음엔

유대교라는 종교와 로마라는 제국이 원수였어라

십자가에 매달렸을 땐

원수라 여긴 모든 것들을 사랑하여야 하므로

저마다의 십자가를 지고 따르겠다는 맹세보다

더 어렵고 무섭고 벅찬 것은 없어라

십자가를 지고도 원수가 여전히 원수라면

당신의 십자가는 십자가가 아니다

당신의 사랑은 사랑이 아니다

강웅돌은 허리를 젖히며 고개를 들었다. 뺨을 타고 턱까지 흐른 눈물이 두루마리에 떨어지는 것을 막기 위해서였다. 옥리가 되어 감영 옥에 처음 간 날, 옥리장 명일덕은 강웅돌에게 강조하고 또 강조했다.

"옥에 갇힌 죄인은 모두 원수다. 북방의 흉악범들은 언제든 너를 공격하려고 벼르는 원수다. 서밑방의 천주쟁이들은 원수 중에서도 가장 혹독하게 다뤄야 하는 원수다. 온화한 미소로 환심을 사 네가 가진 모든 것을 빼앗으려는 원수다. 죄인들을 원수가 아니라고 여기는 순간, 넌 무너지기 시작할 거다. 다치고 병들고 목숨까지 잃을 거다. 명심해. 저것들을 사람대접해선 절대로 안 돼. 죄인들은 옥리들의 원수다. 알겠나?"

강웅돌은 번을 서기 위해 옥으로 들어설 때마다 '원수'라는 두 글자를 속으로 외웠다. 원수이기 때문에 매질할 수 있고 모욕할 수 있고 목매달아 죽일 수 있었다. 그런데 예수는 누군가를 원수로 여기지 않고는 살 수 없는 자들을 위해 십자가에 못 박힌 것이다. 강웅돌은 두루마리를 읽다가 흐르는 눈물을 손등으로 훔치며 고개를 들곤 혼잣말을 연이어 해댔다.

"예수님이 이런 분이셨습니까? 몰랐습니다. 정말 몰랐습니다."

"채찍을 이렇듯 치면 목숨을 지키기 어렵습니다. 제가 그때 예루살렘에 있었더라면, 태형을 맡은 군졸이었다면, 죽는 한이 있더라도 예수님이 채찍을 맞는 것만은 막았을 겁니다."

"자신이 매달릴 십자가를 스스로 지고 언덕을 올랐단 말입니까? 그 몸으론 평지를 걷지도 못합니다. 십자가를 지라는 것은, 언덕을 오르라는 것은, 가다가 죽으란 것과 같습니다."

"사랑이란 단어가 가장 어울리지 않는 곳에서 사랑을 말씀하셨군요. 예수님을 따르는 이들을 옥에 가두고 핍박한 옥리 역시 원수임에 분명합니다. 지옥에 가야만 합니다. 한데 저 같은 원수도 사랑하신다고요? 몰랐습니다."

〈옹기꾼의 노래〉를 끝까지 읽은 강웅돌은 펼쳤던 두루마리를 다시 말아 품에 안고 울음을 터뜨렸다.

"이걸, 이 귀한 작품을 공 판관에게 넘기면 안 됩니다. 말씀만 하십시오. 제가 목숨을 걸고 옥 밖으로 빼내 가지고 나가겠습니다."

소인정이 말했다.

"그렇지 않아도 부탁이 둘 있습니다. 어렵고 위험한 부탁이니, 부담되고 싫으면 하지 않아도 됩니다."

"하겠습니다. 하겠습니다."

강웅돌은 어떤 부탁인지 듣지도 않고 승낙부터 했다.

"먼저 이걸 명일덕 옥리장에게 꼭 드리세요."

"공 판관이 아니라 명 옥리장입니까? 옥리장 역시 천주쟁이라면 치를 떠는 사람입니다. 따로 밖으로 내보낼 궁리를 지금부터라도 하시는 게 어떻겠습니까?"

"옥리장 명일덕에게 반드시 넘겨야 합니다. 공 판관이든 누구든 다른 사람에게 주면 절대로 안 됩니다."

강웅돌이 건네 받은 보자기를 잠시 내려다보았다. 보자기엔 방금 그가 읽은 〈옹기꾼의 노래〉가 들어 있었다. 그런데 다시 생각해 보니, 소리가 끝났을 때 두루마리가 끝난 것은 아니었다. 두루마리는 〈옹기꾼의 노래〉를 읽느라 펼친 것보다 더 말려 있었다. 쓴 글이 더 있는가. 그것은 또 무엇인지 궁금했지만 따져 묻진 않왔다. 소인정은 설명이 필요한 물건은 먼저 말했고, 밝히고 싶지 않은 물건은 침묵했다. 오늘도 보자기를 열고 다시 묶으며 침묵했으므로, 강웅돌은 그대로 명일덕에게 전하기로 했다.

"알겠습니다. 다른 부탁 하나는 뭡니까?"

소인정이 고개를 돌려 문밖에 인기척이 없음을 확인한 뒤, 낮은 목소리로 말했다.

"내일 음식이 들어오고 북방의 문이 열리면 죄인들이 우르르 몰려나올 겁니다. 그때 배둑치는 마지막까지 옥에 머무르고 있을 테니, 들어가서 차꼬 열쇠를 주십시오."

"차꼬 열쇠를요? 영좌 배둑치가 차꼬를 풀고 자유롭게 다니도록 도우라는 겁니까?"

"그렇습니다."

"무슨 짓을 꾸미는 겁니까? 탈옥이라도 하려고요? 단념하십시오. 차꼬만 푼다고 나갈 수 있는 옥이 아닙니다. 중문과 대문이 겹겹입니다. 운이 좋아 중문을 뚫는다 해도, 둥근 담장이 세 길이 넘고 대문 안문과 바깥문이 굳게 닫혀 있으면 절대로 옥을 벗어나지 못합니다."

"차꼬 열쇠만 건네주시면 됩니다. 하겠습니까 아니면 못 하겠습니까?"

강웅돌의 두 눈에 놀라움과 두려움이 해일처럼 들이쳤다. 북방의 죄인들은 모두 두 발에 차꼬를 찼다. 석방될 때까지 차꼬를 풀지 않는 것이 원칙이었다. 차꼬들의 열쇠는 하나였고, 번을 서는 옥리는 그 열쇠를 허리에 항상 차고 다녔다. 북방에서 어떤 일이 벌어지더라도, 옥리장의 명령이 없는 한 옥리는 옥문을 열고 들어

갈 수 없었다. 북방의 죄인 중 누구 하나가 죽어가더라도 이 원칙은 지켜야 했다. 그런데 소인정은 강웅돌에게 두 가지 원칙을 전부 어기라는 것이다. 옥문을 열고 북방으로 들어가 배둑치의 차꼬를 풀라! 발각되면 강웅돌은 옥리에서 쫓겨날 뿐만 아니라, 감영옥에 죄인으로 갇힐 수도 있었다. 강웅돌이 물었다.

"천주님의 일입니까?"

소인정이 고개를 끄덕였다. 강웅돌이 답했다.

"하겠습니다!"


34.

소인정이 서밑방에 앉자마자, 중문이 열리면서 명일덕을 비롯한 옥리들이 들어왔다. 긴 탁자 네 개를 든 교졸들이 뒤따랐고, 음식을 지게에 진 사내들과 머리에 인 아낙들이 줄지었다. 순식간에 밥과 국과 나물과 고기 냄새가 마당에서부터 옥방 구석구석까지 퍼져 나갔고, 성질 급한 죄인들은 나무 기둥에 붙어 양팔을 노처럼 휘젓거나 양손을 모아 코를 둥글게 감싸고 깊게 숨을 들이마셨다. 석은윤이 어제 나열했던 음식들이 빠짐없이 탁자 위에 한가득 차려졌다. 명일덕이 나서서 큰 소리로 말했다.

"오늘 석방되는 석은윤이 너희를 위해 마련한 음식이다. 맘껏 배불리 먹기 바란다. 너희도 옥에서 옥리의 명령을 군말 없이 따르고 얌전히 지내면 석은윤처럼 좋은 날이 올 거다. 알겠느냐?"

"알겠습니다."

석둥개가 몽둥이로 제 어깨를 가볍게 치며 혼잣말을 했다.

"짜식들, 어지간히 주렸던가 보네."

명일덕이 이어 말했다.

"만에 하나 먹다가 싸움이 나면, 그 즉시 다시 가둘 거다. 말다툼도 안 돼. 음식은 얼마든지 있으니, 차례를 지켜 즐겁게 먹도록 해. 알겠느냐?"

"알겠습니다."

강웅돌이 서웃방과 서밑방과 동방을 먼저 열었다. 죄인들이 우르르 몰려나와 탁자를 에워싸고 먹기 시작했다. 수저가 놓여 있었지만, 맨손으로 고기며 떡이며 나물을 집어삼키기에 바빴다. 서밑방의 여섯 죄인만 먼저 눈을 감고 기도부터 한 다음 수저를 찾아 들었다. 명일덕이 석둥개에게 명령했다.

"잘 감시해. 싸우면 즉시 중단하고 가둬."

석둥개가 물었다.

"저희는 어찌합니까요?"

석은윤이 끼어들어 답했다.

"옥리 나리들을 위한 음식은 따로 가져왔습니다."

명일덕이 고개를 끄덕인 후, 석둥개에게 명령했다.

"서웃방과 서밑방과 동방을 다 먹이고 나서, 북방 죄인들 먹이고, 너흰 그다음에 먹어."

강웅돌이 명일덕에게 다가가선 말했다.

"말씀드릴 게 있습니다."

"따르게."

명일덕이 앞장서서 중문을 나갔고, 강웅돌은 나물을 집는 소인정과 국을 뜨는 신태보와 밥을 푸는 이태권을 쳐다본 다음 뒤따랐다. 중문을 닫고, 열 걸음쯤 더 걸어가선 명일덕과 마주 보며 선후 품에서 두루마리를 꺼내 내밀었다.

"서끝방에서, 어젯밤에 마쳤습니다."

명일덕이 건네받아 품에 감추고선 물었다.

"읽었나, 혹시?"

"제가 그걸 왜 읽습니까? 소인정이 건네준 그대로 가져왔습니다."

명일덕이 강웅돌을 노려보며 확인하듯 다시 물었다.

"확실하지?"

"확실합니다. 그런데……."

"그런데?"

"공 판관께서도 오랫동안 기다리셨습니다."

명일덕의 눈이 한층 날카로워졌다. 당장이라도 불호령을 내릴 듯했다. 중문 쪽을 번갈아 확인한 뒤 목소리를 낮춰 물었다.

"그딴 소린 왜 해?"

"사흘에 한 번씩 술시오후 7시~9시에 따로 뵙는데, 오늘이 마침 보고드리는 날입니다. 소인정이 지난 밤 드디어 〈옹기꾼의 노래〉를 처음부터 끝까지 마쳤다고 알려드릴까요?"

명일덕이 주저하지 않고 답했다.

"당연하지. 말씀드려."

"알겠습니다."

강웅돌은 그 대답을, 두루마리가 명일덕을 거쳐 공원방에게 가는 것으로 받아들였다.

"그럼 가봐."

강웅돌이 허리를 숙여 인사를 하고 돌아서서 중문을 열고 들어가자, 명일덕도 대문을 향해 큰 걸음을 옮겼다. 강웅돌은 명일덕이 대문을 통과할 때까지 중문 틈으로 몰래 보았다. 명일덕이 대문을 나가자마자, 옥리들은 기다리지 않고 옥리방으로 향했다. 마지막 지게 두 개에 실린 음식들은 대문 바깥문을 통과하자마자 곧장 옥리방으로 들어갔던 것이다. 강웅돌은 소인정과 눈을 맞춘 후 고개를 끄덕였다. 두루마리를 무사히 명일덕에게 넘겼다고 알린 것이다. 강웅돌은 북방을 노려보며 한참을 서 있다가 중문으로 다시 나왔다. 그리고 옥리방을 열었다. 바닥에 놓인 호리병 다섯 개부터 눈에 들어왔다. 석둥개가 강웅돌을 발견하고 손짓했다.

"어여 와. 밤새 번을 서느라 출출했을 테니, 먹어. 맛있다, 몽땅 다 맛있어. 이건 여기 석은윤이 특별히 우리를 위해 챙겨준 무릉도원주야. 만병을 없애고 아무리 마셔도 몸이 상하지 않으며, 두고두고 마시면 신선처럼 장수한다는 바로 그 명주라네. 하하."

석은윤이 옥리들 사이에 끼어 호리병을 든 채 석둥개의 잔을 채우는 중이었다. 석둥개가 석여벽의 칠촌 조카이니, 석은윤과는 팔촌 형제였다.

"은윤아! 형이 제대로 챙겨주질 못해 미안하다. 일가친척이라고 함부로 위하다간 엄벌을 받을 수도 있어서 그랬다."

"그런 말씀 마세요. 형님이 옥리로 계셔서 얼마나 든든했다고요. 고맙습니다. 나중에 밖에서 꼭 한번 뵈어요. 은혜를 갚겠습니다."

강웅돌은 덕담이 오가는 석둥개와 석은윤 사이에 앉았다. 긴장한 채 밤을 보내고 아침을 맞느라 아무것도 먹질 못했다. 배에서 꼬르륵 소리까지 났다. 석둥개가 잔을 단숨에 비운 뒤 강웅돌에게 내밀고는 석은윤의 손에서 호리병을 빼앗아 잔을 채웠다. 향긋한

술 내음이 코를 찔러왔고, 강웅돌의 입에 벌써 침이 고였다. 단숨에 서너 잔은 비울 수 있을 듯했다. 옆에 앉은 석은윤이 강웅돌의 허벅지를 주먹으로 눌렀다. 강웅돌이 놀라며 고개를 돌렸다. 석은윤이 검은 눈동자를 좌우로 흔들었다. 마시지 말라는 뜻이다. 강웅돌은 마시는 시늉만 하고 삼키진 않았다. 네댓 잔씩은 이미 마신 옥리들이 꾸벅꾸벅 졸다가 쓰러져 잠들었다. 석둥개가 눈을 끔벅대며 강웅돌에게 말했다.

"이제 북방 죄인들을 먹여야겠지?"

비틀대는 석둥개를 따라서 옥리 셋이 일어섰다. 강웅돌은 석둥개를 부축하며 옥리방을 나섰다. 중문을 통과한 석둥개가 몽둥이를 흔들다가 말고 강웅돌에게 말했다.

"서밀방 천주쟁이들……부터 넣어. 그리고 서웃방과 동방 차례로."

강웅돌은 석둥개를 벽에 기대 쉬도록 한 뒤, 돌아서선 마당이 쩌렁쩌렁 울릴 만큼 외쳤다.

"자, 그만! 이제 옥방으로 들어가. 북방을 곧 열겠다."

죄인들이 바삐 각자의 방으로 들어갔다. 아직 탁자 위아래에는 준비한 음식이 충분했다. 강웅돌이 서밀방과 서웃방과 동방을 걸어 잠그고 열쇠까지 채운 다음 북방으로 향했다. 문을 열기 전에 허리춤을 슬쩍 만졌다. 차꼬 열쇠가 손끝에 닿았다.

북방 옥문을 열자마자 죄인들이 밀려 나왔다. 차꼬가 부딪치면서 몇몇은 문을 나서기도 전에 쓰러졌다. 쓰러진 죄인들을 밟고 지나가는 바람에 여기저기서 비명이 터져 나왔다. 밟힌 죄인들도 음식을 먹겠다며 기어서라도 옥문을 나갔다. 소인정의 설명대로 배둑치는 구석에 앉아 꿈쩍도 하지 않았다. 음식에는 전혀 관심이 없는 사람처럼 보였다. 배둑치를 제외하고 마지막으로 옥문을 나선 이는 뜻밖에도 월검이었다. 월검은, 배둑치가 간섭하지 않는 한, 좋은 것 맛난 것 편한 것을 가장 먼저 취해온 욕심쟁이였다. 특히 음식 앞에선 양보가 없었다. 월검이 문을 나서며 강웅돌을 향해 긴 혀를 내밀고 웃었다.

강웅돌은 북방으로 들어섰다. 씻지 않은 사내들의 더러운 살냄새가 코를 찔렀다. 숨을 멈춘 채 어둑어둑한 옥을 사선으로 질러갔다. 배둑치가 고개를 들며 두 발을 뻗었다. 차꼬에 쓸리는 바람에 발목과 종아리에 피딱지가 가득했다. 강웅돌은 무엇인가 말을 하고 싶었다. 소인정의 부탁이긴 했지만, 차꼬가 풀린 뒤 벌어질 일들이 궁금했다. 그러나 옥리가 북방에 홀로 들어가서 머무는 것만큼 위험한 경우는 없었다. 사람도 여럿 죽인 북방의 흉악범들이 돌아와 에워싼다면 살아서 나가기 힘들 것이다. 강웅돌은 서둘러 왼 무릎을 꿇고선 허리춤에서 열쇠를 꺼내 차꼬의 구멍에 끼워 돌렸다.

차꼬가 풀리자마자, 배둑치가 오른 다리를 들어 강웅돌의 가슴을 밀어 찼다. 강웅돌이 엉덩방아를 찧으며 쓰러졌다. 그 소리에 놀란 죄인들이 북방을 쳐다보았다. 배둑치가 일어서선 강웅돌에게 다가간 후 열쇠를 빼앗아 밖으로 던졌다. 열쇠를 받은 월검이 제 발을 채운 차꼬를 풀었다. 그러자 죄인들이 월검에게 모여들었고, 월검은 다시 열쇠를 그들에게 던졌다. 다른 죄인들이 차꼬를 푸는 동안, 월검은 탁자 위로 올라가선 곧장 내달려 석둥개의 얼굴을 걷어찼다. 그리고 석둥개에게서 몽둥이를 빼앗은 다음 세 명의 옥리들을 차례차례 두들겼다. 석둥개를 비롯한 옥리들은 이미 잠에 취해 비틀거린 데다가 월검에게 급소를 맞곤 쓰러진 뒤 일어나질 못했다.

"벗어."

배둑치가 명령했다. 강웅돌이 겁먹은 눈으로 덜덜 떨었다.

"널 풀어주려고…… 들어온 나……헉!"

강웅돌이 말을 맺지 못하고 옆구리를 감싸곤 뒹굴었다. 배둑치가 걷어찬 것이다.

"벗으라니까. 뒈지고 싶나?"

강웅돌이 그제야 황급히 더그레는 물론 속곳까지 모두 벗었다. 배둑치는 그 옷을 왼손에 쥐곤 옥방 열쇠를 오른손에 들고 북방을 나선 뒤 돌아서선 옥문을 잠갔다. 강웅돌만 갇힌 셈이었다.


35.

강웅돌이 북방에 홀로 갇힐 즈음, 옥리장 명일덕은 풍남문을 통과했다. 더그레 대신 도포를 입고 갓을 썼다. 공원방에게 〈옹기꾼의 노래〉가 적힌 두루마리를 바치지 않고 곧장 전라감영을 벗어난 것이다. 잔뜩 찌푸렸던 하늘에서 빗방울이 하나둘 떨어졌다. 개들이 짖었고 행인들은 손바닥을 펴 들며 고개를 들었다. 명일덕은 뛰다시피 걸음을 바삐 놀렸다. 보슬비가 어느새 장대비로 바뀌었다. 옷을 여미고 오른 손바닥을 왼 가슴에 붙여 그 속으로 빗물이 들어가지 않도록 했다. 하지만 오십 보도 딛기 전에 어깨와 등이 벌써 젖었다. 이대로 걷다간 아무리 몸을 웅크린다 해도, 보자기로 겹겹이 쌌다고 해도, 두루마리가 젖을 것이다. 명일덕은 처

342

마 밑으로 피하지 않고, 약속에 늦은 사람처럼 종종걸음을 옮기며 기도했다.

"도우소서. 도우소서."

말 울음이 들렸다. 명일덕은 고개를 돌려 뒤를 살핀 뒤 곧장 대문을 열고 들어섰다. 집은 텅 비었고 마굿간에 흑마만 묶여 있었다. 명일덕은 말에게 다가가선 등을 쓸었다. 흑마가 다시 울자 놀라며 두 걸음 뒷걸음질 치기도 했다.

"괜찮아. 다 괜찮을 거야."

말고삐를 겨우 쥐곤 말을 끌고 나와 마당에서 올라탔다. 그리고 열린 대문을 향해 달려 나가려는데, 갑자기 문이 닫혔다. 놀란 말이 앞발을 들며 울음을 토했다. 명일덕은 말에서 떨어져 나뒹굴었다. 매복하던 포졸들이 몰려나와 포박했다. 다시 문이 열리고 마당으로 들어선 이는 공원방이었다.

"이, 이게 무슨 짓입니까?"

명일덕이 어깨를 흔들며 달려들 듯 따졌지만, 공원방은 대꾸하지 않고 다가갔다. 도포를 벗기자 가슴에서 명치를 지나 배꼽까지 내려온 두루마리가 드러났다. 빠뜨리지 않기 위해 새끼줄로 등까지 세 번 둘러 묶었다.

"어, 어떻게 알았……?"

공원방이 대답 대신 명치를 쳤다. 명일덕이 허리를 숙이자, 공원방이 등을 두른 줄들을 단검으로 익숙하게 끊어냈다. 공원방은 두루마리를 왼손에 쥐고 흑마를 묶어뒀던 마굿간으로 들어갔다.

"네놈은 천벌을 받을 거다! 지옥불에서 평생 활활 타고 또 탈 거야!"

명일덕의 저주가 뒤통수와 등을 때렸지만, 공원방은 멈추거나 돌아보지 않았다. 포졸들이 몽둥이찜질을 시작하자, 저주는 곧 비명과 신음으로 바뀌었다. 그리고 고요해졌다.

공원방이 두루마리를 천천히 폈다. 제목부터 눈에 들어왔다. 〈옹기꾼의 노래〉. 손놀림이 빨라졌다. 양팔을 좌우로 벌려 한껏 두루마리를 폈다가, 펼친 끝부분을 왼 손바닥으로 받혀 쥐었고, 거기서 다시 양팔을 벌리고 왼손을 옮겨 쥐었다. 왼손을 옮길 때마다 이미 펼친 두루마리는 마른 짚이 깔린 바닥으로 떨어졌지만, 공원방은 괘념치 않았다. 그렇게 열다섯 번이나 왼손을 옮기다가 멈췄다. 〈옹기꾼의 노래〉가 끝난 것이다. 강웅돌이 감동의 눈물을 마지막으로 쏟은 곳이기도 했다. 공원방은 왼손 대신 오른 손바닥을 펴 두루마리를 고쳐 쥐었다. 그리고 오른쪽 팔꿈치를 제 가슴 쪽으로 당겼다. 그에겐 〈옹기꾼의 노래〉보다 지금부터 읽을 글이 훨씬 중요했다. 고개를 들어 매질을 당하고 마당에 쓰러져 꼼짝도 않는 명일덕을 쳐다보곤 다시 턱을 당겼다. 두루마리를 조심조심 폈다. 남은 두루마리가 한 바퀴 돌았지만, 세로로 써 내려간 글은 단 한 줄도 나오지 않았다. 공원방의 얼굴이 일그러졌다.

"쥐새끼 같은…… 감히…… 사악한 놈들……."

두루마리엔 더 이상의 글자는 없었다. 〈옹기꾼의 노래〉 이후로는 백지인 것이다. 공원방이 두루마리를 가리키며 물었다.

"무슨 잔꾀를 부린 게냐?"

명일덕이 답하지 않고 질문으로 받았다.

"어찌 아셨소?"

"어디 있냐니까?"

"〈옹기꾼의 노래〉라면 저기 있지 않소? 전 안또니와 감 글나라가 평생을 바쳐 완성한 소리!"

"그것 말고."

"그것 말고 뭔가 딴 게 더 있었던가? 소인정 요안에게 기억해내라고 한 게 바로 저 판소리 아니었소? 원하던 걸 얻어놓고 뭘 또 내놓으라 하시오? 이제 내 물음에 답을 해보시오."

공원방이 비웃음을 눈과 입에 머금고 말했다.

"강웅돌이 곡성에 다녀와서 내게 첫 보고를 했을 때 곧바로 알았어. 귀신사에서 명일덕과 명이덕이 바뀌었다는 것을."

"보고를 받자마자 알았다 했소? 어떻게?"

공원방이 명일덕인 척하며 지낸 명이덕을 향해 말했다.

"명일덕은 옥리로 두기엔 아까울 만큼 말에 능했지. 마상재는 물론이고 마상편곤은 전라감영을 통틀어 첫손에 꼽을 정도였어. 그런 명일덕이 귀신사 일주문 앞에서 말에 오르다가 떨어졌고, 강웅돌이 돌아와서 부축해 일으켜보니 이마에 주먹만 한 혹이 생겼다? 말술을 마셨다 해도 명일덕은 말에서 떨어질 위인이 아니야. 명이덕도 말을 아예 못 타진 않아. 명이덕이 백 번쯤 말을 탈 때 한두 번 안장에 앉긴 했으니까. 하지만 명이덕은 말을 타고 백 보만 가도 먹을 것을 죄 토한다더군. 안장 위에서 흔들리는 걸 못 견뎌서 꺼려했다는 거야. 정말 꼭 말을 타야 할 형편이 아니라면 차라리 걸어가는 쪽을 택할 정도였어. 오늘처럼 장대비가 쏟아졌으니 말을 훔쳐서라도 타려 했겠지. 묶어놓은 말을 끌고 나오는 데도 어설펐어. 명일덕이라면 단숨에 제압했을 건데 말이야. 자, 이제 털어놔. 타기 싫은 말까지 훔쳐 가려던 곳이 어디야. 속히 가서 만나야 할 천주쟁이가 누구야?"

답이 없었다. 공원방이 더욱 몰아세웠다.

"너흰 너희가 똑똑한 줄 알지? 내가 보기엔 세상에서 제일 멍청해. 천주도 너희의 멍청함을 가려주진 못해. 아니지, 너희가 믿는 신, 천주가 멍청하니까 너희들도 멍청한 거겠지. 멍청해서 붙잡히고 끌려오고 갇히고 목이 달아나면서도, 천주의 뜻 운운하지. 그 모든 고통이 예정되어 있었다는 듯이. 너희가 조금만 똑똑했다면 충분히 피하고도 남을 고통이고 슬픔이고 불행이야. 내가 문제가 아니라 너희가 문제라고. 알아들어? 아는 건 물론이고 모르는 것까지 모두 털어놓게 될 게다. 괜한 고생 말고 털어놓도록 해. 가려던 데가 어디야? 만나려던 사람은?"

명이덕의 아랫입술을 타고 흐른 피가 턱에서 떨어졌다. 단 한마디도 답하지 않으려고 혀를 깨문 것이다. 공원방이 급히 가선 양 볼을 동시에 눌러 명이덕의 입을 열려 했다. 명이덕은 고개를 숙이고 휘저으며 더 힘껏 혀를 물었다. 재갈을 들이밀어 겨우 입술을 벌리자, 핏덩이 같은 혀 조각이 까치밥으로 남겨뒀던 감처럼 땅으로 떨어졌다.


36.

차꼬가 풀린 북방 죄인들은 이미 혼절한 옥리들에게 달려들어 발길질을 해댔다. 석은윤이 무릉도원주에 정신을 혼미하게 만드는 약을 탔던 것이다. 옥리들이 반격하지 않자, 죄인들은 발길질을 그쳤다. 중문을 요란하게 걷어찬 죄인은 월검이었다.

"자, 다들 나가자. 차꼬 차고 평생 북방에서 썩을래?"

죄인들이 월검을 따라 달렸다. 배둑치가 옥리방에서 열쇠를 찾아내어 서웃방과 서밑방과 동방의 옥문까지 열었다. 서웃방과 동방의 죄인들 역시 중문을 지나 밖으로 나갔지만, 서밑방의 여섯 죄인은 문이 열렸는데도 움직일 줄을 몰랐다. 신태보가 문 가까이에 서서 배둑치를 향해 고개를 끄덕였다. 소인정이 신태보의 등 뒤에서 뒤늦게 깨달은 것을 말했다.

"모독이 아니었군요. 명이덕도 아니었고요."

신태보는 지난밤 서끝방에서 두 사람이 쓴 옥중기를 등 뒤에 몰래 감추곤 서밑방으로 돌아왔다. 소인정은 명이덕을 통해 〈옹기꾼의 노래〉를 밖으로 빼낼 길이 마련되었다면, 두 편의 옥중기도 함께 맡겨야 하지 않느냐고 물었다. 신태보는 고개 저었다.

"모독도 맞고 명이덕도 맞소. 그리고 배둑치도 맞지. 천주님 말씀이 한 길로만 다가오진 않는다오. 어서 나가시오. 여기서부턴 소 요안 그대가 이걸 맡아야 합니다. 서두르시오."

신태보가 소인정에게 옥중기가 적힌 두루마리를 건넸다. 배둑치가 기둥 사이로 서밑방 죄인들을 보며 권했다.

"다 같이 가시지요? 제가 길을 내겠습니다."

신태보가 거절했다.

"우리 다섯 사람까지 붙으면 날지도 못하고 논바닥에 꼬꾸라지는 잠자리 신세가 될 거요. 소 요안 형제님과 당신이 맡은 일을 무사히 마치도록 기도에 힘쓰겠습니다. 방해받고 싶지 않으니, 나갈 때 문을 다시 잠가주십시오."

소인정이 다섯 죄인과 일일이 손을 잡고 작별 인사를 한 후 서밑방을 나왔다. 배둑치가 문밖에서 옥방을 다시 잠갔다. 먹구름이 낮아졌고 하늘이 어두워지더니 비가 쏟아졌다. 겨우 오시인데도 저물녘보다도 컴컴했다. 배둑치는 곧장 중문으로 나가지 않고 중문 옆에 쓰러진 석둥개의 더그레를 벗겨 소인정에게 던졌다. 소인정이 석둥개의 더그레를 입는 동안 배둑치는 강웅돌의 더그레를 입었다. 북방에 홀로 갇힌 벌거숭이 강웅돌이 놀란 눈으로 물었다.

"아! 어쩌려는 겁니까?"

배둑치는 중문에 바짝 붙어 바깥을 살폈고, 소인정은 강웅돌을 향해 성호를 그었다. 강웅돌은 손으로 제 입을 막고 무릎을 꿇은 채 눈물을 글썽거렸다. 소인정이 위로했다.

"고맙습니다. 천주님께서 당신을 보살피실 겁니다."

그리고 중문으로 향하려는 소인정의 팔목을 배둑치가 잡았다.

"이상합니다."

"이상하다?"

"대문이 너무 쉽게 열렸습니다. 대문 안문과 바깥문을 밖에서 닫아걸면, 죄인들이 월담하여 문을 열 때까지 꽤 시간이 걸릴 거라 여겼습니다. 한데 그냥 대문으로 다들 나갔습니다."

"대문을 잠그기 전에 북방 죄인들이 공격한 거 아니겠소?"

"아무리 빨리 뛴다 해도 그건 어렵습니다. 대문 안문에서 번을 서던 옥리는 처치하더라도, 대문 바깥문에 옥리가 두 명 더 있지요. 옥의 대문은 다른 문들과는 달리, 안팎에서 잠글 수 있도록 만들었습니다."

"미리 대문을 열어두기라도 했단 게요? 죄인들이 모두 나오도록? 그렇다면……?"

그 순간 대문으로 몰려 나갔던 죄인들이 다시 쏟아져 들어왔다. 뒤따라 쫓아 들어온 이들은 전라감영 교졸들만이 아니라 좌포도청 포졸들이었다. 육모 방망이와 함께 장창과 장검을 든 이도 있었다. 선두에서 포졸과 교졸을 이끄는 이는 이사와 장삼이었다. 두 포도군관이 번갈아 외쳤다.

"자, 당장 무릎을 꿇어라."

"항복하지 않으면 모조리 팔다리를 끊고 목을 베겠다."

죄인들이 대문 안문을 지나 바깥문으로 나오기만을 매복하며 기다린 것이다. 대문 앞까지 달려 나갔다가 물러난 월겸이 돌아섰다. 그의 손에도 장검이 들렸다. 포졸에게 빼앗은 검이었다. 오랜만에 검을 들자 두려움이 사라진 듯 외쳤다.

"이제 우린 모두 탈옥범이다. 지금 항복해도 참형이고, 용케 참형을 면해도 영영 옥에선 못 나가. 차라리 싸우자! 싸워서 저놈들만 이기면 돼. 가자! 놈들을 물리치자."

북방의 죄인들이 월겸에게 호응하며 돌아서서 달려 나갔다. 서웃방에서도 몇몇 죄인들이 합세했다. 동방의 여자 죄인들은 대부분 주저앉아 울면서 떨었다. 뒤엉켜 싸우기 시작할 즈음, 먹구름이 모여들더니 우박이 쏟아졌다. 주위가 온통 어둡고 장대비에 우박까지 내리니 한 치 앞도 살피기 어려울 지경이었다.

"가시죠. 저만 따라오십시오."

배둑치가 중문을 열며 달려 나갔다. 소인정이 배둑치의 뒤를 그림자처럼 따랐다. 배둑치는 육모 방망이를 주워 들곤 죄인이든 포졸이든 가리지 않고 두들겼다. 곧장 대문을 향해 달려가던 배둑치는 갑자기 등 뒤가 빈 듯한 느낌이 들었다. 따라오던 소인정이 걸음을 멈춘 것이다. 배둑치는 재빨리 돌아서선 왔던 길을 살폈다. 열 걸음쯤 떨어져 소인정이 서 있었다. 사내 하나가 오른발을 붙들고 늘어진 것이다. 모독이었다. 창에 찔렸는지 허벅지에서 피가 흘러내렸다.

"저도…… 데려가주세요. 아픕니다……. 너무 아파요. 여기서…… 이대로 죽긴 싫습니다. 가지 마요! 아악! 아가다! ……공설이가 제게 부탁했어요…… 옥으로 들어가선 소인정 요안…… 스승님을 보살펴달라고."

공설이 아가다란 이름을 듣는 순간, 소인정은 그 팔을 뿌리칠 수 없었다. 배둑치가 달려오는 것이 보였다. 소인정은 배둑치를 설득하려 했다.

"데리고 나갑……."

소인정의 말이 끝나기도 전에 배둑치가 달려와선 모독의 머리를 방망이로 후려쳤다.

"거짓말입니다. 믿지 마십시오."

혼절한 모독을 둔 채 소인정의 팔을 잡아끌었다. 소인정이 그 팔을 뿌리치고 제 옷을 찢어 모독의 머리를 둘러 감쌌다. 배둑치는 전후좌우로 움직이며 포졸과 죄인 가리지 않고 밀거나 때리거나 걸어찼다. 튀어나온 장창이 배둑치의 오른 어깨를 찔렀다. 배둑치의 장검이 바닥에 떨어졌다.

"누구냐 넌?"

장창을 쥔 이는 장삼이었다. 더그레 차림으로 포졸들을 공격하는 배둑치가 눈에 거슬렸던 것이다. 장삼의 시선이 배둑치 옆에 선, 마찬가지로 더그레 차림인 소인정에게 향했다.

"오호, 이 새끼들 봐라. 감히 더그레를 빼앗아 입은 거냐?"

장삼이 왼손을 제 허리춤에 넣었다가 뺐다. 그 손에 표창이 두 개 들렸다. 배둑치와 소인정의 이마에 표창을 꽂으려는 것이다. 장삼이 왼팔을 귓불에 닿을 정도로 올린 순간, 월검이 뒤에서 장검을 휘둘렀다. 장삼이 고개를 숙이며 겨우 칼날을 피했지만, 곧이어 귀를 붙잡고 쓰러졌다. 오른쪽 귀가 떨어질 듯 너덜거렸다. 월검이 배둑치를 보며 피식 웃었다.

"형님! 나가십시오. 여긴 제가 끝까지 맡겠습니다."

"고맙다."

배둑치가 다시 길을 냈고 소인정은 멈추지 않고 달렸다. 두 사람이 대문을 빠져나가고 이각이 지난 후에야 우박이 그치고 구름이 걷혔다. 해가 나오자 죄인들의 저항이 한풀 꺾였다. 월검을 비롯한 북방 죄인들은 물러난 후 중문을 잠그고 버티려 했다. 그러나 포졸들이 지붕으로 올라가선 화살을 겨누자 결국 모두 무기를 버리고 항복했다.

배둑치가 감영 옥 대문을 통과했을 때, 맞은편 초가에서도 두 팔이 따라 나왔다. 그 집에 숨어 거리를 살핀 후 처음으로 낯익은 사내를 발견한 것이다. 담장 너머로 좌포도청 포졸과 죄인들이 싸우며 내지르는 고함과 비명이 시끄러웠고, 뒤늦게 소식을 듣고 달려온 전라감영 교졸들이 거리를 꽉 채웠지만, 두 팔은 보자마자 배둑치를 알아보았다. 피아골 산채의 명포수 미륵바위였다.

37.

그믐밤이 깊었다. 작은 배 한 척이 황룡강에 떠 있었다. 불을 밝히지 않았기 때문에 강변에서도 자세히 살피지 않으면 배가 보이지 않았다.

두 사내는 나루를 지나 강을 따라 백 보쯤 더 걸어 올라갔다. 큰 바위 뒤에 배 한 척이 숨겨져 있었다. 배를 묶은 줄을 풀고 노를 저어 강으로 나왔다. 삿갓을 쓰고 도포를 입은 사내는 소인정이었고, 패랭이를 쓰고 무명 바지에 저고리를 입은 사내는 배둑치라는 이름으로 전라감영 옥에 갇혔던 산포수 길치목이었다. 탈옥에 성공한 두 사람은 김제로 향했다가 부안을 지나 흥덕에 이르렀고, 거기서 반등산을 넘어 정읍까지 갔다가 장성에 도착한 후 황룡강으로 나왔다. 해를 넘겨 열흘 만이었다. 길치목은 소인정을 따르면서도 목적지를 몰랐다. 김제, 부안, 흥덕, 정읍의 약속된 장소에 도착하면 은밀히 숨겨둔 쪽지를 펴 다음 목적지를 확인하고 움직였다. 황룡강이 최종 목적지가 아닐 수도 있었다. 지금까진 대부분 고목 속, 가부좌를 튼 돌부처의 발밑 혹은 주막 별채의 대들보 위에 그들이 가야 할 다음 장소가 적힌 쪽지가 놓여 있었다. 배를 타고 강 가운데로 나간 후 기다리던 배에 옮겨 타라는 지시는 처음이었다.

천천히 노를 저어 다가갔다. 강 가운데 떠 있는 배엔 아무도 없는 듯했다. 저곳에도 다음 행선지가 적힌 쪽지만 놓였을까. 두 사람은 동시에 비슷한 생각을 했다. 추격자를 따돌리기 위해서라고 하지만 열흘이면 충분하지 않은가. 이물에 고물을 갖다 붙였을 때 사내 하나가 빈 배에서 고개를 내밀었다.

"어서들 오게."

소인정은 그 목소리를 기억했다. 십이 년이 아니라 백이십 년이 흐른다 해도 잊히지 않는, 솥을 긁는 듯한 거친, 이오득의 목소리였다. 소인정이 먼저 건너가선 이오득과 반갑게 손을 맞잡으며 눈인사를 나눴다. 길치목도 두 배를 묶곤 주변을 살피며 건너와선 허리 숙여 인사했다. 소인정이 말했다.

"자네가 기다릴 줄은 몰랐네."

이오득이 받았다.

"이 나이까지 살다 보니 거절할 수 없는 부탁을 받기도 하더라고."

소인정과 이오득은 동시에 공설이를 떠올렸다. 맡아 키우며 가르치는 동안, 공설이의 부탁이라면 제아무리 어려운 것이라도 들어줬다. 길치목이 소인정과 이오득의 속마음을 들여다본 것처럼 물었다.

"아가다는 같이 안 왔습니까?"

"오늘 밤 여기서 반 시진만 기다리랬어. 두루마리를 받아달라고 했네."

소인정이 품에서 옥중기 두 편이 담긴 두루마리를 꺼냈다. 이오득은 두루마리를 펼치지도 않고 뱃바닥에 놓아둔 왕죽 지팡이를 집어 들었다. 손잡이 부분을 돌려 떼니, 대금을 넣고도 남을 만큼 곧고 검은 구멍이 뚫린 죽통이었다. 두루마리를 죽통에 넣고 손잡이를 다시 맞춰 끼웠다.

"감쪽같군."

"천오백 년이 지났는데도 여전히 우람한 은행나무에 수십 가지 약초를 함께 달여 거듭 지팡이에 발랐다네. 물속에서도 젖지 않고 불 속에서도 타지 않아."

세 사람이 소리 없이 웃는 순간, 건너편에서 배 한 척이 미끄러지듯 내려왔다. 이오득이 혀를 찼다.

"꼬리를 달고 왔군."

소인정과 길치목이 놀라 돌아보았다.

"백 번 넘게 돌다리를 두드렸습니다."

이오득이 노려보았다.

"조선 제일의 간자를 아무나 하는 줄 아는가. 저놈은 사람이 아니라 요물이야. 맞서려면 돌다리를 천 번은 두드렸어야지."

그리고 왕죽 지팡이를 길치목에게 내밀었다.

"가지고 있게."

"제가 맞서며 시간을 벌겠습니다. 두 분은 어서 피하십시오."

"가지고 있으래도! 그리고 가만히 있게. 내가 움직이기 전까진 소인정 옆에서 꼼짝도 마."

길치목이 지팡이를 넘겨받았다.

작은 배가 다가왔다. 노 젓는 사내 한 사람뿐이었다. 배를 대고 묶지도 않은 채 훌쩍 뛰어 건너왔다. 판관 공원방이었다.

"역시 너였어."

이오득이 먼저 말했다. 공원방은 대답 대신 이오득이 강 가운데서 기다렸던 배와 소인정과 길치목이 타고 온 배를 살폈다. 이오득이 물었다.

"아가다라도 찾는 겐가? 간자 공원방은 꼬리를 여덟 개 잘리더라도 아홉 번째 꼬리를 만드는 구미호 같은 놈인데, 그걸 아는 아가다가 여길 올 리 없지. 내가 대신 왔어."

"이제 천주쟁이도 아니잖아?"

이오득이 소인정과 눈을 맞추곤 답했다.

"오랜 벗의 부탁은 들어줄 만하지 않은가?"

"내 딸이 어떻게 봉기꾼과 벗이야?"

이오득이 오른 눈을 찡긋하고 답했다.

"나도 어색해서 싫다고 했는데, 아가다가 벗은 해야겠다고 우기 더라고. 천주님 품 안에서 맺은 사제의 인연은 끊어졌지만, 우정은 나눠도 되지 않느냐는데, 어쩔 수가 없더라. 아가다의 스승은 이제 소인정 요안뿐이고, 나는 아가다의 늙은 벗일세."

"십 년이고 이십 년이고 천천히 아주 천천히 살점을 뜯고, 피를 뽑고, 뼈 마디마디를 부러뜨려주겠어. 지옥에 가는 편이 차라리 낫겠다고, 제발 죽여달라 해도 살려놓고, 지옥에서도 맛볼 수 없 는 고통을 안겨주마."

이오득이 오히려 태연하게 넘겨짚었다.

"포졸은 몇이나 데려왔나? 백 아니 천? 궁수들도 있겠군. 아예 포를 여기에 조준해 두었나? 간자 공원방이 꼬리로 따라올 수도 있다는 예상을 내가 했으리란 생각은 안 드는가? 하삼도의 관원 들 그리고 좌우 포도청과 의금부 관원들이 잡으려 했지만 못 잡 은 지리산 봉기꾼 두령이 바로 나 압록 아닌가. 선공을 먼저 해봐. 열 배 아니 백 배로 갚아줄 테니."

공원방은 강의 남쪽을 살폈고 이오득은 강의 북쪽을 쳐다보았 다. 이오득이 이끄는 의적들이 남쪽에서 북쪽을 향해 늑대 무리처 럼 도사리는 듯했고, 공원방이 데려온 전라감영 교졸과 좌포도청 포졸들이 북쪽에서 남쪽을 향해 박쥐 떼처럼 숨어 노리는 듯했다.

소인정이 끼어들었다.

"자자 서로 죽이겠다 위협부터 하진 말자고. 이야기를 나누세. 이렇게 셋이 한자리에 모인 것이 얼마 만인가. 삼십팔 년이 지났으이."

서른두 살에 좌포도청에서 같이 문초를 당하고 배교한 세 친구가 일흔 살 노인이 되어서야 다 같이 만난 것이다. 공원방이 이오득과 소인정을 번갈아 보며 말했다.

"결국 너흰 이 나라를 어지럽히는 대역무도한 죄인이야. 사랑을 앞세우지만, 외세를 등에 업고 이 나라를 뒤집어 엎겠다는 짓이지. 외세를 기다리기에도 시간이 아까웠나? 아예 도적 떼를 이끌고 다니며 하삼도와 북삼도에서 난을 일으키는군. 그게 본색이야. 그게 너희 두 놈의 맨 얼굴……."

이오득이 말허리를 잘랐다.

"소 요안과 나를 그딴 식으로 함께 묶지 마. 정해년 이후 정확하게는 경인년부터 내가 벌인 일들은 천주교와 아무런 상관이 없으니까. 천주교만으론 가망이 없다 여겼기에, 예수의 사랑을 따르지 않고 희망의 무기를 든 거지. 난을 일삼았다고 했는가. 개소리 집어치워. 이 나라가 세워진 후 사백 년이 넘도록 백성을 괴롭힌 잘못은 생각하지 않는가. 울음이 강을 이루고 절규가 천둥과 번개가 되고 때 이른 주검들이 산처럼 쌓였어. 되돌려주겠어. 다 쓸어버리고 새 세상을 열어야 해."

소인정이 말했다.

"백성의 고통은 아무리 강조해도 지나치지 않아. 하지만 이오득 자네와 같은 방식으로 세상을 바꾸는 데는 동의할 수 없어. 공원방처럼 아무런 변화 없이 이대로 두자는 것도 옳지 못해. 새로운 길을 예수님의 일생에서 찾아야 해. 자네 두 사람이 회심하기를 빌고 또 빌었다네."

이오득과 공원방이 거의 동시에 답했다.

"회심하지 않아."

'절대로'란 단어를 뒤늦게 붙인 이는 이오득이었다. 공원방과 소인정이 이오득을 쳐다보았다.

"공원방과 소인정의 거리도 까마득하게 멀겠지만, 소인정과 나 사이의 거리는 어쩌면 그보다 더 멀어. 소인정이 옥에 갇혀 있는 십이 년 동안 나는 하루하루 새로운 길을 만들며 살았지. 죽어서 천당으로 갈 꿈 따윈 안 꿔. 나는 지금 이 나라에 천당을 만드는 중이니까. 지옥도 두렵지 않다고. 내가 이곳을 천당으로 바꾸지 않으면, 여기가 바로 지옥이니까. 지금 이곳의 지옥이 훗날 저승의 지옥보다 더 끔찍해. 그렇지 않은가?"

공원방이 킬킬킬 갑자기 웃었다.

"농담이 지나치군. 그러니까 지리산 도적 두령 이오득이 천주교인 소인정 요안보다 나와 더 가깝다 이건가? 너희 둘이 힘을 합쳐 나를 배교자로 둔 채 사라진 날을 잊은 건 아니겠지? 하기야, 따지고 보니 그 말이 완전히 헛소리는 아니야. 셋 중에서 그나마 정직한 건 나와 이오득이었지. 이젠 위선의 탈을 쓰고 예수의 길을 따르진 않으니까. 이오득과 나는 때리고 싶을 때 때리고 불 지르고 싶을 때 불 지르고 죽이고 싶을 때 죽이니까. 하지만 너희 둘이 갈라졌다고 쳐도, 난 네놈들을 영원히 용서 못 해. 내 딸 설이의 인생을 망친 놈들!"

이오득이 받아쳤다.

"누가 설이 인생을 망쳤단 겐가? 그 아이가 우리에게 던진 첫 질문이 무엇인지 알기나 해? 아비를 대신해서 지옥에 가는 법을 가르쳐달라고 그랬어."

"나를 대신해서 지옥을 간다고?"

"우린 그 아이를 살려야만 했네. 지옥에 갈 궁리만 하는 아이를 어찌 그냥 둔단 말인가."

"닥쳐!"

공원방이 달려들었다. 이오득이 몸을 반쯤 돌리면서 공원방의 턱을 무릎으로 차올렸다. 쓰러진 공원방이 다시 일어나 덤벼들려 하자, 소인정이 끼어들어 말렸다.

"그만해. 이러지들 마."

그 순간 공원방이 오른손에 쥔 단검으로 소인정의 옆구리를 찔렀다. 세 사람의 대화를 듣고만 있던 길치목이 왕죽 지팡이로 공원방의 뒷목을 내리쳤다. 공원방이 쓰러진 틈에 이오득이 소인정을 끌어안았다.

"요안! 괜찮아? 내 말 들려?"

소인정은 억지로 웃었지만, 옆구리로 피가 계속 흘렀다.

"저 새끼가……."

길치목이 지팡이를 높이 들어 공원방의 이마를 노렸다. 그 순간 공원방이 가는 피리를 입에 물고 힘껏 불었다. 귀를 찌르는 높고 날카로운 소리가 겨울 강을 찢었다. 강의 북쪽이 갑자기 훤해지더니 불화살이 날아들었다. 이오득이 몸을 날려 길치목을 떠밀고 대신 어깨에 화살을 맞았다. 길치목이 강물 속으로 첨벙 빠졌다. 그사이 강의 남쪽에서도 횃불이 여기저기 피어오르더니 불화살이 날아들었다. 이오득은 소인정과 함께 고물에서 강으로 뛰어들어 남쪽으로 헤엄쳤고, 공원방은 이물에서 강으로 뛰어들어 북쪽으로 향했다.

소인정과 길치목, 이오득 그리고 공원방이 각각 타고 온 배 세 척이 순식간에 타올랐다. 황룡의 거대한 춤을 닮았다. 배에 탔던 네 사람은 살아서 그 강을 빠져나왔을까. 왕죽 지팡이는 누가 가지고 갔을까.


38.

전라감영 옥에 갇힌 죄인들은 탈옥을 시도한 죄로 곤장과 함께 형이 늘었다. 주동자인 월검은 곤장 백 대에 난장까지 맞고 시름시름 앓다가 열흘 만에 죽었다. 서웃방이나 동방보다 북방의 죄인들에게 중형이 내렸다. 석방이 결정된 석은윤도 다시 옥에 갇혔다. 산해진미를 옥 마당에 차린 것은 전라감사의 허락을 받았지만, 옥리들이 마시고 정신을 잃은 무릉도원주가 문제였다.

탈옥에 가담하지 않은 서밑방의 다섯 죄인까지 곤장 삼십 대씩을 쳤고 매일 끌어내어 문초했다. 탈옥한 죄인 소인정의 행방을 찾기 위해서였다. 그렇게 열흘이 지났을 때, 서밑방 죄인들에 대한 문초가 갑자기 중단되었다. 탈옥한 소인정과 배둑치가 전라도 장성 황룡강에서 죽었다는 소문이 돌았다.

돌아오지 않은 이는 소인정과 배둑치만이 아니었다. 옥리장 명일덕이 출근하지 않았을 뿐만 아니라, 판관 공원방도 전주에서 사라졌다.

조봉태가 전라감사에서 형조참판으로 옮긴 것에 대해서도 말들이 많았다. 종이품으로 품계는 같으나 전주에서 한양으로 올라 갔기에 승차였다. 영의정 조택우는 한술 더 떠 조봉태를 한 달 만에 정이품 형조판서로 올려 앉혔다. 그런 짓을 해도 왕은 물론이고 언관言官들조차 문제 제기를 못 할 만큼 조 씨 가문의 기세가 등등했다.

죄인들이 탈옥을 시도한 것은 전라감영으로서도 숨기고 싶은 수치였다. 옥리들에게 잘못을 물어 곤장 열 대씩을 치긴 했지만, 물갈이를 하는 대신 옥을 지키도록 하는 쪽을 택했다. 북방 죄인들에게 몰매를 맞아 갈비뼈가 열 대나 부러지고 코뼈가 내려앉은 석둥개가 새 옥리장이 되었고 나머지 옥리들도 제자리를 지켰다.

그날 이후 옥리들은 매우 엄하게 죄인들을 다뤘다. 아침부터 저물 무렵까지 서웃방과 서밑방과 동방 죄인들에게 허락되었던 마당 출입도 금지되었다. 굳게 잠긴 옥문은 열릴 줄을 몰랐다. 죄인들도 침묵을 지켰다. 괜히 말을 붙였다가 끌려 나가 본보기로 매타작을 당하지나 않을까 두려웠던 것이다. 오직 서웃방의 죄인 한 사람만은 예전처럼 떠들었다. 거짓말 일수 모독이었다.

"닥쳐. 네 그 헛소리 들을 기분 아니다."

옥리장 석둥개는 몽둥이로 기둥을 내리치며 위협했다. 모독은 화들짝 놀라 뒷걸음질 치는 시늉을 하면서도 입을 닫지 않았다.

"이럴 때일수록 가만히 있으면 속에서 열불이 나고 화병만 도집니다요. 이야기를 나누며 즐겨야 고비를 넘깁죠. 제가 아주 끝내주는 계집 이야기를 알고 있습니다. 황진이 저리 가랍니다. 들으시면 틀림없이 좋아하실 것입니다. 이야깃값으론 시원하고 깨끗한 물 한 잔만 주십시오. 가둬만 두고 옴짝달싹 못 하게 하니, 답답해 미칠 지경입니다요."

"죄인과의 대화는 일절 금하라는 명령이 또 내려왔어. 옥리 중에서 죄인과 사사롭게 이야기를 나누는 자가 있다면, 내가 먼저 혼쭐을 낼 것이야. 잠자코 자빠져 잠이나 자. 이야기할수록 배가더 빨리 고파진다고 얘기한 새끼가 누구였더라?"

"옥리장 나리를 위해서라면 주린 배를 움켜쥐고서라도 밤새 이야기해 드릴 수 있습니다."

사흘이 더 지나갔다.

밤에 모독을 옥리방으로 빼낸 이는 강웅돌이었다. 〈옹기꾼의 노래〉를 명일덕에게 전하고 배둑치의 차꼬를 풀어준 뒤로, 강웅돌은 서밀방에 접근하는 것을 꺼렸다. 가끔 신태보와 눈이 마주치더라도 먼저 고개를 돌려 외면했다.

모독은 사발에 담긴 깨끗한 물부터 비우곤 또 한 사발을 청했다. 그것도 모자란 듯 주전자를 통째로 들고 마신 뒤 강웅돌에게 물었다.

"어떤 이야기를 원하십니까? 말씀만 하십시오. 나리를 위해서라면 못 할 거짓말이 없습죠."

"거짓말은 됐네. 오늘은 내가 이야기를 할 테니 들어주게. 이건 거짓말이 아니라 참말이야. 참말도 속에 담아두면 병이 된다는 걸처음 알았네."

"어디 불편하신 데라도 있으십니까?"

"석은윤이 산해진미를 차렸던 그날 이후로 먹으면 다 토한다네. 속이 답답해. 돌덩이 하나가 배에 들어앉은 것만 같으이."

"무릉도원주, 그 술 때문입니까?"

"아니야. 나는 그날 북방에 갇힌 탓에 그 술을 못 마셨네."

"아, 술이 아니라면 그것 때문이군요."

"그것…… 때문이라니?"

"맛난 술을 못 마셔서 생기는 병도 있고, 재미난 이야기를 알고도 못 들려줘서 생기는 병도 있습죠."

"그런 병도 있는가?"

"있다마다요. 이 병은 의원에게 보일 필요도 없습니다. 고치는 방법이 간단하거든요. 술은 마시면 되고 이야기는 전기수처럼 남김없이 하면 됩니다. 그러고 나면 속이 뻥 뚫리면서 밥이든 술이든 술술 들어갈 겁니다."

모독이 허리를 당기고 얼굴을 내밀며 눈을 크게 떴다. 이야기를 들을 준비를 마친 것이다.

"옥리장 그러니까 명일덕이 가짜였대. 엄청난 일 아닌가?"

"가짜……라뇨?"

"죄인들이 탈옥을 감행하기 직전에 사라진 옥리장이 명일덕이 아니라 쌍둥이 동생이자 천주쟁이인 명이덕이었다고."

"어떻게 그런 일이? 확실합니까?"

"모독 너는 정해년에도 옥에 갇혔었다니, 혹시 명이덕을 아는가?"

"알다마다요. 함께 아주 지독한 옥살이를 했습죠. 명이덕은 독실한 천주교인이었습니다. 아, 그러고 보니 명이덕과 명일덕이 정말 닮긴 했습니다. 더그레를 벗고 옥에 들어오면 명일덕도 명이덕 같았습죠. 명이덕에게 더그레를 입혔다면 명일덕을 닮았을 수도 있겠네요."

"명일덕인 척했던 명이덕이 전주 밖으로 달아나다가 공 판관에게 붙잡혔다는군."

강웅돌은 명일덕인 척한 명이덕에게 〈옹기꾼의 노래〉를 건넨 이야기는 쏙 뺐다.

"감영으로 끌려왔나요?"

"그게…… 감영은 아닌 것 같아. 새 옥리장이 전주 안팎 관아까지 두루 알아봤지만 없었네. 좌포도청으로 데려갔을까?"

"그럴 수도 있습죠."

"아니면 봉변이라도 당한 걸까?"

"봉변이라 하심은?"

"몰라! 명이덕도 명이덕이지만, 명일덕 옥리장도 소식이 없어. 내 생각에는 말이야, 명이덕을 옥리장으로 대신 넣기 위해 천주교인들이 명일덕 옥리장을 납치한 것 같아. 어딘가에 가뒀겠지?"

"그럴 수도 있습죠."

모독은 맞장구를 치면서도 확언하진 않았다. 명일덕과 명이덕의 행방에 대해선 다양한 추측이 가능했던 것이다.

"죽였을까요?"

모독이 강웅돌의 표정을 살피며 슬쩍 떠보았다.

"설마, 죽이기까지야. 명일덕과 명이덕에 관한 소식을 알려면 좌포도청을 뚫어야 하는데…… 좌포도청에 아는 사람이라곤 오랫동안 포도부장을 했던 공 판관뿐인데, 그 어른이 어디에 있는지 포도청에 수소문해도 알 길이 없다네. 간자로 오래 일했고, 그 일을 그만둔 뒤에도 워낙 은밀히 다니긴 했지."

잠시 침묵이 흐른 뒤, 모독이 말머리를 돌렸다.

"듣긴 하셨습니까?"

"뭘?"

"뭐라뇨? 〈옹기꾼의 노래〉 말입니다."

강웅돌이 목소리를 낮췄다.

"……그걸 어찌 아는가?"

"나리가 고맙게도 비밀 이야기를 하나 하셨으니 저도 제 비밀 하나를 말씀드릴깝쇼?"

강웅돌이 고개를 끄덕였다.

"오래전, 그러니까 정해 군난이 일어나기도 전, 그때도 저는 거짓말 일수였고, 팔도를 떠돌며 이야기판을 열었습죠. 최돌돌 루가라고 곡성에 살던 천주교인을 제자로 받은 적이 있습니다요."

"교인을 제자로?"

"천주를 믿는다고 이야기를 싫어하란 법은 없습죠. 교인 중에는 이야기를 좋아하는 이들이 훨씬 많습니다. 천주를 믿다 보면, 힘들고 어려운 일이 좀 많겠습니까. 그땐 이야기가 하루하루를 버티는 데 큰 힘이 됩죠. 성인들의 전기를 괜히 많이 읽는 게 아닙니다. 교우들과 함께 이야기를 말하고 듣는 것뿐만 아니라, 혼자서 나무를 향해, 산을 향해, 구름을 향해, 때론 자기 자신을 향해 이야기하며 시절을 견뎠다는 교인을 꽤 만났습니다. 어쨌든 최돌돌을 제자로 받은 후로 순자강을 더 자주 오갔습죠. 그때 전원오안또니와 감귀남 글나라 부부가 〈옹기꾼의 노래〉를 짓고 있단 소리를 들었습니다. 제목이 워낙 이상해서 또렷이 기억합니다요. 판소리 하면 대부분 무슨무슨 '가歌'니 무슨무슨 '타령'으로 끝나는데, '옹기꾼의 노래'라더라고요. 판에서 부르기 위해 만든 소리 중에서 이런 제목은 요것 하나뿐일 겁니다. 그땐 부부가 이 작품에 평생 매달릴 줄은 몰랐습죠."

모독이 이야기를 뚝 그쳤다. 강웅돌이 실망한 얼굴로 물었다.

"그게 단가? 벌써 끝났어?"

모독이 눈웃음을 지으며 고개를 저었다.

"그럴 리가 있겠습니까요? 이제부터 진짜 비밀 이야기를 시작합죠."

"그러게. 어서어서."

"제가 억울하게 하옥된 건 말씀을 드렸지요? 저처럼 거짓말 일수쯤 되는 이야기꾼은 한두 해 미리 이야기판값을 당겨 받기도 하고 그럽니다요. 제가 몇 번 몸이 아파 약속한 판에 서지 않거나 조금 짧게 판을 걸었다고, 그딴 걸 트집 잡아 옥에 처넣을 줄은 몰랐습죠. 근데 옥에 들어온 게 전화위복이 되었습니다."

"전화위복이라니?"

"정해년에 전 안또니와 감 글나라 부부와 잠시 함께 갇혀 지냈습죠. 그때도 부부는 〈옹기꾼의 노래〉를 짓고 있긴 했는데, 사설이 잘 떠오르질 않는지, 아니면 좌포도청 종사관 금창배의 고형이 너무 지독해서 그랬는지, 제대로 완성하진 못했습죠. 그로부터 십일 년이 지나 제가 다시 옥에 들어가기 전, 그러니까 작년 2월 부부는 곡성으로 돌아가선 세상을 떴습죠. 부부가 금식을 하다가 죽었단 이야긴, 저도 옥에 갇히기 전에 들었습니다요. 워낙 그 작품에 관심이 있어서 여기저기 말을 넣어뒀었거든요. 근데 부부가 죽어버렸다니 실망이 컸습죠. 한데 죽음과 함께 소문 하나가 덧붙더라고요."

"무슨 소문?"

"그건 천주교인들의 바람이기도 했습죠. 부부가 평생 만들고자 했던 작품을 죽기 전, 정확히는 병든 몸으로 옥에서 나와 곡성으로 가기 전에 소인정 요안에게 넘겼다는 겁니다. 따로 기록하진 않고, 부부가 읊으면 소인정이 그대로 외웠다고 하더라고요. 옥으로 들어온 제가 소인정에게 그 작품을 알려달라고 얼마나 졸랐는지 아십니까. 그런데 〈옹기꾼의 노래〉라는 판소리는 제목도 처음 듣는다며 딱 잡아떼더군요. 이제 소인정도 탈옥하고 없지만, 제게는 아직 희망의 불씨가 꺼진 건 아닙니다. 옥엔 아직 옥리 강웅돌 나리가 남아 있으니까요."

강웅돌이 조심스럽게 물었다.

"내가 〈옹기꾼의 노래〉를 알 거라고 생각한 까닭이 무엇이냐?"

"나리는 소인정, 저 고집쟁이 늙은 천주교인의 마지막 제자라면 제자일 겁니다. 사학죄인으로 십이 년 가까이 감영에서 옥살이를 한 죄인이 옥리를 제자로 둔다는 게 보통 인연입니까?"

"쉿! 목소리를 낮추게."

강웅돌이 방문을 열고 마당을 한 번 더 살피곤 닫았다. 목소리를 낮추라고만 했지 사제지간을 부인하진 않았다. 모독이 목소리를 낮추며 이야기를 맺었다.

"저도 혹시 〈옹기꾼의 노래〉를 접할 기회가 있을까요?"

강웅돌이 고개를 들고 눈을 감았다. 생사를 알 수 없는 스승, 소인정의 얼굴을 떠올리는 중인지도 몰랐다. 이윽고 강웅돌이 마음속 깊이 감춘, 딱딱한 돌멩이처럼 가라앉힌 사실을 꺼냈다.

"딱 한 번 읽기는 했지. 너무 경황이 없어서 외우진 못했어."

모독이 바짝 다가앉으며 물었다.

"그래도 기억에 남는 게 있지 않으십니까? 알려주십시오."

"내가 왜 그래야 하지?"

"딴 욕심은 없습니다. 나리께 피해가 가는 일은 절대로 없을 겁니다. 〈옹기꾼의 노래〉를 잘 간직했다가 훗날 세상에 전하고 싶은 마음뿐이죠. 우선은 과연 탁월한 작품인지 아닌지 가려보고 싶습니다. 이래 뵈도 잘 지은 이야기와 못 지은 이야기는 금방 구별해 낸답니다."

"아무래도 안 되겠어. 너무 많이 잊어버렸거든. 몇 군데 흐릿하게 토막토막 떠오를 뿐이야. 그걸 듣고 네가 형편없다 낮춰 보게 만들 순 없지."

모독이 말꼬리를 잡아챘다.

"〈옹기꾼의 노래〉를 들으신 게 아니라 읽으셨다고 했습니까? 소인정이 따로 적어두기라도 했습니까?"

강웅돌이 재빨리 말을 고쳤다.

"내가 언제 읽었다고 했는가? 아니야, 들었네. 바로 이 방에서 소인정이 처음부터 끝까지 읊어줬지."

"제 몸뚱이 중에서 그나마 쓸 만한 게 이야기를 말하는 요 혀와 이야기를 듣는 요 귀입죠. 방금 틀림없이 읽었다고 하셨습니다."

"공 판관께서도 그 판소리를 알고 싶어 소인정을 따로 서끝방에 옮겨두고 문방사우까지 갖춰 줬지. 하지만 소인정은 단 한 글자도 쓰지 않았다네. 소인정이 거기서 글을 썼다는 얘길 들은 적이 있는가?"

"없습니다. 하기야 늘 쫓기는 교인들이, 그것도 회장이었던 소인정이 글을 적어 흔적을 남겼을 리 없습니다요."

"그렇지. 나도 그리 생각해."

"옥리 웃방에서 조용히 읊조리면 북방은 물론이고 서웃방이나 서밑방까지 들리지 않을 것도 같네요. 이렇게 빌겠습니다요. 소인 정에게서 들은 것 중에 기억나는 대목만이라도 들려주십시오."

강웅돌이 조건을 걸었다.

"이야깃값엔 공짜가 없다면서? 내가 기억나는 대로 〈옹기꾼의 노래〉를 이야기하면, 넌 내게 무얼 줄 거야?"

"드릴 건 많지만 나리 맘에 들어야 하니, 말씀을 먼저 해보십시오."

강웅돌이 진작부터 모독에게 청하여 듣고 싶던 이야기의 주인 공 이름을 언급했다.

"종도 바오로라고 혹시 아는가?"

"모를 리가 있겠습니까? 복된 말씀을 제외하면, 천주교를 지금 처럼 만든 데 가장 큰 공을 세운 종도이기도 하고, 또 많은 글을 남기기도 했습죠. 교우들에게 쓴 서찰이 한두 통이 아닙니다."

"바오로의 일생을 그럼 상세히 들려주게."

"들려드릴 수는 있습니다만, 그건 서밑방 다섯 죄인들이 저보 다 훨씬 잘 압니다요."

강웅돌이 딱 잘라 말했다.

"당분간 나는 서밑방 죄인 누구와도 말을 섞지 않을 거야. 네가 알려줬으면 해. 예수의 일생도 이야기해 주지 않았는가?"

"바오로는 오간 곳도 넓고 이야기도 시작하자면 엄청 깁니다 요. 예수는 시골로 다녔지만, 바오로는 큰 고을을 누볐거든요. 게 다가 이야기가 워낙 진해서 요 목구멍을 물로 적셔선 제대로 이야기를 뽑기가 어렵습니다요. 다음엔……."

"알겠네. 저 주전자에 자네가 원하는 술을 가득 채워줌세."

"이왕이면 무릉도원주를 구해주십시오."

"그럼세. 나도 맛보지 못했으니 꼭 구해 와서 잔을 나누지."

"약속하신 겁니다. 자, 어서 시작하십시오. 〈옹기꾼의 노래〉에서 어느 대목부터 하시렵니까?"

"난 거기가 좋더군. 밤하늘에 유난히 밝게 빛나는 별과 그 별에 이끌려 베들레헴으로 온 동방 박사 세 사람이 등장하는 대목!"

강웅돌은 모독 앞에 있던 잔에 물을 채워 두어 모금 마신 뒤, 눈을 지그시 감았다가 떴다. 그리고 기억에 겨우 남아 흔들리는 문장들을, 북풍에 흔들리는 낙엽을 줍듯, 읊어대기 시작했다.

요셉이 마리아와 어린 예수를 데리고 애굽으로 달아난 대목을 강웅돌이 읊던 날, 한백당 아래에서 시신 한 구가 발견되었다. 옥리장 명일덕이라고 처음엔 소문이 났지만, 혀 잘린 시신은 명일덕의 아우 명이덕이었다. 명이덕의 시신이 발견된 다음 날, 명일덕이 제 발로 걸어 감영으로 왔다. 명일덕은 귀신사 일주문 앞에서 괴한들에게 납치되어 알 수 없는 집에 갇혀 지낸 사실을 털어놓았지만, 전라감사가 바뀌면서 조사는 흐지부지되었다. 명일덕은 북방의 죄인들에게 뒷돈을 받아 챙긴 벌로 곤장 서른 대를 맞고 쫓겨났다. 고산으로 돌아가 아우 명이덕의 장례를 치른 후, 넋 나간 사람처럼 술추렴만 했다. 평생 전주로 나오지 않았다.

39.

낡았지만 허물어지진 않은 가마였다. 가마 뒤에는 움집이 서너 채 드문드문 있었는데, 사람의 출입이 거의 없었던 듯 멧돼지와 고라니 똥이 뒹굴었고, 방문은 부서져 앞마당에서 뒷마당까지 바람이 직행했다.

그나마 방문이 온전히 붙어 있는 방에서 저물녘 두 사내가 나왔다. 먼저 내려선 이는 이오득이고, 그 뒤를 따른 이는 길치목이었다. 화살을 뽑고 천으로 어깨를 둘둘 감은 탓에 왼 어깨가 심하게 올라간 이오득은 부엌 쪽 굴뚝을 슬쩍 바라보았다. 온돌방을 뜨겁게 달군 열기가 흰 연기와 함께 하늘로 올라가는 중이었다. 두 사람은 말없이 오십 보쯤 걸어 내려가서 가마 앞에 도착했다. 입구를 막아놓은 나무판을 밀기 전에 이오득이 고개만 돌려 말했다.

"할 일을 마쳤다 싶으면 언제든 지리산으로 와도 좋아."

길치목이 물었다.

"저 같은 놈은 천주쟁이가 될 수 없을까요?"

이오득이 부푼 왼 어깨를 겨우 돌리곤 잠시 쳐다보았다.

"믿음이라도 생긴 건가?"

"감영 옥에는 동서남북으로 방이 있었습니다. 서방은 서웃방과 서밑방과 서끝방으로 나뉘었고, 남방에는 죄인을 가두진 않고 창고 겸 교형을 집행하는 곳으로 썼지요. 흉악범들이 있는 북방은 힘센 자가 힘없는 자를 누르고 괴롭히고 빼앗는 단순한 관계로 이루어졌습니다. 그때 힘은 싸움을 누가 더 잘하느냐로 판가름이 나기도 하지만, 돈의 많고 적음 그리고 일가친척 중에서 감영에 말을 넣고 조금이라도 옥리들을 움직일 만한 자의 있고 없음에 따라 달라지기도 합니다. 두령님이 그토록 증오하는 바깥세상과 판박이인 것이죠. 서웃방과 동방도 북방과 크게 다르진 않았습니다. 벌이 가벼우니 옥살이를 하는 기간이 북방 죄인들에 비해 짧았고, 또 비록 좁긴 해도 마당에 나가서 햇볕을 쬘 기회가 주어졌습니다. 그래서인지, 힘에 따라 위아래는 있지만 주먹질이나 발길질을 하는 경우는 북방에 비해 적었지요.

놀라운 곳은 서밀방입니다. 그곳 죄인들은 전혀 다른 관계를 맺었습니다. 말 그대로 교우. 믿음의 벗으로 십이 년을 버틴 겁니다. 미륵골을 오가며 천주교인들을 멀리서 스치듯 보긴 했지만, 그들과 함께 살았던 것은 아니니, 그 삶을 자세히 알진 못했습니다. 아가다를 따라 상경하여 한양에 머물렀을 때, 여자들만 모여 살며 천주를 믿고 예수를 따르는 모습을 보긴 했지만, 총을 들고 산천을 누비며 짐승들을 죽여온 제가 그들 사이에 낄 수는 없다 여겼습니다. 옥에서 함께 지내면서, 정말 천주교인들은 우리랑 다르단 생각이 더욱 강하게 들더군요. 믿음이 생겼느냐고 물으셨습니까? 믿음까지는 아니지만 호기심입니다. 호기심이 커지면 믿음으로 바뀔지도 모르지요. 아가다를 지키겠다는 들녘과의 약속 외에 호기심 하나가 덧붙은 셈입니다. 천주교를 더 알아나가려면, 아가다 곁을 지키는 것보다 나은 길이 없기도 하고."

"내가 천주교인으로서 희로애락을 거친 후에 봉기꾼의 길로 들어섰다는 걸 잊진 않았지?"

"그건 두령님이 가신 길이지, 제가 이 두 발로 디뎌본 길은 아니지 않습니까? 두령님과 같은 결론에 도달하더라도, 제가 걷고 나서 판단하렵니다."

"응답 없는 기도 대신 힘으로 해결하는 것이 낫지 않을까 하는 의심이 네게도 곧 생겨날 거야. 총의 위력을 아는 산포수니까."

"그건 그때 가서 생각해 보겠습니다."

"총을 들어야겠단 생각이 들면 언제든 와. 미륵바위 자린 항상 비워둠세."

"몸조심하십시오. 어깨가 낫기 전까진 아무리 혼내고 싶은 고을 수령이 있어도 일을 꾸미지 마시고요. 황룡강에서 제 목숨을 구하셨으니, 다음에 꼭 한번은 두령님 목숨을 구해드리고 싶습니다. 제가 빚지곤 못 사는 놈이라서요."

길치목이 가마 입구를 막은 나무판을 밀었다. 바람이 어둠 속으로 밀려드는 것과 함께 불빛이 새어 나왔다. 가마 제일 깊숙한 곳에서 등을 보이고 앉은 여인은 공설이었다. 서안처럼 앞에 둔 참나무 판에는 종이 두루마리가 놓였다. 나무판 아래엔 길치목이 강물 속에서도 잃어버리지 않고 쥐었던 왕죽 지팡이가 보였다.

인기척을 느낀 공설이가 돌아보았다. 눈물이 가득했다. 신태보 베드루와 이태권 베드루의 옥중기를 읽은 후 감사 기도를 올리던 중이었다. 정해년부터 지금까지 옥중에서 고초를 겪은 교우들의 참상이 두 사람의 문장에 속속들이 담겼다. 이오득이 말했다.

"이제 가보겠어. 지리산 반야봉 아래 이곳이 이십사 년 동안 사람들 발길이 없던 곳이긴 하지만, 혹시 모르니 오늘이라도 옮기는 건 어때? 아니면 지킬 사람들 몇몇을 두고 갈 수도 있고."

공설이가 고개를 저었다.

"벌써 충분히 도와주셨습니다. 이제부턴 저희가 하겠습니다. 지킬 사람이 더 필요하진 않습니다."

이오득이 말했다.

"옥중기를 나라 밖으로 가져가는 것도 쉬운 일이 아니야. 언제든 도움이 필요하면 말해."

"알겠습니다. 고맙습니다."

공설이와 길치목은 배웅하기 위해 일어섰지만, 이오득이 그냥 앉아 있으라며 손짓을 했다. 이오득이 나간 후 공설이가 길치목에게 말했다.

"가져왔던 대로 왕죽 지팡이에 다시 넣는 게 좋겠어요."

"알겠습니다."

공설이가 일어서려다가 물었다.

"알고 싶죠?"

길치목이 머뭇거리다가 청했다.

"읽어주시겠습니까?"

"그럼요. 신태보 베드루와 이태권 베드루, 두 분과 함께 옥살이까지 하셨잖습니까? 당신이 없었다면 이 귀한 옥중기를 가져오지도 못했을 겁니다. 읽어드린 후, 옥중기를 전할 곳을 알려드리겠습니다."

공설이가 가마에서 옥중기를 읽어가는 동안, 밖은 완전히 어두워졌다.


이십사 년 전에는 이곳도 옹기 굽는 교우촌이었다. 이오득과 소인정이 은밀히 만나 전라도와 경상도, 그리고 조선에서 천주교가 나아갈 길에 대해 심각한 의논을 하던 곳이기도 했다. 흙도 좋고 소나무도 충분했지만, 이 산을 오가던 심마니들이 문제였다.

심마니 하나가 술을 잔뜩 마시고 와선 천주쟁이들이 숨어 산다고 고변하지 않을 테니 돈을 달라는 요구를 했고, 교우들은 결국 이곳을 스스로 떠났다. 1815년 을해 군난이 일어난 직후였다.

공설이가 굴뚝에서 연기를 뿜던 움집 마당으로 들어서자 쉰 살을 넘긴 여인이 물수건을 옹기그릇에 얹어 들고 안방에서 나왔다.

"최 발바라! 오늘은 쉬시라고 말씀드렸잖습니까?"

"두 분 모두 아직 깨어나지도 않으셨는데, 어떻게 제가 쉽니까? 한데 다른 분들은?"

신태보의 며느리 최증애가 두 눈을 크게 뜨곤 되물었다. 1801년 신유 대군난 때 치명한 최창주 말셀니노의 딸이기도 했다. 일찍 남편을 잃고 시아버지 신태보를 도우며 살았다. 찾아오는 교우들을 진심으로 환대하고 극진히 보살폈다. 손과 발이 큰 만큼 이웃을 돕는 일에 노력과 돈을 아끼지 않았고, 늘 얼굴에서 웃음을 잃지 않았다. 신 베드루가 십이 년이나 옥살이를 하는 동안, 그녀는 자신의 도움이 필요한 교우촌이나 교인이 있으면 어디든지 옮겨가며 일했다. 쉰 살이 되기 전까진 사나흘 밤을 새워도 하품 한 번안 했지만, 쉰 살부턴 몸 여기저기가 다투듯 아팠다. 병을 앓으면서도 감영 옥에 갇힌 신태보와 교인들을 위한 기도를 아침저녁으로 이어갔다.

"길치목 님은 가마에서 뒷정리를 하고 계십니다. 곧 올라오실 거예요. 압록 두령님은 떠나셨습니다."

"건넌방에서 잠시 눈이라도 붙여요. 어제부터 한숨도 못 잤잖아요? 얼른 저녁 준비할게요."

"괜찮아요. 저녁은 제가……."

최증애가 공설이의 팔을 이끌어 건넌방에 넣곤 부엌으로 갔다. 공설이는 벽에 잠시 기대앉았다. 아랫목이 설설 끓었다. 더운 기운을 받으니 굳었던 관절이 비로소 부드러워졌다. 그러나 등을 대고 눕는 대신 일어나서 안방으로 건너갔다. 등잔 아래 두 사내가 나란히 누워 있었다.

　벽을 향해 모로 누운 사내는 소인정이었다. 단검으로 찔린 옆구리가 눌리지 않도록 천으로 감쌌다. 천을 둘러 압박한 길치목에 따르면, 다행히 피는 멎었지만, 상처 부위가 덧날 수 있으니 매일 깨끗한 물로 씻어내야 한다고 했다. 열을 떨어뜨리기 위해 찬 수건으로 얼굴과 목을 수시로 닦아야 한다는 말도 덧붙였다.

　소인정 옆에 반듯이 누운 사내는, 소인정을 찌른 공원방이었다. 공원방은 이오득처럼 불화살을 맞지도, 소인정처럼 단검에 찔리지도 않았다. 외상이 전혀 없었지만 깨어나지 않았다. 이오득이 아니었다면 공원방은 이미 죽은 목숨이었다. 황룡강으로 불화살이 쏟아졌을 때, 배에 남았던 이오득과 소인정과 공원방은 엇비슷하게 강물 속으로 뛰어들었다. 어깨에 화살을 맞았는데도 이오득은 함께 강에 빠진, 옆구리를 다쳐 헤엄을 치지 못하는 소인정을 먼저 강변으로 데려다놓은 후 강이 흐르는 쪽으로 달렸다. 허우적거리다가 정신을 놓고 강물에 떠내려가던 공원방을 겨우 발견하곤 다시 뛰어들어 구해냈다. 혼절한 공원방의 가슴을 누르고 숨길을 바로잡느라 또 애를 먹었다. 공원방이 삼킨 물을 토하면서 깨어나고 나서야 이오득도 마른풀에 앉을 수 있었다. 그때 공원방이 갑자기 외쳤다.

　"이게 뭐야? 아무 소리도 안 들려. 뜨거워. 꺼! 다 끄란 말이야."

양손으로 귀를 뜯을 듯 비틀어댔다. 뺨을 때리고 지나가는 겨울바람 소리도, 멀리서 짖는 개 소리도 들리지 않는 것이다. 게다가 황룡강에서 나와 오들오들 떨던 사람이 살갗이 타들어간다며 뒹굴기 시작했다. 양팔을 붙들고, 등 뒤에서 끌어안으며 진정시키려 했다.

"괜찮아. 곧 괜찮아질 거야."

비명과 고함을 듣고 포졸들이라도 들이닥칠까 두려웠다. 혹시 그들을 불러들이려고 일부러 아픈 척하는 것은 아닌지 잠깐 의심도 했다. 그러나 공원방이 비명을 지르며, 몸에 불이 붙었다고 강으로 뛰어들다가 다시 혼절하자 꾀병이 아니란 걸 알았다.

공설이는 지리산 반야봉 아래 골짜기 초입의 산막까지 내려와서 기다렸다. 멀리서도 길치목과 이오득을 알아보곤 반겨 맞으며 손을 흔들었다. 두 사람은 각각 지게를 졌고, 거적으로 덮은 짐은 사람이었다. 먼저 확인한 부상자는 이오득의 등에 업힌 소인정이었다. 신음을 내며 눈도 뜨지 못하는 소인정의 손을 꼭 쥐곤 눈물을 흘렸다. 길치목의 등 뒤로 가서 거적을 젖히고 등에 업힌 불청객을 보는 순간, 공설이는 그 자리에 얼어붙었다. 가슴이 뒤틀리면서, 저만치 멀리 떨어져 나와 풍경을 보듯 멍해졌다. 공원방이 여기까지 오리라곤 조금도 예상 못 한 것이다.

공설이는 겨우 반걸음 다가서선 얼굴을 살폈다. 업혀 오는 동안 공원방은 깨어나지 못했다. 몸이 차가워지면서 온몸이 푸르뎅뎅했다. 창백하고 야윈 얼굴을 보자, 다시 반걸음 물러섰다. 딸이 오래 이별했던 아버지와 재회할 때 흔히 하듯이, 공원방의 손을 잡지도 않았고 뺨을 만지지도 않았다. 고개를 숙이고 한숨만 내쉬었다. 딸로서 아버지와 사랑을 나눈 날은 아득하고, 천주교인으로서 간자를 미워하고 두려워한 날은 길었다.

자초지종을 듣고도, 공설이는 이오득과 길치목의 판단을 받아들이기 힘들었다.

"좌포도청의 간자입니다. 전라감영의 판관이고요. 그런 자를 여기까지 데리고 와선 안 됩니다. 황룡강에선 구해낼 상황이었다 해도 오는 길에 남원이든 어디든 용한 의원에게 맡기셨어야죠."

길치목이 말했다.

"숨이 간당간당합니다. 옮기다가 죽는 건 아닐까 걱정했는데, 겨우 여기까진 왔습니다. 아무래도 마지막일 듯해요."

"임종이라도 지키란 건가요? 딸 노릇을 하라고요?"

이오득은 잠시 기다렸다가 입을 열었다.

"공설이가 공원방의 딸이라는 건 변하진 않겠지만, 그게 힘들다면, 천주교인으로서 할 일을 해."

공설이가 눈을 크게 뜨고 이오득을 쳐다보았다.

"아가다가 그동안 줄곧 해왔던 일들이잖아? 예수님이 가난하고 약하고 병든 자를 보살피셨듯이! 원수를 사랑하라는 말씀처럼, 그렇게."

공설이는 빈 가마에서 하룻밤을 꼬박 기도하며 지새웠다. 아무도 없는 듯 조용하기도 했고 실바람을 맞는 숲처럼 들릴락 말락 소리가 새어 나오기도 했고 장대비에 불어난 강처럼 울음이 터져 나오기도 했고 천둥이 치듯 고함이 들리기도 했다. 그리고 다시 고요를 등지고 가마에서 나온 공설이는 약재와 침술에 밝은 최증애를 찾아 물었다.

"어찌하면 소생시킬 수 있을까요?"

그 아침부터 공원이는 매일 공원방의 배꼽에 뜸을 뜨고, 필관筆管, 붓촉을 박는 가는 대을 귀에 대고 바람을 불어 넣었다. 오리 피를 입에 흘려 넣기도 했다. 치료하지 않는 때에도 곁에 머물며 팔과 다리를 주무르고, 더운물을 적신 수건으로 얼굴과 손발을 닦았다. 그렇게 사흘을 보냈지만, 차도는 없고 몸은 점점 더 식었다.

처방을 한 가지 더하기로 했다. 최증애는 이 처방을 여러 번 해봤고, 보름 동안 정신을 잃고 누워만 있던 병자를 깨어나게 한 적도 있었다.

"제가 할게요."

"아니에요. 가르쳐주신 대로 제가 해보겠습니다."

공원이는 조각자皀角刺 가루가 든 옹기병을 넘겨받은 후, 깨끗한 수건을 들고 안방으로 들어왔다. 잠시 공원방을 내려다보았다.

늙고 야위고 병든 사내였다.

을해년 헤어질 때는 마흔여섯 살이었고, 맡은 일 그러니까 좌포도청 간자 노릇을 열정적으로 하던 시절이었다. 이십사 년이 흐르고 나니, 죽음의 기운이 완연한 일흔 살 늙은이가 되고 말았다. 나이를 먹은 것은 공원방만이 아니었다. 집을 나설 때 여덟 살 아이였던 공원이도 이제 서른두 살, 자식이 서넛 있어도 이상하지 않을 어른이었다.

재회를 그려보지 않은 것은 아니다. 여러 경로로 공원방의 근황을 접했다. 정해 군난이 일어나고 소인정이 하던 역할을 대신 맡은 뒤로, 공원이는 공원방으로부터 더욱 멀리 떨어져 있어야 했다. 공원방이 북에 있으면 공원이는 남으로 갔고, 공원방이 바닷가에 있으면 공설이는 산으로 들어갔다.

이렇듯 처참한 몰골로 다시 만날 줄은 몰랐다. 천주교인을 붙잡기 위해, 간자 노릇을 잘하기 위해, 각종 무예를 연마한다는 풍문을 들었다. 나이에 기대어 추측하지 말라는 이야기도 뒤따랐다. 적게는 열 살 많게는 스무 살 가까이 젊은 척을 해도 될 만큼 몸이 좋다는 것이다. 그 풍문을 전부 거짓으로 돌릴 정도로 생기라곤 전혀 없는 몸이었다. 끼니를 챙겨 먹지 않고, 공설이를 비롯한 천주교인들을 잡아들일 생각만 줄곧 했던 것일까. 일흔 살이라는데, 여든 살 같고, 아흔 살 같고, 이미 숨이 끊긴 시신 같았다.

약병을 내려놓은 후, 최증애가 일러준 순서를 되짚었다. 그리고 공원방의 저고리와 바지를 벗겼다. 속곳 하나만 걸친 몸은 잎 다 떨어진 겨울나무처럼 앙상했다. 공설이는 늙은 간자의 몸 구석구석을 천천히 살폈다. 말랐다는 건 알았지만, 이렇듯 뼈란 뼈가 다 드러날 줄은 몰랐다. 더욱 놀라운 것은 등과 가슴과 어깨와 배 그리고 엉덩이와 허벅지와 종아리까지 깊게 난 흉터들이었다. 구사일생의 길을 수없이 지나온 간자의 몸이었다. 교인인 척하며 관아에 끌려가거나 옥에 갇혀 지독한 고형을 당한 적도 많았다. 상대를 속이고 간자라는 사실을 숨길 수만 있다면 제 마음은 물론 몸까지 기꺼이 바쳤다.

형구에 따라 남은 흉터도 제각각이었다. 엉덩이와 허벅지의 상처는 곤장을 맞아서 생긴 것이고, 등과 어깨의 상처는 채찍질을 당한 것이며, 가슴과 배에 덕지덕지 큼지막하게 난 흉터는 인두로 지진 것이고, 꺾이고 뒤틀린 종아리와 어깨는 주리를 틀면서 만들어진 것이다. 한두 번이 아니라 거듭 당하는 바람에 흉터 위에 흉터가 생기고 그 위에 또 흉터가 생겼다. 사람의 살갗이라고 보기 어려울 정도로 거칠고 딱딱하고 툭 튀어나오거나 움푹 파였다. 돌림병에 걸려 죽은 거지의 시신도 이보다는 나을 듯했다. 만들어진 간자의 몸이었다.

속곳까지 벗겼다. 사내의 알몸은 태어나서 처음 보았다. 들녘과 혼인을 했지만, 동정을 지키며 지금까지 왔던 것이다. 공설이는 고개를 돌리지도 않았고 유심히 내려다보지도 않았다. 다만 이 상처투성이 몸에 깃든 꺼져가는 영혼을 떠올렸다. 참회할 기회를 주고 싶었다. 그 기회를 만들 수만 있다면 이번에도 최선을 다하겠다고, 가마에서 철야기도를 마치고 나오며 결심했다. 그러나 그녀가 할 일은 많지 않았다. 정신을 잃고 누워 있는 자를 깨우기 위한 처방들을 하나하나 정성껏 해보는 수밖에 없었다. 처음인 그녀에겐 낯설고 불편하기까지 했지만 수천 년의 경험과 지식이 쌓인 처방들이었다.

공설이는 허리를 숙인 채 힘을 잔뜩 써가며, 공원방을 겨우 엎드려 뉘었다. 엉덩이에도 살은 없고 엉치뼈만 도드라졌다. 약병에서 조각자 가루를 조심조심 꺼냈다. 왼손으로 공원방의 엉덩이를 벌린 뒤, 항문에 가루를 밀어 넣었다. 병자의 항문이 벌어지면 곧 죽음에 이르니, 그것을 막기 위해서였다.

"어리석은 영혼이 뉘우칠 기회를, 마지막으로 허락하소서!"

또 기도하며 천주님의 응답을 기다리기로 했다.

40.

소인정은 하루 만에 앉고 이틀째는 천천히 마당을 걸었다. 이레가 지나니 걸음이 한결 가벼워져 옆구리에 두른 천까지 풀었다. 최증애가 밤을 꼬박 새우며 돌본 결과였다. 시아버지인 신태보의 옥중기를 읽고, 소인정과 길치목으로부터 신태보가 십이 년간 옥중에서 얼마나 훌륭하게 믿음을 지켜왔는가를 듣고는 눈물을 쏟았다. 시아버지를 가까이 모시다가 치명하는 것이 그녀의 소원이었다.

공설이도 지극정성으로 공원방을 돌보았지만 전혀 차도가 없었다. 이레째 아침도 새벽부터 공원방의 배에 뜸을 놓은 후 건넌방으로 왔다. 소인정과 길치목과 최증애가 동시에 공설이를 바라보았고, 그녀가 앉을 때까지 기다려 소인정이 먼저 말했다.

"사나흘만이라도 더 머물렀으면 해. 원방이 깨어나는 것만이라도 봐야……."

"아닙니다. 계획했던 날짜에서 이미 많이 늦었어요. 주교님과 탁덕님이 기다리십니다. 서두르셔야 해요."

최증애가 말했다.

"그럼 제가 남을게요. 교우들 여럿 살린 약손이랍니다."

약재들을 미리 챙겨 온 것도 그녀였다. 공설이가 고개를 저었다.

"끝까지…… 곁을 지키고 싶습니다."

'아버지'라고 하진 않았지만 '그 사람'이라고 하지도 않았다. 소인정도 최증애도 설득을 멈췄다. 길치목이 끼어들었다.

"제가 그럼 남겠습니다."

공설이는 그것도 받아들이지 않았다. 길치목에게 할 일을 명확히 알렸다.

"좌포도청 포졸들은 끈질깁니다. 전라감영 판관이 사라졌으니, 혈안이 되어 우릴 찾고 있을 겁니다. 무슨 일이 있어도 옥중기를 빼앗겨선 안 됩니다. 요안 회장님이 붙들려서도 안 됩니다. 회장님과 옥중기를 지키기 위해선 같이 가셔야 합니다."

소인정과 최증애와 길치목은 결국 짐을 꾸렸다. 소인정이 왕죽 지팡이를 짚으며 앞장을 섰고, 최증애가 거리를 두지 않고 바짝 붙었으며, 길치목이 주변을 살피며 뒤따랐다. 공설이는 가마 앞까지 배웅을 나와선 세 사람의 모습이 사라질 때까지 손을 흔들었다.

돌아온 공설이는 부엌에서 밥과 나물을 챙겨 밥상을 들고 안방으로 들어갔다. 최증애가 마지막으로 해놓고 간 아침이었다. 상을 내려놓고 공원방을 바라보며 앉았다. 어릴 때 단둘이 밥을 먹던 날들이 떠올랐다. 그때 공원방은 공설이가 밥을 한술 뜨면 그 위에 생선이나 고기반찬을 얹어주었다. 공원방이 오래 집을 비울 때는 좌포도청 관원 금창배의 며느리 수원댁 고 씨가 와선 공설이를 돌보았다. 고 씨는 밥을 차려주긴 했지만 함께 먹진 않았다. 어머니와 함께 밥을 먹은 기억이 없다는 것이 공설이가 평생 품은 안타까움이었다. 아버지가 돌아왔다는 것은 마주 앉아 밥 먹을 사람이 생겼다는 뜻이었다. 공원방은 맛난 반찬뿐만 아니라, 옷과 거울과 빗을 건네기도 했다. 공설이는 밥을 먹다 말고 묻곤 했다.

"언제 또 가?"

그때마다 공원방이 답했다.

"아빠, 이제 안 가."

안 간다고 거듭 말했지만, 공설이는 다시 혼자 밥을 먹게 되었다. 공원방은 거짓말쟁이였다.

공원방을 지리산 반야봉 아래로 옮기고 처음 닷새 동안, 공설이는 수저를 들지 않았다. 최증애가 끼니마다 챙겼지만 번번이 거절했다. 그러다가 닷새째 되는 날엔 마루에서 내려서다가 발을 헛디뎌 굴렀다. 다치지 않은 것만도 천만다행이었다. 그날부터 이틀은 최증애가 주는 대로 먹었다. 늦은 밤에는 생강차와 모과차까지 따로 마셨다. 자신이 아프면 공원방을 돌보지 못하기 때문이었다.

드디어 둘만 남았다. 소인정과 길치목과 최증애 그리고 이젠 회장도 천주교인도 아닌 이오득까지, 세상에서 내 사람을 고르라면 가장 먼저 품을 사람들이었다. 물론 그들보다 앞자리에 들녘이 있었다. 의주에서 전주로 와 돕겠다는 것을 말렸다. 옥중기를 감영 옥에서 빼낸다고 끝이 아니었다. 그다음 봉우리를 넘는 데는 들녘의 역할이 중요했다.

공원방의 상태가 점점 나빠졌다. 기도가 밤낮없이 이어졌다. 꿈에서도 기도했고 깨어서도 기도했다. 밥을 먹으면서도 아궁이에 나무를 넣으면서도 창을 열어 바람을 오가게 하면서도 가마까지 잠시 걸어가면서도 갔다 오면서도 눈을 보면서도 흐르는 구름을 보면서도 머물러 내려앉는 구름을 보면서도 기도하고 또 기도했다. 기도하는 말들을 입 안에 머금은 채 굴리다가 흐느낌이 끼어들었고, 흐느낌만으로 기도를 가득 채웠다가, 속의 말들이 밖으로 넘쳐 나왔다. 그 말들은 완전한 문장이 되지 못한 채 넘실거렸다.

"천주님, 이 가여운 영혼을…… 이 불쌍한 몸을…… 이 용서받지 못할 삶을…… 이 안타까운 만남을……."

"모아놓은 서책 속 그림들을 보지 않았다면…… 그림에 따라 글들을 더듬더듬 읽지 않았다면…… 다양한 모양과 크기의 성모

패들을 나무 상자에서 발견하지 않았다면…… 악이 선을 낳기도 합니다. 제가 오로지 천주님만을 바라보며 살도록 허락하셨사오니…… 그도 죄를 스스로 인정하게 하옵소서. 그 죄를 손톱만큼이라도 씻게 하여 주옵소서."

"가장 멀리 떨어져 있던 저를 천주님 앞으로 이끄셨습니다…… 제게서 또한 가장 멀리 떨어져 있던 그를 다시 살려…… 가장 멀었던 사이를 제일 가깝게 이끄시옵소서……."

다시 밤이 되었다. 그 밤에는 마당으로 내려가지 않았다. 범 울음이 들렸던 것이다. 옹기꾼들이 마을을 떠난 지도 이십사 년이 가까웠다. 범이 즐겨 먹는 멧돼지와 고라니와 산양 들이 수시로 드나들며 쉬고 먹고 똥오줌도 싸는 곳이 아닌가. 그 흔적과 냄새를 따라 범이 찾아든대도 이상하지 않을 상황이었다.

입술을 닫고 속으로만 기도하자, 그 안에 쌓였던 억울함과 원망이 차올랐다. 공원방이 사경을 헤맨다고 단번에 매듭이 풀릴 사이는 결코 아니었다. 공설이가 소중하게 여기는 것일수록 공원방은 악착같이 달려들어 부수고 태우고 죽였다. 그때마다 맺힌 마음속 옹이가 독버섯처럼 곳곳에 굳어 있었다. 그렇지만 한편으론 천주가 가르친 사랑을 되짚고 또 되짚었다. 내게 잘한 이에게 잘하는 것은 당연하지 않은가. 나를 괴롭히고 불행에 빠뜨리려 하는 자를 위하고 돌보는 것이 사랑의 시작인 것이다.

"기회를 주소서. 이대로 떠나보내고 싶지 않사옵니다. 천주님, 아, 천주님."

그때 갑자기 그을음처럼 탁하고 거친 목소리가 날아들었다.

"빌지 마…… 천주에겐."

공원방이 깨어나서 입을 연 것이다. 공설이는 너무 놀라 허리를 숙였다. 숨결이 서로 닿을 듯 얼굴과 얼굴이 가까웠다. 악취가 지독했지만 고개를 돌리거나 눈을 감지 않았다. 공원방은 꿈이 아니라는 것을 확인이라도 시키듯 눈을 뜨고 덧붙였다.

"그동안 내가 천주에게, 사학죄인들에게 어떻게 했는데……. 헛짓이다."

공설이가 공원방의 가슴에 손을 얹었다. 목소리가 떨렸다.

"천주님께서 제 기도를 들어주셨어요."

공원방이 반박했다.

"이건…… 천주의 뜻이 아니야. 내 의지지. 내 딸을 보기 전엔 죽을 수 없다는 내 마음……이 내 몸을 깨운 거야. 천주 따위가 어딜 끼어들어."

기침을 쏟는 바람에 말이 끊겼다. 공원방의 입에서 튀어나온 가래가 공설이의 얼굴에 묻었다. 공설이가 수건으로 닦은 뒤 말했다.

"말씀 더 하진 마세요. 깨어나셨으니 그것으로 충분하니까요."

공설이가 깨끗한 수건으로 이마와 코와 입술을 차례차례 닦으려 하자, 공원방은 고개를 좌우로 저으며 미간을 찡그렸다.

"천주의 도움 필요 없어……. 이것도 기적이라 주장할 건가…… 난 거짓 기적의 증거가 되기 싫다…… 내 의지로 깨어 너를 본 거고 내 의지로 죽겠다."

"천주님과 싸우려 들지 마세요."

"싸울 거다. 나는 누구에게도 복종하지 않아……. 조물주든 예수든 뭐든."

다시 기침을 쏟았다. 이번에는 피가 쏟아져 벽과 방바닥을 물들였다.

"제발 가만히 계세요. 이러다 정말 큰일 나겠어요."

"큰일은…… 이십사 년 전에 벌써 일어났어. 네가 납치된 날, 그보다 더 불행한 일은 내게 없다."

"납치당한 게 아니에요. 제가 부탁했고 스스로 따라나선 겁니다."

"거짓말!"

공설이는 피가 뚝뚝 떨어지는 공원방의 입을 수건으로 닦으며 말했다.

"예수님의 사랑을 배우고 싶었어요."

"……이유가 뭐냐? 왜 하필 예수의 사랑을…… 배우고 싶었어?"

공설이가 머뭇거리지 않고 답했다.

"사랑하고 싶었으니까. 사랑할 수 없었으니까! 제겐 너무나 좋은 사람이었는데, 천주교인들에겐 세상에서 제일 나쁜 사람이니까. 차라리 제게도 악독하게 구셨다면 곁에 머물렀을지도 몰라요. 집에 오면 제가 원하는 걸 다 들어주셨고 늘 웃으셨죠. 하지만 간자로 다닐 땐 달라도 너무 달랐죠."

"네가…… 나를 알았다고? 어린 네가?"

공원방의 가슴과 머리가 동시에 떨렸다. 고개를 치켜들자, 턱과 목의 살갗에 잡힌 물집들이 터지며 피고름이 공설이의 가슴과 얼굴로 다시 튀었다. 공설이가 양손으로 공원방의 어깨를 누르며 말했다.

"가만, 아무 말씀 마세요."

공원방이 마지막 안간힘을 내듯 외쳤다.

"나는 예수를 팔아넘긴 유다스다…… 내 집은 소돔과 고모라다……. 들녘, 그자를 절벽으로 떠밀어 죽인 사람이 바로 나다…… 나보다 더 너를 사랑한다니…… 그따위 헛소리를 지껄이는 놈을 살려둘 순 없지…….'

공설이가 공원방의 양손을 꼭 쥐곤 말했다.

"들녘, 그이는 죽지 않았어요."

"……거짓말! ……절벽에서 떨어져 머리가 터지고 허리가 꺾였을 거야. 도저히 살아 올라올 수 없어. ……도와줄 사람이 전혀 없는 산속이었어."

"천주님이 보고 계셨지요. 그리고 들녘을 구할 사람을 보내셨답니다."

"누구냐…… 그 사람이?"

"장 귀도입니다."

"……짱구? ……그 병신 거지가……?"

공원방이 헛기침을 쏟았다. 숨이 가쁘고 얼굴이 붉어졌다.

"거짓말……. 장 귀도는 제 몸 하나도 건사 못 해…… 그 험한 절벽을 내려갔을 리 없어……."

"장 귀도 혼자라면 그런 마음을 먹지도 못했을 것이고, 내려가더라도 발을 헛디디며 떨어져 목숨을 잃었을 겁니다. 하지만 천주님이 도우셨어요."

"거짓말……."

공원방은 세 번이나 '거짓말'이라고 되풀이해서 말했다. 세 번째 거짓말이라고 할 땐 덧붙이는 근거가 없었다. 공설이가 품에서 십자가가 달린 묵주를 꺼냈다. 특이하게도 십자가 아래쪽, 그러니까 지하의 뿌리에서 지상의 줄기로 올라가는 밑동에 가래와 호미가 놓였다.

"들녘 님이 목사동 골짜기에서 소 요한 회장님께 성세를 받고 이시돌이라는 이름을 가졌을 때 제가 선물한 묵주입니다. 삼 년 후 재회했을 때, 그리고 하삼도와 북삼도에 떨어져 지내게 되었을 때, 자신을 늘 기억해 달라며 제게 돌려준 묵주이기도 합니다. 그때 저는 작은 훈을 하나 만들어 건넸고요. 들녘 이시돌은 살아 있습니다. 단검으로 옆구리를 찌르고 절벽으로 떠민 포도부장 공원방을 벌써 용서했고, 당신을 위해 매일 기도드리고 있어요."

"……절벽으로 떠밀 게 아니라…… 그 자리에서 목을 칠 걸 그랬다."

"당신이 무슨 짓을 해왔더라도 천주님은 당신을 사랑하세요. 지금이라도 천주님께 죄를 고백하고 용서를 구하세요. 당신은 이미 천주님을 영접한 적이 있습니다. 예수님의 삶을 따르겠다 맹세도 했고요. 배교는 안타까운 일이지만, 회심한 교우들도 적지 않습니다. 돌리세요, 마음을 돌려, 십자가를 우러르세요."

"천당 따윈…… 없다. 천주도…… 없다. 예수도…… 떠돌이 무당이었을 뿐이야. 속지 마라. 천주가 나를 사랑한다고? ……명심하거라…… 너를 사랑하는 건 천주가 아니라…… 바로 나다. …… 나뿐이다, 아버지……."

공원방은 말을 잇지 못하고 핏덩이를 입에 문 채 정신을 잃었다. 공설이가 황급히 공원방의 입을 벌린 뒤 손가락을 넣었다. 막아놓은 둑이 터지듯 피가 쏟아졌다. 악취와 피와 고름이 얼굴과 몸을 휘감고 뒤덮었다. 공설이는 물러서거나 고개 돌리거나 얼굴 찡그리지 않고 달려들며, 재회한 후 처음이자 마지막으로 외쳤다.

"아버지!"

41.

1839년 5월 29일 날이 밝았다.

십이 년 만이었다. 옥에서 나와 줄줄이 오랏줄에 묶여 걸음을 뗀 신태보 베드루, 이태권 베드루, 이일언 욥, 정태봉 바오로, 김대권 베드루는 누가 먼저랄 것도 없이 하늘을 우러렀다. 길가에 사람들이 늘어서선 오늘 목숨이 끊길 다섯 죄인을 말없이 쳐다보았다. 서밑방에서도, 또 옥 가운데 마당에서도 하늘을 볼 수 있었지만, 지붕에 가려 확 트인 사방은 아니었다. 구름이 흐를 때면 지붕 너머로 사라진 뒤 어디로 갔을까 궁금했던 적이 많았다. 초여름 하늘엔 뭉게구름이 서고산 위로 두둥실 떠 있었다. 이태권이 낮은 목소리로 바로 앞에서 걷는 신태보에게 말했다.

"저 구름 모양이 십자가에 거꾸로 매달려 죽은 베드루 성인을 닮았지 않습니까?"

오늘 치명할 다섯 사람 중에 세례명이 베드루인 사람만 셋이었다. 과연 구름은 십자 모양이었고, 수직으로 내려온 구름의 아랫부분이 둥글게 뭉쳐 사람의 머리처럼 보였다.

"누가 자꾸 짖나? 재갈을 물려?"

맨앞에서 길을 내던 강웅돌이 고개만 돌려 위협했다. 목소리만 컸지 표정은 전혀 험상궂지 않았다. 조용히 걷자며 눈으로 부탁했다. 전라감영 옥에서 처형장인 숲정이까지 가는 동안, 옥리들 심기를 건드려 괜한 낭패를 보지 않기를 바랐던 것이다. 제일 뒤에서 따르는 옥리장 석둥개는 죄인들이 숲정이에 닿기 전 마지막 매질을 하는 것으로 유명했다. 이런저런 시비를 걸어 몽둥이찜질을 하곤 작별인사라고 둘러댔던 것이다. 석둥개가 육모 방망이를 들기 전에 강웅돌이 선수를 친 셈이다.

어제 아침 강웅돌은 석둥개와 함께 서밑방으로 갔다. 옥문 앞에서 석둥개가 다섯 죄인에게 내일 참형을 할 것이라고 알렸을 때, 강웅돌은 고개를 숙인 채 겨우 눈물을 참았다. 그런데 죄인들 반응이 뜻밖이었다. 환하게 웃으며 손뼉을 치고 덩실덩실 춤까지 추었다. 처형 통보를 받은 죄인들이 대부분 절망하고 울고 살려달라며 비는 것과는 완전히 달랐다. 석둥개가 짜증을 내며 물었다.

"뭐가 그리 좋아? 죽는 게 좋아?"

신태보가 답했다.

"십이 년이나 치명하는 날을 간절히 기다렸습니다. 이제 곧 천주님을 뵙겠군요."

천川을 낀 숲정이는 망나니들이 칼을 씻기에 좋고, 장대將臺 앞에 넓은 공터가 있어 참형을 보러 온 구경꾼들이 둘러서기에 좋았다. 죄인들이 엎드려 목을 댈 다섯 개의 목침이 나란히 놓였다. 강웅돌이 다섯 죄인을 연결한 줄을 풀자, 들어온 순서대로 목침 앞에 섰다. 북이 울리고 망나니가 뛰어나와 춤을 추기 시작했다. 큰 칼을 휘돌리며 당장이라도 목을 벨 것처럼 눈앞에 시퍼런 칼날을 들이댔다. 그 춤이 워낙 살기등등해서, 구경하던 아이들이 연이어 울음을 터뜨렸다. 다섯 죄인은 몸을 떨거나 눈물을 흘리거나 비굴한 말을 뱉지 않았다. 묵묵히 서선 그들 앞에 펼쳐진 하늘을 올려다보았다. 십자가 모양이 아직 그대로인 것이 그들의 마음을 어루만졌다. 신태보가 시선을 내려 구경꾼들을 살폈다. 삿갓 쓴 노승과 눈이 마주쳤다. 소인정이었다. 두 사람이 눈인사를 나눴다.

'할 일은 마치셨소?'

'무사히 주교님께 전하였습니다.'

'애썼습니다. 이제 내 차례라오. 소 요안 형제님이 와 있으니 더욱 좋소.'

소인정이 양손을 모으고 허리를 숙이며 재빨리 성호를 그었다. 신태보는 포박을 당해 두 손을 모으진 못했지만 무릎을 꿇고 머리를 숙여 기도를 시작했다. 나머지 네 명의 죄인도 신태보를 따라 무릎을 꿇고 기도에 동참했다. 석둥개가 화를 냈다.

"저 새끼들이 처돌았나. 끝까지 추태를 보이네."

강웅돌이 말리려 했지만 이미 늦었다. 석둥개의 몽둥이가 기도하는 신태보의 등을 때리기 직전, 돌풍이 숲정이를 감쌌다. 놀란 구경꾼들이 엉덩방아를 찧었고, 숲에 깃든 새들은 하늘로 날아올랐다. 망나니는 칼을 떨어뜨렸으며, 석둥개는 몽둥이를 놓쳤다. 참형을 주재하는 판관과 그를 보좌하는 형방 역시 잔뜩 웅크린 채 두려움에 떨었다. 신이 대노하였다며 서둘러 떠나는 이들도 있었다. 공원방 다음으로 부임한 판관 이현동이 서둘러 다섯 죄인에게 물었다.

"지금이라도 늦지 않았다. 목숨을 구할 마지막 기회야. 배교한다면, 천주를 버린다면, 참형을 면할 수 있다. 천주가 정녕 있다면, 너희를 벌써 구했어야 하지 않느냐? 자, 누가 배교하겠느냐? 누가 천주에게 침을 뱉겠느냐?"

다섯 죄인 모두 답하지 않았다. 이현동이 명령했다.

"참하라."

옥리들은 죄인들을 눕히기 위해 다가섰다. 서너 걸음 나아가는

데 또 강풍이 불었다. 옥리들은 나아갔던 것보다 두 배 멀리 물러나선 주저앉았다.

"뭐 해? 빨리 안 나가?"

석둥개가 옥리들을 다그쳤지만 소용없었다. 다리에 힘이 빠져 일어서지도 못했다. 그때 강웅돌이 혼자 나서서 죄인들에게 다가갔다. 김대권, 정태봉, 이일언, 이태권을 차례차례 엎드리게 했다. 긴 목침을 가슴에 대니 목과 머리가 땅에서 한 뼘쯤 거리를 둔 채 떴다. 강웅돌이 마지막으로 신태보의 어깨를 밀었다. 신태보가 처음으로 버티며 고개를 돌려 강웅돌과 눈을 맞췄다.

"부탁이 있습니다."

강웅돌이 젖은 눈으로 고개를 끄덕였다.

"하늘을 보며 눕겠습니다."

똑바로 누워 망나니가 내리치는 칼날을 보겠다는 것이다. 십자가 모양 구름이 단숨에 신태보의 눈에 가득 찼다. 강웅돌이 물러서자 망나니가 썩 나섰다. 다른 죄인을 참할 때는 형장을 다섯 번이고 열 번이고 돌면서, 바가지로 옹기에 물을 떠 칼에 뿜기도 하면서, 제법 길게 망나니춤을 추었다. 그러나 마른하늘에서 천둥이 두 번이나 치는 바람에 망나니도 마음이 급했다. 더 지체하다간 날벼락을 맞아 망나니 인생을 마칠 것만 같았다. 망나니가 달려오자, 다섯 죄인이 누가 먼저랄 것도 없이 분명하고 단단한 목소리로 외쳤다.

"천주여!"

다같이 「천주경」을 외우기 시작했다. 김대권과 정태봉과 이일언과 이태권의 목이 차례차례 잘렸다. 머리가 떨어져 뒹구는 소리가 신태보의 귀에 또렷하게 들렸다. 이제 마지막으로 신태보 차례였다. 네 명의 목을 연달아 베느라 지쳤는지, 망나니가 잠시 숨을 몰아쉬곤 빙글 칼춤을 놀았다. 신태보는 계속 기도문을 외웠다.

"거룩하신 뜻이 하늘에서 이룸같이 땅에서 또한 이루어지이다. 오늘날⋯⋯."

그 순간 망나니의 어깨로 넘어갔던 칼이 신태보의 목을 향해 내려왔다. 신태보는 마지막까지 칼날을 똑바로 노려보았다.

다섯 명이 목숨을 거두자마자, 장대비가 쏟아졌다.

전라감사는 하루 동안 시신을 숲정이에 두고 백성들에게 보이라 명했다. 돌풍에 이어 비까지 내리니, 구경꾼들은 더 이상 숲정이에 머물지 않고 각자 비를 피하며 편히 지낼 곳으로 돌아갔다. 판관과 아전들도 감영으로 서둘러 떠났다. 옥리장 석둥개가 망나니에게 탁줏값이나 하라며 엽전을 던져준 후, 옥리들에게 말했다.

"돌아들 가자. 날도 꿀꿀하고 기분도 더러우니, 오늘 저녁엔 술이라도 다들 한 잔씩 하자고."

감영의 어린 교졸 두 명만 시신을 지키기 위해 남고, 옥리들은 모두 석둥개를 따랐다.

비는 쉼 없이 내렸다. 뭉게구름에 뒤이어 먹구름이 순식간에 전주의 하늘을 덮어버린 것이다. 참형을 마친 뒤 숲정이로 찾아와서 시신들을 살피는 이는 없었다. 교졸은 아름드리 느티나무 두 그루 아래에 한 명씩 서서 비를 피했고, 멋모르고 날아내리는 까마귀와 수리를 내쫓느라 소리를 지르며 몽둥이를 빙빙 돌리는 것이 전부였다. 날이 서둘러 어두워지자, 횃불을 각자 하나씩 피워 장창에 꽂아 세웠다. 어둠 속에서 도롱이를 더그레 위에 걸친 사내가 다가왔다.

"고생들이 많네."

낮에 보았던 옥리 강웅돌이었다.

"여긴 웬일로 다시 오셨슈?"

경계의 빛을 늦추지 않고 키 큰 교졸이 물었다. 강웅돌이 등 뒤로 감춘 두 손을 앞으로 내밀었다. 호리병이 각각 들렸다. 병을 건네며 말했다.

"출출할 건데 요기도 못 했지? 내일 날이나 밝아야 시신을 치우러 교졸들이 올 게야. 그때까진 여길 떠나지 못할 테고?"

"목이 텁텁하던 참인데 어찌 아셨수?"

"보아하니 교졸 된 지 며칠 지나지 않은 듯한데…… 보름은 넘겼나?"

"스무 날이우. 둘이 같이 뽑혔소. 그리고 새벽이 아니우. 자시에 교대하러 온다 하였소."

"폭우 쏟아지는 밤에 오긴 누가 온다 그래. 숲정이에서 시신과 하룻밤을 보내야 교졸로 인정받는다는 거 몰라? 새벽까진 아무도 안 와. 너흰 굶으며 숲정이에서 죽어간 귀신들 넋두리나 들어야 할걸?"

"귀, 귀신…… 그딴 게 있소?"

"당연히 있지. 여기서 죽어 나간 사람이 몇인데……. 그중에서 억울한 사람이 한두 명이겠어? 그렇다고 겁먹지 마. 귀신은 교졸에게 덤비진 않는다더라."

"정말이유?"

"속고만 살았나. 배고프면 헛것이 더 많이 보인다니, 그걸로 허

기부터 면하게. 한 잔 마시고 나면 없던 용기도 생겨 귀신이 나와
도 끄떡없을 걸세. 옥리들과 남천에서 술판을 벌이다가, 자네들
생각이 나서 온 거라네. 먹기 싫은가? 그럼 도로 가져가고."

두 교졸이 급히 호리병에 입을 대고 탁주를 마시기 시작했다.
아닌 게 아니라, 점심을 건너뛴 탓에 배가 몹시 고팠다. 달달하고
시큼한 탁주가 목을 타고 내려가니 서늘한 기운이 싹 가시는 듯
도 했다. 호리병을 비운 후 강웅돌에게 고맙다고 인사를 하려다가
둘 다 털썩 주저앉더니 정신을 잃었다. 강웅돌이 짧고 굵게 휘파
람을 불었다. 숲에서 열 명의 사내가 실타래가 풀리듯 나아왔다.
그들은 치명한 다섯 사람의 잘린 머리와 몸을 깔아둔 흰 천에 소
중히 담았다. 피 묻은 목침까지 따로 챙겼다. 강웅돌이 다시 휘파
람을 불자, 삿갓을 쓴 소인정이 달구지를 매단 소를 끌고 진흙 길
로 나아왔다. 시신을 달구지에 옮겨 싣고 거적으로 덮었다. 시신
수습을 끝마치자, 강웅돌이 말했다.

"따르시지요. 패서문이 좋겠습니다. 육촌 동생이 거기서 문지
기를 하는데, 오늘 마침 번입니다."

열두 명의 사내가 숲정이를 떠났다.

그 후로 전주에서 옥리 강웅돌을 본 사람은 없었다.


그리고 또 여덟 달이 흘러 1840년 1월 4일이 되었다. 신태보 베
드루의 며느리 최증애 발바라가 광주 홍재영 프로다시오의 집에
서 붙들려 숲정이로 끌려와 처형되었다. 신태보가 치명한 바로 그
자리였다.

## 주교와 탁덕

1839년 9월 21일 주교와 두 명의 탁덕은 한양 새남터에서 참수 당했다. 주교의 이름은 나오렌시오이고, 프랑스 이름은 로랑조제 프마리위스 앵베르, 조선 이름은 범세형이다. 정해 군난부터 전라 감영에 갇혔던 교인들 소식을 듣고, 주교의 명을 받아 옥중기를 쓰도록 한 탁덕의 이름은 야고버이고, 프랑스 이름은 자크 오노레 샤스탕, 조선 이름은 정아각백이다. 김대건, 최방제, 최양업을 신학생으로 선발하여 교육한 탁덕의 이름은 베드루이고, 프랑스 이름은 피에르 필리베르 모방, 조선 이름은 나백다록이다.

세 사람은 치명하기 전, 감옥에서 마지막으로 짧은 대화를 나눴다. 이미 할 이야기는 마쳤기에 나눌 말이 많지는 않았다. 주교가 먼저 말했다.

"밀알을 심기 좋은 날입니다."

정 탁덕이 말했다.

"서두르지 않고, 실망하지도 않고, 돌다리를 천 번 두드린 후 건
너겠다고 약조했으니, 잘 해낼 겁니다."

나 탁덕이 덧붙였다.

"탁덕이 들어오기도 전에 스스로 천주님을 찾은 사람들입니다.
주교님과 저희가 압록강을 건널 때까지 삼십오 년이나 목자 없이
버틴 양 떼들이 아닙니까. 감옥에서 십이 년을 배교하지 않고 믿
음을 지켰습니다. 길이 없어도 길을 낼 겁니다. 그들은 저희도 다
알지 못하는, 오직 천주님만이 아시는 특별한 힘을 지녔습니다.
삼 년 남짓 이 땅에서 교인들을 만나는 동안 어떻게 저렇게까지
할까 싶을 때가 수백 번이었으니까요."

주교가 물었다.

"그 힘이 어디에서 온다고 봅니까?"

세 사람이 번갈아 눈을 맞추며 단어 하나를 동시에 떠올렸다.

부활.

# 마지막 관문은 부활이라는 이야기

1842년 12월 27일
조선대목구 천주교인의 행적을 담은 문서들을 국경 밖으로 전했다.
기해 대군난으로 주교와 탁덕이 치명하고 삼 년 만이다. 동지사 일행이 변문을 통과하여 봉황성에 닿기 전, 김 방지거로부터 문서들을 넘겨받은 이는, 스물두 살 청년 김대건 안드리아이다. 삼 년 뒤 그는 조선인 최초 탁덕이 된다.

1842년 초겨울, 공설이는 길치목과 평양에서 헤어졌다.

길치목이 적어도 의주까진 동행하겠다며 고집을 부렸지만, 공설이는 받아들이지 않았다. 그가 탈옥범이 아니라면 동지사 행렬에 끼었을 수도 있다. 적어도 이 년은 더 국경 가까운 고을 출입을 금하였다. 공설이는 남장한 채 삿갓을 쓰고 왕죽통을 등에 멨다. 낮에는 풀숲에 숨고 밤에는 걸어 의주까지 올라갔다. 마을이 나타나도 들어가지 않았다. 북풍이 매서운 의주는 연경으로 가는 동지사 일행 때문에 오가는 사람도 많고 시끌벅적했다. 공설이는 행인이 없는 골목만 돌아돌아 걸으며 밤이 깃들기까지 기다렸다.

골목에 어둠이 깔리고 때 이른 별까지 반짝이자, 전廛을 걷은 장場으로 접어들었다. 상품들을 진열했던 꼴과 새벽까지도 사라지지 않을 냄새로 각각의 전을 구별하며 걸음을 옮겼다. 육고기와 말린 생선을 파는 가게 앞에선 군침이 돌았고, 노리개와 옷을 파는 가게에선 거짓 수염을 붙이고 눈썹까지 검게 칠한 채 사내처럼 걷는 제 모습을 돌아보며 쓴웃음을 지었다. 입전笠廛은 마지막에 있었다. 가게 앞에서 머뭇거리자, 한쪽 눈만 겨우 보일 만큼 문이 열렸다. 가게 안이 어두워 문을 연 사람이 남자인지 여자인지 아이인지 어른인지 구별할 수 없었다. 그러나 그 눈을 보자마자 공설이의 얼굴에 미소가 피어올랐다.

입전에 닿으면, 먼저 삿갓을 벗어 보여주기로 했다. 뚫리지도 않은 구멍을 가리키며, '구멍이 너무 커서 새 삿갓을 사러 왔노라' 말하기로 약조가 되어 있었다. 그러면 문틈으로 밖을 내다본 이가 '요즈음 삿갓을 좋아하는 범이 있다더니 그놈에게 당하셨나 봅니다'라고 답해야 하는 것이다. 그런데 공설이가 입을 열지 않았으므로, 눈동자의 주인공도 범을 언급하지 않았다. 짧은 침묵 속에서 공설이의 미소에 화답하듯 눈동자도 작아지며 웃음을 머금었다. 눈만 살피고도 서로를 알아본 것이다. 공설이가 웃으며 다가가자 문이 소리없이 열렸다. 문틈으로 밖을 내다본 사내는 들녘이었다.


1830년 이오득은 압록강에서 청나라로 팔려가는 여인들을 구했다. 그때 구한 서른 명 중엔 의주 입전 주인 김장동의 외동딸도 있었다. 들녘은 연경에서 오는 소식을 듣거나 연경으로 들어가는 동지사 일행을 살피기 위해 의주에 도착하면 늘 이 가게에 머물렀다. 장에서 들녘은 이오득의 장조카로 통했다.

가게에 딸린 방에 네 사람이 둘러앉았다. 김 방지거가 벽을 등진 채 방문을 향했고, 들녘과 장엇태가 좌우를 차지했다. 방금 도착한 공설이는 김 방지거의 맞은편에 자리를 잡았다. 그들이 만든

원 안에는 공설이가 왕죽통에서 꺼낸 두루마리들이 차례차례 놓였다. 들녘이 허리를 숙인 채 등잔대를 들었고, 김 방지거가 문서 목록과 두루마리들을 일일이 대조했다. 마지막 문서인 신태보의 옥중기까지 확인한 다음에야 김 방지거는 고개를 들고 공설이부터 시작해서 장엇태와 들녘과 눈을 맞췄다. 김 방지거가 공설이를 칭찬했다.

"기대는 했지만 이 정도일 줄은 몰랐습니다. 주교님과 탁덕님들의 서한을 품으니, 양들을 보살피고자 스스로 모습을 드러내시고 치명의 길을 가셨던 삼 년 전이 떠오르는군요. 신유년에서 기해년까지 조선 천주교의 사정과 치명자들의 행적을 모으기 위해 현석문 가오로 회장님을 비롯한 교우들이 애를 정말 많이 쓰셨습니다. 게다가 전라감영에서 십이 년이나 옥살이를 한 신태보 베드루 형제님과 이태권 베드루 형제님의 옥중기까지 있으니, 정해 군난의 참상까지 고스란히 알릴 수 있겠습니다."

장엇태가 덧붙였다. 키는 여전히 컸지만 살이 많이 빠졌고 머리카락과 눈썹과 수염까지 모두 눈을 맞은 듯 희었다.

"의주까지 한뎃잠을 자며 오느라 수고 많이 하셨습니다. 이제 우리에게 맡기고 마음을 편히 해도 됩니다."

들녘이 맞장구를 치기 전 방문을 먼저 살폈다. 잘려 나간 오른쪽 어깨가 공설이의 눈에 더 잘 보였다.

"반드시 전하겠습니다. 교화황께서도 신유 대군난부터 지금까지 조선에서 어떤 일이 벌어졌는가를, 교인들이 어떻게 믿음을 지켰는가를 더욱 상세히 아시게 될 겁니다. 조선대목구를 특별히 아끼시고 교인들을 위해 더욱 자주 기도하실 겁니다."

공설이가 세 사내와 차례대로 눈을 맞춘 후 답했다.

"현 갸오로 회장님을 비롯하여 이 문서 작성에 힘을 보탠 교우들 모두 세 분께 안부 전하라 하셨어요. 그리고 이번에 모아 기록한 게 전부가 아니라고, 흩어진 교우들을 계속 만나고 있고, 새로 만들어진 교우촌도 수소문하여 방문하고 있으며, 치명하였으나 이름과 나이와 입교한 계기를 알지 못하는 분들의 행적을 찾는 중이라고 하였습니다."

김 방지거가 말했다.

"언제든 또 가지고 오십시오. 여기까지 오느라 눈도 편히 못 붙였을 테지요? 건넌방으로 가 쉬십시오. 아침부터 군불을 땠으니 방바닥이 슬슬 끓을 겁니다."

들녘이 일어나서 방문을 열고 나가자 공설이도 뒤따랐다. 이제 이 문서들을 어떻게 연경까지 가지고 갈 것인가를 의논할 차례였다. 공설이가 알아선 안 되는 비밀이었다. 들녘이 돌아오자 세 사람이 삼각형을 이루도록 꼭짓점을 찾아 앉았다. 김 방지거가 목소리를 깔고 말투를 바꿔 계획을 설명했다.

"넘어야 하는 관문은 둘이오. 하나는 압록강을 건너는 배를 타기 전 구룡정이고, 또 하나는 압록강을 건너 백삼십여 리를 걸어가면 나오는 변문이라오. 둘 다 만만하지 않소. 지금이라도 두려우면 빠져도 좋소. 나는 몇 번 마부로 다녀왔지만, 두 사람은 처음이지 않소?"

들녘이 나섰다.

"연행을 여러 번 오간 건 장점이기도 하지만 약점일 수도 있습니다. 누군가의 눈에 익어 적발될지도 모른단 겁니다. 이럴 땐 차라리 첫 연행을 떠나는 구인驅人이나 노자奴子가 낫습니다."

김 방지거가 받았다.

"마필과 공물을 나르는 구인에 장 말구 형제님을 넣고, 노자에 이시돌 형제님을 넣긴 했지만, 두 사람은 어색하오."

"뭐가 어색합니까?"

"장 말구 형제님은 구인을 맡기엔 너무 늙었고, 지금까지 연행에 참가한 노자 중 이시돌 형제님처럼 외팔이는 없었소. 눈에 띌거다 이거지."

장엇태와 들녘이 서로를 쳐다보며 거의 동시에 고개를 저었다. 김 방지거를 혼자 보내고자 했다면, 그들이 의주에 모일 까닭이 없었다.

"언제까지 험지를 혼자 다니시려고 그러십니까? 홀로 나서셨다가 연행길에 병이라도 덜컥 걸려버리면, 문서들을 세상에 알릴 기회가 사라지고 맙니다."

"아프길 바라는 것처럼 들리는군."

"그럴 리가 있겠습니까……. 매일 조과와 만과에 김 방지거 형제님의 건강과 평안을 기도드려 왔습니다. 구룡정과 변문에서 사람과 짐을 확인하고 수색하는 것은 오가는 이들을 이중 삼중 살피기 위함이겠지요? 우리도 마찬가지로 뜻밖의 불행이 닥치더라도 문서들을 무사히 전할 차선책과 차차선책을 세워두자는 겁니다. 그렇게 못 미덥다면, 구룡정에 도착할 때부터 서로 모르는 사이인 척합시다."

장엇태가 들녘을 거들었다.

"그러면 되겠네!"

김 방지거가 못을 박듯 말했다.

"조금도 의심을 사서는 아니 되오. 포박을 당할 처지에 놓이면……."

"혀를 깨물겠습니다."

"콱!"

들녘의 독한 말에 장엇태도 혀를 이 사이로 내밀고 깨물듯 힘주었다.

"일찌감치 눈을 붙이도록 합시다. 구룡정을 통과해서 압록강을 건너더라도 참으로 먼 길이라오. 자도 잔 것 같지 않은 나날들이기도 하고. 마지막으로 하나만 덧붙이겠소. 압록강을 건넌 후론 사람들을 만날 때 각별하게 주의하시오. 특히 조선말을 쓰는 이들은 죄를 짓고 국경을 넘은 이들이거나 동지사를 비롯하여 오가는 이들을 속여먹는 사기꾼이 대부분이라오. 말도 섞지 말고 건네는 음식엔 손도 대지 마시오."

김 방지거와 장엇태는 그 방에 남고, 들녘은 건넌방으로 옮겼다. 묵주를 쥐고 엎드려 기도하던 공설이가 일어나 앉았다. 그는 아랫목에 놓인 이불과 요를 보며 말했다.

"피곤할 텐데, 먼저 자지 않고……."

"잠은 내일 자도 되고 모레 자도 됩니다. 만과를 하셔야죠? 그동안 준비할게요. 물은 아궁이에 안쳐뒀어요."

일어서려는 공설이의 손목을 쥐었다.

"오늘은 하지 않는 게 좋겠습니다. 저 문서들을 가져오느라 잠시도 쉬지 못했을 게 아닙니까?"

그녀가 가볍게 웃으며 그의 손을 밀어 풀었다.

"힘들지 않았던 날이 있었던가요? 기도하고 계세요."

공설이는 줄곧 하삼도의 일을 살폈고, 들녘은 모방 탁덕이 살아계실 때는 그림자처럼 그 곁을 지켰다가, 삼 년 전 기해 대군난 때 주교와 탁덕들이 치명한 뒤론 북삼도에 머물며 김 방지거를 도왔다. 들녘과 공설이는 만날 필요가 있을 때도 열 번을 다섯 번으로 줄이고 다섯 번을 두 번으로 줄이고 두 번을 다시 한 번으로 줄였다. 만났다는 흔적을 남기지 않기 위해 함께하는 시간을 줄이고 머무는 장소도 제한했다. 사사로운 만남은 허락되지 않았다. 들녘은 1827년 절벽에서 살아 돌아온 후 위험하고 어려워 교우들이 꺼리는 일을 언제나 자처했다. 치명할 자리를 찾듯이 굴지 말고 몸부터 챙기라는 지적까지 김 방지거에게 받을 정도였다. 공설이 역시 1815년 집을 나온 후론 그와 비슷한 길을 걸었다.

공설이가 북삼도로 오면, 김 방지거는 일부러라도 들녘과 그녀가 함께 있을 시간을 확보해 주려 했다. 그녀와 같이 있는 동안에는 들녘이 조금이라도 긴장을 풀고 잠시라도 쉬었던 것이다. 건넌방에 쌓아둔 갓들을 치우고 방 청소까지 마친 것을 보자마자, 공설이는 김 방지거의 배려를 느꼈다.

부엌에서 뜨거운 물이 담긴 동이를 들고 방으로 들어섰다. 무릎을 꿇고 왼손을 오른 가슴에 댄 채 기도 중이던 들녘이 일어나선 외팔로 동이를 받아 안으려 했다. 그러나 공설이는 동이를 내주지 않고 두 걸음 더 가선 내려놓았다.

"보여주세요."

들녘은 동이에서 올라오는 더운 김을 보다가 익숙하게 손을 놀려 저고리를 벗었다. 북풍이 매서웠지만 따로 속옷을 챙겨 입진 않았다. 공설이가 깨끗한 수건을 동이에 적셔 들녘의 잘린 오른 어깨를 닦았다. 거무죽죽한 절단면뿐만 아니라 목과 오른 가슴까지 넓게 수건으로 거듭 훔친 뒤, 허리를 당겨 다시 절단면을 찬찬히 살폈다. 콧김이 살갗에 닿을 만큼 가까웠다.

"아프면 말해요."

공설이가 제 손을 동이에 넣었다가 수건에 닦은 후 절단면과 어깨 주변을 누르기도 하고 당기기도 했다. 들녘은 정면을 바라볼 뿐 미동도 없었다. 만날 때마다 김 방지거의 배려로 둘만 방에 남게 되면, 공설이는 들녘에게 잘린 오른 어깨를 보여달라고 했다. 핑계를 대고 피하려 했지만 소용없었다. 어깨를 자른 후 절단면에 종기가 돋아 진물이 흐르며 악취를 풍겼던 적이 있었다. 종기를 찢고 약을 써서 낫긴 했지만, 공설이는 그 후로 만날 때마다 그의 오른쪽 어깨를 확인하는 것만은 포기하지 않았다. 들녘이 더운 수건을 쥔 공설이의 손등을 왼손으로 덮어 쥐곤 말했다.

"말끔합니다. 아프지도 않고. 왼 어깨보다 한결 가벼워요. 날개를 단다면 날아오를 듯합니다. 걱정하지 말아요."

서로의 눈을 바라보며 잠시 그대로 있었다. 기해 대군난이 있고 나서 조선대목구 사정을 세상에 알리기 위해 두 번이나 변문을 통과하려 했지만 실패했다. 조선은 또 하나의 거대한 감옥이었다. 공설이도 들녘도 이번 연행의 어려움을 알고 있었다. 김 방지거만 가는 것이 아니라, 들녘과 장엇태가 동행하는 것도 그 때문이었다.

"이제 그만 눈을 붙이세요. 새벽에 다들 나가야 하니까."

공설이는 동이를 들고 일어섰다. 부엌으로 내놓고 돌아왔지만,

들녘은 여전히 앉아 있었다. 공설이보다 먼저 말했다.

"동지사 행렬에 들어 닷새 전 이미 의주에 도착한 후 편히 쉬며 기다렸습니다. 지금 가장 힘든 사람은 한양에서 왕죽통을 챙겨 의주까지 은밀하게 올라온 아가다 당신입니다. 먼저 잠들면 따라 눈을 붙이겠습니다."

공설이가 고집을 꺾지 않았다.

"어서 눈을 감아요. 들녘 당신은 내일 당장 압록강을 건너고 백삼십여 리를 걸어 변문에 이르러야 합니다."

"진정 저를 위한다면 서둘러 잠을 청하도록 하십시오."

공설이가 말머리를 돌렸다.

"좋아요. 그럼 둘 다 눕긴 하되 눈은 뜨고 있죠."

공설이가 요를 깔고 누웠다. 들녘도 그 옆에 세 뼘 정도 거리를 두고 요를 따로 깔고 누웠다. 동정 부부로 살기로 정한 다음부터는, 한방에 들더라도 같은 요에 눕지 않고 같은 이불을 덮지 않았다.

"듣고 싶은 이야기 있어요?"

"하고 싶은 이야기가 있습니다."

"뭔가요?"

"첫 절벽이 나타나도 두 번째 절벽이 보이지 않고 두 번째 절벽이 나타나도 세 번째 절벽이 보이지 않는 앵무당 골짜기에 갔었습니다. 절벽은 점점 높고 흘러내리는 물도 더 많고 빠르더군요. 겨울엔 얼음의 두께도 그러하겠죠? 골짜기 초입에 가시나무가 너무 많이 자라서 토끼가 드나들기도 힘들어 보였습니다. 대신 꽃나무와 풀들이 바위를 타고 세 군데 절벽까지 올라왔습니다. 벌과 나비 들도 따라서 절벽 구경을 하고, 힘센 녀석은 왕소나무 아래

406

아무도 살지 않는 집까지 들락날락하더군요. 왕소나무는 가지가 세 개나 부러지고 두 개는 꺾여 너덜거렸습니다. 이곳이 교우촌 이었고, 교인들이 왕소나무 아래에서 오랫동안 조만과를 드렸다 는 이야기를 듣고, 상주 교졸들이 와서 저지른 짓이라고 합니다. 아예 줄기를 벨 작정으로 왔지만, 막상 올라와 나무를 보곤 천벌 을 받을까 두려워 가지만 부러뜨리고 갔다는 이야기도 덧붙여 들 었습니다. 꺾인 가지 두 개가 시커멓게 썩고 벌레까지 들러붙기에 손도끼로 잘라 줄기까지 썩지 않도록 방비하였습니다. 물론 당신 과 곡성으로 돌아가야만 하고 돌아갈 것이지만, 구병산 앵무당 교 우촌에서 봄 여름 가을 겨울 한 해만 같이 나고 싶단 생각도 했습 니다. 어떻습니까?"

공설이가 고개를 끄덕인 후 다시 물었다.

"듣고 싶은 이야기 있어요?"

잠시 천장을 바라보던 들녘이 답했다

"목사동 물렛간 곁방, '다정'이라 이름 붙였던 그곳에 뒀던 옹기 들. 놓인 순서 기억납니까?"

"그럼요. 어찌 잊겠어요."

공설이는 공원방이 죽고 나서 시절이 잠잠하기를 기다렸다가 경기도 천진암 골짜기 옛집에 몰래 갔었다. 잠긴 문을 열고 들어 가는 방식은 1815년 그녀가 집을 나올 때 그대로였다. 언젠가 외 동딸이 돌아왔을 때 당황하지 않도록 낯선 이들의 침입을 막고 안전하게 출입하는 방식을 공원방이 바꾸지 않은 것이다. 지하에 방이 하나 늘었는데, 그 안엔 목사동 골짜기의 물렛간 곁방에서 가져간 공설이의 옹기와 관련 물건들이 가득 차 있었다. 그것들이 진열된 순서는 곁방에 들녘이 놓아둔, 그리하여 공원방에게 진술한 순서 그대로였다. 들녘과 함께 절벽으로 떨어져 부서진 옹기들의 자리는 비워진 채로.

"그 이야기를 듣고 싶습니다."

"이미 다 알면서……."

들녘은 정해 군난 때 공원방 앞에서 처음부터 끝까지 이야기를 했었다.

"알더라도 듣고 싶고 또 듣고 싶은 이야기입니다."

들녘은 천장을 바라보며 똑바로 누웠고, 공설이는 왼 어깨를 세우곤 모로 누워 들녘을 바라보았다. 저고리를 다시 입긴 했지만, 들녘의 잘린 어깨가 눈에 제일 먼저 들어왔다. 공설이는 그 어깨를 바라보며 이야기를 시작했다. 옹기는 바뀌어도 이야기하는 방식은 늘 같았다. 먼저 이름을 대고, 생김새를 설명한 뒤 어디에 어떻게 쓰는지가 뒤따랐다. 여기까진 들녘이 공원방에게 밝힌 것과 비슷했지만, 그 뒤로 전혀 다른 이야기가 펼쳐지기도 했다. 들녘은 놀라며 눈을 크게 뜨곤 숨을 길게 내뱉었다. 공설이는 어둑새벽까지 멈추지 않고 이야기를 계속했지만, 들녘은 어느 틈엔가 잠들어 낮게 코까지 골았다. 콧소리를 듣고서도 그녀는 미소를 지을 뿐 이야기를 멈추진 않았다. 새벽에 잠을 깬 들녘은 공설이의 이야기를 다 듣지 못하고 잠든 자신을 탓하며 주먹으로 제 이마를 두드렸다. 그리고 언제 잠들었는지 되짚기라도 하듯 주문처럼 흥얼거렸다.

"십자가, 먹보, 은행나무 술통, 성인 이시돌……."

그리고 더 나아가지 못했다.

구룡정에서 처음 본 것은 압록강을 건너온 황야의 광풍에 흔들리는 깃발이었다. 간격을 두고 띄엄띄엄 차례대로 꽂힌 세 개의 깃발 아래에는 의주 관원들이 섰다. 차통관 고명수가 마부와 노자와 구인 들을 따로 모았는데, 그 수가 백오십 명이 족히 넘었다.

"북풍도 심하고 눈도 내릴 듯하니 간단히 설명하겠다. 연행을 다녀온 자는 이미 알겠으나, 처음 이곳에 온 자도 적지 않으니 명심해서 듣거라. 인삼과 진주를 비롯하여 함부로 가지고 나가선 안 되는 품목은 이미 의주에 도착하던 날 일러줬다. 그 품목 외에도 나랏법을 어기는 물건은 이제라도 내놓거라. 첫 깃발에서 적발되면 중곤重棍 서른 대를 맞아야 하고, 둘째 깃발에선 귀양, 셋째 깃발에선 효수梟首다. 예외는 없으니, 조심하고 또 조심하렷다."

김 방지거가 흑마를 끌고 앞장을 섰고, 들녘과 장엇태가 뒤따랐다. 세 사람은 등에 똑같이 왕죽통을 멨다. 전사典事가 책상을 놓고 앉아선 한 사람 한 사람 이름과 나이와 생김새를 확인하고 문서에 적었다. 김 방지거는 조윤대, 들녘은 삼돌, 장엇태는 최방치라는 이름을 댔다. 길게 늘어선 줄이 드디어 첫 깃발 아래 도착했다. 판관은 뒷짐을 진 채 섰고, 섭사攝事들의 명에 따라 군뢰軍牢들이 바삐 옷과 짐을 살피고 뒤졌다. 김 방지거 차례가 되자, 군뢰 둘이 입맛을 쩝쩝 다시며 흑마의 등부터 툭툭 쳤다. 흑마가 앞발을 들고 울음을 울자, 고명수가 깃발 아래 선 판관에게 다가가선 귓속말을 나눴다. 김 방지거와 들녘과 장엇태의 짐은 물론이고 속곳까지 샅샅이 뒤질 작정으로 다가서는 군뢰들에게 판관이 낮고 굵은 목소리로 명령했다.

"날 샐 거야? 빨리빨리 해."

군뢰들이 고개를 돌려 섭사들과 눈을 맞췄다. 판관이 빨리빨리 라고 명령하는 건, 먼저 줄을 선 이들을 통과시키라는 뜻이었다. 그 수가 마흔 명이 넘었다. 섭사가 턱짓을 하자 김 방지거와 들녘 과 장엇태가 재빨리 첫 깃발을 지나쳤다. 두 번째와 마지막 깃발에 서도 마찬가지였다. 배를 기다리며 섰는데, 등 뒤에서 비명과 고함 이 터져 나왔다. 섭사와 군뢰 들이 동지사를 따라가는 만상灣商들 을 괴롭히기 시작한 것이다. 고개를 돌리려는 들녘에게 김 방지거 가 충고했다.

"돌아보지 마시오. 앞만 보고 걷기에도 갈 길이 머니까."


변문은 쉽게 열리지 않았다.

돌다리를 백 번은 두드리며 준비했지만, 상상도 못 한 일이 터 진 것이다.

압록강을 건너자마자, 대통관과 차통관이 먼저 동지사의 일정과 인원과 예물이 적힌 목록을 가지고 변문을 향해 떠났다. 예물이란 변문 관원들에게 건넬 선물인데, 목록을 먼저 올려 그 종류와 수 량을 조정하기 위함이었다.

삼강을 지나 구련성에 닿으니 압록강에서 삼십 리였다. 한뎃잠 을 자고 새벽에 떠나 육십 리를 가 닿은 곳은 총수였다. 다음 날 또 삼십 리를 힘겹게 걸어가서야 겨우 변문에 도착했다. 백이십 리 길 을 무사히 지난 것이다. 굳게 잠긴 변문을 바라보며 앉아 쉬었다. 김 방지거가 들녘과 장엇태에게 와선 예물이 전부 도착해야 문이 열릴 것이라고 알려줬다. 예물들이 변문 앞에 차곡차곡 쌓였다.

이윽고 문이 열렸다. 정사와 부사 그리고 서장관이 먼저 통과했다. 갑자기 돌풍이 일더니 눈이 내리기 시작했다. 후미에 있던 만상들이 변문을 지키는 갑군甲軍들과 청나라말로 반갑게 인사를 나눴다. 뒤이어 나온 청나라 관원 몇몇과도 하늘을 가리키며 한참을 떠들더니, 문을 통과하는 순서가 바뀌었다. 만상들이 끼어드는 바람에 해가 뉘엿뉘엿 질 때까지 세 사람은 여전히 기다려야 했다.

그들 차례가 되었다. 구룡정에서처럼, 김 방지거와 들녘과 장엇태가 줄지어 들어섰다. 오른편에 빈 의자들부터 눈에 띄었다. 동지사 일행이 도착하면, 청사 앞에 의자를 가지런히 놓고, 문상어사와 봉성장군부터 청나라 관원들이 직급에 따라 앉았던 것이다. 날이 너무 춥고 눈까지 내리는 바람에 문상어사와 봉성장군을 비롯한 관원들은 정사와 부사와 서장관을 맞고 나선 함께 실내로 들어갔다. 뺨이 축 늘어진 장경章京, 청나라 하위 벼슬 한 사람만 끝까지 남아 자리를 지켰다. 명령을 받은 갑군들이 동지사 일행을 세 명씩 묶어 장경 앞으로 데려갔다. 김 방지거가 흑마의 말고삐를 갑군에게 넘긴 뒤 앞장을 섰고 들녘과 장엇태가 뒤따랐다.

진작 변문을 통과했던 차통관 고명수가 되돌아 청사 앞까지 왔다. 고명수가 장경과 청나라말로 잠시 대화를 나눴다. 고명수는 웃음을 흘렸지만, 장경의 군은 표정은 풀리지 않았다. 고명수가 세 사람에게 물었다.

"등에 멘 게 뭐냐고 묻네."

왕죽통이 눈에 띈 것이다.

"별연죽別煙竹, 담뱃대을 넣은 통입니다. 예물로 이미 충분히 바쳤고, 남은 것들입니다."

고명수가 통역하자 장경이 고개를 저으며 화를 냈다. 고명수가 전했다.

"받은 적이 없대. 장경 여덟 명에게 각각 별연죽 두 개씩이 돌아가게 줬는데, 중간에서 누가 빼돌렸나 봐."

들녘과 장엇태가 등에 멘 왕죽통을 풀어 내밀었다.

"죽통마다 별연죽이 다섯 개씩 들었으니, 두 개 합치면 열 개입니다. 이 정도면 흥정이 되지 않겠습니까?"

고명수가 왕죽통 두 개를 장경에게 건넸다. 장경이 통을 열어 안에 든 별연죽을 꺼내 가지런히 책상 위에 늘어놓고 살피더니 처음으로 웃었다. 그때를 놓치지 않고, 김 방지거와 들녘과 장엇태가 허리 숙여 인사하곤 걸음을 뗐다. 무사히 지나쳤다고 여기는 순간, 고명수가 그들을 불렀다.

"흑마는 두고 갈 참인가?"

김 방지거가 되돌아가선 말을 넘겨받아 장경의 앞을 지나갔다. 그때 장경이 김 방지거를 오른손으로 가리키며 말했다. 고명수가 옮겼다.

"별연죽을 꼭 가지고 싶다는 벗이 다섯 명 더 있다고 하네. 자네 것까지 주면 보내주겠다고."

김 방지거가 버텼다.

"차통관 나리, 제가 그동안 올려드린 것만 해도……."

고명수가 잘랐다.

"어허, 올려주긴 뭘 올려줘? 그 정도도 안 하고 동지사 행렬에 낄 수 있나? 하여튼 여기서 막히면 연경엔 못 가. 지금 자네 목줄을 쥔 사람은 내가 아니고 저 장경이야. 아깝긴 하지만 그까짓 별연죽 줘버리고 빨리빨리 가자고."

그래도 김 방지거가 주저하자 장경이 일어나선 다가갔다. 팔을 뻗어 왕죽통을 잡으려는 순간, 장엇태가 달려들어 장경의 뺨을 쳤다. 장경이 쓰러져 나뒹굴자 밖에 서서 대기하던 갑군 셋이 창을 들고 뛰어 들어왔다. 장엇태가 창에 찔리면서도 물러서지 않은 채 주먹을 뻗고 발길질을 해댔다. 그사이 김 방지거가 흑마에 오르더니 내달렸다. 장엇태가 들녘을 등지고 서선 고함을 질러댔다.

"덤벼! 다 덤비라고, 새끼들아!"

갑군들은 무작정 달려들진 않고, 손에 쥔 창을 동시에 던졌다. 장엇태가 창날을 피하기 위해 이리저리 걸음을 놀리며 허리를 돌리는 사이, 네 갑군이 함께 장엇태의 두 다리를 붙들고 늘어졌다. 엉덩방아를 찧은 장엇태는 줄에 꽁꽁 묶인 채 기절할 때까지 두들겨 맞았다. 기절한 후에도 갑군들은 분이 풀리지 않는지 그의 가슴에 올라타고 앉아 콧잔등을 주먹으로 번갈아 내리찍었다.

들녘은 밤을 꼬박 새워 달렸다. 변문 다음이 봉황성이란 건 알았지만, 깊은 밤 황야에서 낯선 길을 찾기란 무척 어려웠다. 곧게 나아갔다 여겼는데, 크게 원을 그리며 같은 자리를 밤새 돈 꼴이었다. 갑군들이 어깨를 잡아채고 포박하여 변문으로 다시 끌고 갈 것만 같았다. 장엇태와 함께 싸워야 했을까. 그러나 거기서 더 지체했다가는 들녘도 붙들렸을 것이다. 변문을 통과한 김 방지거와 다시 만나 연경까지 가야 한다. 장엇태도 그것을 바라며 갑군들을 막아선 것이다. 발걸음이 점점 느려지다가 끝내는 멈춰 섰다. 급히 달아나느라 감발한 짚신이 벗겨지는 바람에 두 발이 꽁꽁 언 것이다. 아침에 마을로 들어와선 자작나무 아래에 잠시 앉았다.

발바닥과 발등이 푸르뎅뎅해지면서 부었다. 손가락으로 누르기만 해도 송곳으로 찌르듯 아팠다. 마음이 바빴다. 김 방지거와 재회를 못 하면, 변문에서 갑군들에게 덤벼들고 붙잡힌 장엇태를 볼 낯이 없었다.

일어나 걸었다. 다리가 부러지더라도 갈 데까지 가야 한다는 마음뿐이었다. 그러나 백 보도 채 걷지 못하고 다시 주저앉았다. 냉기가 발목을 타고 무릎까지 올라왔다. 눈물이 땀과 함께 흘러내렸다. 이대로 반 시진만 앉아 있으면, 관절이 얼어붙어 일어나 걷기도 힘들 것이다.

"다쳤수?"

어느새 다가선 사내가 담뱃대를 뻑뻑 피워대며 물었다. 얼굴이 둥글고 툭 튀어나온 배도 둥글었다. 삐삐 마른 들녘보다 몸무게가 두 배 혹은 세 배는 무거울 것이다. 복색은 청국인인데 쓰는 말은 조선말이었다.

"조선 사람입니까?"

"조선 사람이기도 하고 청국 사람이기도 하오. 어느 쪽을 원하시오?"

들녘은 즉답을 못 했다. 뚱보가 이어 물었다.

"동지사 행렬에 속하였소?"

"맞습니다. 노자입니다."

"노자! 노자라……."

뚱보가 슬그머니 옆에 앉았다.

"몸이 성한 이도 노자로 끼기 힘든데……. 내가 여기서 조선의 연행사를 스무 번도 넘게 봤으나 외팔이 노자는 처음이라오. 무슨 수완으로 동지사 행렬에 들었는지, 궁금하네. 그건 그렇고…… 이렇듯 발이 부어올랐으니 연경은 어차피 못 가오. 변문으로 돌아가는 게 낫지."

"동지사 행렬은 지나갔습니까?"

"그렇소. 변문을 통과하여 노숙한 뒤 새벽에 일찌감치 바로 이 길을 통과했다오. 오늘 저녁은 봉황성에 들어 배불리 먹고 싶은 거겠지."

"가야 합니다."

"이 다리로는 못 간대도……. 그렇게 가겠다고 하니, 언 발부터 치료합시다. 내가 용한 침쟁이를 알고 있다오. 그이 역시 조선 사람이기도 하고 청국 사람이기도 하지. 침 맞을 돈은 있소?"

들녘은 만약을 대비하여 노리개를 하나 주머니에 넣어 허리춤에 차고 있긴 했다. 공설이가 주머니에 넣어 건넨 것이다. 노리개를 내놓진 않고 물었다.

"침값이 얼마입니까?"

뚱보가 들녘을 찬찬히 보다가 등을 보이며 돌아앉았다. 들녘이 넓은 등을 쳐다보며 가만히 있었다.

"뭘 하우, 업히지 않고? 예서 이대로 앉았다간 얼어 죽는다우. 갑시다. 자비를 베풀었으니 부처님께서 극락에 보내주시겠지. 그래도 가진 게 있으면 주고 없으면 말고."

들녘이 겨우 업히자 뚱보가 무릎을 세우며 일어섰다. 오십 보도 채 걷지 않고 골목을 돌아들었다.

"머리!"

뚱보의 말에 몸을 기울이며 고개를 숙였다. 아슬아슬하게 정수리를 스치며 협문으로 들어갔다. 말 울음이 들렸다. 방 하나 부엌 하나가 전부였다. 뚱보가 화로를 들이자 방은 곧 따듯해졌다. 차를 따로 내왔다.

"침쟁이를 데려오겠수. 차부터 마시며 몸 녹이고 있도록 하우. 이 동네에선 침 잘 놓는다고 소문이 자자한 친구니, 차도가 있을 법도 하고."

들녘은 매화꽃 무늬를 두른 찻잔을 들고 입으로 후후 불어가며 두 모금 마셨다. 뚱보가 방을 나갔다. 들녘은 곧바로 머금었던 차를 잔에 뱉었다. 낯선 이가 권하는 음식은 먹지 말라고 김 방지거가 강조했었다. 발을 질질 끌며 조심조심 문을 열고 나섰다. 부엌에서 나누는 대화가 마당까지 들렸다.

"하필 외팔이가 뭐야. 노비로 넘길 때 몸값을 절반도 안 쳐주는데……."

"동지사 행렬이 지나가는 동안 한몫 챙기질 못했으니 저거라도 건져야지. 혹시 알아, 뭘 좀 지니고 있을지. 아까 침값을 치러야 한다고 했을 때 눈동자가 움직이더라고. 뭔가 가진 게 있으니 생각을 하는 거겠지."

"이번엔 확실히 기절시킨 거지? 지난번엔 묶기도 전에 깨어나서 애를 먹었어."

"확실해. 두 모금 마시는 걸 확인했다니까. 이틀은 곯아떨어질 거야."

들녘은 무릎을 꿇고 왼손을 땅에 대곤 주변을 살폈다. 언 땅에 흐릿한 말굽 자국이 손끝에 닿았다. 그 자국을 따라 기어가니 마구간이었고, 백마 한 마리가 한가로이 마른풀을 먹는 중이었다.

가까이 다가가선 줄부터 풀고 백마를 끌고 나와선 올라탔다. 백마가 고개를 흔들며 다시 울었다. 부엌에서 두 사내가 튀어나왔다. 들녘을 이곳으로 업고 온 뚱보는 몽둥이를 들었고, 키가 뚱보의 절반밖에 안 되는 곱사등이는 왼 팔뚝에 줄을 감고 오른손엔 단검을 쥐었다. 뚱보가 비웃으며 말했다.

"어쩌겠단 거야? 말을 타곤 저 낮은 문으로 나가지도 못해. 내려와. 괜히 떨어져 다치지 말고."

들녘은 협문을 슬쩍 살폈다. 저 문으로 말을 탄 채 통과하는 것은 뚱보의 지적처럼 힘들 듯했다. 그렇다고 말에서 내려 순순히 묶인다면, 김 방지거와 재회도 못 한 채 낯선 곳으로 끌려가 노비로 살다가 죽을 것이다. 고삐를 당기자, 말이 마굿간 옆 담 쪽으로 빙글 돌았다.

"도우소서!"

들녘은 짧게 기도한 후, 두 다리로 말의 옆구리를 힘껏 찼다. 백마가 내달려 담장을 훌쩍 넘었다.


봉황성에 닿기 전, 들녘은 동지사 행렬을 따라잡았다. 정사와 부사가 하필 배탈이 나서 반나절이나 멈춰 쉬었던 것이다. 그사이 발빠르고 엉덩이 가벼운 관원들은 봉황산 구경을 다녀오기도 했다.

들녘은 공설이가 준 노리개로 한 사발의 밥과 지팡이와 가죽신을 마련했다. 지팡이를 짚으며 큰길로 나가 섰다. 동지사를 구경하려는 이들이 모여 있었다. 들녘은 제일 뒤에서 얼굴만 내밀곤 일행들을 살폈다. 삼백 명 가까운 조선인들이 차례차례 지나갔다. 관직이 높은 이들은 말을 탔고, 마부나 구인이나 노자는 모두 걸었다. 김 방지거는 다행히 대열 후미에 있었다. 흑마를 타고 변문을 통과하여 달아났다가, 동지사 행렬에 합류한 것이다. 차통관의 마음을 사기 위해 꽤 많은 뇌물을 약속했을 것이다. 연경에서 돌아올 때 변문에서 장경과 다시 만날 수도 있겠지만, 그건 그때 가서 고민할 문제였다. 김 방지거는 지금까지 숱한 어려움 속에서도 붙잡히거나 달아나지 않았다. 묵묵히 길 위에서 궁리하며 걷다가 해결책을 찾아냈다. 천주님의 도우심이라고 했다.

들녘이 구경꾼들을 헤집고 나아가 김 방지거 곁으로 가려는 순간, 젊은 사내 하나가 들녘보다 먼저 다가갔다. 들녘은 멈칫 서선 청년의 옆얼굴을 살폈다. 낯이 익었지만 이름이 떠오르진 않았다.

기회를 놓친 들녘은 바삐 걸음을 옮겨 일행보다 먼저 봉황성 쪽으로 걸어 올라갔다. 이번에는 확실히 김 방지거에게 다가서리라 다짐하고 기다렸다. 이윽고 동지사 행렬이 지나갔고, 후미의 김 방지거를 발견했다. 또 그 청년이 들녘의 뒤에 섰다가 먼저 나섰다. 그때 들녘은 청년이 누군지 비로소 알아차렸다. 김대건! 들녘이 모방 탁덕의 명령에 따라 매일 밥과 밑반찬을 만들어 먹였던 바로 그 신학생 김대건 안드리아였다. 헤어질 때는 열여섯 살이었는데 어느새 스물두 살 청년이 된 것이다. 육 년 동안 키도 많이 자랐고 눈도 더 깊어졌다. 그런데 이곳까진 왜 온 걸까.

이야기를 주고받은 후, 김대건이 반대편 구경꾼들 속으로 들어갔다. 동지사 행렬이 잠시 쉬어가기로 하자, 김 방지거도 곧 김대건을 뒤따라 걸음을 옮겼다. 은밀히 더 길게 만나려는 것이다. 들녘은 김 방지거에게 자신이 무사하다는 사실을 알리고, 또한 김대건으로부터 육 년 동안 겪은 일들을 듣고 싶었다. 그리고 그 육 년

418

동안, 특히 기해 대군난 때 조선에 몰아친 참담한 사건들과 치명자들에 대한 이야기도 들려줘야 했다. 치명자 속에는 김대건의 아버지 김제준 이나시오와 최양업의 아버지 최경환 방지거도 함께 들어 있었다.

김 방지거가 행렬에서 나와 골목으로 접어들 때, 들녘은 그를 부르려 했다. 그러나 지팡이를 서툴게 짚으며 따라가는 것이 무척 어려웠다. 게다가 들녘과 왼 어깨를 부딪친 사내가 지팡이를 걷어차곤 먼저 골목으로 들어서기까지 했다. 쓰러져 나뒹굴던 들녘의 눈에 사내의 잘린 오른쪽 귀가 보였다. 이마에 불룩 붙은 검은 혹 때문에 별명이 혹부리인, 좌포도청 군관 장삼이었다.

들녘은 충분히 거리를 둔 채 장삼을 따랐다. 다리만 멀쩡하다면 어떻게든 앞질러 가서 김 방지거와 김대건을 만나겠지만, 지금은 조용히 따르는 것이 최선이었다. 골목을 돌고 돌다가, 좌우로 가게들이 늘어선 시장에 이르렀다. 장삼이 지전으로 들어갔다. 맞은편 다전茶廛, 차 가게에 김 방지거가 들른 것이다. 다전에는 고객들이 모여 앉아 차를 마시며 환담할 방이 따로 있었다. 김대건이 미리 그 방을 빌린 뒤 김 방지거를 기다리고 있을 것이다. 들녘은 서전書廛, 책 가게에 우선 들어가선 지전과 다전 주변을 살폈다. 다전 아래 푸른 깃발을 대나무에 단 주막에서 사내 하나가 고개를 내밀었다. 튀어나온 앞니가 들녘의 눈에 들어왔다. 별명이 들쥐인 좌포도청 군관 이사였다. 의주에서부터 김 방지거를 미행했을까. 아니면 동지사 일행을 따르다가 대열에서 이탈한 김 방지거를 이상하게 여겨 따라온 걸까. 어느 쪽이든 지금은 절체절명의 위기였다.

군관들은 김 방지거와 김대건이 거리로 나오기만을 기다렸다.

두 사람이 붙잡힌다면, 조선인 최초의 탁덕에 대한 꿈도, 1801년부터 1839년까지 조선에서 믿음을 지키고자 애쓴 교인들에 대한 기록도 사라지고 마는 것이다. 그것만은 목숨을 바쳐서라도 막아야 했다. 김 방지거처럼 길 위에서 해결책을 궁리하며, 가게들을 다시 살폈다. 겨울바람이 매서운 탓에 거리엔 행인이 적었고, 대부분 가게 안에서 잡담을 늘어놓는 중이었다. 주막 맞은편이 사기전沙器廛이었고, 그 아래는 쇠를 불에 달궈 두드리는 야방冶坊, 대장간이었다. 들녘은 부어오른 발등을 만지면서 거리를 살피며 하늘을 향해 읊조렸다.

"천주님! 제가 저들을 막겠나이다. 제가 지금부터 하려는 일이 천주님 보시기에 옳지 않고 아름답지 않다면, '멈춰!'라고 명하시옵소서."

귀를 기울였다. 아무런 목소리도 들려오지 않았다.


다전에서 김 방지거와 김대건이 함께 나왔다. 마음 같아선 온종일 이야기를 나누고 싶었을 것이다. 들녘은 김 방지거와 김대건이 나눈 대화를 미루어 짐작할 수 있었다. 김 방지거가 의주에서 이곳까지 등에 멨던 왕죽통을, 김대건이 가슴에 품었다. 통에 담긴 문서들을 김대건에게 맡긴 것이다. 김 방지거가 동지사 행렬을 따라 연경으로 가는 것보다는 김대건을 통하는 편이 더 안전하다고 판단했으리라. 그렇다면 장삼과 이사가 김대건을 붙잡지 못하도록 하는 것이 들녘에게 가장 중요한 일이었다. 혼자선 두 포도군관을 감당할 수 없었다. 들녘은 천덕산의 들짐승들을 한꺼번에 내달리게 만든 길치목을 잠깐 떠올렸다. 그리고 장삼과 이사의 앞

길을 막고도 남을 만큼, 이 거리에서 가장 많은 숫자를 차지하는
이들이 누군지 깨달았다.

들녘은 지전의 장삼과 주막의 이사보다 먼저 거리로 나왔다.
우선 목에 걸고 다니던 훈을 길게 불었다. 행인들이 그 소리에 이
끌려 돌아보자, 고함을 질러대며 사기전으로 뛰어가선 진열된 그
릇을 지팡이로 부수기 시작했다. 가게에는 주인과 여자 손님이 세
명 있었지만, 들녘의 기세가 너무나 등등했기에 나서서 말리지 못
했다. 그릇들을 부순 다음엔 야장에서 활활 타오르는 횃불을, 하
나는 입에 물고 또 하나는 왼팔로 집어 들곤 휘두르며 달렸다. 횃
불 하나를 주막에 던지곤 이사를 향해 꾸벅 절을 했다. 한패라고
여긴 손님들이 이사를 에워쌌다. 들녘은 뒤이어 지전으로 뛰어가
선 둘둘 말린 두루마리에 불을 붙였다. 장삼이 김 방지거와 김대
건이 나온 다전을 쳐다보았지만, 청국인들이 벌써 거리를 막고 점
점 가까이 몰려오는 중이었다. 장삼이 들녘을 노려보다가 화들짝
놀라며 말을 더듬었다.

"네, 네놈은 들녘! 목사동 절벽에서 떨어져 죽었는데……."

들녘은 하나뿐인 왼팔로 장삼의 다리를 붙들고 늘어졌다. 주막
손님들이 이사를 끌고 와서 지전에 내던졌을 때, 들녘은 두 다리로
이사의 허리까지 뱀처럼 감았다. 이사 역시 들녘을 보며 놀랐다.

"뭐야 너? 부활이라도 한 거야?"

야장 대장장이와 주막 주인을 비롯하여, 행인들까지 몰려들어
장삼과 이사 그리고 들녘을 밟고 차고 때리기 시작했다. 얻어맞으
면서도 들녘은 장삼을 붙든 팔과 이사를 묶은 다리를 풀지 않았
다. 이사가 단검을 뽑아 들녘의 허벅지를 여러 번 찔렀다. 피가 솟

앉지만 들녘은 버텼다. 이사가 단검을 양손에 쥐곤 들녘의 가슴을 찌르려는 순간, 주막 주인이 이사의 배를 걷어차고 팔꿈치를 밟아 댔다. 쏟아지는 발길질을 견디며, 사람과 사람 사이 그 좁은 틈에서, 들녘은 서쪽으로 향하는 김 방지거와 동쪽으로 향하는 김대건을 보았다. 그들은 갑작스러운 소란에 말려들지 않으려는 듯 멀찍이 돌아 바삐 걸음을 뗐다. 들녘이 웃으며 겨우 말했다.

"멈추지 마⋯⋯. 가, 멀리⋯⋯, 어서!"

그리고 마지막 기도를 올렸다.

"천주여! ⋯⋯김대건 안드리아를 꼭 탁덕으로 세워주소서. ⋯⋯김 방지거가 계속 조선대목구와 세상을 오가는 다리 역할을 하도록 보살피소서."

김 방지거와 김대건이 사라진 후에도 구타가 이어졌다. 동지사 행렬이 출발하는 북소리가 크게 두 번 울리자, 세 사람을 짓이기던 발길질이 갑자기 멎었다. 장사꾼과 행인들은 책임이 없다는 듯 슬슬 뒷걸음질을 쳤다. 그때 뚱보가 쓰러진 사내들 옆으로 들어왔다. 들녘이 타고 달아났던 백마를 끌고 곱사등이가 뒤따랐다. 뚱보는 들으라는 듯이 크게 외쳤다.

"도둑놈의 새끼들! 내 말 훔쳐 달아나더니 꼴 좋다. 네놈들은 가서 더 혼나야 해."

그들이 말 도둑이었다는 소리를 듣곤 구경꾼들이 고개를 끄덕이기도 하고 서로 보며 웃기도 했다. 맞을 짓을 한 범법자들을 때렸으니 죄가 없다는 듯이. 뚱보는 자연스럽게 장삼과 이사를 차례차례 들어 빨래를 널듯 말 위에 걸쳤다. 두 군관이 신음과 함께 팔다리를 떨었다. 아직 목숨이 붙어 있었다. 뚱보와 곱사등이가 원

422

하는 만큼의 몸값은 받지 못하겠지만 지금으로선 이것도 고맙게 챙겨야 했다. 들녘의 왼팔을 잡아끌어 어깨에 메려던 뚱보가 얼굴을 찡그리며 손을 놓았다. 흘러내린 피가 들녘의 바지를 흠뻑 적신 것은 물론이고 얼굴과 하나뿐인 손에도 낭자했다. 곱사등이가 다가와선 목덜미를 짚어보곤 고개를 저었다.

"뒈졌어."

곱사등이가 들녘의 허벅지에 난 칼자국을 보며 침을 뱉었다. 살려서 노비로 팔더라도 반의반값을 받을까 말까인데, 죽었다면 말에 걸치고 갈 이유가 없는 것이다. 뚱보가 들녘의 팔을 끌어 말 엉덩이 쪽에 들어 얹었다. 곱사등이가 신경질을 냈다.

"이미 뒈졌다니까!"

뚱보가 도끼눈을 뜨곤 받아쳤다.

"동지사 행렬 노자가 맞긴 맞나 봐. 당장은 돌아오지 않겠지만 귀국길에 이 외팔이를 찾을지도 모르잖아? 시신을 여기에 버리고 가면, 우리에게까지 화가 미칠 거야. 마을을 벗어나서 아무도 모르는 언덕에 묻자고. 쥐도 새도 모르게."

# 마을을 만드는 사람들 이야기

여름비 흩날리는 밤이었다.

젖은 강바람을 맞으며 옹기 배 한 척이 내려왔다. 고물에서 이물까지 옹기를 성처럼 쌓은 탓에 안을 들여다보긴 어려웠다. 임실에서부터 배를 몬 젊은 사공이 검은 물살을 살폈다. 곡성으로 들어와서 함허정을 지날 즈음 걸걸한 목소리가 옹기 너머로 들렸다.

"마수야! 아직 멀었어?"

"내 이름은 마수가 아니라 욥이라니까요."

박마수가 볼멘소리를 했다. 외교인이 없는, 교우끼리만 있는 자리에선 부모가 지어준 이름보다 세례명을 중요하게 여기고 썼다.

"욥! 알았어, 욥! 내 이름은 시몬이야. 예수님의 열두 종도인 시몬. 씩씩하고 용감하며 불의를 보면 참지 못했던 바로 그 시몬! 내가 궁금해서 그러는데, 아직 멀었어?"

길치목은 상경하여 왕죽 지팡이를 전한 후 샤스탕 탁덕에게 시몬이라는 세례명을 받았지만, 아직 그 이름을 주고받는 것이 서툴렀다. 박마수가 퉁명스럽게 답했다.

"순자강이 얼마나 긴데 자꾸 애처럼 보채고 그럽니까? 평생 산길만 다녀서 물길은 낯설지요? 어련히 알아서 갈까. 제 실력을 못 믿으십니까?"

"믿지. 박돌이 아니 박 다두 사공의 손자가 아닌가. 범이 고양이를 손자로 두진 않는 법이야. 그래도 조심조심 가. 알지?"

"걱정 붙들어 매십시오."

순자강을 따라 압록진까지 내려간 배는 방향을 틀어 대황강을 거슬러 올랐다. 죽곡을 지나 목사동 나루에 닿았다. 비는 어느새 그쳤다. 박마수가 재빨리 배에서 내려 홋줄부터 묶었다. 임실에서 배에 올랐던 두 사람이 고물 쪽으로 나왔다. 길치목의 호위를 받은 여인은 공설이 아가다였다. 목사동의 밤하늘을 우러르며 혼잣말을 했다.

"드디어 돌아왔네요. 들녘! 당신도 좋죠?"

대답이라도 하듯, 강바람을 타고 솔부엉이가 울었다.

나루 옆 버드나무 뒤에 서서 기다리던 짱구가 뒤뚱거리며 다가왔다. 짱구를 따라 다섯 여인이 걸어나왔다. 나루에 내린 공설이는 여인들과 끌어안기부터 했다. 정해 군난 때 미륵골 무명마을에서 붙들려 곡성 관아로 끌려갔던 최연지, 공나나, 두은심, 가명례, 박두영이었다. 군난을 겪고 덕실마을과 무명마을이 불탄 뒤 교인들은 대부분 곡성을 떠났다. 그러나 다섯 여인은 관아에서 가장 먼 목사동 골짜기로 들어가 화전을 일구며 살았다. 공설이와 들녘이 은거했던 집에서 남쪽으로 험한 고개를 세 개 더 넘어야 했다.

"짱구…… 아니아니 장 귀도!"

길치목은 짱구의 오른쪽 옆구리를 파고들며 반가워했다. 짱구는 환하게 웃으며 길치목의 목을 끼고 돌았다. 다섯 여인이 함께 사는 것을 허락한 유일한 사내였다.

박마수가 다시 홋줄을 풀고 공설이를 향해 허리를 반만 숙인 뒤, 옹기 배에 올라 압록진 쪽으로 내려갔다. 배를 향해 손을 흔들던 짱구가 말했다.

"꼭 돌아오겠단 서찰은 받았지만, 이런 날이 정말 올 줄은 몰랐습니다. 잘 오셨습니다."

더듬거리며 자주 끊기던 말투가 흐르는 봄 강처럼 바뀌었다. 공설이는 짱구를 비롯하여 다섯 여인과 차례차례 눈을 맞췄다.

"언제나 든든했어요. 여러분 덕분이에요."

짱구와 다섯 여인이 미리 짠 것처럼 손사래를 쳤다.

"우리야말로 공 아가다를 기다리는 마음이 있었기에 지금까지 버틴 겁니다."

길치목이 끼어들었다.

"곧 날이 밝을 겁니다. 마을 사람들이 나루로 나오기 전에 가도록 합시다. 이야기 나눌 시간은 차고 넘칩니다."

공설이가 고개를 끄덕였다. 짱구가 앞장을 섰고 공설이와 다섯 여인이 뒤따랐으며 길치목이 후미를 경계하며 걸음을 뗐다. 비탈진 산길로 접어들었다. 짱구는 왼발을 절면서도 걸음을 늦추지 않았다. 오히려 능선을 부드럽게 넘어가는 구름처럼 능숙하게 오르막을 탔다. 언덕마루에 올라선 뒤, 길치목이 거친 숨을 몰아쉬며 짱구에게 물었다.

"산을 언제부터 이렇게 잘 탔어? 전엔 당고개도 넘지 못해 허덕거렸고, 산길이 시작되는 초입에 포기하고 앉아 궁상각치우랑 놀기만 했잖아?"

"산도깨비들과 함께 살려면 산길을 오르내릴 수밖에 없더라. 장선마을 앞들에서 농사만 짓다가 나무꾼이 된 들녘에게 물은 적이 있어. 지게에 나무를 가득 지고 산길을 오르는 게 힘들지 않냐고. 그때 들녘이 뭐라 한 줄 알아?"

"뭐랬는데?"

"도움을 청하라고."

"도움? 무슨 도움? 사람도 없는 산에서 누구한테 도움을 청해?"

"나무에게 돌에게 때론 풀과 흙에게! 내가 산길을 오르는 동안 몸이 왼편으로 기우는 걸 막을 순 없으니, 발을 디딜 때마다 만나는 나무와 돌과 풀과 흙에 기대라는 거지. 혼자 힘으로 오르려면 금방 지쳐 주저앉고 마는데, 이렇게 친구들에게 도움을 청하고 도움을 받은 후론 거뜬해졌어. 친구들 집을 알듯 나를 도와줄 나무와 돌과 풀과 흙의 거처는 미리 봐둬야겠지?"

"다 외웠단 거야?"

"딱딱하게 굳은 좁은 땅만 길이 아니라, 나무와 돌과 풀과 흙 때론 그 위로 지나는 바람과 하늘에서 내리는 비와 눈까지 모두 내겐 길이야. 너도 성세를 받기 위해 많은 걸 외웠겠지?"

"읽고 쓰지를 못하니, 듣는 대로 다 외우는 수밖에 없었어."

"너도 도움이 필요했던 거야. 그 전엔 총만 있으면 그만이었는데, 이젠 천주님의 뜻이 담긴 복된 말씀에 기대어 걷는 거니까."

"도움을 청하라고 한 들녘이 시키는 대로, 우린 결국 살아온 거네."

그들의 웃음이 숲에 깔린 어둠에 잠겨 흐려질 즈음, 짱구가 물었다.

"들녘은? 소식 있어?"

길치목이 고개를 저었다. 저만치 떨어져 다섯 여인과 이야기를 나누는 공설이를 보며 목소리를 낮춰 답했다.

"최후를 자세히 알고 싶고, 동지사에 끼어 변문을 지나 들녘이 사라진 마을을 뒤져 시신이라도 찾고 싶지만, 나보다 그 마음이 열 배는 클 아가다가 이렇게 말하더군. '몇몇 증언들을 모아보자면, 목숨이 다하는 순간까지 최선을 다했어요. 들녘 이시돌의 헌신 덕분에 문서들은 무사히 전해졌고요.' 그리고 곡성으로 귀향할 채비를 했어. 결정을 내린 거지. 들녘이 살아서 돌아올 아주 작은 희망이라도 있었다면, 곡성으로 내려가자고는 하지 않았을 거야. 지금 우리에게 전후 사정 전부를 밝히긴 곤란하지만, 들녘이 치명한 것은 확실한 것 같아."

다시 걷기 시작했다. 가파른 비탈길이 끝나고 능선을 탈 즈음 짱구가 공설이에게 물었다.

"요안 회장님과 압록 두령님은 어찌 지내시는지 아십니까? 좋지 않은 소식이 여기저기서 들려 걱정하고 있었습니다."

공설이가 잠시 멈췄다. 순자강을 향해 도도히 흘러가는 대황강과 굽이굽이마다 옹기종기 모인 마을과 그 곁에 펼쳐진 논과 밭을 내려다보며 답했다.

"무사하십니다. 기해년1839년 겨울, 포졸들이 구병산 갈골에 머무르시던 요안 회장님을 노리고 급습했으나, 압록 두령님 도움으로 무사히 빠져나온 건 아시죠?"

"그때 잠시 목사동을 들러 저희에게 다녀가셨습니다."

"해를 넘겨 두 분은 멀리 여행을 떠나셨습니다. 죽기 전에 꼭 걷고 싶은 길이 있다고 하셨어요. 삼 년이 지났는데 아직도 그 길 위에 계신지, 돌아오지 않으십니다."

짱구가 물었다.

"연경에라도 가셨습니까?"

"더 서쪽입니다."

"장안까지?"

"그보다 더 서쪽!"

"돈황에 닿으셨단 말입니까?"

"돈황에서 열흘쯤 머물며 새로 짐을 꾸린 후 더 서쪽으로 가시겠다고 했습니다."

"대유사大流沙, 타클라마칸 사막를 건너가셨단 건가요?"

공설이가 서편으로 날아가는 황조롱이 두 마리를 쳐다보며 답했다.

"예수님의 길을 걸으러 가셨습니다. 요안 회장님의 평생 소원이셨죠."

"요안 회장님이 먼 서쪽으로 가신 이유는 알겠습니다. 수많은 교인들이 그 길을 상상하고 그리워하니까요. 예수님이 태어나신 베들레헴 구유와 뛰놀던 나자렛 마을과 세례를 받은 요단강과 베드루 종도를 만난 갈릴래아 호수와 나귀를 타고 들어갔던 예루살렘성과 십자가에 못 박히신 골고다 언덕을 내 발로 걸어 살필 수만 있다면 그보다 복된 날은 없겠죠. 하지만 압록 두령님은 왜 동행하신 겁니까? 그는 이미 배교하지 않았습니까?"

"우정이라고 해두죠. 일흔 살을 훌쩍 넘긴 친구를 홀로 보낼 수 없었던 게 아닐까요. 게다가 요안 회장님은 십이 년이나 옥살이를

하셨으니 몸이 성할 리 없지요. 두 분이 동갑이시니, 압록 두령님
도 칠십 노구이지만, 지리산을 제집처럼 오르내릴 만큼 강골이시
지 않습니까? 벗이 객지에서 병들어 홀로 죽지 않도록 발맞춰 함
께 걷다 오겠노라 하셨습니다. 제 생각엔 벗을 위한 마음만 있는
건 아닌 듯해요. 두 번째로 배교한 뒤 지리산에 터를 닦고 봉기꾼
으로 살면서, 또 많은 고민이 찾아들지 않았을까요. 예수님이 걸으
신 길을 따르며 오래 묻고 답을 구하고 싶었을지도 모르겠어요."

"또다시 회심할 거라 기대하는 겁니까?"

"두 번 배교했다가 두 번 회심한 예가 드물긴 해도 아예 없진
않죠. 자, 더 가볼까요."

짱구가 여전히 앞장을 섰다. 여기서부터는 길이 끊겼지만 당황
하거나 질문하는 사람은 없었다.

종

# 기다리는 마음

정해 군난을 당했을 때 천덕산 미륵골 교우촌의 이름은 '무명無名'이었다. 이름이 없는 이름. 없으면서 전부를 가진 이름이었다. 천주님의 가르침을 따라 사는 교인들 마을이 '교우촌'이니 거기에 더하거나 뺄 말이 없었던 것이다. 이름 없는 것이 어디 마을뿐이랴. 깊이 숨어 살다 천당으로 간 교인들과 이름은 있되 말과 글로 옮겨지지 않은 교인들이, 나 장 귀도가 목사동 골짜기로 들어온 후에도 계속 늘었다. 이름을 확인하고 기록하는 일의 수고와 가치를 얕잡아보는 것은 아니다. 힘닿는 데까지 복된 말씀을 전하며, 또 그 말씀을 통해 교인이 된 이들의 달라진 삶을 기록하고 두루 나누는 것은 천주님이 내게 주신 사명이다.

거짓말 일수 모독의 제안을 받아들이고 꼬박 삼 년이 지났다. 욕심 같아선 목숨이 다하는 날까지, 정해 군난에 얽힌 이야기를 쓰고 고치고 또 쓰고 싶다. 그러나 나는 이 글의 초고를 모독에게

431

보여주기로 약속하고 그가 평생 모은 문서들을 받았다. 솔직히 고백하자면, 정해 군난과 관련하여 검토할 문서와 살필 교인이 제아무리 많더라도 일 년이면 초고를 완성하기에 충분하리라 여겼다. 모독도 비슷하게 짐작하고, 일 년이 지날 즈음 이야기는 줄렁줄렁 흘러가느냐며 짧은 서찰을 보내왔다. 일 년이 더 지난 후에 도착한 서찰은 더 짧았다. 짧은 것도 문제지만 글자가 떨리며 휘청이는 것이 더 큰 문제였다. 'ㅇ'은 'ㅁ'에 가깝고, 'ㅏ'와 'ㅓ'는 구별하기 어려웠다. 그때부터 나는 천 일을 넘기지 않고 마무리를 짓기로 마음먹었다. 완성작을 읽을 첫 독자를 잃고 싶진 않았다.

이 군난이 마지막이게 하소서!

그러나 군난은 멈추지 않고 이어지고 또 이어졌다. 겹겹이 쌓인 꽃잎처럼, 정해 군난이 과연 무엇이었는가를 알기 위해서는, 천주 강림 후 1801년 신유 대군난, 1815년 을해 군난, 1827년 정해 군난, 1839년 기해 대군난, 1846년 병오 군난, 1866년 병인 대군난을 온몸과 온 맘으로 생각하고 느껴야 하는 것이다. 우리는 어디에 있는가. 감히 말하자면, 군난과 군난 사이에 있다. 군난이 시작되었다고 두려워할 일도 아니고, 군난이 끝났다고 안도할 일도 아니다. 군난을 두려워 말고, 천주님을 향한 신덕과 망덕과 애덕을 쌓아야 한다.

곡성에서 시작된 정해 군난의 치명과 배교와 탈출과 도주와 정착의 이야기만 살펴 적었는데도 서함書函에 두루마리가 가득 찼다. 기해 대군난에서 병인 대군난까지를 더 풀어 쓴다면, 각각 서함 열 개로도 모자랄 것이다.

이 이야기를 쓰는 동안에도, 골짜기를 오르내리며 피고 지는 꽃들과 함께 또 다른 이야기들이 떠올랐다. 가령 조선에 와 복된 말씀을 펴다가 치명한 주교와 탁덕에 관한 전傳은 어떤가. 주문모 탁덕과 앵베르 주교와 샤스탕 탁덕과 모방 탁덕에 대해선 꼭 포함할 일화들을 서너 장씩 적어보기도 했다. 김대건 안드리아 탁덕과 최양업 도마 탁덕의 발자취는 어디까지일까. 병인 대군난 때 치명한 주교 두 분과 탁덕 일곱 분의 생애 역시 꼼꼼하게 기록하여 교인들이 언제든 읽고 그 삶을 배우도록 하고 싶다.

주교와 탁덕만 해도 이러한데, 교인들에 이르면 그 삶의 무게는 수백 배에 달할 것이다. 들꽃 하나하나의 향기와 산나물 하나하나의 맛이 제각각이듯, 천주님을 믿고 하루하루를 가꾼 이들의 삶 역시 다른 빛깔이며 다른 모습이리라.

길치목 시몬은 1843년 여름 곡성으로 돌아온 뒤 총을 놓고 흙을 쥐었다. 공설이 아가다를 옹기 스승으로 모시고 흙 찾는 법부터 가마 만드는 법까지 배웠다. 지금도 쓰는 가마 두 개는 길치목이 주도하여 완성한 것이다. 옹기 대장을 하고도 남을 솜씨였지만 공 아가다의 건아꾼으로 머물렀다.

어려서는 산포수로 산천을 누비며 짐승들을 사냥했고, 압록 두령을 따라 지리산에 든 후로는 백성을 괴롭히는 고을 수령과 향반과 아전과 마름을 봉기꾼답게 벌했다. 총의 힘을 믿었던 나날이다. 총을 놓고 흙을 쥔 후로는 더 자주 들녘을 그리워했다. 그리움이 사무칠 때는 천덕산에서 뜯어 온 들풀로 나물을 무쳐 먹었다. 그 솜씨가 나날이 늘었다.

육 년 전 가을, 길 시몬은 장선마을 앞들에서 목사동 골짜기로 산수유나무 '벌써'와 배롱나무 '아직도'를 옮겼다. 겨울에는 두 나무가 혹한을 잘 견디도록 돌보며 종일 곁을 지켰다. 해를 넘기자 계곡물이 녹기도 전에 풀들이 돋아났다. 토끼와 다람쥐와 고라니들이 즐겨 머물며 배를 채웠다.

그 봄날도 노루 한 마리가 노란 꽃이 활짝 핀 '벌써' 아래에서 풀을 뜯고 있었다. 뒤따라온 산포수가 총을 겨누고 방아쇠를 당기려는 순간, '아직도' 옆에 섰던 길 시몬이 달려와 몸을 날렸다. 가슴에서 붉은 피가 뿜어 나오는 사이 노루는 껑충 뛰어 달아났다.

길 시몬을 잃은 슬픔은 글로 적지 못할 만큼 컸다. 그가 '벌써'와 '아직도'를 장선마을 앞들에서 목사동 골짜기로 옮긴 것은, 병인대군난이 시작된 후 힘겨워하는 나를 위로하고 용기를 북돋아주기 위해서였다. 평생 골짜기를 누비며 사냥을 일삼던 산포수 중에서 노루 대신 총을 맞고 세상을 뜬 이가 있을까.

산도깨비들도 이젠 늙고 병들었다. 아직 교우촌에서 제 역할을 하곤 있지만, 다들 눈이 침침해서 아무리 좋은 복된 말씀도 한 장 이상 읽으면 눈물이 흐르거나 눈썹까지 쓰렸다. 손잡고 반나절은 족히 읊어도 지치지 않던 기도문도 혼자 조용히 짚는 것으로 바뀌었다. 공설이 아가다만은 여전히 눈이 밝고 맑아, 많이 읽고 많이 역譯하고 많이 고치고 많이 옮겨 적었다.

돌이켜보면, 군난과 치명자들에게 관심을 쏟도록 나를 이끈 이도 공 아가다였다. 나는 참회하며 살기에도 시간이 부족할 만큼 너무 많은 죄를 지었다. 내 몸이 나은 것을 천주님께서 나를 크게 쓰시기 위함이라 여겨 기세등등했고, 회장이 되고자 길치목을 속여

들짐승들을 몰아 무명마을 큰 가마를 부수게 했다. 그때 천주님은 내 목숨을 앗지 않으시고, 내 몸을, 오른쪽이 아니라 왼쪽을 못 쓰게 하심으로써 잘못을 지적하고 착각을 바로잡으셨다. 나는 거리를 기어 다니면서 평생 속죄하며 살리라 마음먹었다. 산도깨비 다섯 여인이 불쌍히 여겨 거둬줬기 때문에, 골목에서 얼어 죽거나 외교인들에게 맞아 죽지 않고 목숨을 이을 수 있었다.

곡성으로 돌아온 공 아가다가 내 오른손에 붓을 쥐여주며 말했다. 조선에 복된 말씀이 들어온 후 치명한 교인들이 적지 않은데, 그들의 삶이 잊히고 있다고. 교우촌을 돌며 치명한 사정을 모으고 있는 현석문 갸오로 회장을 도왔으면 한다고. 처음엔 당연히 거절했다. 나 역시 꽤 많은 성인과 치명자의 전을 눈물 쏟으며 손발 떨며 밤을 꼬박 새워가며 읽었다. 그들의 아픔을 내 아픔으로 느끼고 그들의 눈물을 내 눈물로 흘리고, 그들의 삶을 내 삶으로 받아들였다. 그들처럼 살다 죽기를 꿈꾸었다. 그러나 치명록을 내가 쓸 마음은 가진 적이 없었다. 써야 한다면, 요안 회장을 도와 번역하고 필사한 공 아가다가 제격이었다. 공 아가다는 한곳에 머물러 글을 쓰기보단 하삼도를 돌아다니며 교인들을 만나고 새로운 주교와 탁덕을 이 나라로 모셔오는 일을 하겠다고 했다. 그 일 역시 공 아가다에게 어울렸다. 공 아가다는 몸이 불편한 내가 가지 못하는 곳을 답사하고 문서를 찾아 챙기는 일까지 맡겠다고 했다. 그래도 계속 거절했지만 이 말 한마디에 용기를 냈다.

"쓰세요. 부족한 부분은 천주님이 채워주실 거예요."

나는 정말 알고 싶었다. 치명자들이 혹독한 시련과 고통을 무릅쓰고 죽음에 이른 순간순간을! 과연 나는 그 길을 갈 수 있을까.

나만의 십자가를 지고 내가 죽을 언덕까지 올라가선 십자가에 매달려 죽을 수 있을까. 이 물음은 나의 것이자, 이 땅에서 천주님을 만나고 받드는 모든 교인들의 것이다. 다행히 우리에겐 복된 말씀이 있고, 또 그 말씀대로 살다 간 치명자들이 있다. 그들의 삶을 온전히 담아내기 위해 아무리 애쓰더라도, 내 글은 그 삶에 비해 턱없이 부족하다.

내 글이 완벽해지리란 기대 자체를 버리기로 했다. 부족하고 성긴 글을 통해서라도, 예수님의 높고 깊고 넓은 사랑을 교인들과 외교인들이 느낀다면, 그것은 천주님이 구멍 송송 뚫린 창문을 모두 막아주신 덕분이다. 1846년 현 갸오로 회장이 치명한 뒤, 나는 더욱 치명록에 집중했다.

공 아가다 덕분에 실수를 바로잡고 글이 나아진 적이 매우 많았다. 치명자에 대한 글이기에, 아주 작은 착오도 용납할 수 없다. 그녀의 격려와 도움이 없었다면, 치명록을 쓰겠다는 용기조차 내지 못했을 것이다.

공 아가다가 빚는 옹기들은 내 눈에는 흠잡을 곳이 없지만, 그녀는 늘 칭찬에 부끄러워하며 숨었다. 1855년 이후로는 충청도 배론으로도 자주 갔다. 공 아가다는 황사영 알렉시오가 숨었던 가마로 들어가선, 묵주를 열 바퀴 돌릴 때까지 꿇어앉아 기도문을 외웠다. 최 도마 탁덕의 〈사향가思鄕歌〉를 부르기도 했고 오래 전 들녘에게서 배운 훈을 불기도 했다.

믿음은 더 단단해지고 옹기는 더 아름다워졌다. 기해 대군난은 물론이고 병오 군난과 육 년 전 병인 대군난에 이르기까지, 새롭게 답사하고 관련 교우들을 만나고 기록을 살펴 써야 할 치명록이 너무 많다. 내가 죽기 전에 이 귀한 삶들을 열에 하나라도 기록할 수 있을까.

병인 대군난이 일어난 뒤 나는 공 아가다에게 치명록을 나눠 쓰자고 제안했다. 그러나 그녀는 이제 아귀힘이 떨어져 옹기 빚는 일도 벅차다며, 치명록은 능력 밖이라고 사양했다. 치명록 쓰는 일을 옹기 빚는 일에 비긴다면, 옹기 대장은 언제나 나, 장구고 자신은 건아꾼일 뿐이라는 것이다. 치명록을 쓰라고 천주님께서 내 오른팔을 고쳐놓으셨다는 농담 같은 진담까지 곁들였다.

치명록 집필 일정이 꽉 찼고, 또 내 얄팍한 마음이 그보다 열 배는 더 바쁘다는 걸 알면서도, 삼 년 전 공 아가다는 내게 모독의 제안을 받아들이라고 했다. 모독이 주고 간 문서까지 함께 검토했다. 쓰다가 장벽을 만난 듯 앞이 막히거나 혹은 시간이나 공간을 뛰어넘어 새로운 장면이 주린 늑대처럼 성급하게 다가설 때마다 나는 그녀가 머무는 물렛간 곁방을 찾아갔다. 그녀는 끼니를 건너 뛰거나 잠을 아껴가며 내 하소연을 들어주었다. 그녀가 입술을 열고 한 마디도 하지 않은 날이 대부분이었다.

초고를 따라 읽은 공 아가다에게 품평을 해달라고 청했다. 그녀는 모독에게 초고를 보여준 뒤, 퇴고를 시작할 때 몇 마디 의견을 보태겠다고 했다. 다만 이 짧지 않은 이야기에서, 자신이 지금까지 살면서 가졌던 마음과 똑같은 마음을, 내 문장으로 확인해서 기뻤다고 했다. 기다리는 마음이었다.

"오랜 기다림 끝에 갑인년1794년 주문모 야고버 탁덕님이 오셨죠. 비로소 우리는 성체聖體 첨례를 올릴 수 있었습니다. 신유 대군난 때 주 탁덕께서 치명하신 뒤, 우리는 또 기다렸습니다. 삼

십오 년 가까이 지난 뒤 모방 베드루 탁덕님이 들어오시고 뒤이어 샤스탕 야고버 탁덕님과 앵베르 나우렌시오 주교님이 차례차례 오셨습니다. 주교님과 두 탁덕님이 기해년에 치명하신 뒤 우리는 또 기다렸습니다. 육 년이 지나고 페레올 요셉 주교님과 다블뤼 안또니 탁덕님 그리고 김대건 안드리아 탁덕님이 오셨습니다. 이렇게 우리는 늘 기다렸고, 천주님께선 어린 양들을 이끌 목자인 주교님과 탁덕님 들을 보내셨습니다. 병인 대군난에 두 분의 주교님과 일곱 분의 탁덕님께서 치명하셔서, 다시 조선에 탁덕이 없는 상황이 되었지만, 저는 선한 목자가 또 반드시 올 것을 믿습니다. 우리가 이 세상에 머무는 동안이나 또 천당으로 올라간 뒤에도, 조선대목구에 속한 교인들은 하루하루 천주님의 말씀을 따라 애덕과 신덕과 망덕을 쌓으며 기다릴 겁니다."

퇴고에 퇴고를 거듭하여 완성작을 보여주고 싶지만, 모독에겐 허락된 날이 많지 않았다. 털어놓진 않았지만, 내가 정해 군난을 쓰겠다고 결심한 순간부터 공 아가다는 알고 있었다. 나의 목표는 모독을 천주교인으로 만드는 것이다. 이야기꾼인 그를 설복하기 위해선 이야기를 제대로 만들어 내미는 수밖에 없다. 과연 이 이야기가 그의 마음을 흔들 것인가. 보름 전에 그가 머무르는 전라도 암태도로 박마수 욥을 보냈으니, 오늘쯤이면 곡성에 닿을 것이다. 어색하고 부족한 부분이 몇 군데 눈에 띄지만, 그걸 고치고 메우려면 적어도 한 해 혹은 두 해는 더 필요하다. 모독이 장림절 이전에 초고를 읽는 것도, 천주님의 뜻이라고 나는 믿는다.

모독의 마음부터 흔든 뒤, 무지개 빛깔을 세며 최소한 다섯 번은 더 퇴고하고 싶다. 그다음엔 공 아가다의 마음을 흔들고, 산도깨비들의 마음을 흔들고, 목사동 교우촌 교인들의 마음까지 흔드는 데까진 욕심을 내보지만, 그 이상은 내가 꿈꿀 일이 아니다.

준비하고 기도하며 쓰는 것만큼이나 기다리는 것이 쓰는 자의 일이란 것을 이제는 안다. 우선 나는 써야 할 때를 기다린다. 때가 허락되지 않으면 나는 쓰지 못한다. 다 쓴 후엔 누군가 읽을 때를 기다린다. 때가 허락되지 않으면, 설령 내가 쓰기를 마쳤다고 해도, 내 글은 읽히지 않을 것이다. 농부와 천주교인과 이야기꾼에 겐 때를 허락하는 하늘이 있다. 그 하늘은 셋이 아니라 하나니 곧 천주님이다.

드디어 모독이 교우촌에 도착했다.

대나무 지팡이를 내려놓고 짚신을 벗은 후 서안 앞에 서둘러 앉았다. 나와 눈을 맞추지도 않고, 갈증을 씻기 위해 물을 청하지도 않았다. 어서 이야기가 담긴 서함을 가져와 열라는 무언의 압박이다. 이럴 땐 그가 내 원수 같다. 이제 나는 붓을 내려놓을 수밖에 없다. 하루만이라도 더 늦게 박마수 읍을 보냈어야 한다는 후회 따윈 소용이 없기에, 마음을 고쳐먹는다. 씨앗은 이미 밭에 뿌려졌고, 배는 이미 나루를 떠났으며, 화목들은 이미 가마를 채웠다. 모독이 서함에 담긴 초고를 다 읽을 때까지, 쉬기로 한다. 하루만, 오늘 하루만.

산책 삼아 새끼 거위 다섯 마리를 앞세우고 골짜기를 내려갔다. 처음 내가 키웠던 거위들은 음音을 따라 '궁상각치우'라고 했으니, 이 녀석들은 율律을 따라 '황태중임남'이라 부르련다. 궁상각치우를 잃고 다시는 거위를 기르지 않으려 했지만, 삼 년 동안 그때로 돌아가 글 속에서나마 궁상각치우와 재회하면서 생각을 바꿨다. 황태중임남이 골짜기 초입에 나란히 선 산수유나무와 배롱나무 아래에 자리를 잡고 앉았다.

거짓말꾼 일수는 성이 모牟이고 이름은 독獨이라며 자신을 소개해 왔다. 홀로 평생 거짓말만 하며 살 팔자라는 것이다. 그 주장을 곧이곧대로 믿기는 어렵다. 이야기를 쓰면서 되짚어보니, 그는 언제나 돈 많은 자, 권세 쥔 자, 이름 높은 자들과 그들이 주장하는 세상을 모독冒瀆하며, 그 모독을 거짓말에 담아 지껄여대며 여기까지 왔다. 군왕은 물론이고 공자든 석가든 모독하기를 주저하지 않았으니, 천주 성부와 천주 성자와 천주 성신에 대해서도 같은 잣대를 댔을 것이다. 과연 모독은 탕아처럼 돌아와 신 앞에 무릎을 꿇을까. 나는 모른다. 다만 집 떠난 자식을 기다리는 아버지의 마음을 이제야 겨우 양털 한 가닥쯤 짐작할 뿐이다.

신은 기다리고 인간은 떠난다.

# 세례명과 인명 찾아보기

## 『사랑과 혁명』에 등장하는 조선 천주교의 역사

| | |
|---|---|
| 1779년 겨울 | 경기도 여주 주어사에서 강학회가 열리다. 권철신, 정약전, 이벽 등이 참여하다. |
| 1784년 봄 | 이승훈이 중국 베이징에서 조선인 최초로 세례를 받다. |
| 1785년 봄 | 명례방 사건 일어나다. 을사추조 적발 사건이라고도 한다. 김범우, 이승훈, 이벽, 정약전·정약종·정약용 형제, 권일신 부자 등이 적발되어 체포되다. |
| 1791년 | 진산 사건으로 윤지충과 권상연이 치명하다. 신해 군난이라고도 한다. |
| 1794년 겨울 | 주문모 탁덕이 입국하다. |
| 1795년 6월 | 을묘 사건으로 윤유일, 지황, 최인길이 치명하다. |
| 1800년 봄 | 명도회를 설립하다. |
| 1801년 1월 | 신유 대군난이 일어나다. 주문모 탁덕과 정약종 등이 치명하고, 정약용과 정약전 등이 귀양을 가다. |
| 1801년 11월 | 황사영 백서 사건이 일어나다. |
| 1811년 겨울 | 이여진이 탁덕 영입을 요청하기 위해 베이징으로 가다. |
| 1813년 겨울 | 이여진이 탁덕 영입을 요청하기 위해 베이징으로 가다. |

| | |
|---|---|
| 1815년 봄 | 을해 군난이 일어나다. |
| 1827년 봄 | 정해 군난이 전라도 곡성에서 시작되다. 신태보가 경상도 상주에서 체포되어 전주로 이송되다. |
| 1831년 9월 9일 | 조선대목구가 설정되다. 초대 대목구장으로 브뤼기에르 주교가 임명되다. |
| 1835년 10월 | 브뤼기에르 주교가 조선에 입국하지 못하고 선종하다. |
| 1836년 1월 | 모방 탁덕이 입국하다. |
| 1836년 | 모방 탁덕이 최방제, 최양업, 김대건을 예비 신학생으로 선발하여 가르치다. |
| 1836년 12월 | 최방제, 최양업, 김대건이 신학생 교육을 받기 위해 한양을 떠나 마카오로 향하다. |
| 1836년 12월 | 샤스탕 탁덕이 입국하다. |
| 1837년 6월 | 최방제, 최양업, 김대건이 파리외방전교회 극동대표부가 있는 마카오에 도착하다. 조선 신학교에서 공부를 시작하다. |
| 1837년 12월 | 조선대목구 제2대 대목구장 앵베르 주교가 입국하다. |
| 1838년 겨울 | 신태보와 이태권이 옥중수기를 쓰다. |
| 1839년 1월 | 기해 대군난이 일어나다. |
| 5월 | 정해 군난이 일어난 1827년부터 옥살이를 한 신태보, 이태권, 이일언, 정태봉, 김대권이 전주에서 치명하다. |
| 9월 | 앵베르 주교, 모방 탁덕, 샤스탕 탁덕이 한양에서 치명하다. |

| | |
|---|---|
| 1842년 12월 27일 | 김대건이 청나라 봉황성 부근에서 조선 동지사 행렬에 속한 김 방지거를 만나다. 김 방지거가 김대건에게 앵베르 주교, 모방 탁덕, 샤스탕 탁덕 등이 쓴 문서들을 주다. |
| 1845년 8월 | 김대건이 상하이에서 조선인 최초로 탁덕이 되다. 8월에 상하이를 떠나 9월 조선으로 들어오다. |
| 1846년 6월 | 병오 군난이 일어나다. |
| 9월 | 김대건 탁덕이 치명하다. |
| 1866년 1월 | 병인 대군난이 일어나다. 1873년 겨울에 흥선대원군이 물러날 때까지 군난이 계속되다. |

## 감사의 글

구상과 답사와 집필을 하며 많은 분들의 도움을 받았다. 깊이 감사드린다.

곁에 두고 거듭 읽으며 소설에 녹인 연구 성과는 다음과 같다.

정민 선생님의『서학, 조선을 관통하다』(김영사)와『파란』(천년의 상상)은 조선 후기 천주교를 이해하는 풍성한 숲이었다. 선생님이 번역한『칠극』(김영사)은 내 마음을 다스리는 책이기도 했다.

『성경직해』『성년광익』『성경광익』『천주성교공과』『천주실의』『교요서론』『진도자증』『묵상지장』『준주성범』『서학범』『직방외기』『주제군징』『주교요지』『상재상서』등도 검토하여 천주교인들의 지식과 생각에 접근하고자 했다. 방상근 선생님의「'첨례표'를 통해 본 조선 후기 천주교 신자들의 신앙생활」(《교회사연구》 42호)과

김윤선 선생님이 엮은『다시 읽는 천주교 미담 1911-1957』(소명출판)도 함께 읽었다.

정해박해의 경과에 대해선 클로드 샤를 달레 신부님의『한국천주교회사』(한국교회사연구소)와 조준원·여영숙 선생님의『정해박해와 곡성』(한국문화원연합회)을 참고했다.『조선왕조실록』과『승정원일기』와『일성록』의 관련 기록과 함께 곡성의 천주교인 박병규 선생님의『곡성군 오곡면 미산리 및 승법리 지역 천주교인 순교사기』도 아울러 살폈다.『안동교구 신앙의 증거자와 순교자들』(안동교회사연구소)을 통해 정해박해 시기 경상도 교인들의 활동도 파악할 수 있었다.

치명자들의 행적은 현석문 회장님의『기해일기』(성·황석두루가서원), 귀스타브 샤를 마리 뮈텔 주교님의『치명일기』(성·황석두루가서원), 아드리앙 로네·폴 데통브 신부님의『조선 순교자록』(가톨릭출판사), 마리 다블뤼 주교님의『조선 주요 순교자 약전』(내포교회사연구소),『기해·병오 순교자 시복재판록』(천주교수원교구) 등을 살폈다.『앵베르 주교 서한』(천주교수원교구)과『샤스탕 신부 서한』(수원교회사연구소),『신태보 옥중수기』(흐름출판사)와『자책』(흐름출판사)과『정산일기』(청양다락골성지)도 보았다. 정병설 선생님의『죽음을 넘어서-순교자 이순이의 옥중편지』(민음사)와 이충렬 선생님의『김대건, 조선의 첫 사제』(김영사)를 읽었고,『벽위편-천주교전교박해사』(국제고전교육협회)와 조광 선생님이 역주한『사학징의』(천주교 서울대교구 순교자현양위원회)와 김규성·조지형 선생님이 번역한『척사윤음』(인천가톨릭대학교 출판부)도 참고했다.

천주교에서 여성의 역할과 지위는 다음 책들을 통해 숙고했다.

김근수 선생님의『여성의 아들 예수』(클라우드나인)와 안병무 선생님의『갈릴래아의 예수』(한국신학연구소)를 읽었고, 송지연 선생님의「조선시대 천주교 여성의 역사 다시 읽기-동정녀에 대한 논의를 중심으로」(《동방학지》169집)와 이유진 선생님의「한국 천주교 순교자 설화 연구」(《구비문학연구》26집)도 함께 살폈다.

옹기에 대해선 송재선 선생님의『우리나라 옹기』(동문선),『옹기를 만드는 사람들』(국립문화재연구소),『옹기』(국립민속박물관)로 기초지식을 쌓았고, 옹기 배에 대해선『옹기 배와 전통 항해』(국립해양문화재연구소),『옹기 배 사공과 전통 항해기술』(국립해양문화재연구소)과 김우식 옹기 배 사공이 구술한『칫다리 잡을라, 옹구 폴라, 밥해 묵을라』(뿌리깊은나무)를 보았다. 옹기 교우촌에 대해선 원재연 선생님의「천주교도 옹기장이의 유랑과 은둔」(《한국사연구》164집)과 김혜숙 선생님의「19세기 옹기 교우촌 연구」(단국대학교 석사논문)를 참고했다. 서종태 선생님 등이 쓴『가족과 회장』(형제애)과 조한건 선생님 등이 쓴『교우촌의 믿음살이와 그 지도자들』(형제애)도 나란히 두고 읽었다.

조선 후기 생활 양식에 대해선 서유구 선생님의『임원경제지』를 사전처럼 곁에 두고 살폈다.『현대 한국어로 보는 한불자전』(소명출판)을 통해 그 당시 천주교 신자들의 어휘를 익혔다.

감옥살이에 대해선 펠릭스 클레르 리델 신부님의『나의 서울 감옥 생활 1878』(살림)과 정약용 선생님의『목민심서』에서 '형전육조'를 참고했다. 이은석 선생님의「조선시대 지방 옥 구조에 관한 고찰-발굴 유적과 고지도 비교를 중심으로」(《문화재》54호 4권)도 함께 검토했다.

포도청의 활동에 대해선 차기진 선생님의 「조선 후기 천주교 박해 과정에서의 포도청의 역할과 천주교 순교사 연구」(《교회사학》 10호)와 이효섭 선생님의 「병인박해 시기 천주교회 배교자와 회심자에 관한 연구」(가톨릭대학교 석사논문)를 읽었고, 『종로 포도청 순례지 성당 자료집』(천주교 서울대교구 종로 성당)과 허남오 선생님의 『조선 경찰-포도청을 통해 바라본 조선인의 삶』(가람기획)을 참고했다. 포도청의 천주교 박해의 구체적인 사례로 김숙경 선생님의 「1795년 천주교도 장살사건과 그 영향」(부산대학교 석사논문)도 읽었다. 고문 과정과 방법에 대해선 『성 김대건 안드레아 신부의 서한』(한국교회사연구소)을 참고하였다.

천주가사에 대해선 김영수 선생님이 엮은 『천주가사 자료집』(가톨릭대학교 출판부)을 기초자료로 삼고, 안성수 선생님의 「민극가 스테파노의 활동과 그 영향」(인천가톨릭대학교 석사논문)과 김문태 선생님의 『사말천주가사와 벽위가사의 현세관과 내세관』(한국교회사연구소)을 살폈다.

곡성에 대해서는 『곡성군지』『마을유래지』『곡성의 세시풍속』 등을 검토하고, 서해숙·이옥희 선생님의 『곡성 돌실나이』(민속원)를 읽었다. 신귀백·김경미 선생님의 『전주편애』(채륜서)를 들고 전주의 옛길을 답사했다. 이희근 선생님의 『산척, 조선의 사냥꾼』(따비)과 정창권 선생님의 『역사 속 장애인은 어떻게 살았을까』(글항아리)도 참고했다. 섬진강을 이웃한 고을들은 판소리가 널리 불린 곳이기도 하다. 『성우향이 전하는 김세종제 판소리 춘향가』(학림사)와 『성우향 창본 강산제 심청가』를 소설에 인용했다. 최용석 소리꾼이 몇 대목을 직접 불러줬고, 송경근 연주자의 훈을 즐겨 들었다. 성

448

무경 선생님이 번역한 『교방가요』(보고사)도 함께 읽었다.

최원오 광주교육대학교 교수님이 구병산과 상주 답사에 동행하였고, 이동현 선생님이 곡성과 지리산 피아골 답사에 함께했다. 섬도보여행가 강보식 선생님과 곡성에서 구례를 거쳐 하동까지 걸었다.

박혜연 감독님, 남근숙 선생님, 송경애 선생님, 황보윤 선생님이 초고를 검토하고 의견 주셨다. 박소영 관장님과 이경화 선생님을 통해 더불어 사는 가치와 식물다움을 배웠다. 장갑용 작가님과 '해암요'에서 나눈 옹기에 관한 대화도 오래 기억에 남았다. 해냄출판사 편집자들과의 작업은 언제나 즐겁고 유익했다.

조지형 전남대학교 교수님과 주영일 광주가톨릭대학교 교수님이 길고 거친 원고를 꼼꼼하게 읽고 감수해 주셨다. 김희중 대주교님과 옥현진 대주교님의 격려와 관심 덕분에 섬진강을 닮은 이 소설에 집중할 수 있었다.

『사랑과 혁명』에선 사람 외에도 고마운 존재들이 더 있다. 거의 매일 찾아갔던 섬진강. 섬진강과 대황강을 따르며 바라본 동악산과 천덕산과 동이산 그리고 지리산. 손 모내기를 하고 우렁이를 던져주고 피를 뽑고 손 추수를 했던 들녘. 계절에 따라 바뀐 옥터 옆 텃밭의 시금치, 봄동, 상추, 양파, 감자, 고구마, 옥수수, 가지, 호박, 보리. 강을 함께 거닐었던 개들. 개들과 보았던 고라니와 수달과 백로와 까치와 멧비둘기와 거위들. 작업실 앞마당과 텃밭에서 만난 마을 고양이들. 출퇴근길에 그늘을 허락한 메타세쿼이아와 플라타너스와 버드나무와 목백일홍과 산수유. 모두 이 소설의 밑바탕이 되었다.

아내와 두 딸은 언제나 든든한 뒷배다. 곡성에서의 첫 결실 또한 그들의 도움 위에 거둔 것이다. 어린 시절 엄마의 무릎을 베고 누워 듣던 성경 이야기로부터 이 소설은 얼마나 멀리 또 가까이 있는 걸까. 『사랑과 혁명』을 내 어머니 조신자 권사님의 무릎에 올려드린다.

2023년 9월

김탁환

• 328쪽 신태보, 『신태보 옥중수기』, 유소연 편역, 흐름출판사, 2016, 48쪽

**사랑과 혁명3** 나만의 십자가

초판 1쇄 2023년 9월 20일
초판 4쇄 2024년 7월 20일

**지은이** | 김탁환
**펴낸이** | 송영석

**주간** | 이혜진
**편집장** | 박신애 **기획편집** | 최예은 · 조아혜 · 정엄지
**디자인** | 박윤정 · 유보람
**마케팅** | 김유종 · 한승민
**관리** | 송우석 · 전지연 · 채경민

**펴낸곳** | (株)해냄출판사
**등록번호** | 제10-229호
**등록일자** | 1988년 5월 11일(설립일자 | 1983년 6월 24일)

04042 서울시 마포구 잔다리로 30 해냄빌딩 5 · 6층
**대표전화** | 326-1600 **팩스** | 326-1624
**홈페이지** | www.hainaim.com

ISBN 979-11-6714-068-5
ISBN 979-11-6714-069-2 (세트)

파본은 본사나 구입하신 서점에서 교환하여 드립니다.